길안

글 장주식

서울교육대학교와 민족문화추진회(고전번역원) 국역연수원을 졸업했
다. 그동안 동화 《그해 여름의 복수》《강이 울 때》《조아미나 안돼미
나》《토끼이야기》《청설모이야기》《날아라 진통!》《소년소녀 무중력 비
행 중》《그리운 매화 향기》《깡패진희》 등과 그림책 《강아지 똥 할아버
지》, 청소년소설 《순간들》《내일의 무게》(공저)를 썼다.
동양고전읽기도 꾸준히 진행하여 현재 몇몇 분들과 6년째 원전강독을
하고 있으며 그 결과로 《논어의 발견》《논어인문학 1, 2》를 펴냈다.

청소년 소설 _02

길안

글 장주식

펴낸날 2018년 4월 20일 초판1쇄
펴낸이 김남호 | 펴낸곳 현북스
출판등록일 2010년 11월 11일 | 제313-2010-333호
주소 04071 서울시 마포구 성지길 27, 4층
전화 02)3141-7277 | 팩스 02)3141-7278
홈페이지 www.hyunbooks.co.kr | 카페 cafe.naver.com/hyunbooks
ISBN 979-11-5741-129-0 43810

편집 이현배 | 디자인 정진선 김영미 | 마케팅 송유근

길안

장주식

현북스

차례

강은 어디서 시작하는가

천리강길

길안은 며칠 째 고민 중이다. 이 더운 여름에 천 리 길이라니. 더구나 기상청 기록 이후 가장 강력한 폭염이 예상된다고 뉴스마다 떠들고 있지 않은가.

"아빠, 내가 꼭 가야 돼?"

"결정은 네 몫이야. 다만 우리나라 최초 계획이란 것만 알아 둬. 누구도 경험하지 못한 미지 세계라고나 할까."

이게 문제였다. 아빠가 '제발 같이 가 줬으면 좋겠어.'라든가 '아빠랑 아들 둘이서 여행 한번 해 보는 게 내 꿈이란다.' 뭐 이렇게 사정을 했다면 결정이 쉬웠을 것이다. '오케이, 아빠 소원 한번 들어 주지 뭐.' 하고 효도 차원에서라도 좋다고 했겠지. 그런데 아빠는 그다지 끌리지도 않는 이유를 대면서 결정을 알아서 하라고 한다. 길안은 "난 안 갈래."라는 말이 목구멍까지 차올랐다. 그런데 싱글싱글 웃는 아빠 얼굴을 보자 그 말이 쑥 내려가고 엉뚱한 말이 나왔다.

"강을 따라 걷는다고?"

"그렇다니까. 강에 딱 붙어서. 누구도 그렇게 해 본 적이 없어. 무려 십 년 전부터 나온 이야기가 이제야 현실화되는 거야."

탐사단

길안 아빠 유일문은 비영리 민간단체 '여강길' 대표다. 여강은 경기도 여주 지역을 지나가는 남한강의 다른 이름이다. 여(驪)는 '털빛이 온통 검은 말'이니, 여강은 '검은 강'이라는 뜻이다. 실제로 강은 가을부터 겨울까지 물빛이 검푸르다. 여름에는 누렇다는 '황(黃)'을 써서 황강이라 부르는데, 빗물이 흙을 강에 밀어 넣어 그렇다. 그래서 여주의 옛 이름을 '황려'라 부르기도 했다.

그런데 황려강이라 부르지 않고 여강이라 부르는 까닭은 무엇일까? 황강은 넘쳐나는 물이요, 여강은 맑으면서도 조용히 흐르는 물이다. 황강은 애써 지은 농작물을 망치고 때로 사람의 집까지 허물어 버린다. 반면 여강은 검푸른 빛으로 깊고 그윽하여 사람을 매혹한다. 자연스럽게 사람들은 여강을 마음에 들어 했을 것이다. '여강길'은 바로 여강을 따라 걷는 길이다. 강을 따라 있었던 나루와 나루를 잇는 길이 중심이 된다.

여강의 발원지는 태백산 검룡소다. 산속에 있는 작은 연못에서 솟아나온 물이 큰 강을 이뤄 서해 바다로 흘러든다. 여강길을 만든 사람들은 늘 발원지를 그리워했다. 그 중에서도 김인이 가장 적극적이었다. 김인은 충주 강가에서 태어나 여주 강가로 옮겨와 평생을 살고 있는 사람이다. 올해 마흔 다섯인 김인은 여주시의 의원이다. 김인은 망가져 가는 강을 지키는 것이 자기에게 주어진 신성한 책무라고 여기는 사람이다. 이명박 정부가 강 속에서 모래를 파낼 때, 도리섬에 들어가 텐트를 치고 열흘을 버티기도 했다. 도리섬은 여강 상류에 있는 작은 섬으로 천연기념물인 단양쑥부쟁이가 자생하고 멸종 위기종인 장지도마뱀이 살고 있었다.

"형님. 강이 죽으면 사람은 살 수 있답니까?"

텐트에 찾아간 유일문에게 김인이 한 말이다. 그런 김인이 시의원이 되자 평소 소원이던 발원지 걷기를 기어코 성사시켰다. 걷기에 들어가는 비용을 시의 예산으로 책정하는 데도 성공했다. 비용이 만들어지자 걷는 일은 꼭 해야 되는 일이 되었다. 김인은 탐사단을 짜는 작업에 들어갔고, 여강길 공동대표인 구수한 선생을 탐사단 단장으로 위촉했다. 구 선생 또한 초기에 여강길을 같이 열었던 사람이라 김인의 제안을 반겼다. 김인과 구 선생은 탐사단을 구성하기 위해 머리를 맞댔다. 올해 쉰 살인 구 선생이 말했다.

"길신명 님은 당연히 가셔야겠지?"

"그럼요. 그분 없이 우리가 길을 갈 수가 없죠."

길신명이라 불리는 사람은 예순셋 나이로 700킬로미터가 넘는 길을 홀로 걸은 적이 있다. 텐트를 넣은 배낭을 짊어지고 강원도 고성에서 부산 해운대까지 25일 만에 걸었다. 이도라는 이름이 있지만 사람들은 '길신명'이라는 별명으로 부르길 좋아한다. 양쪽으로 멋들어지게 뻗은 흰 눈썹을 보면 '신령님'이란 말이 더 어울리겠는데 신령이 아니라 신명으로 불렀다. 길을 걸으면 신명이 넘친다고 본인 입으로 자주 말을 하기 때문에 자연스럽게 별명이 되었다. 길신명 역시 여강길을 만드는데 큰 공헌을 했다. 김인이 말했다.

"일문 형님도 같이 가야겠죠? 대표이기도 하고."

"가신다면 좋지."

"그리고…… 또 누가 좋을까요? 예산도 빠듯하니 두 사람 정도만 더 하면 되겠는데요. 우리 네 사람이 나이가 좀 많으니까. 그, 젊은 사람이면 더 좋지 않을까요?"

"젊은 사람, 좋지. 같이 가기만 한다면야."

구 선생이 손으로 턱을 괴고 잠깐 생각하다가 말했다.

"길안이도 방학이겠지? 길안이를 데려가자고 일문 형님께 말해볼까?"

"가려고 할까요? 열여섯 살짜리가. 어른들은 무조건 꼰대라고 여길 나이인데."

"그야 알 수 없지. 내가 말해 볼게."

구 선생이 유일문을 만나 아들을 데려가자고 하자 일문은 뜨악한 표정을 지었다. 선뜻 대답을 하지 않고 일문은 망설였다. 일문은 아들과 함께 가는 것이 썩 내키지 않다. 아들과 단 둘이라면 또 모르지만, 여러 사람 속에 섞이는 일이다. 아들이 있으면 아무래도 행동이 조심스러울 것이다. 모처럼 집을 떠나 자유를 만끽해야 할 여행길에 무거운 혹 덩이를 하나 달고 가는 셈이 아닌가.

"안 될 걸. 입만 아프지."

일문은 고개를 흔들었지만 구 선생은 포기하지 않았다. 구 선생과 길안은 자연 생태 동아리 교사와 제자로 일 년을 함께한 인연이 있다.

"길안이한테 좋은 경험이 될 거에요."

"글쎄……."

일문은 며칠 전 일이 자연스레 떠올랐다. 길안이 고등학교를 가지 않겠다고 선언했던 것이다. 입을 떡 벌리고 못 다무는 엄마 아빠에게 길안이 말했다.

"재미가 없어. 도대체 왜 학교를 다녀야 하는지 모르겠어요. 학교가 아니라 병원이야. 애들은 불안하고 초조한 병에 걸린 환자들 같고. 그런 애들 얼굴을 보고 있으면 짜증만 난다니까."

다들 그렇게 참고 사는 게 아니냐고 일문이 달래 봤지만 길안은 듣지 않았다. 작은 시련에도 쉽게 흔들리면 앞으로 폭풍우가 몰아칠 인생을 어떻게 살겠냐고 엄마도 안타까워했지만 길안은 의지가 꿋꿋했다.

"어차피 인생 뭐 별거 있어요. 다 운빨에 불과한 걸. 보세요. 시작부터 다르잖아. 누구는 금수저 물고 태어나고 누구는 지지리 궁상을 떨고. 누구는 공주로 태어나고 누구는 무수리로 태어나잖아. 어떤 놈은 탤런트 김수현처럼 생기고 어떤 놈은 난장이 똥자루고 말이야. 날 때부터 운빨이 인생을 결정한다니까. 학교는 그저 성적, 성적만 외쳐대잖아. 날마다 불안 초조에 시달리며 학교를 다녀봐야 말짱 헛거야."

그래서 어떡할 거냐고, 고등학교를 안 가면 뭐 더 좋은 인생이 펼쳐질 줄 아느냐고 일문이 따져 묻자 길안이 "영화를 하겠다."고 대답했다. 일문과 엄마는 기가 찬다는 표정으로 잠깐 동안 아무 말도 못 했다. 그런 부모에게 길안이 히죽 웃으며 덧붙였다.

"더 늦기 전에 내가 할 일을 하겠다는 거지. 고등학교, 대학교 학비 주는 대신 영화 찍는데 좀 보태 주세요."

길안이 부모에게 내세운 이유, 영화를 찍겠다는 건 정말 진심이었다. 길안은 중학교 1학년 때부터 '영화반' 활동을 하면서 재미를 많이 느꼈다. 길안이 쓴 시나리오로 단편영화를 만들어 청소년 영화제에 출품해서 수상을 하기도 했다. 영화반 담당인 고동구 선생은 길안에게 꽤 재능이 보인다고 칭찬을 자주 했다. 고동구 선생은 문화 예술가 지원 수업 강사로 왔는데 자신을 영화감독이라고 소개했다. 하지만 자신이 연출한 영화를 끝내 알려 주진 않았다.

물론 고등학교를 가지 않겠다는 이유가 그것만은 아니다. 다른 것도 있지만 그건 길안이 절대로 부모에게 말을 안 할 생각이었다.

"짜식이 요즘 아주 웃겨. 뭐 인생을 백 년은 산 것처럼 군다니까. 나 참 가소로워서."

일문이 쩝쩝 입맛을 다시자 구 선생이 빙긋 웃으며 말했다.

"길안이 탓만은 아니죠. 시대가 그런 걸요. 애들이 목표 설정을 잘 못해요. 자기가 좋아하는 것도 명확하게 모를 뿐 아니라, 안다고 해도 끈질기게 물고 늘어지질 못하죠."

"왜 그렇다고 보는가?"

"책임을 지기 싫은 거죠. 너무 무거우니까. 우리가 세상에 존재한다는 것은 자신의 존재에 책임을 진다는 것인데, 그게 힘든 거에요. 도망가고 싶지 않겠어요?"

"우리 길안이가 그렇다는 건가?"

"일반적으로 그렇다는 거죠. 인생을 무슨 로또복권처럼 여기는 세상이니까. 애들 잘못이 아니에요. 그렇게 세상을 만들어 온 어른들 잘못이죠. 한 번 잘 얘기해 보세요. 이번 발원지 탐사는 길안이에게 좋은 전환점이 될 수도 있어요."

"그럴까."

일문은 구 선생 말에 전적으로 동의하는 건 아니었다. 덜컥덜컥

걸리는 부분도 있었지만 굳이 내색하진 않았다. 길안은 목표를 못 정한 게 아니라 너무 빨리 목표를 결정한 게 오히려 문제라고 일문은 생각하고 있었기 때문이다.

그러나 미성년 주제에 애늙은이 같은 모습을 보이는 길안에게 전환점이 될 수도 있다는 구 선생 말은 솔깃했다. 그렇다면 무거운 혹 덩이라 하더라도 달고 가 볼 가치는 충분하다. 아버지로서 애틋한 사랑을 보여 줄 좋은 기회이기도 하고.

그래, 걷자

그런데 길안이 반응이 시큰둥한 것이다. 꼭 가야 되느냐고 되묻는 길안에게, '됐어. 가기 싫음 그만 둬.'하고 말하고 싶은 걸 꾹 참고 일문은 좀 무심하게 말했다.

"아깝다. 자주 오는 기회가 아닌데. 뭐, 그 좋다는 평양 감사 자리도 자기가 싫다면 그만이니까. 하는 수 없지."

길안은 좀 의아했다. 평소와는 다르게 아빠가 선선히 물러나는 태도에 길안은 오히려 호기심이 생겼다. 아빠가 제발 같이 가자고 졸랐다면 길안은 모질게 거절했을 지도 모른다. 하지만 같이 가든 말든 맘대로 하라는 식으로 나오는 데 길안은 슬며시 오기가 생겨났다. 우리나라 최초라느니, 십 년 만에 이루어진 일이라느니 하는 말 따위는 길안에겐 콧방귀 하나로 날려버릴 정도밖에 안되었다. 오로지 끌리는 건 아빠 태도였다. 어딘가에 맛 좋은 걸 숨겨

두고 나눠 먹기 싫지만, 굳이 따라 온다면 한입 주겠다는 딱 바로 그런 몸짓이요 말이었다.

길안은 결정했다. 어차피 한 여름에 집에 있어 봐야 덥기만 할 테고. 걸으면서 더우나 앉아서 더우나 덥기는 마찬가지다. 무엇보다 올 여름엔 특별히 할 일도 없다. 중3이지만 고등학교를 안 갈 거니까 여유작작이다. 다른 애들은 방학 내내 시험공부 하느라 죽을 똥을 싸겠지만. 대신 길안은 영화를 찍기 위한 시나리오나 슬슬 써 볼 작정이었다. 그렇다면 걷는 게 도움이 될 수도 있겠다는 생각이 들었다. 뭔가 새로운 것을 얻을 수도 있으니까. 영화란 지금까지와는 다른 새로운 뭔가를 보여 줘야 하는 거니까. 생각을 마치고, 길안은 아주 큰 선심을 쓴다는 투로 선언했다.

"알았어, 그래 보지 뭐."

"뭐라고?"

일문이 되물었다. 길안은 좋아라 반기지 않는 아빠 모습을 보며 약간 자존심이 상했지만 이왕 내친김이었다.

"아, 같이 간다고."

"어, 그래. 잘됐네."

일문의 반응은 영 심심했다. 길안은 뭔가 잘못 결정한거나 아닐까 고개를 갸웃했다. 아빠가 괜히 해 보는 말인데 내가 어리석게 미끼를 덥석 문 건 아닌가? 하는 생각이 들어 길안은 찜찜했다.

상견례

걷기로 결정된 여섯 사람이 모였다. 원래 일곱 명이 모여야 되는데 한 사람이 빠졌다. 김인이 구 선생에게 물었다.

"사공민수씨는 못 오나요?"

"지금 부산에 있어요. 오늘 모임에 참석은 못하지만 준비는 차질 없이 하겠다고 합니다."

김인 이마에 주름이 잡혔다.

"지원팀장이 얼마나 중요한지는 잘 아시죠? 이번 우리 탐사 성패가 달려 있어요. 너무 젊은 사람이라는 게 마음에 좀 걸려요. 당장 오늘도 불참이잖아요. 오늘 회의가 얼마나 중요한지 알 텐데 말이죠."

"오늘 불참하고 젊은 나이하고 무슨 관계가 있나요?"

구 선생 이마에도 주름이 잡혔다. 지원팀장 사공민수는 구 선생이 섭외를 한 사람이다. 올해 스물아홉 살인데 젊은 나이답지 않게 여주 바닥에 이름이 널리 알려져 있다. 구 선생 표정을 힐끔 보고 나서 김인 목소리가 부드러워졌다.

"아무래도 젊으면 무게가 떨어지니까…… 민수씨는 직업이 뭐래요? 하는 일은 엄청 많은 것 같던데."

"글쎄요. 딱히 뭐라고 말하기 어려운데. 본인 입으로는 사회교육 운동가라고 불러 달라고는 하더군요."

"하긴 뭐, 그렇게 불러도 되긴 하겠네요. 문제는 지원 일이라는 게 쉽지 않다는 거예요. 숙소 잡아야죠, 식당 수배해야죠, 걸을 때 간간이 물이며 소금이며 챙겨야죠, 필요한 물건들 그때그때 조달해야 되죠. 이게 눈코 뜰 새 없이 바쁘거든요. 지원팀이 삐끗하면 전체 일정이 어긋날 수도 있어요."

김인은 평생 사회운동을 해 온 사람이라 지원팀 일을 많이 해 봤다. 그만큼 김인 말은 무게가 실렸다. 자리에 같이 있는 모든 사람들이 김인 말에 고개를 끄덕이자 구 선생이 말했다.

"민수 씨가 자신 있다고 했으니까 믿어 보시죠."

단장의 흔들림 없는 신뢰는 중요하다. 그래서 단장인 구 선생 말은 묘하게 사람들을 안심시키는 힘이 있다. 단장이 저렇게 믿는다면 나도 믿어야지, 하는 마음이 들게 했다. 구 선생은 길안을 바라보며 활짝 웃었다.

"잘 생각했다. 길안아. 자, 그럼. 우리 먼저 인사부터 합시다. 다들 아는데 한 사람을 모르지요?"

구 선생이 맨 끝자리에 앉은 사람을 가리켰다.

"직접 인사해요."

"저는 오태평이라고 합니다."

오태평이 일어서면서 고개를 꾸벅한다. 덩치가 우람했다. 아무리 적게 잡아도 몸무게가 90킬로그램은 넘을 것 같다. 얼굴도 몹시 크고 넓어서 눈앞에 갑자기 보름달이 둥실 떠오르는 느낌을 준다. 어깨는 떡 벌어졌는데 배는 불룩했다.

"보시다시피 제 몸이 이 모양입니다. 천 리가 넘는 길이라고 하는데, 제가 과연 걸을 수 있을지 걱정이 되기는 합니다. 하지만 구수한 선생님이 꼭 끝까지 다 안 걸어도 된다고, 걸을 수 있는 만큼만 걸으면 된다고 용기를 주셔서 이렇게 참석하게 되었습니다. 저는 식당을 하고 있습니다. 아침부터 늦은 밤까지 십 년 넘게 쉬지 않고 일했습니다. 휴일도 거의 없었습니다. 그렇게 바쁘게 일을 하는 데도 배는 점점 불러오고 몸무게는 늘어만 가네요. 뭔가 문제가 있지 싶어 저한테 휴가를 한번 줘 보기로 했습니다. 식당 일은 아예 다 잊고 속세를 떠난다는 심정으로 이번 일에 참여하게 되었습니다."

처음 보는 사람들 앞에서 태평의 인사말은 꽤 길었다. 걷기에 참여하기로 결정하는 데 남다른 각오가 있었음이 하는 말에 잘 드러났다. 길신명이 빙그레 웃으며 물었다. 모임을 시작하고 나서 처음 하는 말이다.

"나이가 어떻게 되시오?"

"서른여덟입니다. 그렇게 안 보이시죠?"

"그래요. 보통 덩치가 크면 나이가 더 들어 보이지요. 나도 마흔은 넘게 봤으니…… 그, 미안하오. 서른여덟이라, 참 좋은 나이요."

"신명 님은 예순여섯이라고 들었는데, 훨씬 젊어 보이세요. 이제 겨우 예순이 될까 말까 하게 보입니다."

"허허, 그렇소? 고맙구먼. 근데, 이름이 길안이라고 했나?"

신명이 태평에게서 눈을 거둬 길안을 돌아보며 물었다.

"예?"

길안이 스마트폰을 들여다보고 앉았다가 자기 이름이 불리자 고개를 번쩍 들었다.

"길안이 맞지? 열여섯이라고?"

"아, 예."

"오태평 씨보다 더 좋은 나이로구먼. 완전 이팔청춘이네. 이 도령이 춘향이를 만나 어화둥둥 사랑에 빠지던 호시절이야."

"신명 님이 오늘은 나이 얘기를 많이 하시네요."

침묵을 지키고 있던 일문이 한마디했다. 수다스럽지는 않지만 평소에 말이 적은 사람이 아닌데 일문은 말을 아끼고 있다. 아들과 같이 있는 자리라 나름대로 조심하고 있는 거였다.

"허허, 그런가요. 젊은 사람들이 많다보니, 나도 모르게 그리됐나보오. 그래. 이제 나이 얘긴 그만하지요. 사실 뭐, 나이야 마음먹기 나름 아니겠소. 먼 옛날엔 해마다 나이를 새롭게 시작하기도 했다오. 요즘이야 해마다 더해 차곡차곡 쌓아가지만 말이지요."

회의

회의 내용은 사전 답사 일정 잡기와 각자 역할 분담, 그리고 걷는 동안에 지켜야할 약속을 정하는 일이었다.

"답사는 두 번 정도 해야 되지 않을까 싶습니다."

위성 지도를 놓고 가상으로 몇 번씩이나 걸어 본 단장, 구 선생이 말했다.

"두 번씩이나?"

일문이 약간 놀란 얼굴로 묻자 구 선생이 두 번도 적다고 대답했다. 그러면서 구 선생이 컴퓨터 화면으로 한 지점을 보여줬다. 눈길이 다 그곳으로 쏠렸다. 구 선생이 마우스로 커서를 빙빙 돌리며 말했다.

"동강 어라연 주변입니다. 이곳은 곳곳이 벼랑이에요. 사람이 걸을 수 있는 길이 없어요. 마을 길을 따라 멀리 빙 돌거나 큰 산을 오르거나 해야 합니다. 먼 길을 도는 건 강을 떠나서 걷는 일이기 때문에 의미가 없고요. 큰 산을 넘는 건 강을 보면서 걸을 수는 있지만 이틀이나 사흘 정도가 더 걸립니다. 우리는 15일 동안 446킬로미터를 걸어야 하기 때문에 다른 방법을 찾아야 해요. 이런 곳이 꽤 많아요. 위성 지도로는 알 수가 없지만 혹시 길이 있을지도 몰라요. 고라니나 군인들이 다닌 길 말이죠. 그래서 사전 답사가 필수에요. 직접 가 보고 나서 어떤 방식으로 걸을지 결정을 해야 합니다."

"만약 사전 답사를 해도 길이 없다면?"

일문이 물었다.

"구명조끼를 입고 강물 위에 떠서 내려오면 되겠죠. 강 옆을 걸을 수 없다면 강과 함께 흐르면 됩니다."

구 선생은 곧바로 대답했다. 미리 생각해 두고 있었던 게 틀림없다. 다들 놀라서 입이 벌어졌다. 놀라지 않은 인물은 길안뿐이다. 길안은 오히려 눈을 반짝이며 물었다. 회의 내내 묻는 말에만 대답하던 길안이 제 스스로 말한 건 처음이다.

"얼마나 돼요?"

"뭐가?"

구 선생이 길안을 바라보며 미소 지었다.

"구명조끼 입고 떠내려오는 거리요."

"가만 보자, 그게……."

구 선생이 지도상에서 거리를 가늠해 보더니 말했다.

"32킬로미터 정도? 한 네 시간이나 다섯 시간 정도 걸리겠는데?"

"오!"

길안이 탄성을 질렀다. 구 선생 계획이 아주 맘에 든다는 표시다. 그러나 일문은 달랐다.

"너무 무리한 계획인 것 같네요. 네다섯 시간을 물속에 있으면 체온이 내려가서 견딜 수가 없지. 위험해질 수 있어요."

"당연히 한 시간 단위로 물가에 나가 쉬어야죠."

"그런다고 해도, 계절을 감안해야지요. 우리가 가는 날짜가 한여름이고 장마가 아직 끝나지 않은 시기라 물이 엄청 많을 텐데, 괜찮겠어요?"

"그건 그렇소. 물이 많은 계절이니, 잘 생각해야겠소."

신명이 일문에게 동조했고 김인과 태평도 고개를 끄덕였다. 길안이 다급한 목소리로 말했다.

"물이 많으면 더 재미있죠."

약간 항의하는 어조가 담겼다. 모처럼 구미가 당기는 일이 노인네들 쓸데없는 걱정 때문에 사라져 버릴 위기에 처한 것이 길안은 불만이다. 큰 기대 없이 시간이나 죽여 보자고 참여를 결정한 길안이다. 심드렁한 태도로 어른들 이야기를 듣고 있던 길안의 귓구멍이 활짝 열리게 만든 것이 구 선생 제안이었던 것이다. 길안의 속내를 빤히 들여다 본 구 선생이 말했다.

"여름이라고 늘 물이 많은 건 아니니까. 지금으로선 모든 방법을 다 열어놓고 생각해 봐야 합니다. 하여튼 알겠습니다. 사전 답사를 하고 나서 결정을 하시죠."

구 선생이 길안에게 눈을 찡긋했다. 길안은 말하느라 똑바로 세웠던 허리를 다시 의자에 기댔다. 고집부린다고 먹힐 일도 아니라는 걸 길안도 모르지 않았다. 더구나 길안은 애초에 적극적으로 의견을 내고 싶은 마음도 없었다. 그저 하자는 대로 가 보자는 심사였다. 아빠가 있으니 말도 함부로 할 수 없었다. 책임질 일이 없으니 편하기는 한데, 별 재미도 없을 건 뻔했다. 다 어른들 아닌가. 다만 길안은 스물아홉 살이라는 지원팀장이 궁금했다. 열세 살 차이는 나지만 그나마 말이 통할 수도 있다. 사공민수라는 그 사

람이 있었다면 구명조끼 입고 물 따라 내려오는 걸 적극적으로 찬
성하고 나왔을지도 몰랐다. 그 생각을 하자 길안은 얼굴도 못 본
사공민수가 자리에 없는 게 아쉬웠다.

이름

사전 답사는 구 선생 말대로 두 번 가기로 했다. 여주에서 올라
가면서 살펴보기 한 번, 검룡소에서 내려오면서 보기 한 번. 지도
에 표시된 길을 확인하고 지도에 없는 길도 찾아보자는 것이 사전
답사의 이유였다. 꼭 답사를 해야 할 지점들은 구 선생이 이미 찍
어 두고 있었다.

사전 답사 일정을 정하고 나서 역할을 분담하기로 했다. 단장답
게 구 선생은 역할 분담도 이미 짜놓고 있었다.

"걷는 '경로도' 작성과 걸을 때 길잡이 역할은 제가 하겠습니다.
일문 형님은 기록을 맡아 주시고요. 김인 아우는 GPS 좌표 찍기
와 사진 촬영, 오태평 씨는 캠프를 맡아 줬으면 합니다. 신명 님은
걷는 일에 가장 경험이 많으시니 전체 일정은 물론 모든 일을 조
율해 주시면 감사하겠습니다. 제가 나름대로 생각해 본 역할인데
어떠신지요?"

"어련히 알아서 하셨겠소. 누구보다 고민이 많은 분이니, 명대로
따라야지요."

신명이 말했고 다들 고개를 끄덕였다. 그러나 길안은 고개를 끄

덕일 수 없었다. 마치 왕따가 된 기분이다. 아무 일도 맡기지 않으니 기분이 좋을 리가 없다. 길안이 입술을 삐죽 내밀며 물었다.

"저는 아무것도 안 해요?"

"오! 좋은 태도다, 유길안."

구 선생이 엄지와 중지를 엇갈려 딱 소리를 내면서 외쳤다.

"그래. 길안이 넌 뭘 하면 좋을까? 니가 하고 싶은 걸 정해."

길안은 말문이 턱 막혔다. 전혀 생각해 보지 않은 부분이다. 길안이 머뭇거리자 구 선생이 말했다.

"조율사, 길잡이, 기록, 사진 찍기, 캠프, 지원 등이 각자 맡은 역할이잖아. 이것들 중에 하나를 해도 좋고, 새로운 걸 해도 좋아. 어떡할래?"

길안은 얼굴이 달아올랐다. 아무런 생각도 없이 회의에 참석했다가 불만 어린 얼굴로 툴툴대기만 한 꼴이다. 다들 말없이 길안을 보고 있다. 길안은 빠른 속도로 역할들에 대해 생각해 보았다. 어느 것 하나 만만해 보이지 않는다. 다만 캠프가 뭔지 궁금했다. 그래서 길안은 겨우 할 말을 찾았다.

"캠프는 뭐에요?"

"아, 그거 아주 특별한 일이지."

구 선생보다 태평이 먼저 대답했다. 길안은 둥실 떠오른 보름달 같은 태평 얼굴을 바라보며 물었다.

"특별하다고요?"

"그렇지. 내가 맡은 캠프는 말이야. 영어거든."

"예?"

길안 뿐 아니라 다른 사람들도 다 눈을 멀뚱거렸다.

"생각해 봐. 맡은 역할 이름이 다 한글인데 내가 맡은 캠프만 영어잖아."

태평이 하하하 웃었다. 그제서야 태평의 말을 알아듣고 사람들이 픽픽 웃었다. 길안은 웃음이 나오지 않았다. 뭔가 놀림을 당한 느낌이다.

"어휴, 아재개그. 사람들이 웃어 주니 다행이네요."

구 선생이 고개를 흔들자 태평이 양손 엄지와 검지로 쌍 하트를 만들어 보였다. 구 선생이 눈을 둥그렇게 떴다가 입을 크게 벌리고 껄껄 웃었다. 다른 사람들도 소리 내서 웃었다. 한바탕 웃음이 지나간 뒤 구 선생이 길안에게 말했다.

"길안아. 캠프는 혹시 몰라서 넣어 둔 역할이야. 대부분 숙소를 구해서 자겠지만, 혹시 텐트를 치고 자야 할 일이 생기면 그걸 관리하는 일이지. 어때 그거 해 볼래? 오태평 아저씨와 같이?"

길안이 태평을 돌아보았다. 태평이 양손 엄지를 척 세우며 길안을 마주 본다. 환한 태평 얼굴은 길안을 따라 웃게 만든다. 조금 전 놀림을 당한 것 같아 기분 나빴던 느낌도 금방 잊게 만드는 마법 같은 얼굴이다. 거부할 수 없는 제안이었다. 길안은 고개를 끄덕였다.

"좋아. 잘 됐다. 그럼, 역할은 다 정했고. 이제 하나 남았네요. 우리가 길을 걸으면서 지킬 약속을 정하는 일. 저는 이게 정말 중요하다고 생각합니다."

"맞아요. 우리가 어떤 약속을 정하느냐에 따라 이번 탐사 성패가 결정될 수도 있습니다. 정말 잘 정해야 해요."

김인이 구 선생 말에 강력하게 동조를 하고 신명을 바라보았다.

"신명 님 어떠세요? 우리 중에 천 리 넘게 길을 걸어 본 사람은 신명 님뿐이거든요. 우리가 어떤 약속을 해야 할까요?"

"허허. 뭐가 있을까요? 딱히 생각해 본 게 없소만."

"해파랑길 걸으실 때 느낀 점이 있으실 것 같은데요. 그냥 생각나는 대로 말씀해 주시면 좋겠어요."

"흠. 해파랑길이라. 그래, 말없이 걷는 것도 좋겠소. 혼자 걸을 때는 조용하고 좋았다오. 헌데 가끔 놀러온 사람들과 이야기하면서 걷다 보면 다리보다 입이 더 아프더군요. 힘이 훨씬 많이 들어요. 떠들면서 가면."

"아. 좋아요. 말없이 걷기. 묵언 걷기라고 하면 될까요?"

"좋소."

김인이 신명과 이야기를 끝내고 구 선생을 봤다.

"우리 단장님께서 생각하신 약속이 있을 것 같은데요. 내놔 보시죠."

"예. 저는 휴대폰을 껐으면 합니다. 당연히 가져가기는 해야겠지만, 걷는 동안에는 휴대폰을 꺼 놓기입니다. 휴대폰이 켜 있으면 온전히 길과 호흡할 수 없을 것 같아서요."

"좋은 생각입니다! 저는 아예 휴대폰을 가져가지 않겠습니다. 보름 동안 모든 걸 잊고 길만 걷고 싶어요."

태평이 손뼉까지 치면서 격렬하게 찬성을 하고 나왔다. 구 선생이 빙긋 웃었다.

"예. 좋습니다. 그럼 우리 약속은 우선 두 가지만 정하도록 하지요. 묵언 걷기, 휴대폰 끄기입니다. 어떠세요?"

"찬성!"

다들 한 목소리로 동의를 하는데 길안만 가만히 있다.

"유길안, 오케이?"

길안이 손에 들고 있던 휴대폰을 책상 위에 놓았다.

"뭐. 저야…… 마음대로 하세요. 말 안 하면 좋죠. 휴대폰이야…… 안 쓰면 그만이죠. 걸을 때만 안 쓰는 거죠?"

"그렇지, 걸을 때만이야."

구 선생이 대답하고 길안이 고개를 끄덕였다.

회의는 그 뒤로도 두 시간이나 더 이어졌다. 길안은 가기도 전에 진이 다 빠지는 느낌이다. 천 리를 걸어야 하는 보름이 점점 무거운 무게로 다가왔다. 아빠와 회의에 올 때는 전혀 느끼지 못했던 어떤 불안감마저 생겨났다. 그렇다고 이제 와서 도망갈 수도 없는 노릇이다. '도망? 그건 비겁한데.' 길안은 움찔 놀랐다. 길안은 동그렇게 떠오르는 민아와 재열의 얼굴을 재빨리 지웠다. 가슴이 두 근거리고 몹시 기분이 나빴다. 길안은 머리를 흔들고 사람들을 바라보았다.

사람들은 탐사단 이름을 놓고 갑론을박 중이다. 마침내 '남한강 발원지 탐사단'이라는 이름을 정하는 것으로 회의가 모두 끝났다.

첫째 날, 검룡을 만나다

검룡소

자동차로 달려가니 세 시간이 걸렸다. 그러나 이 길을 탐사단은 보름 동안 걸어서 돌아와야 한다. 7월 25일, 장마가 막 끝나고 불볕더위가 시작되는 날이다. 여주에선 '더워, 더워.' 소리가 절로 나는 기온이다. 하지만 태백산은 달랐다. 검룡소 주차장에 내렸을 때 한낮이었으나 별 더위를 느끼지 못했다. 검룡소로 올라가는 산길에 접어들자 오히려 시원하다.

"야, 이거 뭐 피서 온 것 같은데?"

누구라고 할 것 없이 여러 사람 입에서 한꺼번에 터져 나온 말이다. 나뭇잎 사이로 비치는 녹색 광선은 신비롭고, 머리카락을 흔들고 지나가는 바람은 싱그럽다. 사람들이 걸어서 만들어 놓은 흙길은 걷기에 좋다. 장마 끝이라 계곡 물은 소리를 내며 흐른다.

"태백산 신령께서 도와주시나 보오."

신명이 말하고,

"맞습니다. 제대로 절 한번 드려야겠어요."

일문이 받았다.

한 시간쯤 산을 올라가 검룡소에 도착했다. 월요일이어서 그런지 탐사단 말고는 사람들이 없다. 연못은 생각보다 훨씬 작았다. 어른이 혼자 몸을 담그기에도 부족해 보인다.

"이야. 저렇게 작은 연못이 남한강이 된단 말인가요? 수백만 사람들이 기대 살아가는 강물."

태평이 혀를 내두른다. 드넓은 태평양 같은 얼굴에 넘치는 흥분이 뚜렷하다. 태평의 즐거움이 일문에게도 전염되었다. 일문이 말했다.

"그러니까 이렇게 신비로운 거 아니겠어요? 얼마나 성스러운 공간인지요."

"참 감사한 일입니다."

단장인 구 선생도 감개무량한 얼굴이다.

"저렇게 작아 보여도, 하루에 솟는 물이 삼천 톤이랍니다. 땅이 쩍쩍 갈라지는 가뭄이 들어도 솟는 물에는 변함이 없다고 하네요."

김인이 정보를 알려 줬다. 사람들이 고개를 끄덕였다.

"자. 우리 기원제를 지내도록 합시다. 생명의 강, 어머니 젖줄인 남한강 발원지에 기도를 드려야지요."

구 선생이 말하면서 일문을 바라본다. 일문은 배낭에서 두루마리를 꺼냈다. 기록을 맡은 일문이 기원문을 써 오기로 했던 것이다. 지원팀장인 사공민수가 간단한 제물을 차렸다. 북어포 한 마리와 배 한 알, 막걸리 한 병이다. 막걸리는 잔에 가득 따라 바닥에 놓았다. 사람들은 검룡소를 바라보며 빙 둘러섰고 일문이 제물 앞에 무릎을 꿇고 앉아 기원문을 읽었다. 모두 진지하고 경건한 표정으로 두 손을 모아 아랫배에 대고 섰다. 길안도 같은 모습으로 섰으나 자주 사람들을 곁눈질해 보았다. 긴장인지 정성스러움인지 알 수 없는 얼굴들이다. 길안은 묘한 기분이 든다.

'이거 뭐하는 거지?'

길안은 산기슭에 있는 조그만 웅덩이를 뚫어지게 바라보았다. 검룡소라는 곳. 표지판에 소개한 글을 보면 서해 바다에 살던 이무기가 이곳에 들어와 말과 소를 닥치는 대로 잡아먹고 살았다. 그러자 사람들이 화가 나서 연못을 메워 버려 이렇게 작은 웅덩이가 되었다고 한다. 원래는 소를 잡아먹는 용이 살만큼 큰 연못이었는데 말이다. 이런 허무맹랑한 얘기가 다 있나, 길안은 안내문을 보면서 픽 웃고 말았다.

길안은 일문의 옆모습을 바라보았다. 한껏 목소리를 가다듬어 기원문을 읽고 있다. 평소에 잘 볼 수 없었던 아주 엄숙한 얼굴로 천지신명을 부르고 있다. 그런 아빠 얼굴이 길안은 몹시 낯설게 느껴졌다.

"하늘은 만물을 낳고 길러 냅니다. 산은 수많은 생명을 깃들게 합니다. 물은 모든 생명의 몸에 들어가 기운차게 움직입니다. 그러나 하늘도 산도 물도 은혜를 베풀었다고 말하지 않습니다. 자신을 내세우지 않으니 공은 더욱 빛납니다. 우리는 이것을 배우려 합니다. 한 걸음 한 걸음 걸으며 하늘과 산과 물의 덕을 배우겠습니다."

낭랑하게 낭독하는 기원문은 길안이 지루하다고 느낄 정도로 길게 이어졌다. 마침내 "천지신명이시여! 우리가 걷는 이 길에 늘 함께 하소서." 하면서 낭독이 끝났다. 길안은 저절로 휴 하고 긴 한숨이 나왔다.

낭독 뒤엔 일행 한 명 한 명 술을 따르고 절을 하는 의식이 있었다. 길안도 마지막 순서로 술을 따르고 절을 했다. 술은 절한 사람이 마셨다. 길안도 마셨다. 목구멍이 텁텁했지만 술을 마시는 건 괜찮은 느낌이다. 모든 의식이 지루하고 재미없었지만 술을 한 잔 마시는 그 순서만큼은 길안 마음에 들었다.

나에게 하는 이야기

검룡소를 떠나 산을 내려오는 길이다. 길안은 우연히 일문과 앞뒤로 서서 걷게 되었다. 한참 말없이 걷던 일문이 길안에게 말했다.

"산신제 지내는 게 맘에 안 들었니? 너 내내 얼굴을 찌푸리고 있더라.”

“응?”

길안은 속이 뜨끔했다. 아빠가 언제 내 표정을 봤지? 기원문을 쓴 두루마리에만 눈을 고정시키고 있는 것 같았는데, 언제 내 표정을 살폈을까.

“내가 얼굴을 찌푸렸다고?”

“그렇던데. 내가 두 번 봤는데 볼 때마다 그렇더라. 왜 그랬어?”

길안은 새삼 깨달았다. 속마음은 얼굴에 그대로 드러난다더니 그게 진짜로 그렇다는 걸. 속마음을 숨기지 못해 아빠에게 들켜 버린 것이 길안은 불쾌했다. 이왕 들켰다면 뭐 숨기고 자시고 할 것 없다. 길안은 생각을 솔직하게 말했다.

“그게 말이야. 아빠는 누구 들으라고 그렇게 읽은 거야? 그 웅덩이 물? 아님 그 웅덩이 안에 산다는 검룡인가 뭔가 하는 이무기? 뭐야?”

“물도 아니고 검룡도 아니다.”

“그럼?”

“너 들으라고 읽은 거다.”

일문이 히죽 웃었다. 길안도 기가 차서 헛웃음이 나온다. 길안이 일문을 힐난하는 어투로 외쳤다.

“뭐야?”

“맞다니까. 야, 물이 어떻게 사람 말을 듣냐. 검룡도 마찬가지야.

이야기 속에나 있는 거지. 너 진짜로 저 물속에 검룡이란 이무기가 살았다고 생각하는 건 아니겠지."

"참, 나."

길안은 일문한테 뒤통수를 세게 얻어맞은 느낌이다. 할 말이 없어서 '참, 나.'만 연발했다. 그런 길안에게 일문이 말했다.

"기원문이란 결국 나에게 하는 이야기야. 내가 그렇게 기원문처럼 살겠다는 거지. 아까 제를 지낼 때 동참한 사람들은 각자 기원문을 읽은 거나 마찬가지야. 그러니 너 들으라고 아빠가 읽었다는 말은 농담이 아니다."

일문은 얼굴에서 히죽거리던 웃음기를 거두었다. 그런 아빠 얼굴을 보자 길안도 '참, 나.' 하던 말이 쏙 들어갔다. 일문이 계속 말했다.

"우리가 걷는 길도 그래. 넌 어떻게 생각하니? 길이 사람을 밖으로 데리고 다니는 것 같아?"

"그건 또 뭔 소리……?"

"사람들은 길을 따라 서울도 가고 부산도 가고 미국도 가잖아. 그러니 길은 사람을 집 바깥 여기저기로 데리고 다니는 거 맞지? 길이 있어야 여행도 다닐 수 있으니까."

"당연하지. 그러라고 길을 만드는 거잖아."

"하지만 아빠는 그렇게 생각 안 한다. 길은 말이야. 사람을 밖으로 데리고 다니려고 있는 게 아니고, 자기 자신을 향해서 나 있는 거야. 그게 진정한 길이지. 내 안으로 들어 올 수 없는 길, 그건 나에겐 길도 아니고 아무것도 아니다."

"…… 뭐래?"

길안은 답답하다. 학교 다닐 때도 그랬다. 이해가 안 되는 말을 배배 꽈서 하는 도덕 선생님을 보면 짜증이 나곤 했는데, 꼭 그 느낌이 되살아난다.

"잘 모르겠어? 그럼 됐다. 못 들은 걸로 해 둬."

일문은 성큼성큼 걸어갔다. 길안은 걸음을 멈추고 일문의 뒷모습을 잠깐 바라보았다. 못 들은 걸로 해 두라고? 오히려 그 말 때문에 길안은 못 들은 걸로 해 둘 수가 없게 되었다. 길이 밖으로가 아니라 내 안으로 나 있다는 말이 그만 가슴에 콕 박혀 버렸다.

"뭐 해? 왜 섰어? 뭐 있나?"

뒤따라오던 태평이 길안 어깨를 툭툭 치며 물었다.

"아, 아뇨. 아무것도."

길안은 얼른 다시 걸었다.

사공민수

주차장에서 응원을 온 사람들과 헤어졌다. 여주시 공무원들과 여강길 회원들이 각자 가지고 온 차를 타고 떠났다. 이제 오롯이 탐사단만 남았다. 구 선생이 둥글게 서 달라고 말했다. 지원팀장인 사공민수까지 일곱 명이 원을 하나 만들었다.

사공민수는 회의에도 참석하지 않고 사전 답사 때도 참여하지 않아 탐사단의 걱정이 많았다. 특히 김인이 심했다. 그러나 구 선생은 조금도 걱정하는 눈치가 아니었는데, 그건 꽤 괜찮은 태도였다. 구 선생이 사공민수에게 보내는 절대적인 신뢰감은, 걱정하는 사람들을 안심시키는 역할을 했으니까.

역시 구 선생 신뢰는 들어맞았다. 오늘 아침, 출발 시각 두 시간 전부터 사공민수는 짐과 차량을 다 준비해 놓고 있었다. 차량에 짐을 실어 놓은 모습에 감탄이 저절로 나왔다. 자주 꺼낼 것과 그렇지 않은 것이 잘 구분되어 있었고 일행이 앉을 좌석까지 지정되어 있었다. 좌석은 각자 역할뿐 아니라 체형까지 고려하여 지정했다. 그것만으로도 사공민수에 대한 우려는 말끔히 날아갔다. 김인도 안심하는 얼굴이었지만 완전히 경계심을 풀지는 않은 표정이었다. 그러나 김인도 곧 싱글벙글 웃는 얼굴이 되었다. 점심 먹을 식당 예약 이야기를 듣고 나서였다.

"검룡소 주변에는 식당이 없어요. 태백 시내에서 점심을 먹고 들어가겠습니다. 태백시[1]에서 가장 맛있는 맛집을 예약해 뒀습니

---

1) 태백시 : 강원도 동남부에 있다. 금대봉 북쪽 계곡 검룡소에서 남한강이 발원하고 매봉산 황지에서 낙동강이, 금병산 오십천에서 동해 바다로 물이 흘러간다. 태백은 강원도 내 18개 시군 가운데 산이 가장 많고, 적은 농지도 모두 밭이다. 석탄을 캐던 탄광들이 폐광되면서 인구가 꾸준히 줄어 2016년 현재 47,000명 정도가 산다. 태백은 '따박'으로 하늘과 땅에 제사를 지낸다는 뜻도 있고, '커다란 흰 빛'이라는 뜻도 있다. 모두 신성한 공간을 나타내는 의미가 있다.

다. 대장정의 첫 끼인데 잘 드셔야죠.”

“어떻게 그렇게 잘 알죠?”

김인이 놀라워하며 물었다.

“아, 그 쪽은 제가 좀 다녀봤거든요. 그리고 저 나름대로 시뮬레이션을 좀 해 봤습니다. 제가 지원팀장 아닙니까, 하하.”

“오!”

김인 얼굴이 활짝 피었다. 다른 사람들은 말할 것도 없었다. 이게 오늘 아침 출발하기 전에 있었던 사공민수와 첫 만남 상황이다. 한 나절을 같이 있었을 뿐인데 사공민수와 일행은 벌써 끈끈한 뭔가가 형성되었다. 그만큼 사공민수는 행동으로 믿음을 주었다.

그런데 길안은 사공민수를 만난 게 썩 달갑지만은 않다. 무슨 운명의 장난 같기도 하다. 사공민수는 몸이 가늘고 큰데다 얼굴과 손발이 희어서 전체적으로 부드러움을 풍기는 인상이다. 몸이 딴딴하긴 하지만 키가 작고 얼굴색은 검은데다 머리카락은 새치를 넘어 반백이라는 놀림을 받는 길안과는 영 딴판이다. 길안은 열여섯, 사공민수는 스물아홉 살이지만 나란히 세워 놓으면 친구 사이라고 해도 이상할 게 없을 정도다. 민수 목소리는 어떤가. 아나운서 뺨치는 단정한 음성에다 하는 말이 귀에 쏙쏙 들어와 박히게 하는 힘이 있다. 길안은 말을 딱딱 맺어 끊지 못하고 얼버무리는 습관이 있으니, 민수의 언어 습관은 길안에겐 놀라운 것이었다.

민수를 처음 봤을 때 길안은 눈을 비비고 다시 봐야 했다. 재열이가 나타난 줄 알았기 때문이다. 사공재열! 이름만 떠올려도 가슴이 팍팍해지는 놈. 길안이 고등학교 진학을 포기하려는 데에 아주 높은 비율로 기여를 한 녀석이 바로 그 놈이다. 길안과 같은 초등학교를 나오고 같은 중학교를 다니는 재열은 길안과 늘 일등을 다퉜다. 초등학교 졸업 때엔 길안이 일등을 했는데, 중학교에서는 2학년 1학기 때 한 번 재열에게 일등 자리를 내줬다. 소도시의 작은 사립 중고등학교인 길안네 학교에서는 둘의 경쟁이 뜨거울수록 쾌재를 불렀다.

"서울대에 두 명을 보내고 말겠다."

길안네 학교 이사장과 교장이 벼르는 말이었다.

그러나 학교 기대와 달리 길안과 재열의 진짜 경쟁은 공부가 아니었다. 김민아. 초등학교 5학년 때 서울에서 전학을 온 아이. 길안과 재열은 동시에 김민아에게 반하고 말았다. 민아도 학교 성적 1, 2위를 다투는 두 남학생의 구애를 싫어하지 않았다. 치열한 구애 작전으로 점철된 몇 해를 보내고 올해 초, 민아는 마침내 사공재열을 선택했다.

길안이 느꼈던 수모는 말로는 표현이 불가능한 것이었다. 길안은 괴로웠다. 재열과 민아와 길안은 같은 고등학교에 진학하게 될 것이다. 전교생 120명밖에 안 되는 시골의 작은 학교에서 재열과 민아를 만나지 않고는 학교생활을 할 수가 없다. 둘을 볼 때마다 길안은 뼈를 깎고 살을 저미는 아픔을 감수해야 할 것이다. 길안은 다른 고등학교로 가야 하나? 고민을 하다가 에라, 고등학교를 가지 말자, 하고 생각을 하는 중이었다.

그런데 그런 재열이 놈을 이렇게 만나다니. 외모에 있어서 길안보다 지나치게 우월한 유전자를 타고난 놈. 길안은 놀라서 가슴이 잠깐 두근거릴 정도였다. 놀란 가슴을 겨우 진정시키고 길안이 민수에게 물었다.

"혹시, 재열이를 아시나요?"

재열에겐 형이 없다. 여동생 하나가 있을 뿐이다. 그러나 성이 같으니 길안이 본적이 없는 형일 수도 있다.

"재열이? 아, 사촌 동생인데? 오라. 길안이 너 친구로구나."

"예…… 그렇죠."

"그래. 야, 잘됐다. 유길안. 근데 너 공부 엄청 잘한다며?"

"뭐…… 예."

"훌륭하다. 학교 공부 좀 한다고 책만 파고 앉아 있으면 샌님이지. 중3 여름방학인데 천 리 길을 걷겠다니. 그것도 어른들하고. 네가 진짜 공부가 뭔지를 아는구나."

민수 목소리는 경쾌했고 말 내용은 듣기 좋았다. 재열인 줄 알고 놀라고 떨떠름했던 길안의 느낌들을 털어 주는 힘이 있다. 민수는 길안에게 손을 내밀었다.

"만나서 반가워. 네가 같이 가서 참 좋다. 막내도 면하고. 잘 지내보자. 사공 형이나 민수 형이나 뭐 편한 대로 불러. 그치만 삼촌, 아저씨 뭐 이런 단어는 절대 사양이다, 알았지?"

"네……."

민수 손은 부드러웠다. 길안은 나긋나긋한 그 촉감에 편안한 느낌이 든다. 민수가 먼저 손을 뺐다. 길안 어깨를 툭 치고 민수는 다른 사람들 쪽으로 옮겨갔다. 길안은 완전히 도플갱어를 보는 중이다. 재열이도 그랬다. 나긋나긋한 촉감으로 길안 손을 잡으며 말했었지.

"만약 나와 민아 때문에 우리 우정이 깨진다면 내가 민아와 헤어질 수도 있다. 우리 우정은 자그마치 십 년이야."

"지랄! 그래 십 년인데, 내가 너희 둘을 축하도 못하겠니. 헛소리 하지 마라."

길안은 일부러 화를 팍팍 내며 말했다. 속으로는 정곡을 찔린 가슴을 부여잡으면서 말이다. 미워해야 마땅한데도 도저히 미워할 수가 없게 만드는 녀석이 바로 재열이다. 사촌 형이라는 민수도 그럴 것 같다.

길안은 기분이 조금 좋아진다. 아빠와 함께 간다는 부담감에다 한 여름에 천 리가 넘는 길을 걸어야 한다는 약간의 불안감, 어른들하고만 다니니 재미가 없으리라는 허탈감 등등으로 집에서 나올 때는 약간의 우울함마저 있었다. 그런데 출발지에서 민수를 만나고, 그 짧은 시간에 어쩌면 즐거운 여행길이 될지도 모른다는 기대감마저 생겨났다. 대단한 힘을 가진 지원팀장이라고 길안은 생각한다.

걷는 자리

둥근 원을 만들고 선 일행에게 구 선생이 말했다.

"이제 드디어 시작입니다. 앞으로 어려움이 많이 있을 겁니다. 모든 단원이 천백 리 길을 무사히 다 걷기를 기원합니다. 하지만 무리할 필요는 없다고 생각합니다. 도저히 걸을 수 없는 상황이 되면 멈춰도 됩니다. 다만 모든 단원이 포기하는 일은 없었으면 합니다. 단 한 사람이라도 끝까지 걸어서 길을 만들어야 합니다. 물론 신명 님이 계시니까 그런 걱정은 하지 않습니다만."

말을 멈추고 구 선생이 신명을 바라보았다. 신명은 하얀 눈썹을 꿈틀하며 고개만 천천히 끄덕일 뿐 말은 없다. 구 선생이 다시 말했다.

"그럼 출발하기 전에 약속을 다시 한 번 확인하겠습니다. 휴대폰은 지원 차량에 실어 놓거나, 꺼서 배낭에 넣어 주세요."

단장 지시에 다들 따랐다. 태평은 휴대폰을 아예 가져오지 않았으므로 가만히 있었다. 그런 태평 얼굴에 뿌듯한 만족감이 어려 있다.

"걷는 동안에는 묵언하겠습니다. 될 수 있으면 그렇게 하겠다는 것이고, 물론 꼭 필요한 말이 있을 때는 해도 됩니다. 차도로 많이 걷게 되므로 대형은 한 줄로 하겠습니다. 그럼 서는 위치를 정하겠습니다. 제가 길잡이니까 맨 앞에 서고요. 그 다음부터는…… 어떻게 하는 게 좋을까요? 신명 님?"

구 선생이 도움을 바라는 눈빛으로 신명을 바라보았다. 신명이 대답했다.

"두 번째는 오태평 씨, 세 번째는 유일문 대표, 네 번째 길안이, 다섯 번째 김인 의원, 그리고 마지막에 내가 걷겠소."

"역시! 감사합니다. 저도 그렇게 생각했습니다."

구 선생이 몹시 좋아한다. 신명이 맨 뒤에서 걷기 완급을 조절해 주길 바라는 마음이었는데 이심전심을 확인했으니 기뻤던 것이다.

"걷는 동안, 신명 님이 지적해 주세요. 제가 앞에서 속도 조절을 잘못할 수가 있으니까요"

"그렇게 하죠."

탐사단 중에 최고령인 신명이 빙긋 웃으며 대답했다. 길은 앞에서 걸으면 덜 힘들다. 그래서 덩치가 큰데다 길을 걸어 본 경험이 없는 태평을 두 번째 세우고, 걷기 경험이 많은 김인과 신명이 뒤에 서는 것은 누가 봐도 합리적인 배치였다.

"자. 그럼 출발하기 전 몸에 소식 좀 주겠습니다. 발목부터 무릎, 허리로 천천히 두드려 주시고 돌려 주세요."

몸 풀기가 끝나고 구 선생이 맨 앞에서 걷기 시작했다. 신명이 한마디 주의를 줬다.

"앞 사람 스틱에 맞을 수 있으니까, 간격을 2미터 이상 유지하면서 걷도록 합시다."

사람마다 등산 스틱을 두 개씩 들고 있다. 평지를 걸을 때에도 스틱을 짚으면 체중의 약 30퍼센트를 분산시킬 수 있다. 그만큼 발바닥과 발목, 무릎이 받는 부담이 줄어든다. 그러나 신명은 스틱을 한 개만 갖고 왔다. 그것도 배낭에 묶어 두고 있다. 스틱이 없어도 충분하다는 자신감을 보여 주는 셈이다.

장수말벌

검룡소 주차장부터는 내리막이다. 검룡소에서 솟구쳐 소리를 내며 흐르던 물줄기가 자취를 감췄다. 도랑 바닥에는 흙과 돌이 드러나 있다. 석회 암반이어서 물이 땅속으로 숨어 흐르기 때문이었다. 군데군데 물이 바깥으로 나와 흐르다가 다시 땅속으로 들어가곤 한다. 한여름인데도 더위가 없다. 바람은 시원하고 다리엔 힘이 짱짱하다. 하나같이 즐거운 얼굴로 힘차게 발걸음을 내딛었다. 오후 두 시다. 사공민수는 숙소를 잡아 두기 위해 차를 몰고 먼저 떠났다.

한 시간을 걸어 도착한 곳은 검룡정이다. 길손이 쉬어 가기 좋게 길가에 지어진 정자다. 창죽교를 건너 시작되는 차도를 만나기 전에 다리쉼을 하기에 그만인 곳이다. 맨 먼저 정자 계단에 발을 올리던 구 선생이 "어이쿠!" 소리를 내면서 뒤로 물러났다. 다들 놀라서 바라보니 커다란 벌 한 마리가 구 선생 머리 위를 지나 날아가고 있었다.

"말벌이네. 장수말벌."

김인이 말했다. 탐사단은 얼어붙었다. 길안은 장수말벌의 무서움에 대해 잘 몰랐으나 일행의 움직임에서 공포감을 쉽게 읽을 수 있었다. 맨 뒤에 섰던 신명이 앞으로 썩 나섰다. 첫 번째 계단에 한 발을 올리고 정자 내부를 살펴보던 신명이 말했다.

"허허. 서까래 사이에 집을 지었군. 올해 처음 지은 모양인데. 그리 크지 않은 걸 보니."

신명은 계단을 올라가서 말벌 집 바로 밑에 자리를 잡고 앉았다. 그러나 누구도 선뜻 정자에 올라가지 못한다. 벌집에서 또 말벌 한 마리가 날아 나와 모자를 벗은 신명의 귓가를 스치듯 지나갔다. 신명은 그 말벌이 보이지 않는 듯한 표정으로 사람들을 보고 말했다.

"건드리지 않으면 쏠 일 없소. 걱정 말고 올라들 오오."

구 선생이 계단을 올라갔다. 구 선생은 신명 옆에 자리를 잡고 앉는다. 그리고 김인, 태평, 일문과 길안 부자도 정자로 올라갔다. 일문은 길안 손을 잡아 자기 옆에 앉혔다. 말벌 집이 정면으로 보이면서 말벌 집에서 가장 먼 곳이다.

"하하하. 형님, 말벌을 겁내시네. 쏘인 적이 있나요?"

김인이 배낭을 풀고 앉으면서 일문을 놀리듯 말했다.

"쏘인 적이야 없지만 무서운 건 알지. 죽을 수도 있다면서?"

"죽은 사람도 있죠. 저도 벌을 좋아하기는 하지만 어휴, 말벌은 싫어요. 완전 폭군이니까."

"맞아. 김 의원은 벌침 전문가지. 말벌 침도 맞아 보지 그래. 꿀벌보다는 수백 배 효과가 있을 텐데."

일문이 김인을 놀렸다. 김인은 꿀벌을 생포해 자기 몸에 벌침을 쏘게 하는 사람이다. 꿀벌이 윙윙 날다가 앉는 순간을 노려 날개를 잡는데, 그 솜씨가 일품이다. 날개를 잡아야만 무릎이든 팔이든 자기가 원하는 부위에 침을 놓게 할 수 있다. 자칫 다른 곳을 잡으면 꿀벌이 손가락에 침을 박아 버리기 때문이다.

"그건 형님, 자살 행위죠. 설마 제가 죽기를 바라는 건 아니시죠?"

"이크, 그게 그렇게 되나? 그럼 취소일세, 취소. 말벌 침 놓지 말게."

일문은 말을 하면서도 말벌 집에서 눈을 떼지 못한다. 일문은 자신도 자신이지만 아들인 길안이 혹시라도 말벌의 공격을 받을까 걱정이 된 것이다. 말벌 집 바로 아래에 앉아서도 태산처럼 평온하기만 한 신명과 긴장해서 불안에 떨고 있는 일문을 번갈아 보면서 길안은 웃음이 나왔다. 길안은 슬며시 장난기가 발동했다.

"아빠. 안 건드리면 된다는데, 뭘 그렇게 불안해서 그래."

길안이 벌떡 일어서서 신명 옆으로 걸어갔다.

"야, 너 뭐하냐?"

일문도 자리에서 일어섰다. 길안은 신명 옆에 앉았다. 바로 머리 위에 박 덩이 같은 말벌 집이 있다. 일문 이마가 찌푸려졌다. 구 선생이 말했다.

"길안아. 아빠가 걱정하시잖니. 일부러 위험을 자초할 필요는 없지."

"그래. 이 불효막심한 녀석아. 어서 아빠 옆으로 가거라."

김인이 실실 웃으며 구 선생 말에 동조를 하자 길안이 대답했다.

"말벌한테 쏘인다고 다 죽나요. 위험할수록 배당금이 높다는 거 모르세요? 도박의 철칙이잖아요. 인생은 도박이라는데, 겨우 말벌한테 쫄아선 안 되죠."

"뭐?"

김인이 어이가 없어서 눈을 동그랗게 떴다.

"허, 길안아, 네 말이 맞구나. 김 의원이 한 방 먹었소."

신명이 껄껄 웃었다. 다들 편안하게 다리를 쉬었으나 길안 아빠, 일문은 안절부절 못하다가 쉬는 시간이 끝났다.

여기가 좋소?

온통 배추밭이다. 배춧잎을 흔들고 오는 바람이 향긋하다. 배추밭 경사가 심한 곳은 45도 이상으로 보이는 곳도 있다. 어마어마하게 너른 밭을 어떻게 경작할까를 놓고 말들이 많았다.

"소는 아예 안 되겠지요?"

"그걸 말이라고. 요즘 일소가 어디 있나."

김인이 묻고 일문이 답했다. 예전엔 소에 쟁기를 채워 흙을 뒤집었지만 지금은 일하는 소가 없다. 우리에 갇힌 채 살만 찌우다가 불판에 얹혀 구워지거나 찌개 물속에 들어가 끓을 뿐이다.

"경운기로 하겠죠?"

"경운기? 저 비탈은 못 올라가지. 금방 뒤집어지고 말텐데."

"그럼, 당연히 트랙터로 하겠네요."

"근데 트랙터가 별로 안 보여. 트랙터도 넘어지기 쉽지."

"트랙터 말고 다른 게 있나요?"

김인과 일문의 문답과 마찬가지로 일행 중 누구도 결론을 내질 못했다. 그러자 다들 배추밭 경작 기계가 몹시 궁금해졌다. 상사미동에서 쉴 때 그 의문이 풀렸다. 일행이 길가에 앉아 쉬는데 일흔다섯이나 여섯쯤 되어 보이는 할머니가 길로 나왔다. 일행이 걸터앉은 돌무더기는 할머니네 집 옆에 있었다. 할머니는 푸른색 비닐 포장을 바닥에 펴더니, 돌무더기 옆에 놓인 비닐 포대에 든 감자를 쏟는다. 김인이 다가가 활기차게 인사를 하고 물었다.

"어르신. 저 배추밭 흙을 뭘로 갈죠? 트랙터로 하나요?"

할머니가 고개를 흔들고 나서 대답했다.

"아니래요. 포크렌이 하오."

"포크레인요?"

다들 놀라는 가운데 태평이 큰 소리로 말했다.

"맞아요. 오다가 포크레인 봤어요."

"밭 가에 선 걸 나도 보긴 봤는데, 설마 포크레인이 배추밭 흙을 뒤집을 거라곤 생각도 못했네. 포크레인을 쓰려면 하루 비용만 육칠십만 원 정도 되는데."

김인이 고개를 설래설래 저었다.

"그래도 되죠. 고랭지 배추는 한 차에 오백만 원이 넘거든요. 저 정도 밭이면 열 차 이상 나오겠는데요."

태평이 작은 저수지 같은 푸른 밭 한 뙈기를 가리키며 말했다. 역시 식당 주인이라 배추 값을 잘 알고 있다. 태평의 셈법에 따르면 충분히 포크레인 값을 치르고도 배추 농사를 지을 만하다고 김인이 수긍했다.

"문제는 결국 돈이 돈을 번다는 거지. 마을 토박이들이 저런 큰 밭을 무슨 수로 경영하겠어요. 다 돈 많은 외지 사람들이 주인이 겠지."

일문이 비판조로 말했다. 일문 말엔 아무도 대답하지 않았다. 세상의 정의에 대해 시시콜콜 따지고 싶은 마음들이 없었던 것이다. 천 리 길을 막 시작한 지금, 유쾌하고 상쾌한 마음을 그대로 유지하고 싶은 기분들이었기 때문이다.

일행이 잠깐 침묵하는 사이에 구 선생이 할머니에게 말했다. 할머니는 썩힐 감자와 반찬으로 먹을 감자를 골라내는 중이다.

"참 좋은 데 사십니다."

할머니가 싱글벙글 하는 구 선생 얼굴을 물끄러미 바라보더니 옅은 미소를 지으며 대답했다.

"여기가 좋소?"

구 선생은 전혀 생각해 보지 않은 응답이라 약간 당황했다. 그렇지만 얼른 당황한 기색을 감추고 더 활짝 웃는 얼굴로 말했다.

"얼마나 감사한 일입니까. 이렇게 공기도 좋고, 경치도 아름답고, 이리 평화로운 곳에 사시니."

구 선생이 자신의 논리에 근거를 대려고 노력했으나 할머니는 화제를 바꾸었다.

"그래, 어데를 다니는 분들이오?"

"저기 검룡소에서 여주까지 갑니다."

김인이 대답했다.

"여주?"

"예. 경기도 여주입니다. 여기서 강 따라 걸으면 천 리가 조금 넘지요."

"천 리? 아이구, 수고가 많소."

할머니는 그렇게 말하고 다시 감자에 집중했다. 더 대화를 하고 싶지 않다는 몸짓이었다. 구 선생도 김인도 하릴없이 할머니 곁을 물러났다.

친구들

탐사단은 다시 걷기 시작했다. 검룡소에서 상사미동까지는 냇물이라고 하기도 어렵다. 그저 물길이 있는 정도로만 보인다. 하지만 걸을수록 걷는 거리만큼 물길은 점점 넓어진다. 검룡소에서 샘솟는 물은 뿌리물이 되고 조금씩 흘러드는 물이 보태져 물길은 점점 폭이 넓어져 간다.

오후 여섯 시, 하사미교 다리를 건너 첫날 걷기를 마쳤다. 다리 옆 공터엔 황금마차와 사람 셋이 있었다. 황금마차는 지원팀장인 민수가 몰고 다니는 지원 차량을 말한다. 9인승 승합차인데 태평의 친구가 주인이다.

태평이 차를 지원해 줄 수 있느냐고 물었을 때 친구는 잠깐 생각하고 나서 '좋다.'고 고개를 끄덕였단다. 그리고 '누군가 나에게 베풀어 주면 좋을 일이라면 나도 베풀어야지.' 라는 말을 덧붙였다고 태평이 사전 답사를 갈 때 전했다. 태평 말에 가장 심하게 감격한 사람은 구 선생이다.

"참으로 감사한 일입니다. 아, 감사하다!"

"젊은 사람인데도 깊이가 있네. 철학자가 따로 없군."

일문이 말하자, 김인이 "내 생각도 그렇다."며 같이 탄복했고 신명도 한마디했다.

"그런 분이 하는 음식이라면 맛도 기대가 되오. 나중에 우리 한 번 가서 먹읍시다."

태평의 친구도 식당을 하는 사람이었다.

그렇게 지원받은 차량을 구 선생이 황금마차라고 이름을 붙였다. 물론 첫날부터 이 이름이 붙은 건 아니고, 나흘 째 오후에 그 이름이 붙었다. 탐사단이 더위에 지쳐 나무 그늘에서 쉬고 있을 때 바로 이 지원 차량이 한 점으로 나타나 점점 다가왔던 것이다. 더구나 민수는 시원한 아이스크림과 얼음 커피를 갖고 왔다. 다들 기뻐서 춤이라도 출 지경이었는데, 그때 구 선생이 "오, 황금마차. 너무나 감사하다!" 하고 말했던 것이다.

어쨌든 이 황금마차를 거느리고 세 사람이 서 있었다. 민수 옆에 삼십 대로 보이는 남녀가 같이 있다. 태평이 바람처럼 달려갔다. 태평은 남자와 두 손을 마주 잡아 흔들고 여자도 활짝 웃는다. 태백에 사는 태평의 친구 부부란다.

탐사단은 반갑게 인사를 나누고 민수가 잡아 놓은 호숫가 정자로 올라갔다. 정자에는 식당에서 음식 나르는 배달 통이 세 개 있었다. 통마다 가득 들어 있는 음식을 꺼내 놓는데 입이 떡 벌어졌다. 돼지고기 두루치기와 갖가지 쌈 채소에 구수한 된장국이 있다. 밥도 금방 지어서 갖고 온 듯하다. 다섯 층 높이로 쌓은 큼직한 반찬 통에는 호박전과 동태전, 콩나물과 시금치 무침, 멸치와 오징어 볶음들이 가득하다. 무슨 잔칫상을 방불케 하는 상차림이다.

"세상에, 어떻게 이렇게……."

구 선생은 입버릇인 '감사하다.'라는 말도 못했다. 아마 감사하다, 라는 표현을 할 만큼의 감동을 넘어서는 모양이었다.

20킬로미터를 걸어오면서 몸에 축적된 에너지가 많이 소비된 만큼 음식들은 입에 달았다. 평범한 음식도 꿀맛일 텐데 정성이 가득 담긴 음식임에랴. 일행들은 각자 내놓을 수 있는 최대 찬사를 태평 친구 부부에게 보내고 나서 음식을 실컷 먹었다. 음식 양은 아주 풍족했다. 술도 막걸리와 맥주, 소주까지 골고루 준비를 해 왔다.

처음에 구 선생이 맥주잔에 소주와 맥주를 섞어서 일행에게 한 잔씩 권했다. 민수는 운전사라 마시지 못하고 그 잔이 대신 길안에게 돌아갔다. 길안은 잔을 받으면서 일문을 힐끔 봤다. 구 선생이 물었다.

"처음 아니지?"

"뭐, 그렇죠."

길안은 한입에 말끔히 잔을 비웠다. 구 선생이 한 잔을 더 만들어 줬다.

"너무 많이 먹지는 마라. 성장기에 좋을 건 없지."

학교 선생님다운 충고를 구 선생이 곁들였다. 길안이 대답했다.

"저, 술 별로 안 좋아해요. 많이 먹으면 머리만 아프던데요. 기분도 별로 안 좋고."

"그건 네가 몰라서 그래. 술을 인류가 왜 만들었게. 술은 판타지 세계로 들어가는 열쇠야. 일상의 정신세계로는 결코 도달할 수 없는 이상적인 세계. 술을 먹으면 몸이 열리고 따라서 평소에는 경험할 수 없는 세계를 겪게 된다고. 물론 그 세계는 내 안에 있지만 내가 몰랐던 세계지."

김인이 갑자기 술 이야기를 길게 풀어 놓았다.

"애 데리고 무슨 얘기를 하는 건가? 김 의원."

일문이 김인 말에 제동을 걸었다.

"술이 뭐 좋기만 한가. 술 취한 망나니라는 말은 들어 봤어도 술 취한 도덕군자라는 말은 못 들어 봤네. 술은 적당히 먹으면 약이 될지 몰라도, 적당히 먹을 수 없는 물건이라……."

"전 그만 먹을래요."

일문 말이 채 끝나기도 전에 길안이 말을 잘랐다. 길안은 술잔을 탁 소리가 나게 뒤집어 놓았다.

"어쭈, 술 좀 먹어 본 솜씬데? 잔 뒤집어 놓는 것도 알고."

김인이 껄껄 웃었다.

"길안 뿐 아니라 어른들도 많이 먹으면 안 좋지요. 이제 걷기 시작이니까요."

일문이 걱정을 섞은 어투로 사람들을 둘러보며 말했다. 일행이 다 고개를 끄덕이는데, 신명은 고개를 끄덕이지도 않고 말했다.

"술도 자기가 먹을 만큼 먹으면 되겠소. 유 대표는 적당히 먹을 수 없는 물건이라고 했지만, 그게 불가능한건만은 아니오. 다들 어른이니 스스로 책임지는 것이 좋겠소. 천 리 길 걷는 일을 누가 시켜서 하면 가능하겠소?"

"……."

잠시 침묵이 흐른다. 신명 말을 각자 되새겨 보는 중이다. 길안은 신명 말이 마음에 꼭 든다. 길안은 구 선생 충고나, 김인이 내놓은 술에 대한 찬양이나, 일문이 하는 아빠로서 걱정이 다 탐탁지 않았다. 마음속에 반발심만 생기는 말들인데, 신명 말은 듣기 좋다. '맞아. 각자 알아서 하면 될 일이잖아. 뭐 이래라저래라 시킬 일 있나.' 길안은 신명이 나이 차이가 가장 많이 나는 할아버지뻘이지만 어쩌면 말이 잘 통할지도 모른다는 생각이 얼핏 들었다. 그러자 신명의 뻗쳐올라간 흰 눈썹도 멋있게 보인다.

침묵이 이어지자 민수가 말머리를 돌렸다.

"면 소재지에 숙소를 잡아 놨습니다. 여름이라 씻을 수 있는 욕실을 우선으로 봤습니다. 설마 호텔급 숙소를 생각하시는 건 아니죠?"

"그걸 말이라고. 텐트에서 잘 각오도 했는데 욕실 딸린 여관이면 감지덕지지요."

김인이 제꺽 말을 받았다.

"이제 꽤 어두워졌네요. 슬슬 이동하셔야 하지 않을까요."

민수가 그릇들을 챙기면서 말했다.

"그럽시다."

구 선생이 응답하고 그릇을 같이 챙겼다. 그것을 보고 태평의 친구 내외가 한꺼번에 말했다.

"다 그냥 두세요. 저희가 정리할게요. 피곤하실 텐데 어서 숙소로 가서 쉬십시오."

"아이구, 그럴 수야 있습니까. 내가 먹은 그릇 치우는 걸 남에게 미루다니요."

"괜찮아요. 선생님, 그냥 두세요. 이 친구는 정리의 달인이에요. 치우는 걸 좋아하기도 합니다."

태평이 자기 친구를 거들고 나섰다. 구 선생이 웃으며 말했다.

"무슨 그런 농담을. 치우는 걸 좋아하는 사람이 어디 있어요."

"진짭니다. 그렇지? 친구?"

"오케이!"

태평의 친구가 큰 소리로 대답했다.

"보셨죠? 선생님."

태평이 자랑스럽게 구 선생에게 말하는데 신명이 대화 속으로 들어왔다.

"태평 씨는 참 좋겠소."

"무슨 말씀인지요?"

태평이 신명을 돌아보았다.

"참된 친구가 한 명만 있어도 행복한 일생이라고 합디다."

"아~ 참된 친구라. 우리가 그렇다는 건가요?"

태평이 자기 친구에게 눈짓을 보내며 말했다. 신명이 대답했다.

"참된 친구인지는 쉽게 판별할 수 있다오. 혹시 아무 일이 없어도 그냥 전화를 할 수 있소?"

"당연하죠."

"한 시간이고 두 시간이고 말없이 같이 있을 수 있소?"

"…… 가능하죠."

태평의 친구도 고개를 끄덕였다.

"그럼 뭐 더 볼 것도 없겠소. 두 분은 참된 친구 사이요. 오늘 같은 이런 식사 대접은 너무나 자연스러운 거겠소."

"오!"

태평의 드넓은 얼굴이 환해졌다. 태평의 친구와 부인도 은은한 미소를 지었다. 세 사람 얼굴을 보는 것만으로도 같은 자리에 있는 일행은 행복감이 느껴질 정도였다. 정리의 달인이라는 태평의 친구에게 뒤처리를 맡기고 탐사단은 숙소로 이동했다.

차오르는 기쁨

광동호 저수지 밑에 있는 하장면 소재지. 시골 마을치고는 꽤 큰 여관이다. 각자 배낭을 꺼내 방으로 들어갔다. 신명, 구 선생, 태평, 길안이 한 방이고, 일문, 김인, 민수가 한 방이다. 방에는 에어컨이 없었다. 낡은 선풍기 한 대가 방 한구석에 서 있을 뿐이다. 에어컨을 좋아하는 일문이 주인에게 물었다.

"어째 방에 에어컨이 없죠?"

주인은 민수를 한번 돌아보고 나서 대답했다.

"선풍기를 한 대 더 갖다 드릴까요?"

"뭐 선풍기는……."

일문이 마뜩찮아 하자 주인이 말했다.

"선풍기도 켤 일은 없으실 텐데. 하여간 더우면 말씀하세요."

주인 말이 맞았다. 씻고 나자 선풍기 바람이 차가웠다. 여름 한가운데지만 밤이 되자 기온이 서늘했다.

"여름 한철은 여기서 지내면 좋겠다."

김인이 말하고,

"부자들 별장이 많답니다."

민수가 받았다.

그때 길안이 있는 방에서는 한창 물집 치료를 위한 시술이 이뤄지고 있었다. 신명이 세 개, 태평과 길안이 각각 한 개씩 물집이 생겼다. 세 사람 새끼발가락에는 다 생겼고, 신명은 엄지와 검지 사이, 검지와 중지 발가락 사이에 물집이 하나씩 더 있다. 신명 발에 물집이 세 개씩이나 생긴 것을 보고 길안은 놀랐다. 일행 중에 가장 많이, 가장 먼 길을 걸었다는 신명이 아닌가. 누구보다 발이 튼튼해서 물집이 안 생길 줄 알았던 것이다.

"아니, 벌써 물집이 세 개나 생겼어요? 신명 님?"

길안은 궁금증을 참지 못하고 물었다.

"늘 그래. 발바닥을 워낙 약하게 타고 났어."

"그래요? 그런데도 어떻게."

"그 많은 길을 걸었느냐, 이거지?"

"예."

"이렇게 치료를 하잖아. 밤마다."

"한번 천 리 길을 걷고 나면 발바닥이 단단해지지 않나요?"

"그렇지 않아. 새로 걸을 땐 첫날부터 늘 물집이 생겨."

"아니, 뭐 그래요? 굳은살이 박여야 정상 아닌가요? 습관이 되서 맨발로 다니는 사람도 있던데."

"난 안 그렇던 걸. 걸을 때마다 물집이 잡히니까."

"에이, 그럼 힘들어서 어떻게 걸어요."

"발바닥 아픈 걸 넘어서는 뭔가가 있지. 한 닷새쯤 걷다보면 말이다. 발바닥 아픈 건 잊고 가슴에 차오르는 기쁨이랄까, 감동이랄까, 그런 게 생긴단다."

"5일만 걸으면요?"

"그래, 5일. 어때? 기대되지? 그러자면 물집 치료를 잘 해야 돼. 자, 발 이리 줘 봐."

길안이 물집 생긴 왼발을 내밀었다. 물집은 새끼발가락과 네 번째 발가락 사이에 넓게 자리 잡고 있다. 신명이 라이터 불에 달군

바늘을 물집에 찔러 넣었다.

"우웃!"

아프지 않은데도 길안이 입에서 신음 비슷한 소리가 나왔다. 바늘에 찔린 곳에서 진물이 주르륵 흘렀다.

"진물을 말끔하게 짜내라."

길안은 시키는 대로 했다. 진물을 짜낼 땐 조금 따끔거렸다. 다음엔 신명이 실을 끼운 바늘을 들어 보였다.

"잘 봐 둬라. 낼부턴 직접 치료할 수 있게."

실에는 빨간약이라 부르는 요오드 용액을 듬뿍 묻혔다. 바늘은 컸다. 신명이 길안의 물집 속으로 다시 바늘을 찔러 넣었다. 진물이 빠져나가서 피부가 쭈글쭈글하다. 바늘 끝이 속살을 건드려서 찌릿하다.

"아아."

길안이 가늘게 신음소리를 냈다.

"이크. 아프지? 하지만 지금부터 더 아플 거다. 요오드 액이 지나갈 때가 진짜야."

신명 말이 맞았다. 실이 바늘을 따르고, 실에 묻은 요오드 액이 생살과 피부 사이에 흐르면서 놀라운 아픔이 전해졌다.

"우후!"

길안은 입술을 깨물면서 발가락들을 꼬부렸다. 물집 부위에서 저릿한 아픔이 전해졌다. 그러나 아픔은 곧 사라졌다. 신명이 물집 양쪽으로 실을 조금씩 남기고 잘랐다. 그리고 휴지로 발가락 전체를 정성스럽게 감쌌다.

"실이 빠지면 안 돼. 진물은 금방 또 차오르거든. 그 진물이 실을 따라 밖으로 빠져나와야 된다. 실이 없으면 물집은 치료가 안 돼."

다음날 아침에 길안은 신기한 경험을 했다. 밤새 생겨난 진물이 실을 따라 다 빠지고 아픔이 사라졌다. 실은 피부에 딱 붙어서 한 몸이 된 것 같다. 신명이 아침을 먹을 때 알려 줬다.

"오늘 또 물집이 생길 수 있으니까 실을 빼지 마라."

"생긴 데 또 생겨요?"

"그럼. 처음 물집이 생긴 곳은 몸무게를 가장 많이 받는 곳이야. 자꾸 생길 수 있으니까 잘 치료해야 돼. 새살이 돋아나면서 실은 알아서 빠진다. 그때쯤이면 천 리고 이천 리고 걸어도 그곳은 괜찮아."

"아, 예."

길안은 고개를 끄덕이며 실이 박힌 물집 자국을 들여다보았다.

둘째 날, 자작나무에 이는 바람

길섶에 들어가 잦아들기

탐사단은 오전 8시에 숙소를 떠났다. 어제 도착 지점인 하사미 교는 차로 10분 정도 되돌아가야 한다. 김인이 경쾌한 목소리로 말했다.

"여기 숙소까지 걸어오려면 두 시간은 걸리겠죠?"

"그렇겠네."

일문이 말을 받자 김인이 주장했다.

"어쨌든 숙소는 무조건 앞으로 잡읍시다. 실컷 걸어온 길을 되돌아가서 자고 오는 건 좀 그래."

"알겠습니다!"

운전대를 잡은 민수가 큰 소리로 화답했다.

차는 금방 하사미교에 도착했다. 시골 동네의 조그마한 다리다. 아무리 작아도 다리는 정말 큰 구실을 한다. 물이 갈라놓은 길을 이어 주니까. 하사미교에서 아스팔트 차도를 잠깐 걷다가 차도 밖으로 나가 고갯길로 들어섰다. 광동호 저수지를 빙 돌아가는 길이다. 고갯길은 시멘트 포장이 되어 있다.

7월 말, 푹푹 찌는 더위가 전국을 달군다고 뉴스마다 떠들었다. 그러나 태백시에서 삼척시[2] 하장면 소재지로 넘어가는 고갯길, 오르막을 오르면서도 탐사단은 더운 줄 몰랐다. 사람들이 느끼기에 딱 좋은 기온에다 짙은 녹색이 어우러진 산길은 가슴에 뭉클한 감동마저 준다. 탐사단 얼굴마다 피어난 흐뭇한 미소가 그런 마음을 잘 증명한다. 40분을 걸어 고갯마루에 도착했다.

"신명 님, 쉬어 가시죠?"

맨 앞 구 선생이 맨 뒤 신명을 돌아보며 말했다.

"그럽시다."

신명의 대답에 구 선생이 길섶 너른 공간에 자리를 잡는다. 각

---

2) 삼척시 : 강원도 동남 끝에 있다. 동해 바다로 나가는 삼척항은 시멘트 수출항으로 이름이 높다. 인구는 약 70,000명(2016년)이다. 미역과 김이 특산물이다. 오십천이 삼척항을 통해 동해로 흘러든다. 관동팔경의 하나인 죽서루(관동제일루)가 유명하고 맹방 해수욕장은 여름철에 사람이 많다. 하장면은 삼척시 북서쪽 끝으로 태백시와 정선군하고 연결된다.

자 배낭에 넣고 다니는 자리를 펴고 앉았다. 물도 마시고 커피도 마셨다. 민수가 준 초콜렛바를 먹는 사람도 있다. 지칠 때 먹으라고 민수는 사탕과 초콜렛바 몇 개를 묶음으로 만들어 사람마다 하나씩 나눠줬다.

이상하게도 쉴 때마다 길안은 신명 옆에 앉게 된다. 의식하고 그런 것은 아닌데도 그랬다. 사람 삶에서 무의식이 이끄는 힘은 의식 세계 움직임보다 훨씬 강한 것인지도 모른다. 신명이 자석이라면 길안은 철가루 같았다. 김인과 한 자리를 펴고 앉은 일문이 자주 길안을 돌아본다. 아들과 한자리에 앉지 못하는 아빠의 섭섭함이 눈에 가득하다.

"나는 늘 생각한다오."

신명이 입을 열었다. 먼저 입을 여는 경우가 많지 않은 신명이다. 사람들이 귀를 쫑긋 세우고 신명을 바라보았다.

"이렇게 길을 걷다가 기력이 다하면……, 길옆 숲속으로 들어가 조용히 잦아들고 싶소."

잦아든다는 것이 죽음을 뜻한다는 것을 다 알아들었다. 길안만 무슨 뜻인지 몰라서 눈알을 동글동글 굴렸다. 하지만 길안도 구 선생이 하는 말을 듣고 신명의 말뜻을 알아차렸다.

"그렇게 돌아가시면 자녀분들이 섭섭해 하지 않겠어요?"

"그럴까요?"

"그럼요. 아버지를 객사하게 했다는 비난도 받을 수 있고요."

"생이란 그런 것이오? 뜻한 대로 다 할 수는 없는?"

"그게 인생이니까요. 온갖 관계로 얽혀 있는."

"허허허. 마음대로 죽을 수도 없다는 것이로군요? 원하는 장소에서 원하는 방식으로 말이오."

"아유. 그럴 수 있다면야, 정말 잘 산 인생 아니겠습니까."

"맞아요. 죽음에도 등급이 있답니다."

불쑥 일문이 껴들었다. 다들 일문을 바라보았다.

"가장 못난 죽음이 '망했다'는 건데요. 제 명대로 못살고 비명횡사한 걸 말한답니다. 좀 나은 것은 '죽었다'는 건데요. 그냥 뭐 평범하게 큰 문제없이 살다가 죽은 걸 말합니다. 잘 죽었다고 말 할 수 있는 것은 '마쳤다'는 건데요. 사람으로 태어나 사람답게 살다가 죽은 사람을 그렇게 말한답니다. 인류에게 좋은 덕도 끼치고 뭔가 역사적으로 이름도 좀 남긴 그런 죽음을 말하는 거죠."

"마쳤다는 건 무지 어려운 거네요, 형님?"

김인이 말했다.

"신명 님처럼 길을 걷다가 숲에 들어가 잦아드는 건, 뭘까요? 분명히 망했다는 아니고……, 아이쿠, 죄송합니다."

김인이 말하다 말고 신명에게 고개를 숙여 보였다. 신명의 죽음을 놓고 이러쿵저러쿵한다는 게 문득 미안한 마음이 들었던 것이다. 신명은 고개를 흔들어 보이며 미소를 지었다. 길안은 신명의 미소를 보자 머릿속에 떠오르는 생각이 있었다. 길안은 생각을 놓칠세라, 얼른 입을 열었다.

"마쳤다가 맞는 것 같은데요? 숲에 들어가 죽으면 잘 죽는 거 아니에요? 숲에 사는 짐승들에게 내 몸을 먹이로 주는 거잖아요. 얼마나 숭고해요. 저는 훌륭한 죽음이라고 생각합니다."

"어라? 이야, 이거 유길아! 만만하게 보면 안 되겠는걸?"

태평도 대화 속으로 들어왔다.

"제 생각도 길안이와 같아요. 우리가 동식물을 먹고 살잖아요. 다른 생명들을 먹고 사는 거죠. 그러니 내 몸도 죽으면 다른 생명들 먹이로 주는 게 맞죠. 그렇게 생명이 돌고 돌아 순환하는 것이 우주 법칙이니까요."

"하하. 난 반댈세. 그렇게 깔끔하게 처리가 되면 좋겠지만……. 신명 님, 죄송합니다."

구 선생이 손을 흔들고 말하다가 신명에게 김인처럼 고개를 숙여 보였다. 그리고 계속 말했다.

"사람 시체가 숲속에 있다고 생각해 보게. 금방 분해가 될까? 미처 분해가 되기 전에 누군가에게 발견된다면? 온갖 복잡한 문제가 발생하지 않을까?"

"그거야. 주머니에 유서를 넣어 놓으면 되지 않을까요? 내가 왜 여기서 삶을 마감했는지 정성스럽게 써 놓으면 될 것 같은데."

"그래도 뭔가 불편해. 자식들도 그렇고. 사람 시체가 있었다는 생각을 하면, 주변 마을 사람들도 꺼림직할 것 같고. 죽음에도 뭔가 절차라는 게 있으니까."

구 선생 말에 태평이 뭐라고 대꾸하기 전에 일문이 나섰다.

"그래요. 맞아. 티벳이나 몽골 같은 나라에선 조장(鳥葬)을 하죠. 사람 시체를 새에게 먹이로 주는 건데요. 장례를 담당한 사람이 새가 먹기 좋도록 시체를 조각내서 흩어놓는다고 해요. 그래야 빨리 처리가 되니까요. 오랜 시간 썩으면서 생기는 문제를 미리 방지하는 거죠. 이렇게 절차가 필요한 건 맞아요."

"그건 저도 인정합니다. 요즘처럼 인간 개체가 너무 많아서 콩나물시루처럼 되어 있는 지구에선 절차가 필요하죠. 매장을 하기에도 땅이 모자랄 정도니까요. 하지만 누구나 다 숲에 들어가 조용히 죽음을 맞이하는 건 아니잖아요. 오히려 아주 드문 일이죠. 드물다는 건 귀한 일이니까요. 저는 신명 님 귀한 죽음을 우리가 받아들일 수 있으면 좋겠어요."

태평 말에 길안이 두 손 엄지를 세워서 흔들었다. 태평 말에 격하게 동의한다는 표시다. 우스개 소리만 주로 하던 태평이 주장을 힘 있게 펼치자 일문이 놀라는 표정을 지었다. 태평은 길안의 격려에 힘입어 한마디 더 보탰다.

"유 대표님이 구분하신 것에 따른다면, 요즘 세상엔 망하는 죽음이 너무 많아서요. 이렇게 드물게라도 신명 님처럼 잘 마친 죽음도 좀 있으면 하는 마음 간절합니다."

"허허. 태평 씨 고맙소. 그냥 실없이 한마디 해 본 걸 그렇게 진정으로 받아들이니, 내가 좀 민망해지는 구료."

신명이 자리를 털고 일어섰다. 그리고 구 선생을 보면서 말을 이었다.

"충분히 쉰 것 같은데? 단장님, 출발해야지요?"

"예. 그러시죠."

일행이 부지런히 다시 길 떠날 채비를 했다. 벗었던 양말을 신고 신발 끈을 조였다. 풀어 놓았던 무릎 보호대도 다시 찼다.

자작나무에 이는 바람

고갯길을 내려서자 저수지 광동호 둘레길이 나타났다. 맨 앞에서 잘 걸어가던 구 선생이 갑자기 놀란 듯 걸음을 딱 멈췄다. 일행도 구 선생에게 가까이 다가가 우뚝우뚝 섰다. 그리고 탐사단은 모두 입을 떠억 벌린 채 발이 땅에 박혀 버렸다. 한참 동안이나. 커진 동공이 원래대로 돌아오는 시간도 오래 걸렸다.

굽이까지 보이는 길은 실로 아름다웠다.

"우리가 저리로 걸어갈 거죠?"

김인이 살짝 떨리는 목소리로 말했다.

"아, 감사하다!"

역시 구 선생의 감격스런 인사말이 터져 나왔다.

스스슥!

바람 소리가 났다. 눈앞에 보이는 거대한 자작나무 숲이 흔들린다. 햇살인 듯 나뭇잎인 듯 반짝이는 빛이 바람과 함께 탐사단의 눈을 가득 채운다. 자작나무를 지나온 바람의 달콤한 맛이 입으로 들어오고 상쾌한 기운은 온몸을 감싸고돌았다.

누가 먼저라고도 할 것 없이 탐사단은 자작나무 앞에 섰다. 꿈을 꾸는 듯한 동료들 모습을 담으려고 김인이 사진기를 들이댔다. 그러자 태평이 소리쳤다.

"소리도 담아 줘요!"

"무슨?"

"이 바람이요. 자작나무에 이는 바람 소리요!"

"알았어요!"

단체 사진을 찍고 탐사단은 다시 걷기 시작했다. 그러나 길안은 배낭에서 수첩을 꺼내 뭔가 쓰느라 곧바로 따라 걷지 못했다. 신명은 길안이 앞장서기를 기다리다가 곁으로 다가와 수첩을 들여다보았다.

"어디보자. 반짝이는 물, 자작나무, 또, 바람 소리? 뭐 쓰는 거니?"

"아, 예…… 그냥요."

길안은 수첩을 접었다. 길안이 알기로는 작가들은 다 작가 수첩이 있다. 영화감독은 시나리오 수첩이라고 해야 하나? 그래서 길안도 길을 걷다가 마음에 드는 장면이 있으면 적어 두려고 수첩을 갖고 왔다. 엄마 아빠에게 큰소리를 쳤으니 멋진 영화를 만들어

봐야 한다.

길안은 이미 서울시에서 운영하는 청소년 영화 동아리도 알아
뒀다. 서울에 사무실이 있지만 충분히 활동이 가능하다. 여주에
도 전철이 생겼고 버스를 타고 다녀도 두 시간이면 사무실에 도착
할 수 있다. 이름도 꼭 마음에 든다. 아그로. 처음엔 무슨 말인가
했는데 '악으로'를 소리 나는 대로 부르는 이름이란다. 이를 악물
고 악으로 버티며 영화를 찍자는 뜻이라고 한다. 이번 천 리 길 걷
기가 끝나면 서울에 가 볼 생각이다. 길안은 마음이 자꾸만 고등
학교를 안 가는 쪽으로 기울고 있었다.

하지만 이런 이야기를 신명에게 할 수는 없다. 말하고 싶지 않기
도 했지만, 뭐라고 말해야 할지 몰랐기 때문이기도 하다.

"그래. 다 적었으면 어서 가자."

일행은 벌써 굽이를 돌아가서 보이지 않았다.

발이 잘린 여인

몸이 가늘고 걸음이 가벼운 김인은 사진 담당이다. 보통 사진
을 찍는 사람은 다른 일행보다 1.5배는 걷는다고 한다. 김인도 먼
저 앞으로 달려가서 일행을 기다렸다가 사진을 찍고 뒤에 처졌다
가 급하게 달려오곤 했다. 그러고도 전혀 힘든 기색이 없다. 김인
이 자주 대열에서 이탈하다 보니 걷는 순서가 뒤죽박죽이 되었다.
맨 앞 구 선생과 맨 뒤 신명만 붙박이고 가운데에 선 태평, 일문,

길안, 김인은 자주 순서가 바뀌곤 한다. 그러다 길안 자리가 신명 바로 앞으로 고정되었다.

검룡소에서 출발할 때 묵언 걷기를 약속했지만 그 약속은 속절없이 깨졌다. 주변 경치라든가, 걸으면서 느낀 감동이라든가, 하여튼 말할 거리가 무궁무진하게 생기는 바람에 다들 입을 다물고 있을 수가 없다. 길안과 앞뒤로 서게 된 신명도 말이 많아졌다. 찻길이 아닌 개울 옆 둑길을 걸을 때는 자연스럽게 둘씩 짝지어 걷는 일이 많다. 길안은 신명과 나란히 걷는 일이 잦았다. 멀리 장병산을 보면서 걸을 때다.

"길안아, 저기 좀 봐라."

신명이 스틱으로 산을 가리켰다. 다들 허리높이로 만든 스틱을 두 개씩 짚으면서 다녔으나, 신명은 짧게 만든 스틱 한 개를 짚지 않고 들고만 다녔다. 신명 걸음걸이는 김인보다도 가벼웠다. 신명 걸음걸이를 구 선생은 '나비가 춤을 추는 것 같다'고 명명했다. 가볍고 날랜 걸음을 걷는 신명은 굳이 스틱을 짚을 필요도 없었다. 땅바닥에 아무런 자국도 남기지 않을 것처럼 너울너울 날듯이 걷는 신명 발에도 물집이 자꾸 생기는 것을 보고 길안은 의아한 생각마저 들곤 했다.

"누워 있는 여인 같지 않니?"

길안은 스틱이 가리키는 산을 집중해서 봤다. 그냥 산이었는데 문득 여인으로 바뀌었다.

"얼굴에 오뚝한 코와 가슴께 봉긋한 젖무덤도 보이지?"

말 그대로다. 길안은 치마를 두른 엉덩이와 다리도 봤다. 몇 개 산봉우리가 만들어 낸 거대한 여인. 복숭아 뼈 위치로 보이는 곳에 찻길이 나 있다. 까마득히 멀어 보인다.

"발이 잘렸어요."

길안은 얼굴을 찌푸렸다. 여인으로 전혀 생각하지 않고 그 찻길을 봤을 땐 보이지 않던 것이었다. 이제 누운 여인으로 변한 산은 발이 동강난 것으로 보여 길안에게 섬뜩한 느낌을 준다.

"에이. 길을 좀 돌리지. 그럼 발을 자르지 않아도 됐을 텐데."

"돌려도 마찬가질 걸. 또 다른 뭔가를 잘라야 할 테니."

신명이 고개를 저었다.

"그럼 아예 찻길을 내지 않으면 되죠. 저런 산에는 말이에요."

"허허. 그게 가능하겠니? 자르고 캐내고 죽여서 파먹을 수밖에 없단다. 그게 숙명이야. 다만 얼마나 예의를 지키느냐 하는 것인데, 요즘은 그 예의란 게 점점 없어지는 것 같다."

"예의…… 그게 어떤 거예요?"

"세상을 창조한 신들은 다 자기 몸을 조각내 뭇 생명을 만들어 낸단다. 지구상에 신화를 가진 인류 종족들은 다 그런 이야기가 있다. 우리나라도 그렇고. 저 누운 여인도 지모신이거나 마고할미 아니겠니. 세상 엄마들을 봐라. 모두 자기 몸을 나눠 자식에게 먹여 주지 않니. 그렇다고 엄마들은 자식에게 보답을 바라지도 않

아. 그저 자식이 튼튼하게 잘 자라 주길 바랄 뿐이지. 저 지모신이나 마고할미도 발을 잘라 우리 인간들에게 길을 내줬지만 보은하길 바라지도 않을 게다. 다만 저 길을 낼 때, 또 우리가 이용할 때 얼마만큼 예의를 차렸는지가 문제다. 예의란 다른 게 없다. 고마워할 줄 아는 일이야. 고마움을 안다면 저 길을 걸을 때에도 뭔가 경이로움이 있을 거다. 예전엔 들판에서 밥을 먹을 때에도 음식을 조금씩 나눠 땅 신에게 먼저 드리고 먹었단다. 그런 것도 예의 아니겠니? 그런데 요즘은 무례한 사람들이 많아진 것 같아. 만약 아주 무례하다면 보은을 바라지 않는 신들도 가만있지는 않을 거야. 우리 인간을 가르치기 위해 호되게 꾸짖음을 내리겠지."

"어떻게 꾸짖어요?"

"우리가 자연재해라고 부르는 것 있잖니. 홍수, 가뭄, 태풍, 지진, 벼락…… 또 뭐가 있을까? 바로 그렇게 온단다. 꾸짖음은."

"그러니까, 그게 바로 천벌이군요?"

길안이 멋진 용어를 생각해 내서 자신만만한 목소리로 말했다. 신명이 소리 없이 빙긋 웃었다. 그 웃음을 인정으로 해석한 길안은 신이 났다. 언젠가 들은 이야기도 번쩍 생각났다.

"가이아 여신이요. 화가 나면 몸을 한 번 비튼대요. 에잇, 더러워 못살겠다! 한번 뒤집어야지. 그러면 인류는 멸망할 수도 있대요."

"가이아?"

"가이아 여신 모르세요? 그리스신화에 나오는 땅의 여신이에요.”

“음. 지모신과 같은 신이로구나.”

“그럴걸요.”

“그래. 가이아 여신이 몸을 뒤틀지도 모르겠구나. 요즘 인간이 보통 오만해야 말이지. 마치 모든 생명들을 내 것인 양 함부로 하고 있으니. 이크, 조심해라.”

길안이 좁은 길에서 신명과 나란히 걸으려다 움직이는 돌을 밟아 균형을 잃고 비틀거렸다. 신명이 길안 손을 잡아 바로 서게 하고 말했다.

“안 되겠다. 한 줄로 걸어야지. 앞서 거라.”

거기서 두 사람 대화는 끊어졌다. 대화 뿐 아니라 둑길도 끊어졌다. 탐사단은 검룡소에서 흘러내리는 물길에 최대한 바짝 붙어서 걷는 것이 목표다. 그러나 그게 만만치 않다. 개울이 넓어지면서 물가에 길이 없는 경우가 많았다. 개울에서 좀 떨어진 곳으로 찻길은 이어졌지만 찻길을 걸으면 물과 멀어지는 단점이 있다. 그렇다고 물에 바짝 붙어서 걸으려면 없는 길을 만들어서 걷거나 물을 건너기도 해야 한다. 좌안에 길이 있으면 우안에는 없고, 우안에 길이 있으면 좌안에는 없는 경우가 대부분이다.

섭천, 냇물을 건너다

장전리 마을 옆으로 지나가던 둑길이 끊어졌다. 되돌아가기는 멀고 밭둑으로 난 길도 없다. 구 선생이 의견을 냈다.

"물을 건너시죠? 신명 님?"

구 선생은 꼭 신명의 뜻을 먼저 묻는다. 신명이 좋다고 하면 다른 사람 의견은 굳이 묻지 않았다. 신명이 개울 건너를 지긋이 바라보았다. 물가엔 갈대가 우거졌고 물이 흐르는 곳엔 돌과 바위가 많다. 물은 깊은 곳이 허벅지에 닿을 정도로 보인다. 신명이 고개를 끄덕인다.

"건넙시다."

그런데 구 선생과 신명의 경로가 달랐다. 구 선생은 일행이 서 있던 장소에서 직선으로 바로 건너려고 했다.

"보기에 저래도 꽤 셀 거요."

개울 중간쯤에 소리를 내며 흐르는 여울이 있다. 땅에 깊이 박힌 큰 바위를 돌아 작은 돌들 위를 흐르는 여울이다.

"돌도 사납고."

물 밖으로 보이는 삐죽삐죽한 돌들 모습을 신명은 사납다고 표현했다.

"내가 다른 쪽을 한번 보겠소."

신명은 갈대를 헤치고 위로 올라갔다. 갈대 키가 커서 속으로 들어간 신명 모습이 언뜻언뜻 보였다. 신명은 한참 걸어 올라갔다. 구 선생은 신명 뒷모습을 가만히 지켜보더니, 신발을 벗어 들고 물에 들어갔다. 자기가 선택한 직선 길을 건너려는 것이었다. 일문도 김인도 구 선생을 따라 신발을 벗었다. 신발을 신고 있는 사람은 태평과 길안 뿐이다. 길안은 홀로 갈대를 헤치고 나아가는 신명을 바라보았다. 이미 꽤 멀리 가 있다. 길안은 잠시 망설이다가 신명이 간 길을 따라가기 시작했다.

구 선생과 일문, 김인은 한 줄로 물을 건넜다. 몸들이 비틀 비틀 하는 중에 김인이 소리쳤다.

"미끄러! 너무 미끄러워! 조심해요."

돌에 물때가 시커멓게 앉아서 미끌미끌하다. 그러나 김인 경고를 무시한 태평이 사고를 쳤다. 물에 들어서서 몇 걸음 걷지도 못하고 넘어지고 만 것이다. 다른 사람들은 다 신발을 벗었건만, 태평은 혼자 신발도 벗지 않았다. 물은 깊지 않았으나 넘어진 태평은 온몸이 물에 빠졌다. 신발, 옷, 배낭까지 듬뿍 젖었다. 돌에 쓸린 새끼손가락이 피까지 났으나 다행히 크게 다치지는 않았다. 미끄러지면서 머리가 뾰족한 돌에 부딪치기라도 했다면 큰 사고가 날 뻔했다.

신명이 찾은 길은 모래가 많은 길이다. 돌은 조금밖에 없어서 대부분 모래를 밟고 건널 수 있었다. 일행이 물을 다 건너서 모인 뒤 태평의 사고에 대해 이야기했다.

"물이 얕다고 깔보면 안 돼요. 늘 조심합시다."

구 선생이 단장답게 경고했다. 길안은 태평을 놀렸다.

"우리 따라 오시죠. 우리는 모래만 밟고 건넜는데."

"뭐, 시원하구만."

태평은 히죽 웃으며 대답했다. 놀리던 길안이 오히려 무색해졌다.

"아이고. 신발이 젖어서 어떡하나. 점심 먹을 때나 되어야 차를 만날 텐데."

여분의 신발은 지원 차량에 실려 있다. 일행의 걱정과 놀림이 뒤섞이는 가운데 신명이 말했다.

"축하하오, 태평 씨. 검룡소 물에 온몸을 푹 담았잖소. 태평 씨는 속세 때를 제대로 씻은 거요."

"맞습니다! 바로 제 생각이 그래요. 아주 시언합니다!"

태평은 이름 그대로 천하태평이다. 질컥질컥 소리를 내는 운동화를 신고 걸으면서도 그저 싱글벙글이었다. 하지만 이때 발에 무리가 많이 와서 결국 태평은 사흘이 지난 뒤에 문제가 생겼다.

콩밭 매는 농부

개울을 건너자 온통 콩밭이다. 길은 없었다. 콩밭 사이로 난 좁은 밭둑을 걸어갈 수밖에 없다. 농부들은 밭으로 누가 다니는 것을 좋아하지 않는다. 농작물을 해칠 수 있기 때문이다. 우리가 걸어가는 밭 중간쯤에 한 농부가 김을 매고 있는 것이 보였다.

"걸음 조심하세요. 콩 잘 보시구요."

구 선생이 멈춰 서서 일행을 돌아보며 말했다. 콩은 넓은 잎사귀를 바람에 흔들고 있다. 밭둑으로 나온 가지의 잎이 발에 가끔 걸린다. 탐사단은 콩을 다치지 않도록 조심하면서 걸었다. 맨 먼저 농부를 만난 구 선생이 정중하게 인사했다.

"안녕하세요? 콩이 잘 됐네요."

"아, 안녕하시오."

농부는 앉은 채 인사를 받았다. 주름이 자글자글한 얼굴이 온통 웃음꽃이다. 밭에서 일하는 농부답게 얼굴이 검다. 아주 엉덩이를 밭고랑에 대고 털퍼덕 앉아 있었다. 탐사단은 농부 웃음을 보고 마음을 놓았다. 밭으로 다닌다고 짜증을 부릴 얼굴은 분명 아니었다. 역시 농부는 이렇게 말했다.

"아이구, 미안합니다. 내가 다리가 불편해서리. 일어서고 앉기가 영 쉽지 않아요. 이래 앉아서 인사를 하니 영 안됐수다."

"아이구, 무슨 말씀을."

"일어서시긴요. 괜찮습니다."

"밭으로 걸어와서 저희가 미안하죠."

탐사단이 앞다투어 말들을 쏟아놓았다. 따뜻한 말을 해 주는 농부가 정말 고마웠기 때문이다.

"그래, 뭐 하러 다니시는 분들이래요?"

농부가 호기심 가득한 표정으로 물었다. 좀 희한하게 보이기도 했을 것이다. 하나같이 배낭을 둘러멘 데다 양손엔 등산 스틱을 들고 있으니. 구 선생이 싹싹하게 대답했다.

"검룡소에서 걸어왔습니다. 어제부터."

"예엣?"

농부가 놀란다.

"여주까지 갑니다."

"여주요? 그게 경기도 여주 말이래요?"

"그렇습니다. 천 리가 좀 넘지요. 한 보름쯤 걸어갈 계획입니다."

"아유, 대단들 하십니다. 세상에. 수고가 많습니다."

농부는 수줍게 웃으면서 치사를 했다. 수고가 많다는 농부 말에 길안은 이상하게 안심이 되었다. 사실 길안은 농부 입에서 '더운데 참 할 짓도 없는가 보다. 할 일 없으면 밭에 와서 일이나 돕지.'와 같은 말이 나올 수도 있다는 생각을 하고 있었다. 그리고 그런 말을 들어도 마땅하다는 생각도 하고 있었던 것이다. 그런데, 수고한다니. 정말 길안으로선 뜻밖의 말이다. 뜻밖일 뿐 아니라 기분이 좋아지는 말이다. 길안만 그런 것이 아니라 탐사단이 다 똑같은 감정을 느꼈다. 농부와 헤어져 찻길을 찾아 나오면서 다들 발걸음이 가벼웠다.

"정말 감사한 분이네요."

구 선생이 뒤에 따라오는 일행을 돌아보며 말했다. 김인이 바로 화답을 했다.

"그러게요. 욕을 얻어먹을 줄 알았더니……. 사람이 귀해서 그런가?"

"그럴 수도 있겠군. 집들이 드문드문 있으니. 사람 보기가 어려울 수도 있으니까. 그래도 낯선 사람에게 저렇게 대하기가 쉽지 않을 텐데. 더구나 밭에 갑자기 쳐들어온 침입자들이 아닌가."

일문이 김인의 말을 받았다. 대화는 거기서 끊어졌다. 좁은 밭둑을 걷는 중이라 몸의 균형을 잘 잡아야 했다. 나그네에게 따뜻한 농부의 농작물을 다쳐서는 안 된다고 다들 조심하는 걸음걸이가 분명했다.

태평, 무

찻길에 차는 많지 않지만 역시 불안하다. 인도가 없어 찻길 옆 풀을 밟으며 한 줄로 걷는다. 더운 여름이라 일하는 사람도 적다. 마을을 지날 때마다 사람을 만나면 참 반갑다. 특히 단장인 구 선생은 맨 앞에 가기 때문에 늘 누구보다 먼저 사람을 만나게 된다. 구 선생은 인사하기를 즐길 뿐 아니라, 태도와 목소리는 정성이 극진하다. 찻길 옆 무밭에 꽤나 몸집이 큰 남자가 일을 하고 있었다. 구 선생이 그냥 지나칠 리 없다.

"안녕하세요? 무가 참 굵습니다."

"아, 예."

농부가 쓰고 있던 밀짚모자를 벗어들며 인사를 받았다.

"어디를 다니시는 기래요?"

구 선생이 또 검룡소에서 여주까지 가는 길이라고 설명했다. 무밭 농부는 고개를 끄덕이며 듣더니 "더운데 수고하신다."고 말했다. 그러는 동안 태평이 한마디를 툭 내뱉었다.

"우와, 무 맛있겠다."

태평의 말을 듣자 길안도 갑자기 무가 먹고 싶다. 무청 바로 밑에 푸른빛이 도는 부분을 먹으면 그야말로 시원한 푸른 물이 뚝뚝 떨어질 것 같다. 점심때가 가까워 태양 열기가 대단한 탓도 있었다. 길안뿐 아니라 다른 일행도 다들 목이 마르다는 표정을 지었다. 농부도 태평의 혼잣말을 들었다.

"무 먹고 싶어요? 달라고 하시지. 그게 뭐 어려워."

농부는 밭고랑으로 들어가 굵은 무를 뽑는다.

"아유, 감사합니다. 한 개만 주십시오."

농부 등에 대고 구 선생이 말했다. 그러나 농부는 이미 두 개째 뽑고 있다. 무는 길고 굵어서 매우 컸다. 한 개만 해도 여섯 명이 먹고도 남을 것 같다.

"한 개면 됩니다. 애써 농사지으신 건데."

구 선생이 다시 큰 소리로 만류했으나 농부는 세 개나 뽑았다.

"누 코에 붙인대요. 먹으려면 실컷 먹어야지요."

농부는 갓난아기만한 무들을 태평에게 넘겼다. 혼자서 세 개를 다 받을 수도 없을 만큼 크다. 태평, 김인, 길안이 한 개씩 무를 받았다.

무가 마르기 전에 싱싱한 채로 얼른 먹고 싶었다. 탐사단은 걸음을 빨리 해서 간이 버스 정류장으로 들어갔다. 정류장은 깔끔하다. 어른 다섯 명 정도는 앉을 수 있는 긴 의자도 놓여 있다. 김인이 배낭에서 만능 칼을 꺼냈다. 무청을 잘라내고 껍질을 까서한 도막씩 먹기 시작했다. 그런데 무를 먹는 탐사단 표정이 묘했다. 감탄도 불평도 없이 묵묵히 무를 베어 먹는데 태평이 한마디했다.

"이상하네? 무가 왜 맵지?"

기대가 너무 컸던 탓이리라. 푸른 물이 목구멍으로 시원하게 넘어갈 것이라고 생각들을 했으나 어디, 무가 그럴 수 있겠는가. 다들 한 도막씩만 먹고 말았다. 일문만 한 도막 더 잘라 먹었을 뿐이다. 그러니 무 두 개는 그냥 남았고 먹던 무도 반 넘게 남았다. 무하나 무게만 해도 2, 3 킬로그램은 되고도 남았다.

"이거 어떡하죠?"

김인이 의자에 놓인 무를 보며 말했다. 이제 무가 짐이 된 셈이다. 길안은 풀숲을 보았다.

"저기 던져도 되지 않아요? 무는 괜찮잖아요?"

썩어서 거름이 될 거라고 길안은 생각했다. 아무도 "안돼!"라고 말하지 않았다. 다른 일행도 길안의 제안이 문제가 된다고 여기진 않는 눈치다. 그러나 누구도 선뜻 길안 제안에 동의하지 않는다. 일문도 김인도 구 선생도 신명도 그저 침묵을 지키고 있다. 그때 태평이 씩씩한 목소리로 말했다.

"가져가요. 제가 짊어질게요. 좋은 마음으로 주신 건데."

태평이 남은 무를 배낭에 넣기 시작했다. 배낭이 작아서 무 두 개가 들어가자 꽉 찬다. 먹던 무는 들어갈 자리가 없다.

"혼자 짊어지면 너무 무겁지. 이리 줘요. 내가 한 개 가져갈게."

구 선생이 태평 배낭에서 무를 하나 꺼내며 말했다. 그러자 김인이 얼른 구 선생 손에서 무를 빼앗아 갔다.

"단장님이 질 수는 없죠. 길 찾는 짐만해도 너무 무거우실 텐데. 제가 가져갑니다."

김인과 태평이 온전한 무 한 개씩 배낭에 넣었다. 먹다가 남은 무를 태평이 또 자기 배낭에 넣으려고 했다. 길안이 모른 체 할 수 없는 처지가 되어 버렸다. 자연스럽게 나이가 어린 순서로 무를 짊어지는 꼴이 된 것이다. 길안이 표정 없이 무심한 목소리로 말했다.

"그건 저 주세요. 제가 갖고 갈게요."

태평이 손에 든 먹던 무를 길안에게 바로 넘겨줬다. 조금도 망설임이 없다. '그래, 이건 당연히 네가 갖고 가야지.' 하고 말을 하는 듯한 몸짓이다. 길안은 무를 배낭에 넣어 짊어지자 차라리 마음이 편했다. 풀숲에 무를 던지자고 했던 자신이 약간 부끄러워지기도 했다. 길안은 태평이 다시 보였다. 늘 실없는 우스개 소리만 해서 진지한 구석이라곤 없는 사람 같았는데, 뭔가 잘못 판단하고 있었다는 생각이 들었던 것이다. 시간이 지날수록 태평은 깊이가 있는 사람으로 느껴진다. 이런 걸 허허실실이라고 해야 하나, 하고 길안은 잠깐 생각했다.

윗물이 더러워도 아랫물이 맑으면

날씨가 점점 더워진다. 태백을 지나 삼척시 하장면으로 들어갈 때 서늘한 기온이 후덥지근하게 바뀌더니 정선군[3] 임계면으로 들어서면서 본격적인 더위를 보인다. 개울도 많이 넓어졌다. 여기부터는 골지천이라는 이름도 붙었다.

골지천은 임계면 골지리 앞을 흘러가는 냇물이라 하여 '골지천'이라 부른다. 그러나 이제 골지리라는 행정명은 없다. 골지리가 '문래리'로 이름이 바뀌었기 때문이다. 화를 낸다는 뜻인 '골 지른다'는 의미가 나빠서 이름을 바꾼 것일까? 그러나 처음부터 마을 이름이 골지리는 아니었다. 마을이 높은 터에 있다고 고기리(高基里)라 부르던 것을 이름이 잘못 알려져 골지리(骨只里)로 등록되었던 것이다. 골지리는 사라졌으나 골지천을 그대로 남았다. 어쨌든 골지천은 아우라지에서 송천을 만나 조양강으로 바뀔 때까지 이 이

---

3) 정선군 : 강원도 남동부에 있다. 강원도 내에서 가장 깊은 산속 오지라고 불리나 한편으론 지하자원의 보물창고라고도 불린다. 인구는 38,000명(2016년) 정도다. 고구려 때 잉매현이었으나 신라의 삼국통일 뒤 정선현으로 불렸다. 태백산맥 중심부에 있어 고도가 높고 여량면에서 조양강, 가수리에서 동강으로 불리는 천혜의 비경을 갖고 있다. 정암사, 아우라지, 가리왕산 등은 관광지로 이름이 높다.

름으로 불린다.

그런데 아쉬운 것은 물 오염이 꽤 심하다는 것이다. 남한강 최상류에 해당하는데도 골지천 바닥 돌에는 까맣게 때가 껴 있다. 손으로 긁어 보니 시커먼 먼지들이 물에 부옇게 흩어진다.

"생각보다 더럽네요."

김인의 한탄에 일행은 모두 동감하는 얼굴이다. 남한강 최상류가 이렇게 더러운 건 다들 뜻밖이었다.

"놀러 온 사람들이 쓰레기를 많이 버리고 가서 그런 걸까요? 우리 친구 말처럼?"

태평이 나름대로 원인을 추정했다. 첫날 저녁 대접을 해 준 태평의 친구가 말했었다. 놀러 온 사람들이 쓰레기를 너무 많이 버리고 간다고. 그러면서 그 친구는 이렇게 말했다.

"버리고 가 봐야 결국 자기한테로 돌아가죠. 큰비가 오면 쓰레기까지 다 끌고 가니까요. 물이 어디로 가겠어요? 하류로 흘러가죠. 서울이 하류에 있잖아요. 서울 사람들이 여기 상류에 가져와서 버리고 가 봐야 쓰레기는 가져 온 곳으로 되돌아갑니다. 부메랑 효과라고나 할까요."

태평의 친구는 말끝에 하하하 웃었다. 맞는 말이라고 인정하는 사람이 많았다.

그러나 김인은 태평의 추정을 받아들이지 않았다.

"관광객 쓰레기가 원인일 것 같진 않아요. 아마도 저것 때문이 아닐까요."

김인은 배추밭을 가리켰다. 배추밭에 뿌리는 거름이 개울로 모여든 탓이라는 것이다. 개울은 작은 반면, 배추밭 규모는 엄청나게 컸다.

"김 의원 추정도 근거가 있는 건 아니잖아."

일문이 반박하자 김인이 선선히 받아들였다.

"그건 그렇습니다."

상류 물이 더러운 것은 참 아쉬운 일이었다. 탐사단이 다들 안타까워하는데 구 선생은 이렇게 말했다.

"윗물이 더러워도 아랫물이 맑으면 오히려 윗물을 맑게 할 수 있습니다."

통념을 깨는 명언이었다. 탐사단의 아쉬운 마음을 많이 다독여 주는 말이기도 하다.

문래리 꽃송이

오늘 일정 마지막 도착지가 있는 마을이 나타났다. 문래리. 아리아리 캠핑장이 있는 곳이다. 한때 수백 명이 뛰어놀던 문래초등학교가 폐교되고 건물과 운동장은 캠핑장이 되어 있다.

길안은 다리가 뻐근하다. 걸음이 느려진다. 길안은 바로 뒤에서 따라오는 신명을 돌아보았다. 걸음걸이가 산들바람에 흔들리는 갈대처럼 가볍다. 길안 속도에 맞춰 똑같은 거리를 유지하는 신명이다. 돌아보는 길안에게 신명이 말했다.

"무리할 필요 없어. 천천히 걷도록 해."

"네. 물집이 또 생겼나 봐요."

길안은 물집 핑계를 댔다. 역시 새끼발가락이었다. 어제는 왼쪽, 오늘은 오른쪽이다. 굵은 모래알이 하나 딱 붙어서 밟히는 느낌, 물집이 틀림없다. 물론 어제 생긴 물집도 아프긴 마찬가지다.

"그렇겠지. 다른 발이지?"

"어? 어떻게 아셨어요?"

"그야. 어제 물집이 생긴 발을 아끼니까 반대쪽에 생기지 않겠어?"

"아, 그렇군요."

길안은 신명의 진단에 탄복했다. 역시 길을 많이 걸은 사람답다는 생각을 했다.

"한 사흘은 고생을 많이 할 거야."

"그 다음은 괜찮아요?"

"그럼, 한결 낫지."

사흘이면 버틸 만하다고 길안은 속으로 생각한다. 벌써 이틀째이니 이제 하루 남았다. 앞선 일행은 마을 한가운데에서 쉬고 있었다. 시골이지만 면 소재지답게 집이 많다. 도로에 마주한 가게도 여럿이다. 일행이 앉아 있는 곳은 잡화를 파는 가게 평상이다. 일곱, 여덟은 충분히 앉을 수 있는 평상에 할머니와 어린 손녀가 있다. 아이는 나이가 많아 봐야 다섯, 여섯 살쯤으로 보였다. 노인이거나 중년을 넘은 사람들만 주로 만나다가 아이가 보이니 탐사단 얼굴엔 내남없이 웃음꽃이 피어났다.

길안과 신명이 평상에 도착했을 때, 이미 구 선생은 할머니와 즐겁게 이야기를 나누는 중이었다. 할머니가 다가오는 길안을 보더니 활짝 반겼다.

"오, 총각도 있네. 지윤아, 오빠다 오빠."

할머니는 길안에게 자리까지 내준다. 지윤이 바로 옆이다. 할머니가 끌어다 앉히는 바람에 길안은 주저앉고 말았다. 길안은 자연스레 신명에게로 눈길이 갔다. 예의로 따지자면 할머니는 신명에게 자리를 양보해야 했다. 그러나 할머니 눈에 신명은 보이지 않는 듯하다. 신명은 평상의 비어 있는 공간에 가서 앉았다.

"대단한 총각이네. 어른들 따라오기 어려울 텐데. 요새 누가 어른들 따라다닐라 하나?"

"그러게 말입니다. 대단한 총각이지요."

구 선생이 할머니 말을 흉내 내서 화답했다.

"아주 씨가 말랐어요. 우리 마을도 넘치던 게 애들 떠드는 소리였는데, 지금은 적막강산이래요. 우리 마을이 백 호가 넘는데 애는 우리 지윤이 달랑 하나라오."

"아이구, 면 소재지인데도 그렇군요. 정말 큰일입니다."

구 선생이 맞장구를 치자 할머니가 점점 열을 올렸다.

"저 학교도 삼백 명인가 사백 명이 다녔어요. 우리 자식들이 다 닐 때만해도 교실이 모자라서 오전에 가는 애들하고 오후에 가는 애들이 다를 정도였지요. 지금은 폐교가 됐구만요. 학교 갈 애들이 없어요. 요것도 버스를 타고 멀리 가야 돼요."

할머니가 지윤이 머리를 쓰다듬었다. 지윤이는 초등학교 병설 유치원을 다니는데, 학교 버스가 와서 데리고 가고 데려다 준다고 했다.

"도대체 문제는 놀 친구가 없는 거지요. 나 같은 늙은 할미랑 놀면 뭔 재미가 있겠수. 하다못해 이 총각 같은 오빠라도 있으면 얼마나 좋을까……. 참 걱정입니다. 총각, 그 우리 지윤이 손 한번 잡아 줘."

길안은 선뜻 손이 나가지 않는다. 할머니 안타까움은 이해가 되지만 처음 보는 애 손을 왜 잡느냐 말이다. 아무 이유도 없이. 길안은 그렇게 생각하고 있었다. 그런데 김인이 할머니에게 동조하고 나섰다.

"그래. 길안아, 손 좀 잡아 봐. 손잡고 가까이 앉자. 사진 좀 찍게."

김인이 카메라를 들이대며 주문한다. 동시에 길안 옆에 앉은 할머니가 엉덩이를 밀어붙였다. 지윤이 쪽으로 길안을 가까이 가라는 거였다. 반대쪽에선 구 선생이 지윤이에게 바짝 붙어서 앉았다. 길안은 어색하게 웃으며 지윤이 손을 잡았다. 보드랍기가 밀가루 반죽 같다. 지윤이가 손가락을 꼬물거렸지만 손을 빼지는 않았다. 길안이 지윤이 손을 잡는 걸 보고 할머니는 자리에서 일어섰다.

"할머니 같이 찍으시죠?" 김인이 권했으나,

"늙은이 사진을 뭐한다고."

하면서 김인 옆으로 와서 섰다. 김인이 초점을 맞추느라 조절하고 있는데 할머니가 말했다.

"아이고, 예쁘다. 사람 꽃이 참말로 제일이네. 에그, 이쁜 것."

할머니는 낯선 나그네들에게 둘러싸인 지윤이를 보면서 감탄에 감탄을 거듭하고 있었다. 그렇게 탐사단은 사람 꽃송이 지윤이 잎사귀 노릇을 한 뒤 다시 길을 나섰다.

탐사단은 곧 목적지에 도착했다. 민수가 황금마차를 세워놓고 기다리고 있다. 얼음을 잔뜩 넣은 아이스박스 속에서 민수가 캔맥주를 꺼냈다. 꽃송이에 달려드는 꿀벌처럼 일행은 민수에게 다가갔다.

어른들은 맥주를 먹고 길안은 깡통 음료수를 마셨다. 길안은 수첩을 꺼내 썼다. '애가 없는 동네'라고 쓰고 수첩을 덮으려다 할머니의 말을 흉내 내서 '문제다, 문제'라고 덧붙였다.

"뭐해? 길안아."

목소리와 함께 더운 숨결이 확 풍겨왔다. 태평이었다. 길안이 재빨리 수첩을 배낭에 넣는 걸 보고 태평이 캐물었다.

"뭐야? 비밀이야?"

"비밀은요. 그런 거 아니에요."

"그럼 좀 보여 줘 봐. 궁금하다."

"그냥 수첩이에요. 별거 없어요."

"그래. 뭐, 알았다. 보여 주기 싫다면 안 보지 뭐. 근데 유길안. 너 참 기특한 구석이 있다."

"뭐가요?"

"아주 착해. 어른들을 이렇게 잘 따라다니는 중학생이 있다니. 요즘 세상에 말이야."

"아저씨도 참. 애들도 다 달라요. 잘 따라다니는 애도 있고 안 따라다니는 애도 있죠. 저도 뭔 재미가 있으려나 했는데요, 생각보다 괜찮네요. 걷는 것도 그렇고……, 생각도 좀 하고……. 나름 좋아요."

"그렇지? 나도 걱정을 많이 했는데, 걷는 게 자꾸 좋아진다."

태평이 씩 웃는다. 길안도 마주 웃었다. 서로 눈빛에서 통하는 그 어떤 재미가 있었다.

셋째 날, 슬슬 마음이 가벼워진다

용꿈마을

차를 타고 아리아리 캠핑장으로 되돌아가 어제까지 걸은 길을 이어 걷기 시작했다. 학교 뒷길을 이용해 냇가로 나갔다. 골지천은 제법 큰 물살을 이루며 흐른다. 커다란 바위벼랑 밑은 물빛이 검어 꽤 깊어 보인다. 물길이 넓어지면서 멋진 경치가 만들어진다.

찻길로 좀 걷다가 구 선생이 잠시 멈춰 서서 길을 가늠해 보더니 마을 길로 들어섰다. 마을 들머리에 '용꿈마을'이라는 표지판이 서 있다. 찻길과 이어지는 들머리가 높은 곳에 있어 마을이 한눈에 내려다보인다. 골지천이 마을 앞으로 굽이를 틀며 흘러가고, 마을 뒤에는 꽤 높은 산이 우뚝하니 서서 마을을 감싸는 모습이다.

"야, 마을 참 예쁘네요. 마을 배경으로 단체 사진 하나 찍으시죠."

김인이 사람들을 불러 세웠다. 마을로 들어가는 다리 위에서였다. 찻길과 마을 사이로 골지천이 흐르고 길을 잇기 위해 다리를 놓았다. 다리가 높아 마을 전경이 잘 보이니 훌륭한 전망대 구실을 하고 있다.

일행을 한 줄로 세운 다음 김인이 가운데로 들어오면서 셀카봉에 장착한 휴대폰으로 사진을 찍었다. 기계를 잘 다루는 김인은 이것저것 기발한 아이디어를 잘 낸다. 소형 카메라는 배낭 어깨끈에 매달고 다니며 사진을 찍는다. 호기심도 남달라 길을 걷다가도 툭하면 길섶으로 들어가 열매를 따 먹거나 나물을 뜯어 먹는다. 김인에게는 민간 의술에 밝아 '화타'라는 별명을 얻은 친한 벗이 하나 있다. 이 벗은 함께 걷지 못하는 것을 몹시 아쉬워하며, 여주를 떠나는 날 아침 탐사단에게 숯가루를 주었다.

"급체를 하거나 설사를 하거나, 하여튼 뱃속이 안 좋으면 이 숯가루를 물에 타 먹도록 하세요. 숲에서 약초나 열매를 잘못 먹어 문제가 생겼을 때 좋습니다."

그럴 리가 있겠느냐고, 누가 함부로 숲에서 열매나 나물을 채취해 먹겠느냐고, 일행이 이구동성으로 말했는데 화타가 쿡쿡 웃으며 말했다.

"분명히 있을 겁니다. 한 사람 있지요."

화타 말이 맞았다. 김인은 호기심 어린 눈을 반짝이며 열매와 나물을 채취해 먹었다. 무릎이 아프다고 꿀벌도 산채로 잡아서 벌침을 놓기도 한다.

사진을 찍은 뒤 김인이 말했다.

"용꿈이라. 굽이 돌아가는 저 냇물이 용이라는 건가요?"

"밋밋한데. 굽이가 단조롭잖아. 용이라면 좀 더 구불거려야 되지 않겠어요?"

일문이 이견을 냈다.

"그럼 용이 어디 있다는 거죠? 저 뒷산인가?"

"저 산이?"

그랬다. 누가 봐도 마을 뒷산은 용 모습이 아니다. 거대한 붉은 암벽이 있는데다 산 모습은 전체적으로 둥글다.

"내가 보기엔 어머니가 아기를 안고 있는 형상일세."

"그렇다면 왜 용꿈마을일까요? 그 참 궁금하네."

호기심 많고 궁금한 걸 참지 못하는 김인답다.

"마을 사람을 만나면 물어 보지 뭐."

구 선생이 결론을 내고 앞장서서 걷기 시작했다.

포도나무 가로수

길이나 집 앞에 나와 있는 마을 사람들은 보이지 않는다. 그렇다고 일부러 집 안으로 찾아갈 수는 없다. 날씨가 더워 그런지 사람들이 집 밖으로 나오고 싶지 않은 것 같다. 걷는 길은 개울과 마을 사이에 잘 만들어져 있다. 탐사단은 마을 쪽을 자꾸만 기웃거리며 걸었다. 짖는 강아지도 한 마리 없이 마을은 적막강산이다. 마을을 반 넘게 지나왔을까? 신명이 감탄했다.

"오! 길안아, 이 가로수 좀 봐라."

길안이 길가에 심겨 있는 포도나무를 봤다.

"이 포도나무가 가로수에요?"

"그렇겠지. 일부러 가로수로 심은 티가 나지 않니? 나도 이런 가로수는 처음 본다. 도라지도 있구나."

포도나무와 포도나무 사이에는 도라지를 심었다. 더러 콩도 무더기무더기 보인다. 가로수라면 벗나무나 은행나무나 메타세콰이어 같은 큰 나무가 떠오르는 길안은 포도나무가 가로수일거라고 전혀 생각해 보지 않았다.

"농촌 마을 다운 가로수로구나. 마을 사람들 생각이 훌륭하다."

신명 말을 들으며 길안은 고개를 끄덕였다. 새삼스럽게 포도나무와 도라지를 주의 깊게 보게 되었다. 길안이 포도나무 잎을 만져보는데 김인이 탄성을 질렀다. 사진을 찍기 위해 부지런히 앞뒤를 오가던 김인은 마을 끝자락에 있는 한우 축사 옆에 서 있었다. 소들이 검은 머루 눈을 꿈벅꿈벅하고 있다.

"냄새가 안 나네요. 냄새가 없어요, 이야!"

소똥을 축사 옆에 가득 쌓아 놓았는데도 정말 역한 냄새가 없었다. 콧구멍으로 미세하게 스며드는 냄새도 구수하다.

"어떻게 이럴 수가 있죠? 소가 이렇게 많은데."

김인의 감탄이 계속 이어졌다. 일행도 멈춰 서서 소의 순하고 맑은 눈을 마주보았다. 그러나 아무도 김인의 물음에 답을 하지 못했다. 다만 태평이 이런 말을 한마디 남겼다.

"되새김질을 하네요. 제가 어디서 들었는지 책을 읽었는지, 그건 잘 모르겠는데요. 소들이 사료만 먹으면 되새김질을 안 한다고요. 이 소들은 되새김질을 하는 걸 봐서 사료를 먹이는 게 아닌 것 같아요. 냄새는 먹이와 관계가 있으니까요."

"그럴듯하군요."

구 선생이 태평 말에 짧게 응답을 하고는 다시 길을 걸었다. 마을이 끝났다. 결국 사람을 못 만나는가, 김인은 조바심을 한다. 왜 용꿈마을인지 물어봐야 하는 궁금증은 김인 몸속에서 견디지를 못하고 터져 나올 것 같았다. 마을 끝에는 또 다리가 하나 있다. 인도와 차도가 분리된 큰 다리. 그 다리 끝에서 오토바이가 하나 나타났다. 척 보기에도 작아 보이는 오토바이는 아주 천천히 움직여 탐사단에게 다가왔다.

김인이 재빨리 달려가 인사했다. 오토바이가 멈췄는데, 머리가 온통 하얀 할아버지다. 아무리 나이를 적게 잡아도 칠십은 훌쩍 넘어 보인다. 나중에 안 일이지만 할아버지는 아흔둘이었다. 아흔을 넘긴 나이에 오토바이를 타고 다닐 뿐 아니라 겉으로 보기엔 일흔 몇으로 보였으니 대단한 동안이다. 김인이 그리 큰 소리로 말하지 않았는데도 다 알아들으니 가는귀도 잡숫지 않았다. 목소리도 짱짱하다. 김인이 인사를 한 뒤 곧바로 용꿈마을 이름 내력을 묻자 할아버지가 대답했다.

"마을이 용알이여. 용알."

"네?"

"마을 모양이 알 같지?"

탐사단은 다시 마을 전체 모양을 멀리 바라보았다. 진짜 달걀처럼 타원형으로 생겼다. 다들 시내나 산만 바라보았지 마을의 모양을 생각해 보진 않았던 것이다.

"알은 알인데 이왕이면 용알로 하자 이거지. 닭 알이나 참새 알보단 낫지 않겠어?"

"아하! 그렇군요."

김인이 손뼉을 쳤다.

"용알이니까 용이 되는 꿈을 꾼다, 그거로군요."

김인은 궁금증이 풀려 속이 시원한 표정이다. 할아버지가 말했다.

"뭐 그럴 수도 있겠지. 허나 난 용알보다 저 뒷산이 훨씬 좋아. 자 보라고."

할아버지가 마을 뒷산을 가리켰다.

"저 산이 문필봉이야. 잘 봐. 선비가 앉아서 글을 읽는 형상 아녀? 마을 이름을 문필리라고 했으면 좋을 텐데, 사람들은 용꿈이 더 좋다는군. 예부터 문필봉 아래 마을에선 그 뭣이냐, 삼대 정승에다 구대 대제학이 난다고 했는데. 많이 아쉽지. 마을 이름을 용꿈이라 했으니 그 뭐 잠만 자는 꼴이지. 나는 지금이라도 이름을 바꿨으면 좋겠는데. 아직 마을에서 큰 인물이 안 나왔거든.”

할아버지 말에 아무도 대꾸를 하지 않았는데, 길안은 속으로 생각했다.

‘암만 봐도 선비가 글 읽는 모습은 아닌데?’

길안이 보기에 마을 뒷산은 그냥 산이었다. 이름을 붙이려면 보자마자 연상되는 뭔가가 있어야 되는 것 아닌가? 길안은 그렇게 생각했다. 높은 곳에서 봤을 때 마을 전체 모양이 알처럼 생긴 건 누구나 동의할 수 있었다. 아무래도 할아버지 혼자 고집이라, 마을 사람들이 받아들이지 않은 듯 했다. 어쨌든 궁금증이 해결되어 탐사단은 홀가분했다.

하고 싶은 말

용꿈마을을 지나면서는 골지천을 따라 계속 걸을 수 있다. 시내를 따라 둑길이 잘 만들어져 있었다. 물가 밭에선 무를 한창 수확하는 중이다. 밭이 넓어 그런지 일꾼들이 많다. 무를 뽑아 종이 상자에 담으면 곧바로 트럭이 와서 싣고 간다. 그런데 묘한 곳을 봤다. 큰 밭 두 개가 나란히 있는데, 밭 하나는 무가 아주 못 쓰게 되어 있다. 잎도 작고 무는 크기가 볼품없었다. 반면에 옆 밭은 잎이 싱싱하고 무도 아주 굵다. 길안이 신명에게 물었다.

"희한하네요. 왜 저렇게 되었을까요?"

"물이 들었을 거야."

신명의 진단에 길안은 의문이 생겼다.

"밭이 나란히 있고 높이도 같은데 어떻게 밭 하나에만 물이 들죠?"

"그러게. 밭을 보면 분명히 물이 든 흔적이 있어. 물이 금방 빠졌다고 해도 물에 한번 잠긴 농작물은 큰 피해를 입고 말지. 그런데 옆 밭은 멀쩡하니 그것 참 이상한 일이다."

길안과 신명이 궁금해 하던 일은 나중에 다리 밑에서 쉴 때 풀렸다. 마침 다리 밑에서 쉬고 있던 무밭 주인에게 민수가 들었다면서 전해 줬다.

"도랑이 터졌대요. 한나절도 안 되게 물이 들었는데 그렇게 되었다는군요."

밭 가장자리에 배수를 위해 파 놓은 도랑의 둑이 터졌다는 것. 도랑으로 흘러 골지천으로 들어가야 할 물이 밭에 퍼져 버렸다는 것이다. 비가 세차게 내리면 밭에 나와 봤어야 하는데, 도랑을 믿은 게 잘못이라고 주인은 말했단다.

그때 앞서 가던 구 선생이 일행을 돌아보며 말했다.

"저기 다리 밑에서 쉬었다 가시죠. 민수씨가 와 있네요."

자동차전용도로를 만들면서 골지천 위에 세운 큰 다리가 보인다. 한여름에 다리 밑은 피서지로 일품이다. 멀리 보이는 다리 밑에는 정자도 있다. 두어 시간 걸은 뒤라 쉬면서 간식을 보충할 필요가 있다. 민수의 황금마차는 적절한 시각, 맞춤한 장소에서 탐사단을 기다리고 있었다. 그러니 어찌 황금마차라 부르지 않을 수 있으랴.

역시 민수는 일행에게 줄 즐거움을 정자 안에 한가득 준비해 두고 있었다. 먼저 푸릇푸릇한 사과를 한 알씩 나눠 줬다. 길안은 한 입 베어 물었을 때 입안의 침들이 앞을 다퉈 사과에 몰려드는 느낌을 받았다. 사과가 이렇게 맛있는 과일인지 미처 몰랐다.

즐거움을 만끽하는 일행에게 누군가 말을 걸어왔다.

"어디를 다니는 분들이오?"

그 사람은 아까부터 정자 옆 돌 의자에 앉아서 캔 커피를 마시며 담배를 피우고 있었다. 한 사람은 단단한 체구에 키가 작았고 한 사람은 마른 체형에 키가 훌쩍 컸다. 키가 크고 마른 사람이 탐사단에게 묻고 있다.

"아, 예."

김인이 벌떡 일어섰다. 자기 배낭에서 천리강길 걷기 홍보지를 두 장 꺼내서 그 사람들에게 가져갔다.

"검룡소에서 여주까지 걷고 있습니다. 남한강 발원지부터 강 길을 따라 탐사를 하는 중이죠."

두 사람은 홍보지를 대충 훑어보았다. 관심을 갖고 보는 태도가 아니다. 키가 작은 사람이 말했다.

"그 뭣이냐. 더운데 고생하네요. 하지만 이렇게 걸을 시간이 있으면 촌에 와서 일 좀 도우면 안 좋겠어요?"

그 사람 얼굴엔 탐사단의 걷기를 마뜩찮아 한다는 생각이 드러나 있다. 그 사람 표정과 말을 들으며 길안은 기분이 나빴다. 사과와 커피의 즐거움이 반감되어 더욱 아쉬웠다. 구 선생이 일행을 대표해서 얼른 대답했다.

"예. 좋은 말씀입니다. 일을 도와드리면 좋지요. 이번에는 도와드리지 못하지만 나중에 기회가 되면 꼭 그렇게 하겠습니다."

길안은 구 선생 말도 마음에 들지 않았다. 천 리 길을 걷는 일이 타박을 받을 일인가. 무를 뽑거나 콩밭을 매는 일보다 못한 일은 아니다. 이렇게 걷는 일도 나름대로 충분히 가치가 있는 일이다. 왜 그렇게 구 선생은 말하지 않는가.

"허허. 말이야 고맙네요. 나중에 한다는 말이야 지킬지 알 수 없지만요."

키 작은 사람은 구 선생 말을 비꼬고 있다. 구 선생이 그걸 모를 리 없다. 그러나 구 선생은 얼굴에서 웃음을 거두지 않았다.

"꼭 지키도록 하겠습니다."

"뭐, 그렇게까지 약속을 안 하셔도 됩니다. 그냥 해 본 말인데요."

키 큰 사람이 싱글거리며 말했다. 그때 길안은 목구멍으로 치밀어 오르는 말을 참을 수가 없었다.

"아저씨들은 왜 놀고 있어요? 우리는 걷기라도 하잖아요. 그늘에 앉아서 커피나 마시고 담배나 피면서 우리한테 그런 말을 할 자격이 있나요?"

두 사람이 화들짝 놀란 눈으로 길안을 바라보았다. 놀라기는 탐사단도 마찬가지다. 두 사람이 미처 응답을 하기도 전에 민수가 먼저 나섰다.

"유길안. 이분들 노시는 거 아냐. 저 무밭 사장님들이야."

무밭에선 일꾼들이 부지런히 무를 뽑아 다듬고 상자에 넣어 차에 싣고 있다. 쏟아지는 햇볕을 받으며 땀을 뻘뻘 흘리고 있다. 그걸 보자 길안은 사장이라는 사람들이 더 괘씸했다.

"그럼 더 문제네요. 누구는 땀 흘리는데 누구는 그늘에서 놀잖아요. 사장이면 그래도 되는 건가요?"

"허헛, 그 참. 어린 친구가 무섭네."

키 큰 사장이 말했고,

"우리 노는 거 아니다. 좀 전까지 일하다가 계산할 게 있어서 여기 온 거야. 이거 안 보이니?"

키 작은 사장이 종이 뭉치를 들고 흔들어 보였다.

길안은 움찔했지만 그대로 물러나긴 싫었다.

"그럼 아저씬 우리가 노는 것으로 보여요? 우리는 없는 길을 내고 있다고요. 발에 물집이 생겨가면서……."

"누가 시켜서 하는 거니? 발에 물집이 잡히도록 걸으라고 누가 시켰니? 자기가 좋아서 하는 거 잖아. 우리는 목구멍이 포도청이라 이렇게 일을 한다."

키 큰 사장이 길안의 말을 끊고 말했다. 웃는 표정이 아니다. 슬슬 화가 난다는 얼굴이다.

"죽도록 일해도 남는 것도 별로 없어. 안 그래도 머리가 복잡하구만. 별, 참 나. 놀러 다니는 사람들한테 일하는 사람이 욕을 얻어먹네. 이것 참, 세상이 언제 이렇게 돼 버렸다냐."

키 작은 사장도 얼굴이 벌겋게 되어 툴툴댔다.

"무슨 말씀을 그렇게. 우리가 언제 욕을 했습니까. 말씀이 심하시네요."

태평이 자리에서 일어서면서 말했다. 태평의 표정도 굳어 있다. 길안은 태평 말에 힘을 얻었다. 그래서 또박또박 말했다.

"맞아요. 진짜로 일하는 사람들은 아저씨들처럼 그렇게 말 안 해요."

"진짜로 일하는 사람?"

키 작은 사장이 이건 또 무슨 뚱딴지같은 소리냐고 되물었다.

"그…… 콩밭 매는 아저씨……, 그리고……."

길안은 감자를 고르던 할머니도 떠올렸으나 뭔가 잘 말이 되지 않았다. 감자 할머니나 콩밭 아저씨는 웃는 얼굴로 탐사단에게 '수고하신다.'고 말했다. 일이나 하지, 라고 비꼬지도 않았다. 평생을 농부로 사는 마을 사람들은 그랬다. 그러나 길안이 보기에 이 두 사장은 농부 같지도 않다. 무를 밭으로 사서 돈을 남기고 팔아먹는 중간상인 같다. 길안은 그게 아니꼽다는 생각이 들었는데, 뭔가 제대로 표현하여 공격할 말을 찾을 수가 없다.

길안이 할 말을 고르고 있는 사이 두 사장이 자리에서 일어섰다. 길안은 그냥 보내기 싫어서 입을 열었다.

"아직 말 안 끝났어요. 할 말이 남았다고요."

두 사장은 기가 차고 가소롭다는 표정으로 길안을 바라보았다. 그때다.

"그만해라. 입 다물어."

일문이 굵고 높은 목소리로 말하며 길안을 쏘아봤다. 길안은 목구멍을 넘어오는 말을 꿀꺽 삼켰다. 아빠에게까지 맞설 일은 아니었다. 어색한 기운이 사람들 사이를 휩싸고 돌았다.

사장 두 사람은 탐사단에게 인사말도 없이 휘적휘적 트럭을 향해 걸어갔다. 두 사장이 시야에서 완전히 멀어질 때까지 탐사단은 누구도 입을 열지 않았다. 귀밑머리를 흔들고 지나가는 시원한 바람을 만끽하며 각자 생각에 잠겼다. 조금 뒤 신명이 피우던 담배를 끄고 말했다.

"생긴 것도 제각각이고 생각도 제각각이니 그게 참 인생의 묘미야. 그렇게 어울렁더울렁 사는 거지. 길안아, 잘했다. 하고 싶은 말을 속에 쌓아두면 병이 되지. 입 밖으로 내 봐야 그게 옳은지 그른지도 알 수 있고. 그래, 유 대표는 아들이라고 입을 막 막으면 되겠소?"

"그, 그게 어른들 얘기하는데 끼어드니까."

"허허. 어른들끼리만 얘기하면 그게 무슨 재미요. 내가 보기엔 아이들이 쓸만한 말을 훨씬 많이 합디다."

"······."

일문은 대꾸를 하지 않았다. 할 말은 있지만 신명과 논쟁을 하지 않겠다는 뜻 같기도 하고 신명 말을 수긍한다는 뜻 같기도 했다. 길안은 입 다물라는 아빠 명령대로 입은 다물고 있지만, 속에서는 여러 가지 생각과 말들이 들끓었다.

"저도 동감입니다. 하고 싶은 말을 참고 살면 안 되죠. 애들은 그냥 막 쏟아 놓잖아요. 그런데 어른이 되면 이 눈치 저 눈치 보느라 반벙어리 행세를 하고 살아요."

민수가 대화 속으로 들어왔다. 길안은 민수 말에도 완전히 동의하긴 어려웠다. 길안은 민아와 재열을 생각했다. 길안은 민아와 재열에게 진실을 말하지 못했다. 그건 하고 싶은 말이 아니었나? 아니다. 너무나 말하고 싶었다. 솔직히 힘들다고. 속상하고 눈물 난다고. 섬세한 감성이야 재열이만 못하지만, 힘세고 남자답고 축구는 재열이가 발치에도 못 따라오는 길안인데 민아는 왜 재열이를 선택했느냐고. 내가 민아를 좋아하는 마음도 재열이보다 컸으면

컸지 조금도 못하지 않은데, 민아 너는 왜 나를 외면했느냐고. 길
안은 소리소리 지르고 싶었다. 그러나 단 한마디도 하지 못했다.

"뭐하니? 유길안, 출발이다. 얼른 양말 신어라."

민수가 길안 어깨를 투둑 쳤다. 길안이 생각에 빠져 있는 동안
일행은 이미 떠날 차비를 마친 상태였다. 아니 구 선생은 이미 저
만치 가 있다. 길안은 급하게 양말과 운동화를 신었다.

꿀벌의 복수

충전된 힘이 허벅지 뒤쪽을 밀어 준다. 해가 중천에 올랐을 때
일행은 암내교에 도착했다. 오전 일정을 마치는 목표 지점이다. 시
멘트 기둥에 철판으로 새겨 붙인 이름, 암내교.

"어째 이름이 썩 좋지는 않습니다?"

태평이 이름 평을 했다. 암컷이 풍기는 냄새인 암내로 충분히 오
해할 만한 이름이다. 일문이 응답했다.

"한자 뜻만 따져서 이름을 붙이면 종종 그런 일이 생기지요. 내
가 보기엔 '바위 암'과 '안 내'라는 암내(巖內)인 것 같아요. 보세요,
다리 양쪽에 바위들이 가득하죠?"

일문이 가리키는 손을 따라 일행은 다리 양쪽 산을 둘러보았
다. 일문 말처럼 가득한 정도는 아니라도 바위가 많기는 했다. 하
지만 길안이 보기엔 바위보다 더 많은 건 소나무다. 길안이 의견
을 냈다.

"송내네요."

"송내? 그건 뭐야?"

태평이 길안에게 물었다.

"소나무 송(松), 송내요. 소나무가 바위보다 많잖아요?"

"오호라. 정말 그렇네. 유 대표님, 길안이 말이 더 맞는 것 같은데요?"

태평이 길안 편을 들고 나섰고 김인도 힘을 보탰다.

"흠. 길안이가 아빠한테 제대로 한 방 먹였군. 아까 입 다물라고 무안 준 것에 대한 복수인가?"

"뭐야, 김 의원. 지금 부자 싸움을 붙여 보겠다는 건가?"

일문이 책망을 하고 나서자 김인이 재빨리 꽁지를 뺐다.

"아이고, 형님. 무슨 말씀을. 저는 오줌이 마려워서 화장실 좀 가겠습니다."

김인은 다리 옆 풀밭에 세워져 있는 간이 화장실로 달려갔다. 정선군은 이름난 관광지답게 공용 화장실 시설이 참 잘 되어 있다. 길을 걷다가 '이쯤에 화장실이 있으면 좋겠다.'고 생각하면 그곳에 꼭 화장실이 있다. 관리도 훌륭했다. 깨끗한 청소는 기본이고 휴지까지 충분한 양이 비치되어 있었다.

화장실 문을 열고 들어가는가 싶더니 김인이 "으앗!" 하는 외마디 비명을 지르며 다급하게 뛰쳐나왔다. 김인을 따라 쌍살벌 두 마리가 날아 나온다. 화장실 안에 벌집이 있었던 것이다. 김인이 급히 도망쳤지만 등에 두 방을 쏘이고 말았다. 옷을 걷어 올리고 쏘인 곳을 보니 발갛게 부풀었다.

"아이고, 고소하다. 벌이 내 대신 복수를 했네 그려."

일문이 실실 웃으며 말했다.

"복수라니요?"

"부자 싸움을 붙이려 한 그 심술궂은 심보에 대한 복수지 뭔가."

"에이, 형님도 참. 벌에 쏘인 사람을 위로는 못할망정, 그러시깁니까."

김인이 툴툴대는데 신명이 말했다.

"유 대표를 대신한 복수가 아니오. 벌이 원수를 갚은 거라오."

"예?"

김인과 일문이 한꺼번에 신명을 바라보았다.

"김 의원이 벌써 꿀벌을 몇 마리 죽였소? 세 마린가요? 그 원수를 쌍살벌이 대신 갚은 거지요."

김인은 무릎이 아픈데 좋다고 꿀벌을 잡아서 무릎에 벌침을 놓았다. 오늘 아침에는 일문에게도 놓아 준다는 걸 일문이 질색을 하고 거절했다. 왼 무릎에 두 방, 오른 무릎에 세 방 모두 다섯 방이었다. 꿀벌은 침이 꽁무니와 함께 빠지기 때문에 침을 한 번 사용하면 목숨을 마감하게 된다. 김인이 항의했다.

"원수를 갚으려면 꿀벌이 해야지, 왜 쌍살벌이 나섭니까?"

"그야. 쌍살벌은 침을 쏘아도 죽지 않으니까요. 꿀벌은 자살 공격이 될 뿐 아니라 김 의원에게 오히려 좋은 일을 해 주는 건데, 왜 꿀벌이 쏘겠소. 그래서 쌍살벌한테 도와달라고 한 거요."

"하하하. 신명 님, 그건 잘못 생각하셨습니다. 저는 쌍살벌도 좋아요. 꿀벌보다 독이 세니까 더 좋지요. 하하하. 고맙다, 쌍살벌들아!"

김인이 화장실 벌집을 향해 손을 흔들었다.

"허허. 이런 못 말릴 사람을 봤나."

신명도 웃고 말았다. 그런데 오후에 쉬던 곳인 구미정(九美亭) 화장실에서는 일문이 쌍살벌에게 쏘였다. 김인과 똑 같은 비명을 지르며 똑 같은 몸짓으로 화장실을 뛰쳐나왔는데 희한하게도 침을 맞은 자리도 똑 같았다. 일문은 김인이나 쏘지 꿀벌도 죽이지 않은 나는 왜 쏘느냐고 원망을 하자, 신명이 말했다.

"유 대표도 침을 맞을 충분한 이유가 있소."

"어째서 그렇습니까?"

"김 의원을 말리지 않은 죄목이오."

"김 의원을 저만 말려야 됩니까? 다른 사람들도 가만히 있었는데요? 신명 님도 그렇고."

"그렇지 않소. 우리는 멀리 있었지만 유 대표는 김 의원이 벌침을 맞을 때마다 같이 있었잖소. 말릴 수 있는 위치에 있었던 거요."

"맞아요. 아빠는 말리기는커녕, 부추기던데요?"

길안이 신명의 말을 보충하고 나왔다.

"뭐?"

일문이 아들 길안을 돌아보며 눈을 둥그렇게 떴다.

"제가 들었어요. 김인 아저씨한테 '아예 한 열두 방 맞아 보지 그래. 그렇게 찔끔찔끔 맞아서야 효과가 있겠나.' 하고 아빠가 말하는 걸 들었다고요."

"어허, 이런. 내가 언제 그랬나?"

일문이 하늘을 쳐다보며 생각을 하는 동작을 취했다.

"길안이 말이 맞아요. 형님 말에 제가 그건 너무 과하다고 대답까지 했잖아요."

"허허. 그럼, 유 대표는 공범이요. 아니, 꿀벌들이 볼 때는 더 원수겠소. 그것 참. 자연의 섭리는 무섭소. 하늘이 알고 땅이 알고 꿀벌이 아니 어찌 속일 수 있단 말이오."

신명이 김인 말에 화답했다. 일문은 세 사람의 합공에 더 항변을 못하고 항복했다.

"그게 그렇게 됩니까. 허허 참."

일문은 침 맞은 자리가 가려워 옷 위로 긁적거렸다.

가슴 뿌듯한 행복감, 구미정

황금마차는 또 한번 빛을 발했다. 구미정으로 가는 길은 오르막이다. 오후 햇살은 따갑고 기온도 높고 습도도 높다. 숨이 헉헉

차는데 신명이 말했다.

"저기 굽이를 돌았을 때 황금마차가 있다면 정말 좋겠다."

"저도요."

길안도 간절하게 그러기를 바랐다.

"만약 얼음에 재운 수박화채를 내놓는다면 그야말로 백 점이다."

"저는 천 점을 주겠어요."

길안이 맞장구를 쳤다. 일행은 허덕허덕 걸어 굽이를 돌았다. 아, 그런데 정말로 황금마차가 서 있었다. 민수는 구미정 안에 있었다. 민수가 돗자리를 펴고 손질하고 있는 건 수박화채였다! 얼음을 듬뿍 넣은. 신명과 길안은 서로 마주보며 입만 벌렸다. 사람은 너무 놀라면 아무 말도 할 수 없는 것이다.

수박화채는 달고 시원했다. 길안은 오르막과 내리막을 번갈아 한 시간 넘게 걸어온 피로가 싹 풀리는 느낌이었다.

구미정은 정자 둘레에 '아홉 가지 아름다운 경치'가 있다고 붙은 이름이다. 조선 숙종 때 공조 참의를 지낸 이자(李慈)가 지었다. 넓은 돌 위에 세워진 정자는 온돌방도 있다. 정자 아래는 물이 많은 편이고 돌이 특히 많다. 정자 뒤편에는 자연으로 뚫린 바위에 연못이 만들어져 있다. 정자가 세워진 평평한 바위는 백 평이 넘는 넓이를 자랑한다. 개울 건너 산과 푸른 바위 절벽이 감탄을 자아낸다. 개울 바닥도 바위들이 하나같이 그럴듯한 맵시를 뽐내고 있다. 개울에는 늘 물고기가 가득했다고 전한다.

그런데 구미정은 피서와 풍류를 즐기는 정자와는 좀 다른 면도 하나 있다. 이자가 제자들과 함께 공부를 하는 정사(精舍) 역할도 한 것이다. 그래서 밤에 잠도 잘 수 있도록 온돌방을 만들어 두었다. 탐사단은 구미정 마루와 온돌방 곳곳에 자리를 잡았다. 오후 더운 시각이라 푹 쉬면서 한 잠 자기로 했다. 마침 다른 관광객이 없어서 탐사단이 구미정을 온통 차지할 수 있었다.

길안은 태평 옆에 누웠다. 태평은 눕자마자 코를 약하게 골기 시작한다. 골지천을 휘돌아 올라온 바람이 시원하기 그지없다. 양말을 벗은 발바닥에서 열기도 쑥쑥 빠져 나가는 느낌이다. 길안은 '아, 기분 좋다. 아, 행복하다.'는 생각에 가슴이 뿌듯했다. 길안은 수첩을 꺼내 '구미정, 행복'이라고 써 두려고 윗몸을 일으켰다. 그런데 배낭이 몇 걸음 건너에 있었다. 수첩을 꺼내려면 일어서야 했다. 배낭을 물끄러미 바라보다가 길안은 도로 누웠다. 몸을 일으킨다면 이렇게 기분 좋은 행복감이 사라질 것만 같다. 길안은 수첩에 쓰는 대신 눈을 감고 온몸으로 즐거움을 만끽하기로 했다. 그러면 몸 어딘가에 행복감이 저절로 새겨질 거라는 생각을 하면서.

골지천 괴리회
구미정에서 출발해 탐사단은 다시 걸었다. 차가 다니지 않는 아스팔트 차도는 한가롭다. 길 양 옆으로는 줄기가 붉은 늘씬한 소나무가 가득하다.

한 시간 정도 걸은 뒤 구 선생이 쉬어가겠다고 걸음을 멈췄다. 탐사단이 자리 잡은 곳과 가까운 곳에는 마을 사람들이 모여 놀고 있었다. 천렵을 나온 모양인데 대부분 일흔은 넘어 보이는 할아버지 할머니들이다.

마을 분들이 자리 잡은 뒤쪽으로 우묵하게 들어간 곳에 약수터가 있었다. 커다란 바위 사이에서 조금씩 흘러나오는 물은 그야말로 약수 같았다. 태평은 자리를 펴는 대신 약수를 먼저 먹겠다고 걸어갔다. 약수를 먹으러 가자니 태평은 당연히 마을 사람들과 인사를 나누게 되었다. 태평은 식탁에 홀로 앉은 할아버지 옆에 서서 신명을 불렀다.

"신명 님! 신명 님!

태평은 약수터에 가지 못하고 할아버지에게 잡힌 것이다. 예닐곱 되는 다른 마을 사람들은 커다란 돗자리 위에 앉거나 서서 음식을 먹고 있었다. 신명은 자리에서 일어섰다. 길안도 궁금증이 생겨 따라 일어났다.

할아버지는 민물고기 회를 먹는 중이었다. 두꺼운 나무도마 위에 시퍼런 칼과 몸이 잘린 민물고기가 있다.

"그, 한 잔 받으시오."

할아버지는 신명에게 소주잔은 내밀었다. 거절할 수 없는 일이었다. 신명이 받은 소주잔에 술을 따르며 할아버지가 말했다.

"일행 중에 젤 어른이라기에 내가 술 한잔 드린다고 했소. 괜찮지요?"

할아버지 얼굴은 취기가 오른 듯 불그레했으나 음성은 별 흔들림이 없다.

"아이고 감사합니다."

신명은 두 손으로 공손하게 받은 술을 단숨에 쭉 비웠다.

"허, 시원하게 드시는 군. 한 잔 더 받으시오."

"아, 아니. 괜찮습니다만."

"아니오. 두 잔은 드셔야지. 자, 받으시오."

할아버지는 잔에 철철 넘치도록 술을 따랐다. 신명은 역시 한 번에 술을 들이켰다.

"오오. 그 참 잘 드시는 군. 자, 한 잔 더."

"아, 아니. 이제 됐습니다."

"아니오. 석 잔은 드려야 손님 대접했다는 소릴 듣지 않겠소."

"그, 됐다는데 고만 드리소."

할아버지 옆에 서 있던 할머니가 말했다. 할아버지가 첫 잔을 따르기 시작할 때부터 주춤주춤 다가와 있던 할머니다. 할아버지와 부부라는 것을 금방 눈치챌 수 있었다.

"허허. 원래 손은 사양하고 쥔은 권하는 법이라. 손이 어찌 달라고 하리. 내 더는 안 줄 테니, 내 술 석 잔만 받으소. 나그네에게 베푸는 인정이 그렇지 않으니."

신명은 세 잔을 거푸 들이켰다. 온 얼굴에 만족스러운 웃음을 머금은 할아버지는 그제야 안주를 권했다.

"이 물고기 좀 드시오. 이게 괴리라는 놈이오. 맑은 물에만 사는 놈이지. 저 물에서 잡은 거요."

할아버지가 소나무 그늘이 드리워진 골지천을 가리켰다. 신명이 길안과 태평을 번갈아보며 씩 웃었다. 길안과 태평은 신명의 웃음에 담긴 뜻을 알았다. 물은 무척 더러웠던 것이다. 물속 돌에 앉은 때가 손을 대기도 싫을 만큼 거무스레했다. 길안은 갑자기 괴리에게서 역한 냄새가 나는 것 같았다. 할아버지 말을 듣기 전에는 괴리가 말끔하게 씻겨 있어 먹어보고 싶은 회였다. 그러나 눈앞에 보이는 골지천에서 잡았다는 말을 듣는 순간 식욕이 싹 사라졌다. 할아버지는 왜 맑은 물이라고 하는 것일까? 길안은 의아스러웠다. 물이 더러운 것을 알고는 있지만 인정하기 싫은 것일까. 여기가 고향이라면 어린 시절 할아버지는 저 냇물에서 멱을 감고 그대로 엎드려 물을 마시기도 했을 것이다. 그렇게 맑았던 물에 대한 기억만 간직하려는 것일까.

"예. 아주 맛있습니다."

신명이 괴리의 큼직한 토막을 입에 넣고 우적우적 씹으며 말했다. 태평도 길안도 젓가락만 들고 괴리를 선뜻 집어 들지 못하고 있었다. 그러나 신명은 한 토막을 다 먹고 또 하나를 집어 먹었다.

전혀 거리낌이 없다. 길안은 신명의 먹는 모습을 보자니 군침이 입
안에 돌 지경이었다.

"하하하. 식복을 타고 나셨군. 그 보기 좋수다."

할아버지가 신명을 칭찬하고 나서 나이를 물었다. 신명 나이를
들은 할아버지가 말했다.

"나와 동갑일세 그려."

"예?"

태평과 길안이 동시에 눈을 동그랗게 떴다. 신명도 흠칫 놀라는
눈치다. 예순여섯 나이가 그렇게 늙어 보이는 것일까. 그렇다면 신
명은 할아버지에 비해 굉장히 동안인 셈이다.

"놀라긴. 띠동갑이랑 말일세."

할아버지가 짓궂은 개구쟁이 같은 웃음을 킬킬 웃으며 말했다.

"아, 그럼. 일흔여덟이시군요?"

신명이 얼른 말했다. 할아버지가 고개를 흔들었다.

"그렇게 밖에 안 보이는가?"

"예? 그럼. 아흔이란 말씀인가요?"

할아버지가 고개를 끄덕였다. 세 사람은 깜짝 놀랐다. 목소리와
몸짓이 아흔이라고 도저히 생각할 수 없을 정도로 정정했던 것이
다.

"저 사람들은 한참 어린 사람들이여."

아흔 할아버지가 돗자리에 앉아 돼지고기를 구워먹는 할아버

지 할머니들을 가리키며 말했다.

"맑은 물 맑은 공기 속에서 사시니 다들 장수를 누리시나 봅니다. 잘 먹었습니다."

신명이 고개 숙여 인사를 하고 탐사단 일행이 있는 곳으로 갔다. 길안과 태평도 슬슬 따라갔다. 할아버지 나이 이야기를 들은 다른 일행도 다 놀라워했다.

세 가지 조건

길안은 괴리를 잡았다는 냇물을 다시 한 번 가서 봤다. 멀리서 보기에 물은 깨끗해 보인다. 그러나 물 바깥으로 드러난 모래는 제 색깔이 아니다. 물과 맞닿은 곳은 거뭇거뭇하다. 모래에도 물때가 앉은 것이다. 키 작은 버드나무와 키 큰 풀과 바위들이 어울린 개울 풍광은 평화롭기 그지없는데 그들을 감싸고 흐르는 물은 더럽혀졌다. 길안은 몹시 안타깝다는 생각이 들었다. 일문이나 구 선생이나 신명이 '개울에 엎드려 물 마시고 그 물 떠서 밥해 먹고 그랬지. 불과 40년 전 일이네.'라고 말할 때엔 안타까움이 더 했다.

"뭐 물고기 좀 있어?"

물으며 길안 옆에 온 사람은 김인이다.

"아뇨. 하나도 안 보이는데요. 괴리가 여기 살 것 같지 않아요. 이렇게 더러운 물에."

"아니. 살 것 같은데? 저기를 봐 봐."

김인이 한 곳을 가리켰다. 그곳엔 산에서 골지천으로 흘러드는 물이 있다.

"저긴 아마도 일급수일 거야. 산에서 새 물이 흘러들고 있으니까."

물은 바위에 부딪쳐 하얀 포말을 일으키며 햇빛에 반짝였다.

"우리가 조금 더 걸어 내려가면 물이 점점 맑아질 거야."

"진짜요?"

"그럼. 틀림없어. 세 가지 조건을 갖추고 있으니까, 보나마나야."

"세 가지요?"

"응. 계곡물, 모래, 물풀."

"아, 그거라면…… 다 보이네요."

길안은 개울을 휘휘 둘러보았다. 산에서 흘러드는 계곡물, 개울 위로 모래가 군데군데 쌓여 있으니 물속에도 당연히 있을 모래, 바람에 흔들리는 버드나무와 무성한 물풀들. 김인이 설명했다.

"새 물이 들어오면서 고인 물을 흔들어 주고, 모래는 찌꺼기를 걸러 주는 체 역할을 하고, 물풀은 청정한 산소를 공급해 주지. 자연정화가 이루어지는 시스템이라고 할까. 걸어가면서 보자. 물이 점점 맑아질 테니. 새 물이 계속 흘러들어 개울도 점점 넓어질 거고."

길안은 번쩍! 하고 떠오르는 생각이 있었다.

"들어오는 물이 다 맑은 건 아니잖아요. 똥물이 들어올 수도 있고."

"그야, 당연히 그렇지. 문제는 자연정화 시스템이 정화시킬 수 있는 한계를 넘어서는 거야. 돌과 모래에 물때가 앉는 건 바로 그걸 나타내는 것이지. 녹조가 끼는 것도 마찬가지고."

"그렇군요."

길안은 다시 걸을 때 개울물을 찬찬히 보았다. 정말 김인 말대로 물은 점점 맑아졌다. 물이 흐르는 유역도 넓어져 간다.

사회라는 것

오후 다섯 시, 계획한 목표 지점에 도착했다. 울창한 느릅나무 숲을 배경으로 가진 펜션이다. 마침 비가 내렸다. 조금씩 흩뿌리던 비가 펜션 마당에 도착했을 때 줄기를 이루며 쏟아졌다. 마당 곳곳에 마련되어 있는 정자와 파라솔 밑으로 들어가 비를 피했다. 겉으로 보기에도 숙소는 좋아 보인다.

그런데 웬일인지 민수가 보이지 않았다. 얼굴 가득 웃음을 띠며 탐사단을 맞이해야 할 텐데, 뭔가 문제가 있는 모양이다. 역시 구 선생 전화가 울었다. 다들 전화기를 휴대하지 않지만 오직 구 선생만 휴대폰을 가지고 다녔다. 민수와 수시로 연락을 할 필요가 있기 때문이다. 잠깐 통화를 하고 난 구 선생이 일행을 불러 말했다.

"숙소를 아직 못 잡았답니다. 여기 느릅나무 펜션은 이미 방 예약이 끝나서 없고요. 저기 아우라지까지 나가 있답니다. 요즘 피서

철이라 방구하기가 쉽지 않나 봐요. 어떡할까요? 숙소와 저녁 식
사 식당을 마련한 뒤에 연락을 하겠다는데요. 좀 더 걸을까요? 아
니면……."

"좀 피곤한데……, 저 당집이나 구경하면서 기다리면 어떨까요.
비도 오고."

일문이 펜션 뒤 느릅나무 숲을 가리켰다. 숲 안에는 당집이 보
였다. 구 선생이 당집을 한참 바라보더니 말했다.

"지나가면서 당집도 함 보죠. 뭐 오래 볼 거는 아닌 것 같구요.
오늘 길을 좀 줄여 놓으면 내일 여유 있게 걸을 수 있을 것 같은데
요……. 그냥, 제 생각입니다."

구 선생은 완곡한 표현이지만 더 걷자고 주장하고 있다. 일문의
눈가에 잔주름이 잡혔다.

"휙휙 지나가기만 할 게 아니라 시간 여유가 생겼을 때 주변을
찬찬이 보는 것도 중요하죠."

"……."

구 선생이 침묵했다. 얼굴 표정에 크게 변화가 없으나 약간 어색
하게 웃었다. 구 선생과 일문 사이에 미묘하게 충돌하는 감정이 보
인다. 그건 일행들도 누구나 느낄 수 있었다. 길안은 하필 아빠가
그 당사자여서 좀 불편한 마음이 생겨났다. 구 선생이 침묵하자
일문이 이어 말했다.

"저런 당집은 요즘 보기 드물어요. 근데 이 지역을 걸으면서 벌

써 몇 번 봤어요. 궁금하지 않나요? 뭔가 얽힌 얘기도 있을 것 같고."

일문이 일행을 하나하나 둘러보았다. 태평과 김인은 일문의 말에 고개를 끄덕였는데, 신명과 길안은 구 선생을 바라보았다. 구 선생은 누구보다 고개를 크게 끄덕이며 말했다.

"일문 형님, 잘 보셨네요. 저도 몇 번 저런 당집을 보면서 궁금하던 차였어요. 가서 한번 둘러보죠."

구 선생이 앞장서서 걸어갔다. 신발을 벗어 놓았던 사람들은 다시 신발을 신고 느릅나무 숲으로 들어갔다. 숲은 바깥에서 보다 훨씬 깊었다. 느릅나무 일곱 그루 밖에 되지 않았지만 하늘을 온통 가려 어둑어둑했다. 바깥에선 없던 바람이 숲에 들어서자 골바람으로 불어왔다. 나뭇잎이 우산이 되어 빗방울은 간간이 떨어질 뿐이었다. 굵은 나무줄기 사이로 불어오는 바람은 시원함을 넘어 서늘한 느낌까지 줬다. 당집은 조촐했다. 굵은 나무 기둥을 세우고 서까래를 얹은 뒤 지붕은 너와로 덮었다. 툇마루도 없이 섬돌이 놓인 방은 하나였는데 문이 잠겨 있어 안을 볼 수가 없다. 당집 문 앞에서 아쉬운 입맛을 쩝쩝 다시는 일문에게 신명이 말했다.

"뭐 별거 있겠소. 당제(堂祭) 지내는데 필요한 도구들이나 있겠지요. 더러는 위패를 모시기도 하지만."

신명은 당집 섬돌에 걸터앉았다.

"내 재미있는 얘기 한 자리 해 볼까요?"

"좋죠. 해 주세요."

태평이 반색했다. 신명은 가장 굵고 큰 느릅나무를 가리켰다.

"저런 당나무를 보통 당신(堂神)이라고 하지만 사(社)라고도 하오. 사는 보통 토지신을 부르는 말이라오. 토지는 그냥 땅이니까 어떤 상징물이 필요한데, 그 땅에서 잘 자라는 나무를 심어 표시로 삼곤 했소. 크고 굵게 자라면서 오래 사는 나무라야 하니까 느티나무가 많이 선택된다오. 여긴 느릅나무를 심었네요. 이곳 땅이 느릅나무가 살기에 좋은 토질일 수도 있겠소."

생각보다 재미있는 얘기가 아니었다. 언제 재미있는 얘기를 하려나, 하는 태평의 눈빛을 보고 길안도 똑 같은 마음이었다. 길안은 목구멍으로 치밀어 오르는 말을 그대로 내뱉었다.

"신명 님, 공부하는 것 같아요."

신명이 빙그레 웃었다.

"오~ 그래? 얼른 재미있는 얘기를 해야겠군. 공자는 다 알지요? 이 공자라는 사람이 '사' 아래에서 맺어진 인연으로 태어났다오. 아버지는 숙량흘이라고 일흔 살 상늙은이인데 어머니는 안징재라는 열여섯 꽃다운 아가씨였소. 지금부터 이천오백 년 전인 그때는 사람들이 사 아래서 모여 놀았답니다. 그걸 '사회(社會)'라고 했소. 겨울이 막 끝나고 바쁜 일 철이 나서기 전 춘삼월 꽃피는 봄날이지요. 이때는 모임에 나온 남녀 누구나 서로 짝이 될 수 있었다오."

"누구나요?"

태평이 눈을 반짝였다.

"유부남도 돼요?"

김인도 생기가 콸콸 솟는 목소리로 물었다.

"그럼, 그럼. 유부남 유부녀도 아무 관계없어요. 나이도 지위도 따지지 않았소. 남남, 녀녀, 남녀 어떤 짝도 다 허용되었다오. 바로 이 '사회'에서 일흔 살 노인과 열여섯 소녀가 짝이 된 거라오. 공자 아버지 숙량흘은 이미 아내가 셋이나 있는 사람이었소. 자식도 아홉이나 있었고. 그렇지만 공자 어머니 안징재는 숙량흘에게 반한 겁니다. 숙량흘도 마찬가지고. 한눈에 반하는 걸 과연 누가 말릴 수 있겠소. 두 사람은 손에 손을 잡고 숲속으로 깊숙이 들어갔다오."

"어머나, 세상에……."

태평이 입을 쩍 벌렸다.

"그런데 사실 문제가 있었소. 사회에선 누구나 짝이 되어 몸을 나눌 수 있지만, 잉태를 하는 건 금지되었지요. 한두 달 잔치가 끝났을 때 가볍게 다시 일상으로 돌아와야 하니까. 그런데 몸에 아이가 있으면 문제가 되지 않겠소. 그래서 짝이 된 남녀는 잉태가 되지 않도록 서로 조심을 해야 하는 거라오. 그게 유일한 금기였소. 하지만 숙량흘과 안징재 짝은 그 금기를 어긴 거지요. 미숙해서 그랬는지, 너무나 사랑해서 그랬는지, 아니면 공자라는 성인을 낳기 위해 의도적으로 그랬는지 그건 아무도 알 수가 없다오."

"이야! 이런 얘긴 첨 들어요."

태평이 감탄했다. 신명이 빙긋 웃었다.

"어때? 길안아. 재미있어?"

"예. 뭐…… 클럽 같은 거네요."

"클럽? 그럴 듯하네. 그럼 클럽이 현대판 사회인가?"

태평이 길안의 말을 이었다.

"마을 당나무 아래 새벽에 서 있는 여자는 처음 만나는 남자를 무조건 따라갔다고 하죠. 지금은 사라졌지만 백 년 전까지만 해도 그런 게 있었어요. 이것도 사회의 변형이 아닐까 하는 생각이 드네요."

김인이 전설의 고향 같은 드라마에서 본 내용을 떠올리며 말했다. 김인 말이 그럴 듯해서 다들 고개를 끄덕였다. 길안은 신명의 얘기를 듣고 보니 느릅나무 숲이 더 특별해 보였다.

신명 얘기도 끝나고 더 머물 일도 없었다. 서늘한 공기에 체온이 내려가 일행은 누구랄 것 없이 숲을 나가고 싶었다. 걷는 것도 좋겠다는 생각을 다들 하는 참이다.

"좀 더 걸을까요?"

구 선생이 일문을 보고 말하고 나서 신명에게 눈을 맞췄다. 일문은 고개만 끄덕였고 신명은 "그럽시다." 하고 화답했다.

이어지는 길은 고갯길이었다. 완만한 고개지만 길었다. 길게 오르막을 오르고 길게 내리막을 내려왔다. 내리막이 끝나고 평지를 조금 걷다보니 다리가 나온다. 반천교. 다리를 건너면서 올려다 보이는 산에 반천산성이 있다. 깊고 깊은 산 속에 쌓아놓은 산성은 여러 가지 생각을 하게 만든다. 산성을 지나자 개울 건너에 월화폭포가 보인다. 가뭄이 심한 것 같지 않은데 폭포 물은 말랐다. 물은 흐르지 않고 물길만 남은 폭포다. 오후 6시 10분. 월화폭포를 바라보면서 걷기를 멈췄다.

"아휴, 힘들어."

길안은 주저앉으며 말했다. 조금 걷자고 한 것이 한 시간을 넘게 걸었다.

"원래 잔업이 더 힘든 법이야."

태평이 대구를 해 줬다. 일문도 힘이 드는 모양이다. 입을 꽉 다물고 앉아서 신발을 벗고 있다. 김인은 여전히 생기가 넘쳤다. 일행이 다 앉아서 신발을 벗고 발의 열을 식히느라 바쁜데 김인은 이리저리 돌아다니며 사진을 찍고 있다. 신명은 세상에서 가장 행복한 표정으로 담배를 피우고 있다. 얼마나 애연가인지 쉴 때마다 한 대씩 피우는 건 물론 좀 긴 시간 걸을 때는 드물게 걸으면서도 피우기도 했다.

"다들 고생하셨습니다. 한 5킬로미터 줄었습니다. 내일 걸을 길이."

구 선생이 슬쩍 일문의 표정을 살폈다. 일문은 신발을 벗고 양말까지 벗느라 바빴다. 얼굴 표정이 그리 나빠 보이진 않다. 꽉 조였던 발이 풀리면서 생겨난 해방감이 기분을 상쾌하게 만든 까닭이었다.

따뜻하고 아름다운

민수가 10분쯤 뒤에 황금마차를 몰고 나타났다.

"시장들 하시죠? 식당과 숙소를 다 구해 놨습니다. 오늘은 중복이라, 삼계탕으로 저녁을 먹을까 합니다. 자 어서들 타시죠."

"삼계탕? 좋지!"

"역시!"

하나같이 기쁜 소리를 내뱉었다.

차로도 무려 20분을 달렸다. 여량, 일명 아우라지라고 부르는 곳에 가서 삼계탕을 먹었다. 아우라지역 앞에 있는 그 집은 답사 때에 콧등치기를 먹은 곳이다. 할머니의 넉넉한 인심이 좋았고 정선 사투리가 정겨웠다. 삼계탕이 나오는 동안 파전을 안주 삼아 술을 한 잔씩 하기로 했다. 구 선생이 맥주 다섯 병과 소주 두 병그리고 막걸리도 두 병을 시켰다.

"너무 많지 않아요?"

일문이 말했다.

"시원하게 한 잔씩 하시지요. 사흘째라 몸이 많이 피곤하실 거에요."

구 선생이 쾌활하게 대답하고 맥주를 한 잔씩 따르기 시작했다. 태평이 얼른 다른 맥주병을 따서 같이 따랐다. 길안까지 모두 술을 한 잔씩 받자 구 선생이 말했다.

"자, 건배합시다. 신명 님이 한마디해 주시죠."

"그럴까요? 막노동도 사흘을 넘기면 할 만하다고 합니다. 우리도 사흘을 걸었으니 이제 완주할 가능성이 커졌어요. 우리가 걸은 길도 이미 200리에 가깝습니다. 자, 모두의 완주를 위하여 건배!"

"건배!"

다들 술잔을 높이 들고 건배를 외쳤다. 그러나 일문은 술잔을 같이 들어 부딪쳤지만 건배를 외치지는 않았다. 속에 할 말이 있지만 억눌러 참고 있는 눈치다. 구 선생이 일문에게 술을 한 잔 더 권하며 말했다.

"형님, 걸을 만하시죠?"

"뭐, 길이야 걸을 만하지. 근데 이래도 될까요?"

이래도 되냐는 일문 말은 질문 형식을 가졌으나 어투는 타박을 하는 느낌을 줬다. 그건 누구나 알 수 있었다.

"……"

구 선생이 말을 하지 않았다. 상대가 타박을 하고 나오니 섣불리 응대하지 않겠다는 신중한 몸짓이다. 그건 일문의 다음 말을 기다린다는 의사표시와도 같았다. 일문도 그걸 알고 말을 이었다.

"저녁마다 마시는 술이 좀 과하다는 생각이 드는군요."

분위기가 대번에 서먹해졌다. 김인이 마시려던 술을 내려놓았고 태평은 신명에게 따르려던 막걸리 병을 식탁 위에 놓았다. 벌써 두 번째다. 아까 길을 더 걷는 문제를 놓고 약간의 감정 다툼이 있었고, 이번엔 술 문제로 일문이 불편한 심기를 드러내고 있는 것이다. 길안은 한입 가득 씹고 있는 파전 맛이 썼다.

'참, 실망이네 이거. 아빠 왜 저래?'

일문은 여강길 대표였다. 대표라면 누군가 불편한 분위기를 만들려고 해도 막아야 되는 위치에 있는 사람 아닌가. 헌데 오히려 앞장서서 사람들 힘을 빼고 있으니, 뭐 이런 경우가 다 있나. 길안은 생각할수록 일문이 원망스럽다. 일문한테 화를 한번 내고 식당을 나가고 싶은 마음이 굴뚝 같지만 길안은 차마 행동하진 못했다.

"이제 시작인데 이렇게 저녁마다 먹어 대다간 몸이 배겨 나겠어요?"

먹어 댄다는 말은 매우 기분 나쁘게 들릴 수 있는 말이다. 역시 구 선생 표정이 딱딱해졌다.

"2차 하고 그러는 건 아니잖아요. 땀을 많이 흘렸으니 이 정도 알콜은 몸을 상하게 하지는 않을 거예요. 제 생각엔 피로를 풀어 주는 데도 도움이 되리라고 봅니다. 다만 즐거운 기분으로 마셔야 하는데……."

구 선생이 말을 줄였다. 구 선생은 최대한 부드럽고 온건하게 말을 하고 있지만 내면의 불쾌함을 숨기진 못했다. 마지막에 끝맺지 않은 말 속에 그게 들어 있었다. 분위기가 더욱 가라앉았다. 사람들은 구 선생과 일문 누구에게도 시선을 주지 않았지만, 다들 일문의 입에 신경을 곤두세웠다. 일문이 한 번 더 구 선생 감정을 긁는 말을 한다면, 그 다음 사태는 불을 보듯 뻔했다. 불길은 한 번 타오르면 점점 거세지고 만다. 길안은 조마조마했다. 일문이 아빠만 아니었어도 그렇게 불안하진 않았을 것이다. 그때다.

"허허. 나도 유 대표와 같은 생각이오."

신명이 느릿느릿, 낱말 하나하나, 공을 들여 말했다. 일문이 신명을 바라보았다. 아니 일문뿐 아니라 구 선생을 비롯한 모든 탐사단이 신명을 바라보았다. 일문의 표정이 확 밝아졌다. 구 선생도 마찬가지였다. 분명 신명이 일문 편을 들고 있는데도 구 선생은 은은한 미소까지 띠고 있다.

"구 선생 말도 일리가 있으나 나는 유 대표가 걱정하는 마음이 충분히 이해가 되오. 여강길 대표로서 일행 모두가 탈 없이 완주하기를 바라는 충정 아니겠소. 무슨 일이든 사흘을 넘기기가 쉽지 않은 법이라오. 오늘이 마침 중복이고 삼계탕도 곧 나올 터이니 뜨겁게 먹고 힘을 내 봅시다. 술도 이왕 시킨 것이니 맛나게 마십시다. 자, 내가 한 잔씩 따르리다."

신명이 일어서서 술을 따르기 시작했다. 맨 먼저 일문에게 술을 권했다. 일문은 벌떡 일어서서 잔을 받았다. 다음은 구 선생에게 권했고 마지막으로 길안에게까지 다 따랐다. 신명이 일어서서 따르니 받는 사람도 다 일어서서 받았다. 술을 따르는 동안 삼계탕이 나왔다. 커다란 뚝배기에 담겨 김이 설설 오르는 음식은 보기만 해도 침이 넘어갔다. 신명이 큰 소리로 외쳤다.

"자, 천 리 길을 위하여!"

"위하여!"

다들 힘차게 합창하고 자기 앞에 놓인 삼계탕을 먹기 시작했다. 푹 익은 닭고기는 입안에서 녹았다. 모든 사람 얼굴에 행복한 웃음이 가득했다.

일문이 술잔을 들어 구 선생에게 권했다. 구 선생은 정중하게 고개를 숙여 보이고 잔을 받았다. 길안은 조마조마하던 마음이 말끔히 사라졌다. 이제 길안은 오롯이 음식 맛에 집중할 수 있었다. 밥을 먹으면서 길안은 간간이 신명을 바라보았다. 눈이 마주치자 신명이 씩 웃었다. 그렇게 따뜻하고 아름다운 웃음을 길안은 지금까지 본 적이 없다. 그렇게 천 리 길 사흘째가 지나갔다.

넷째 날, 느닷없는 수구레 길

화장실

오늘 출발지인 월화폭포로 되돌아갔다. 숙소를 떠날 때까지도 비가 계속 내렸는데 월화폭포에 도착하자 비가 그쳤다. 비가 많은 여름철이지만 아직 비를 맞으며 걷지는 않았다. 습기가 가득했으나 바람은 시원했다.

길이 시작부터 오르막이다. 잠깐 걷는데 길안은 큰창자가 꾸룩꾸룩 소리를 낸다. 숙소에서 화장실을 갔지만 시원하게 똥을 누지 못했다. 똥이 남은 창자 느낌은 몸을 묵직하게 만든다. 태평이 말한 '잘잘잘'이 절실했다. 첫째 날인가 둘째 날인가 태평이 일행에게 말했다.

'여행을 할 때는 '잘잘잘'만 있으면 끝난답니다. 잘 먹고, 잘 자고, 잘 싸면 된다는 거죠.'

길안은 두 가지는 잘 되는데 싸기가 잘 안 되고 있다. 오르막이 길어지자 다 나오지 못했던 창자 속 물건들이 맹렬하게 움직이기 시작한다. 급하다. 나올 것 같다. 길안은 항문 근육을 조였다. 줄을 지어 걷고 있으니 이탈하기는 어렵다. 몸에서 진땀이 난다. 아랫배가 자꾸 꾸루꾸룩 댄다. 길가 숲속으로 뛰어들고 싶다. 그러나 길안은 일행을 멈추게 하고 싶지는 않았다. 창피한 것은 아니다. 가장 젊은 놈이 몸이 부실하다는 소리를 들을 것 같아, 그게 싫었던 것이다. 길안은 이마에 땀을 바작바작 흘리며 걸었다.

무려 그렇게 40분을 걸었다. 보통 50분이나 한 시간 정도 걷고 쉰다. 이제 조금만 더 걸으면 된다. 길안이 초인적인 참을성으로 항문을 틀어막고 있는데, 반가운 말이 들렸다.

"저기 버스 정류장에서 쉬어 갑시다."

길안 뒤에 따라오던 신명 목소리다. 구세주가 따로 없다. 그런데 맨 앞 구 선생이 돌아보며 대답했다.

"아직 쉴 시간이 이른데, 조금 더 가시죠?"

이런! 길안은 하마터면 항문을 열 뻔했다. 천국 문 앞에까지 갔다가 뒷덜미가 잡혀 지옥으로 끌려가는 심정이 되었다.

"찬성! 시원할 때 많이 걸어 놓지요."

구 선생 바로 뒤에 따라가던 일문이 말했다. 뭔, 아빠가 저런가?

길안은 원망 가득한 눈으로 일문의 등판에 눈총을 날렸다. 그러나 역시 길안에겐 보호신령이 있다.

"허허. 산세를 보아하니 오르막이 쉽게 끝날 것 같지 않소. 마침 쉴 곳도 있으니 쉬어 갑시다. 쉬고 다음 참에 좀 더 걸으면 되지 않겠소?"

신명이 버스 정류장을 가리켰다. 찻길 가에 홀로 오도카니 서 있는 정류장이다. 주변에 인가는 없었다. 전혀 버스 정류장이 있을 만한 곳으로 보이지 않는다. 어쨌거나 길안에게는 기적 같은 선물이었다.

"희한한 곳에 버스 정류장이 있네요. 말씀대로 하죠."

구 선생이 신명의 제안을 받아들였다. 길안은 서둘러 창자 속 비울 곳을 찾았다. 일행은 돗자리를 편다, 정류소 의자를 닦는다, 자리를 잡느라 분주했지만 길안은 항문 여는 일이 급했다. 그런데 딱 눈에 들어오는 것이 있었다. 화장실! 세상에!

마을도 없는 찻길 가에 버스 정류장이 있는 것도 기적인데, 정류장 뒤쪽에 화장실이 있었던 것이다. 그것도 정류장보다 건물이 컸다. 무려 세 칸이나 되는 화장실은 겉보기가 깨끗하다. 길안은 배낭을 멘 채 화장실로 급하게 걸었다. 배낭 속에는 휴지가 있다는 것을 생각하면서. 하지만 배낭 속 휴지는 필요 없었다.

화장실 문을 열었을 때 냄새는 구수했다. 찌들고 역한 냄새를 예상했던 길안으로선 정말 뜻밖이었다. 아마도 잘 발효되게 만드는 무슨 처리를 한 화장실 같았다. 깔끔하게 청소되어 있는 화장실 안에는 두루마리 휴지가 예쁘게 걸려 있다. 길안은 감동했다. 마음이 감동을 해서 그런지 창자 속 물건들도 시원하게 빠져나왔다. 몸이 편안해졌다. 길안은 뒤처리를 하고 행복한 기분으로 일행에게 돌아왔다.

길안은 쉬자고 제안한 신명에게 고맙다는 말은 하지 않았다. 그럴 필요가 없었다. 길안이 사랑을 듬뿍 담은 눈으로 신명을 바라보았을 때, 신명은 모든 것을 다 안다는 듯 빙긋 웃으며 고개를 끄덕였기 때문이다. 거기에 '고맙다.'는 말을 더 얹는 건 유치원생이나 하는 짓이었다. 열여섯이나 된 의젓한 길안은 그저 미소로 화답하면 되었다. 대신 길안은 화장실을 설치한 누군가에게 격하게 감사했다.

"휴지가 잔뜩 있고 진짜 깨끗해요. 와! 여기가 정선군인가요? 훌륭한 곳이네요."

"그래? 함 가 보자."

태평이 화장실을 다녀왔다. 태평도 놀라움에 입을 다물지 못하며 떠들었다.

"깨끗해요. 공용 화장실이 이렇게 깨끗한 건 드물어요. 야! 멋진 정선입니다. 길가는 사람에게 이런 배려를 하다니요. 경치도 더 예뻐 보이네요. 정선, 짱입니다!"

"하하. 그 정도에요? 나도 가보고 싶네."

구 선생이 웃으며 말했지만 화장실에 가지는 않았다. 대신 이렇게 말했다.

"게스트하우스만 있으면 되겠네요. 그럼 정선 구간 트레일은 완성인데."

"맞아요. 늘 그게 문제죠. 숙박 시설."

김인이 동조했다. 정선 경계 내 화장실에 대한 예찬으로 쉬는 시간이 다 지나갔다.

속 편한 상태가 되자 길안은 걸음이 가벼웠다. 다시 걷기 시작했는데 칡꽃 향기가 진동을 한다. 산은 온통 보랏빛 칡꽃으로 가득했다.

"음~ 향기 좋다."

누구라고 할 것 없이 탄성이 터져 나왔다. 찻길이지만 차는 거의 다니지 않는다. 눈을 감고 걸어도 될 정도다. 탐사단이 칡꽃 향기에 취해 코를 벌름거리는데 김인이 말했다.

"이름도 예뻐요. 곰바리라니."

"곰바리, 곰바리. 뭔 뜻인지 몰라도 재미있는 지명이네."

일문이 화답했다.

"바닷가에선 곱상어를 곰바리라고 하는데, 여긴 첩첩산중이니 그건 당연히 아닐 테고. 곰이 많이 나오던 동네인가 봐요. 요즘에야 곰이 없겠지만."

김인이 자기 추측을 말했다.

"그럴 수도 있겠군."

일문이 대답하고 곰바리 얘기는 그걸로 끝났다. 김인이 길을 벗어나 산으로 들어갔기 때문이다. 일문은 그냥 앞으로 걸어갔고 김인이 길로 나왔을 땐 길안과 만났다. 김인이 길안에게 초록색 잎을 하나 주며 말했다.

"먹어 봐. 맛있을 거야."

길안은 잎을 받았지만 선뜻 입에 넣지 않고 들고만 있었다.

"여름 잎은 다 쓴데 그건 안 써. 먹어 보래도."

김인은 자기 손에 들고 있던 잎을 입 속으로 날름 집어넣었다. 김인이 자근자근 씹는 걸 보고 길안도 잎을 입에 넣었다. 금방 똥을 누고 뱃속이 편안해졌는데, 다시 문제가 생길까 조금 걱정스럽긴 했다. 하지만 김인이 먼저 먹으면서까지 권하는 걸 싫다고 하긴 어려웠다.

"밤 맛이 나네요? 고구마 맛인가?"

잎은 전혀 쓰지 않았다. 길안은 신기해서 이름을 물어봤다.

"박주가리 잎이야. 박주가리 알지? 늦가을이나 겨울에 하얀 씨앗 날려 봤을 걸."

길안도 박주가리 씨앗을 날려 본 일이 많다. 그렇지만 그 잎을 먹는다는 건 처음 알았다. 잎을 두 개나 씹어 먹었지만 뱃속에선 아무런 일도 일어나지 않았다. 다행이었다.

떼꾼, 떼돈

오전 열 시, 아우라지에 도착했다. 동북에서 내려오는 골지천이 서북에서 내려오는 송천을 만나는 곳이다. 두 물이 합쳐져 물길은 부쩍 넓어진다. 이름도 골지천에서 조양강으로 바뀐다. 냇물에서 강이 되는 것이다.

아우라지는 이야기가 가득한 곳이다. 이야기가 많으니 사람들도 많이 찾는다. 관광객을 끌기 위한 이런저런 시설물이 많아 탐사단의 눈을 어리둥절하게 만들었다. 볼 것이 많으니 눈이 바쁘다. 민수는 여송정이라는 정자에 자리를 잡고 있었다. 황금마차는 돌다리 건너에 세워 놓고 아이스박스 하나만 둘러메고 탐사단을 맞이하러 와 있다.

탐사단이 정자에 오르니 아이스박스를 열고 마실 것과 먹을 것을 내놓았다. 일행은 가뭄에 단비를 만난 듯했다. 사방을 휘휘 둘러보다가 구 선생이 낮은 소리로 읊조렸다.

아우라지 뱃사공아 배 좀 건너 주게
싸리골 올 동박이 다 떨어진다
떨어진 동박은 낙엽에나 쌓이지
잠시잠깐 님 그리워 나는 못 살겠네

"이야! 듣기 좋아요."

태평이 손뼉을 쳤다. 일문과 김인도 투덕투덕 손뼉을 따라 쳤다. 그러자 구 선생이 손을 저으며 수줍게 웃으며 말했다.

"박수 받을 만하지 않아요. 근데 저는 늘 그런 생각이 들더라고요. 정선아라리를 들으면, 아, 이건 막걸리가 목구멍으로 꿀떡꿀떡 넘어가는 소리다. 딱 그 정도 속도감과 그 정도 텁텁함을 가진 노래. 늘 이런 생각이 들더라고요. 그렇지 않던가요?"

"……"

아무도 대답하지 않았다. 신명만 가볍게 몇 번 고개를 끄덕였을 뿐이다. 구 선생 얼굴에 아주 미세하게 실망하는 기운이 스쳐 지나갔다. 전혀 동감을 얻지 못한 자신만의 느낌. 홀로인 감정의 쓸쓸함이 살짝 묻어났다. 그러나 공감해 주지 않는 다른 사람들을 원망하는 눈빛은 전혀 아니다. 길안은 구 선생에게 공감하고 싶었으나 그럴 수 없었다. 막걸리를 많이 먹어 보지 않았으니 그 깊은 맛이나 목 넘김 속도를 도무지 알 수가 없다.

길안은 처녀 동상을 바라보았다. 아까부터 자꾸만 눈에 들어오는 건 물가에 선 처녀 동상이다. 물가에 서서 어디 먼 곳을 바라보는 모습이다. 길안이 처녀상을 자꾸 바라보니까 민수가 놀리는 어투로 말했다.

"역시 총각이 처녀를 알아보는 군. 길안이 좀 보세요. 저 처녀상에서 아주 눈을 뗄 줄을 몰라요."

일행이 처녀상과 길안을 번갈아 보며 허허, 하하, 낄낄 웃었다.

길안이 화들짝 놀라서 말을 더듬었다.

"예? 뭐, 아, 아니에요."

"어때서 그래. 총각이 처녀 좋아하는 거야 당연한 거지. 근데 길
안아. 저 처녀상이 왜 저기에 서 있는지 아니?"

"모르겠는데요. 뭐 전설이 있겠지요."

"그렇지. 당연히 전설이 있지. 저 처녀는 여량에 살았고 처녀가
사랑하는 총각은 구절리에 살았대. 강을 사이에 두고 있는 동네
였던 거지. 두 사랑하는 남녀는 사람들 몰래 싸리골에 가서 동백
꽃을 따기로 했대요. 여기서 말하는 동백꽃은 사실 생강나무 꽃
이야. 초봄에 산에서 가장 먼저 피는 꽃이지. 동백꽃 따는 건 핑계
고 그야말로 데이트를 하자는 거였지. 근데 전날 밤에 폭우가 쏟
아지는 바람에 나룻배는 떠내려가고 만날 길이 없어졌어. 그렇게
만나지 못하고 그만 총각은 떼꾼이 되어 서울로 떠난 거야. 서울로
한 번 가면 몇 달이 걸리지. 하루도 안 보면 못 사는 사랑하는 남
녀가 몇 달씩 못 보게 되었으니 그 마음이야 말해 뭐하겠어요. 더
구나 떼꾼은 위험한 물길을 가야 하니 죽는 경우도 많았다네요.
얼마나 가슴이 탔겠어요."

민수는 길안에게 얘기하다가 다른 일행도 귀를 기울이자 전체
를 둘러보면서 이야기를 이어갔다. 그리고 끝에 이렇게 덧붙였다.

"길안아. 난 저 처녀의 애절함이 내 가슴까지 울리는 것 같다.
넌 어떠니?"

"뭐…… 잘 모르겠는데요."

길안은 말은 그렇게 했지만 속으론 그렇지 않았다. 아까부터 처녀상의 얼굴에 민아 얼굴이 자꾸만 겹쳐지고 있었던 것이다.

"떼꾼들이 떼돈을 벌었다는데 그게 얼마나 되나? 그거 알아요? 민수씨?"

김인이 물었다. 길안의 쓸쓸한 가슴은 알 길이 없는 김인이다. 딴은 김인의 물음이 길안도 궁금하기는 했다. 길안은 민아 얼굴을 얼른 지워 버리고 사람들 대화에 귀를 기울였다.

"기록에는 있어요. 정선 고을 원님 1년치 녹봉을 벌었답니다. 한 번 뗏목을 타고 서울을 다녀오면 말이죠."

"어디엔 2년치라던데?"

일문이 껴들자 민수가 고개를 끄덕이며 대답했다.

"그런 기록도 있나 봐요. 하여튼 엄청나게 많은 돈을 벌기는 했나 봅니다. 오죽하면 떼돈을 벌었다는 말이 생겼겠어요."

"그만큼 위험하단 얘기겠지."

"하하하. 그럼 위험수당이란 건가요?"

가만히 듣고 있던 태평이 한마디 거들었다.

"위험하지, 위험하고말고. 뗏목도 뗏목이지만 우선 저 나무를 베는 일도 만만치 않았겠소. 저기들 봐요. 얼마나 험한 산비탈이오."

신명이 손으로 가리키는 곳에는 미끈한 소나무가 즐비했다. 줄기에 붉은 빛이 도는 홍송이다. 쭉쭉 뻗은 소나무들은 '미인송'이란 찬탄이 절로 나왔다. 베어 넘어뜨리면 그대로 물가로 굴러갈 것 같다. 아우라지부터 떼꾼들이 뗏목을 나르기 시작했다는 걸 알만했다. 두 물이 만나 물길이 넓어지기도 하고 물가에 소나무도 많았으니, 당연한 이치였다. 신명이 덧붙었다.

"요즘처럼 엔진 톱이 있는 것도 아니고. 오직 사람 힘만으로 도끼나 톱을 써야 했겠지요. 그러자면 나무 결을 찬찬히 살펴야 했을 거요."

"그건 왜 그렇죠?"

언제부턴가 눈을 감고 앉았던 구 선생이 눈을 뜨면서 물었다.

"엔진 톱은 아무데나 톱날을 넣어도 다 잘리지요. 단단한 옹이든 뭐든 관계없소. 그러나 자기 힘만으로 도끼나 톱을 써야 하는 벌목꾼은 도끼날과 톱날이 잘 들어가는 곳을 찾을 수밖에 없지 않겠소. 같은 줄기에서도 나무는 무른 부분과 단단한 부분이 있기 마련이오. 그러니 벌목꾼은 자연스럽게 토질이나 기후에 따른 나무의 성장 과정을 파악하게 되지요. 그뿐인가요? 동서남북 방향에 따라 나무의 단단하기가 다르다는 것도 알게 되고. 한마디로 나무를 단순한 목재로 취급하는 게 아니라 나무라는 생명체에 대한 존중감을 갖게 되는 거지요. 순식간에 잘라 버리는 엔진 톱은 나무가 생명체라는 것을 생각할 틈을 주지 않는다오."

"네…… 그렇군요."

감동 잘하는 구 선생은 신명 말에 울컥한 표정이다. 구 선생이 덧붙였다.

"정말 속도가 너무 빨라서 정신이 하나도 없습니다. 예전엔 십 년에 강산이 변한다고 했는데, 지금은 일 년 만에도 강산이 획획 변합니다."

"그런가요? 내 생각은 달라요. 여전히 변하지 않는 것이 더 많아요. 설악산 울산바위를 보세요. 언제부터 그대로 있는 거죠? 우리 여강길 자산의 바위도 언제부터 그 모습인지 우리는 잘 몰라요. 남한강도 여전히 그 자리를 흐르고 있고요. 다만 변하는 건 우리 의식입니다. 인간의 생각이 시시각각 변하고 있을 뿐이에요. 우리 생각이 이건 너무 빠른 거 아닌가? 하고 불안해하고 초조해하고 있는 거죠."

일문이 구 선생의 감동에 초를 쳤다.

"그건 그, 그런 것도 같네요……."

구 선생이 일문의 말에 긍정하는 반응을 보였는데, 얼굴에 살짝 붉은 빛이 돌았다. 부끄러운 것인지 성이 난 것인지 알 수 없는 오묘한 얼굴빛이다.

"이거 말하다 보니, 뭔가 이상하게 되어 버렸네."

일문은 어색하게 웃었다. 뭔가 정체를 알 수 없는 찜찜한 웃음이었다. 별로 반갑지 않은 기운이 사람들 주위를 싸고돌았다. 그러자 태평이 유쾌한 목소리로 말했다.

"떼꾼들은 그렇게 많은 떼돈을 벌어서 어따 썼을까요? 부자가 된 것 같지는 않은데 말이죠."

싸한 기운을 몰아내고자 하는 충정이 느껴지는 발언이다. 역시 김인이 눈치 채고 재빨리 화답했다.

"서울 가는 길은 물을 따라 내려가는 길이죠? 그렇다면 돌아오는 길은?"

"아, 어떻게 오죠?"

"우리처럼 걸어오겠지. 열흘도 좋고 한 달도 좋고. 물길을 거슬러 올라와야 하니. 밥 사 먹고, 술 사 먹고 여자도 더러 만나고, 뭐 도박도 했으려나⋯⋯. 돈이 곶감꼬지에서 곶감 빠지듯 했겠지."

"에이, 설마요."

"설마가 사람 잡는다네."

김인이 하하 웃었는데, 일문이 진지한 목소리로 말했다.

"목숨 걸고 번 돈을 그렇게 허비했겠나. 김 의원 말이 좀 심한 것 같네."

"아이쿠, 이거 죄송합니다, 형님. 제가 좀 많이 나갔군요. 주의하겠습니다."

김인이 고개를 꾸벅해 보이자 일문이 피식 웃으며 손을 흔들었다. 길안은 일문을 힐끔 보았다. 아빠의 진중한 말이 이번엔 듣기 좋았다.

탐사단은 약속이나 한 듯이 양말을 신고 신발을 신었다. 슬슬 다시 걸어야 할 시간이 되었던 것이다.

느닷없는 수구레 길

아우라지를 떠나 북평면 장열리로 가는 길이다. 길은 차가 다니는 길 밖에 안 보이는데, 차가 생각보다 많이 다닌다. 인도는 따로 없다. 노란 차선과 가드레일 사이 좁은 길을 걸을 수밖에 없었다. 승용차는 크게 위협이 되지는 않았으나 트럭이 지나갈 때는 깜짝 깜짝 놀라게 된다. 생각보다 큰 소리와 차가 몰고 오는 바람 때문에 그렇다.

아스팔트 찻길로 걷는 것을 누구보다 싫어하는 사람은 김인이다. 그래서 그런지 찻길을 걸을 때 김인은 늘 사방을 둘러보면서 다른 길을 찾는다. 혹시라도 찻길을 벗어나 걸을 수 있는지를 보는 것이다. 역시 이번에도 김인의 눈동자는 바쁘게 움직였다. 그러다 한 곳이 김인 눈에 걸렸다. 아카시아와 소나무, 버드나무들이 어우러진 물가 숲으로 흙길이 있다. 작은 오솔길이 아니라 차가 다닐만한 제법 넓은 길이다.

"저리로 가면 어때요?"

김인 제안에 구 선생이 걸음을 멈췄다. 찻길과 강과 흙길을 찬찬이 살펴보던 구 선생이 대답했다.

"저 길은 모르는 길인데."

구 선생은 혼자서 여러 번 지도상으로 가상훈련을 했다. 길잡이 책임을 제대로 해내기 위해 가상으로 수없이 걸었던 것이다. 그 덕에 지금까지 별 문제없이 탐사단은 잘 걸었다. 나폴레옹이 부하들을 이끌고 산을 넘다가 '이 산이 아닌가벼.'하며 되돌아섰다는 우스개처럼 되돌아선 적도 없었고, 짧은 길을 놔 두고 빙 돌아가는 실수도 없었다. 가끔 멈춰 서서 휴대폰 지도를 들여다보면서 고개를 끄덕이는 일은 있었다. 그리곤 전혀 길이 없는 것 같은 곳으로 들어서기도 했는데, 산굽이를 돌아서면 희한하게도 길을 만났다. 그럴 때마다 구 선생에 대한 신뢰도는 높아만 갔다.

그런데 지금, 구 선생은 자기가 모르는 길이라고 말하고 있다. 일행은 구 선생이 모르는 길을 갈 거라고 생각하지 않았다. 그러나 김인이 계속 주장했다.

"저렇게 큰 길이라면 반드시 이어지는 길이 있을 겁니다. 가 보죠?"

"저게…… 길이 넓기는 한데, 물가까지만 가서 끊어질 수도 있어요."

구 선생이 선뜻 발을 움직이지 않는다. 하지만 김인도 물러나지 않았다.

"물가라면 금방인데, 갔다가 아니면 돌아오죠, 뭐. 밑져야 본전, 아니 조금 밑지는 일이긴 하지만 충분히 가 볼 만하지 않아요?"

김인은 물가로 가는 흙길로 가고 싶어 안달이 난 사람 같다. 단장인 구 선생 허락도 없이 몇 걸음 걸어 들어갔다. 구 선생이 피식 웃더니 말했다.

"좋아요. 한번 가 봅시다."

김인이 손뼉을 쳤다. 그리곤 오른손을 쭉 뻗어서 구 선생에게 먼저 가라고 손짓했다.

구 선생의 헤아림이 정확했다. 넓은 흙길은 물에서 끊어졌다. 대형 트럭 세 대가 큰 나무 아래 그늘에 서 있고, 차 안에는 운전사들이 잠을 자고 있었다. 길 끝은 물가의 자갈밭으로 연결되어 있다. 구 선생은 자갈밭과 멀리 산을 돌아 나가는 찻길을 번갈아 바라보고 섰다.

"하여간. 알아줘야 해. 김 의원, 책임지셔"

일문이 놀림 반 꾸지람 반 섞어서 말했다. 김인은 일문 말에 대꾸할 새가 없었다. 찻길과 강을 가른 시멘트 벽을 살펴보느라 바빴기 때문이다. 구 선생도 김인과 마찬가지로 시멘트 벽을 살피고 있었다.

"너무 높아. 4미터 이상은 돼 보이네. 저걸 올라가긴 무리겠어."

김인이 혼자 중얼거리더니 죽 둘러선 일행에게 고개를 꾸벅하고 말했다.

"미안합니다."

"미안하긴 일러. 길이 있을 것 같아요."

구 선생이 손을 흔든다. 그리고 자갈밭으로 들어섰다. 김인이 어리둥절한 얼굴로 눈동자를 동글동글 굴렸다. 구 선생이 저만치

걸어가자 맨 먼저 태평이 뒤를 따랐다. 그 다음으로 일문이 자갈
밭으로 들어섰는데 웬일인지 김인이 움직일 생각을 하지 않는다.
신명도 가만히 서 있다. 길안은 언젠가부터 신명이 바늘이라면 자
신은 실처럼 되어 있었다. 바늘이 움직이지 않으니 실도 그대로 있
어야 했다.

"신명 님, 길이 보이세요?"

김인이 물었다.

"나도 안 보이오. 단장이 뭘 봤을까요?"

멀리 거침없이 자갈길을 걸어가는 구 선생을 바라보며 신명도
고개를 갸웃했다.

"돌아서기 싫은 거 아닐까요? 저러다 길 없으면 많이 돌아와야
되는데. 벽을 탄다고 위험해질 수도 있고. 제가 괜히 이리로 가자
고 했나 봐요."

김인 얼굴에 걱정이 가득했다. 신명도 망설이는 몸짓이더니 이
윽고 결심을 하고 말했다.

"따라가 봅시다. 돌아가는 길도 길이니. 가다가 막히면 돌아서
면 되는 것이고. 또 혹시 알겠소? 보물 같은 길이 숨어 있을지."

신명이 자갈길로 들어선다. 이미 구 선생과 태평, 일문 세 사람
은 크게 소리쳐야 목소리가 들릴 만큼 멀리 가 있다. 구 선생은 자
갈밭을 벗어나 시멘트 벽으로 올라서고 있었다. 자갈밭에서 허리
높이쯤 되는 곳에 평평한 시멘트 구조물이 있다. 넓이는 두 사람

이 나란히 서서 걸을 만했다. 그 위로 약 4미터 높이 옹벽이 있다. 옹벽 위엔 가드레일이 쳐진 찻길이 있다. 그러니까 강물, 자갈밭, 평평한 시멘트 길이 계단처럼 되어 있는 셈이다. 평평한 시멘트 길을 따라 걸을 수밖에 없는데, 그 길이 막히면 4미터 높이 옹벽을 타고 올라가 찻길로 가거나 되돌아올 수밖에 없다.

구 선생은 걸음에 머뭇거림이 없었다. 앞으로 쭉쭉 나아갔다. 길을 찾았다는 자신감이 묻어나는 몸짓이다. 기우뚱거리며 자갈밭을 걷는 신명, 김인, 길안 세 사람에게 태평이 손나팔을 하고 소리쳤다.

"어서 오세요. 여기 시원합니다. 쉬었다 간대요."

태평은 강으로 물이 쏟아지는 수문 옆에 있었다. 구 선생과 일문은 보이지 않는다. 뒤에 간 세 사람이 도착해 보니, 물이 흐르는 수문 안에 앉을 곳이 있다. 산에서 내려오는 골바람이 무척 시원하다. 구 선생이 평평한 시멘트 길을 가리키며 말했다.

"사람이 다닌 흔적이 있습니다. 길이 이어진다는 것이죠. 저 끝에 가면 분명히 강을 따라가는 길이 연결될 거예요. 없다고 해도 최소한 찻길로는 이어지겠죠. 김 의원, 좋은 길 찾았네."

"사람이 다닌 흔적을 어떻게 알았어요?"

김인의 물음에 구 선생 대신 태평이 대답했다.

"불 피우고 고기 구워 먹은 흔적 못 보셨어요? 먹고 버린 커피 캔도 하나 있었어요."

김인도 그 흔적을 봤다. 자갈밭을 벗어나 평평한 시멘트 길로 올라서서 얼마 걷지 않아 그것들은 있었다. 구 선생이 씩씩하게 앞으로 나아가던 바로 그 지점이다.

"아! 좋다!"

태평이 두 팔을 넓게 벌리고 골바람을 맞으며 말했다.

"이 길 정말 좋은데요? 시끄럽지도 않고요. 찻길 바로 밑인데도 차 소리가 전혀 들리지 않아요. 강 바로 옆을 따라 걷는 길이기도 하고요. 이야! 이건 김 의원님 공입니다. 이쪽으로 가자고 했으니까요."

"아이고, 무슨. 나는 자갈밭으로 안 들어서고 돌아가려고 했는데요. 단장님 공이에요. 그 판단력과 추진력을 존경합니다, 형님."

"허허, 아우. 왜 이러시나. 넘치는 호기심에다 잽싼 몸으로 발 빠르게 움직이는 아우의 실천력! 그건 참 좋은 덕목일세. 이 길도 아우의 실천력 덕에 얻은 길 아닌가."

"형님 먼저 아우 먼저. 보기 좋습니다. 그렇죠? 대표님?"

태평이 가만히 앉은 일문을 끌어들였다. 일문은 미소로 대답을 대신했다.

길은 구 선생 말대로 연결되어 있었다. 평평한 시멘트 길 끝에 찻길로 올라갈 수 있도록 가드레일에 밧줄이 매어져 있었다. 탐사단은 밧줄을 잡고 찻길로 올라갔다. 강 옆으로 걸을 수 있도록 길이 마련되어 있지 않은 것을 모두들 몹시 아쉬워했다. 하지만 곧 새로운 길을 찾아냈다. 강가로 나 있는 철로를 발견한 것이다. 구 선생은 곧바로 찻길을 벗어나 철로로 내려갔다. 침목 사이로 키 큰 풀이 자라고 있는 것으로 봐서 기차는 다니지 않는 것 같다. 철 로와 강 사이는 소나무 숲이다. 감탄이 저절로 나오는 풍경이 계 속 이어진다.

장열리 동네로 들어가는 철로 건널목 옆에 황금마차가 서 있었 다. 점심때가 된 것이다. 황금마차가 일행을 데리고 간 식당은 '수 구레 해장국'을 전문으로 파는 집이었다. 수구레는 소의 껍질과 살 사이에 있는 힘줄을 말한다. 수구레 맛은 질기지만 쫄깃쫄깃한 것이 일품이다. 막걸리 한잔을 곁들여 행복한 식사를 하는 중에 오전에 걸은, 강 옆길에 대한 칭찬이 많이 나왔다. 그러다 태평이 제안했다.

"우리가 이 길 이름을 붙이는 게 어때요?"

"그거 좋겠군."

김인이 손뼉을 치더니 "보물찾기 길!" 하고 외쳤다. 숨겨진 보물 을 찾듯이 걷는 길이라는 뜻이라는 건 설명하지 않아도 다들 알 아들었다. 그러나 별로 반응이 좋지 않다. 구 선생이 말했다.

"한 가지씩 이름을 말해 보시죠. 재미있겠어요."

"저는 '누가 오자 길'을 추천합니다. 누가 오자 했어? 하고 첨엔 우리가 김 의원님을 원망했지만 나중엔 다들 너무 좋아했잖아요. 아니 '잘했어 길'이 나은가? 아님 '김인 길'? 김인 의원님이 가자고 한 길이니까요."

다들 웃었다. 태평의 명명은 유쾌했지만 탐사단의 동의를 이끌어내진 못했다.

"느닷없는 길은 어떻습니까? 우리 앞에 느닷없이 나타난 선물 같은 길이니까요."

구 선생이 의견을 냈다. 그거 좋은데요? 하고 동의한 사람은 태평 하나다. 이름 짓기가 생각처럼 만만치 않았다. 이것저것 이름이 툭툭 튀어나오는 가운데 구 선생이 길안에게 물었다.

"길안아, 너도 하나 지어 봐라."

"저는 '수구레 길'을 생각했어요."

길안이 곧바로 대답했다. 길안은 이름을 짓자는 말이 나오자마자 머릿속에 딱 떠오른 것이 수구레였다.

"수구레 길?"

구 선생이 되물었고 다른 사람들도 모두 길안을 바라보았다.

"그 길은 강과 찻길 사이에 있잖아요. 수구레는 소의 껍질과 살사이에 있고요. 맛도 참 쫄깃쫄깃하고 좋은데요. 우리가 걸은 길도 비밀스럽고 놀라운 길이잖아요. 그래서 수구레라고 하면 어떨까 생각해 봤어요."

"오오!"

김인이 입을 떠억 벌렸다. 감동한 눈으로 길안 등을 쓰다듬으며 말했다.

"쥑인다. 저는 수구레 길에 한 표! 입니다. 길을 걸어와서 수구레 해장국을 먹으며 마침표를 찍으면 금상첨화고요. 이야, 길안이 너 다시 봐야겠는데? 애, 이거 천재 아냐?"

"천재는 무슨. 칭찬이 너무 지나치네, 김 의원."

일문이 김인을 말렸다.

"형님. 지나치다니요. 아주 입에 딱 붙는데요. 수구레, 수구레, 수구레 길. 어, 좋다!"

김인이 설레발을 치는 바람에 길 이름 짓기는 거기서 끝났다. 길안은 쑥스럽게 웃었으나 기분은 좋았다.

큰 나무 아래로 오세요

북평초등학교 솔밭에서 두 시간 쉬었다. 가장 열기가 뜨거운 오후 두 시 어름은 그늘에서 쉬자는 규칙을 정했다. 오후 네 시쯤에 출발했지만 달궈진 기온은 식을 줄 몰랐다. 장열1리 마을길로 들어가는데 '한여름에도 얼음이 어는 신비한 얼음골'이라는 표지판이 있다. 표지판 글씨만 봐도 좀 시원한 느낌이 든다. 표지판 앞에서 구 선생이 말했다.

"수로를 따라가면 강이 나올 겁니다."

구 선생이 수로를 따라 앞장서 걸었다. 시멘트로 포장한 길과 논 사이에 수로가 있다. 수로에는 많은 양의 물이 세차게 흐르고 있었다. 길안은 굉장히 빠른 속도로 흐르는 수로 물을 보면서 좀 놀랐다.

"신명 님. 뭔 물이 이렇게 많죠?"

"좋은 동네구나."

신명은 엉뚱한 대답을 했다.

"잠시도 쉬지 않고 흐르네요. 이렇게 많은 물이 도대체 어디서
오는지."

길안은 수로가 시작되는 지점으로 보이는 곳을 바라보았다. 그
곳은 큰 산도 없고 큰 개울도 없다. 신명도 길안과 같은 지점을 보
고 나서 말했다.

"어딘가 수원이 있을 테지. 물이란 눈에 보이는 곳에서만 나는
건 아니니까. 땅 바깥보다 땅속에 물이 더 많을 걸."

"아, 그럼. 저기 어딘가 땅속에서 물이 솟아나는가 봐요."

"그럴지도 모르지. 하여튼 이 동네 사람들은 논농사 짓기는 좋
겠다."

"왜요?"

"물이 흔하니 말이다. 논바닥이 마르면 속이 바작바작 타는 게
농부들이란다. 오죽하면 논에 물 들어가는 거랑 자식 입에 밥 들
어가는 거랑 같다고 했겠니."

"아, 예."

길안이 보니 논마다 물이 찰랑찰랑하게 차 있다. 7월 말, 벼는
키가 클 대로 컸고 벼꽃은 이미 지고 열매가 굵어지는 중이다. 바

람에 일렁이는 녹색 물결이 보기 좋다.

수로 끝은 진짜로 강이었다. 강둑에 내려서면서 구 선생이 통화를 한다. 탐사단은 구 선생을 가운데 두고 빙 둘러섰다. 전화를 한 사람은 민수다. 구 선생은 탐사단이 있는 위치를 알려 주고 있다.

"여기가 어디냐 하면……"

구 선생이 사방을 둘러본다.

"강둑이고……"

구 선생이 위치를 특정하지 못해 우물쭈물한다. 그때 길안은 강둑에 선 커다란 나무 한 그루를 봤다. 강둑 위에 만든 그늘도 꽤 넓다. 눈에 보이는 가장 큰 나무다. 어디서 봐도 목표가 될 만하다. 길안이 구 선생에게 말해 줬다.

"큰 나무 아래에 있다고 하면 되겠어요. 저 큰 나무요."

"어디?"

구 선생이 길안에게 묻고 길안이 가리키는 나무를 봤다. 구 선생이 고개를 끄덕이며 빙그레 웃는다.

"강둑 큰 나무 아래로 오세요. 거기서 쉬고 있을 테니."

구 선생이 전화를 끊었다. 그리고 일행에게 말했다.

"저 큰 나무 아래에 가서 쉬시죠. 길안아, 고맙다. 황금마차가 잘 찾아오겠지? 아이스크림을 갖고 온다네요."

"이야!"

환호성이 터져 나왔다. 길안도 그 말을 듣는 순간 입안에 군침이 돌았다. 달콤하고 얼음알갱이가 씹히는 아이스크림이면 더 좋겠다는 생각까지 했다.

탐사단은 큰 나무 아래에 돗자리를 펴고 앉았다. 그늘은 주변보다 온도가 낮다. 그래서 그런지 그늘에는 바람이 분다. 아픈 발을 신발에서 해방시키자 그것만으로도 즐겁다.

민수는 좀처럼 나타나지 않았다. 5분 거리도 안 된다는 북평면 소재지에 있다는데 이상했다. 거의 15분이 지나서야 강둑 멀리 황금마차가 나타났다. 차를 가까이 세우고 아이스박스를 들고 민수가 탐사단에게 다가왔다.

"늦었네요."

"학 모가지가 다 됐네."

다들 한마디씩 하면서 반기는데 민수가 말했다.

"아이고. 큰 나무가 너무 많아요."

"엥?"

탐사단은 사방을 휘휘 둘러보았다. 주변에 더 큰 나무는 없었다. 민수가 픽 웃으며 말했다.

"여기선 이 나무가 젤 크죠. 이따가 걸으면서 보세요. 이 나무보다 큰 나무가 강가에 즐비합니다."

민수는 면 소재지 마트에서 아이스크림을 산 뒤 강가로 나왔다. 면 소재지에서 강으로 통하는 길에는 큰 나무가 생각보다 많았다. 느티나무, 버드나무, 은행나무……. 종류도 가지가지였다. 민수는 큰 나무보다 사람을 살폈다. 여섯 명이 한꺼번에 앉아 있는 경우는 별로 없을 테니까 말이다. 그러나 그런 무리는 보이지 않았다. 그럴 수밖에. 탐사단은 강둑으로 치면 가장 끝부분에 있었으니. 결국 민수는 강가 큰 나무를 거의 다 살펴보고 나서야 탐사단이 있는 곳에 도달한 것이었다.

"전화를 하시지."

구 선생이 책망 아닌 책망을 했다.

"금방 찾을 줄 알았죠."

민수가 껄껄 웃었다. 사람들을 찾아 헤맸으면서도 전혀 불평하는 기색이 없다. 민수의 그런 태도는 탐사단을 편안하게 만들어줬다. 길안은 미안한 마음이 들었다. 괜히 나서서 큰 나무를 점찍은 것이 섣부른 오지랖이라고 자책했다. 구 선생은 길안을 탓하는 말이나 표정은 일체 없었다. 오히려 이렇게 말했다.

"쉰이 넘어서도 이렇다니까. 내 눈에 보이는 게 단 줄 아니. 창피한 일이네요."

구 선생은 자신 잘못이라고 말하고 있다.

"아이구, 무슨 말씀. 예순이 넘은 나도 그렇고 산다오. 보이지 않는 그 너머를 얼마나 생각하고 살겠소. 눈에 뵈는 게 곧 법칙이 된다고 합디다. 가시적인 세계 안에서 복닥거리며 사는 게 인생 아니겠소. 더러 평범한 삶을 훌쩍 초월한 현자들도 있기는 하지만 그건 참 드문 일이고. 다만 내 눈에 보이는 게 전부라고 고집만 피우지 않아도 조금은 편안한 삶이 되지 않겠소."

신명이 구 선생을 변호하듯 말하자 구 선생이 고개를 꾸벅하며 말했다.

"참, 감사한 말씀입니다. 신명 님 말씀처럼 고집이 문제지요. 저도 늘 그러고 삽니다."

길안은 '제가 괜히 나서서.'라는 말로 사과할 기회를 놓쳤다. 민수가 '큰 나무가 많다.'고 할 때 뒤통수를 한 대 빡! 하고 맞은 느낌이었다. 그리고 뒤이어 내가 잘못했구나, 하는 생각이 들었고 곧바로 사과하고 싶었는데 구 선생이 먼저 자책을 하고 나왔기 때문에 기회를 잡지 못한 것이다. 그런데 구 선생과 신명의 대화를 들으며 길안은 마음을 고쳐먹었다. 그 누구도 길안 자신을 탓하고 있지 않다는 것을 알았기 때문이다. 길안은 도둑이 제 발 저린 꼴이었다.

길안은 수첩을 꺼내서 '북평면, 강둑, 큰 나무' 하고 썼다. 일문은 길안이 수첩에 메모하는 걸 바라보며 미소 지었다. 길안은 수첩을 얼른 배낭에 넣었다. 일행과 함께 보조를 맞추려면 개인행동은 재빠르게 처리해야 했기 때문이다.

맘보 또는 이크 애크

걷기 시작한지 나흘 째, 길은 삼백 리를 걸었다. 시멘트나 아스팔트로 된 찻길이 가장 많고 더러 흙길, 자갈길, 철로 위를 걷기도 했다. 그러는 동안 발에는 물집이 많이 잡혔다. 신명, 일문, 태평, 길안은 양쪽 새끼발가락에 물집이 다 생겼다. 구 선생과 김인 두 사람은 멀쩡했다. 김인은 아침 출발하기 전은 물론 쉴 참에도 틈틈이 발바닥에 오일을 발랐다. 양말도 발가락 양말과 부드러운 양말을 겹쳐 신고 신발도 자주 갈아 신는다. 걸을 때도 무릎을 완전히 펴지 않고 약간 굽힌 채 걷는다. 체중이 가볍기도 하지만 걸음이 사뿐사뿐, 물 위에 떠가는 나뭇잎 같다. 그러니 물집이 생길 리가 없다. 김인은 이런 엄청난 노력을 통해 물집을 예방하고 있지만, 구 선생은 김인이 하는 예방법을 단 하나도 하지 않는다. 그런데도 물집이 없는 것을 보면 걷기 위해 태어난 발이 아닌가, 하는 생각을 갖게 한다.

물집이 잡힌 발의 고통은 대단하다. 일문과 길안 부자, 태평은 고통 때문에 춤을 췄다. 아픈 곳은 아끼게 되는 것이 몸의 본성이다.

"길안아, 많이 아프냐?"

일문은 아들이 발 아파하는 것이 안타까워 말을 걸었다. 한참 쉬었다가 출발하려고 준비를 할 때다. 길안이 신발을 신고 일어서서 몇 발자국 걸으며 '아! 아!' 하고 낮게 신음소리 내는 걸 일문이 들은 것이다.

길안은 아빠 목소리에 애정이 실려 있음을 알았다. 여느 부모와 다를 것이 없다. 자식이 아파하면 대신 아파 주고 싶은 것이 부모

마음이다. 자식을 대신하여 아무런 계산 없이 목숨을 선뜻 내놓을 수도 있는 사람이 부모다. 그러나 길안은 아빠가 걱정하는 것이 싫다. 그건 길안이 효자라서 그런 것도 아니다. 그냥 다른 사람들도 있는 터에 걱정하고 걱정 받는 것이 어색했다. 길안이 재빨리 대답했다.

"아니, 뭐, 쪼금. 괜찮아."

닭살 돋는 말들은 그만합시다, 하는 내용이 길안 말 속에 들어 있다. 일문도 길안의 뜻을 금방 알아차렸다. 일문이 큰 소리로 웃으며 이렇게 말한 것을 봐서 그렇다.

"하하하. 야, 너 꼭 맘보 춤을 추는 것 같다."

닭살을 제거하고 개그로 옮겨 가자는 의도를 일문이 내비쳤다. 하지만 일문의 개그는 사람들을 웃기지 못했다. 웃는 사람이 없을 뿐 아니라 일문 말이 무슨 뜻인지도 모르는 사람이 대부분이었다.

"맘보 춤요?"

하고 김인은 묻기까지 했다.

"장국영 맘보 춤 모르나? 난 그 장면이 딱 떠오르는데."

"장국영 맘보 춤요?"

"그 왜 영화 있잖아. 〈아비정전〉이지 아마. 그 영화에서 장국영이 속옷만 입고 맘보 춤 추는 장면이 있어. 길안이 '아아!' 하면서 걷는데 그 장면이 딱 떠오르더라고. 아니, 그제부터 그랬어. 나나 태평 씨나 발 아픈 사람 걸음걸이가 딱 그렇다는 생각이 들더라니까."

"아, 그래요? 나도 그 영화 봤는데……, 그런가?"

김인은 동의하기 어렵다는 표정을 지었다. 일문은 일문대로 이해할 수 없다는 표정이다. 마침내 일문이 일어서더니 직접 맘보 춤을 추기 시작했다. 양팔을 굽혀서 들고 기웃기웃, 두 발은 번갈아 자춤자춤.

"봐 봐. 이런 춤이라니까. 아! 아! 새끼발가락이 아프니까 춤이 저절로 되네."

일문이 맘보 춤을 췄다. 자신의 생각에 동의를 구하기 위한 눈물겨운 노력이다. 그러나 김인은 맞장구를 치지 않았다.

"비슷한 거 같기는 하네요."

일문의 노력에 점수를 준 것이 그랬다. 곁에서 일문의 춤을 지켜보던 태평이 의견을 냈다.

"이크 애크 같은데요? 제가 보기에는."

이 한마디로 일문의 노력은 종지부를 찍고 말았다. 신발을 신고 일어선 태평이 '이크, 애크!'를 외치며 춤을 췄다.

"맞다! 맞아! 딱 그거네."

구 선생과 김인이 합창했다. 전통 무예인 택견의 발놀림을 태평이 보여준 것. 택견은 발을 놀리면서 입으로 이크, 애크를 외친다. 왼발 새끼발가락이 아프니 그쪽으로 딛다가 놀라서 얼른 오른발에 몸무게를 싣는다. 그러나 오른발 새끼발가락도 아프니 또 재빨리 몸무게를 왼발로 옮긴다. 그게 반복되니 춤을 추는 몸짓이 나올 수밖에 없다. 어쨌든 새끼발가락 물집이 만들어 낸 춤은 '이크 애크 춤'으로 명명되었다. 일문의 작명은 호응이 없어 폐기되었다.

"몸이 아파 봐야, 춤도 출 줄 아나보오."

가만히 있던 신명이 한마디했다.

"그러게요. 참 신비롭습니다. 아픔이 꼭 나쁘기만 한 건 아니란 뜻이겠지요?"

구 선생이 신명의 말을 받았다.

"그렇지요. 동병상련이란 말이 그저 나온 게 아니겠지요? 아파 본 사람이 위로할 줄도 알지요."

"과부 사정을 홀아비가 안다는 말이 그래서 나온 거겠지요?"

김인도 대화에 껴들었다. 길안은 어른들 이야기를 들으면서 뜬금없이 민아 얼굴이 떠올랐다. 언젠가 재열과 팔짱을 끼고 걸어가는 모습을 봤을 땐가. 그때 길안은 날카로운 칼날이 복부를 지긋이 찌르는 듯한 아픔을 느꼈었다.

길안은 구 선생 말에 반박하고 싶었다. 아픔은 나쁩니다, 하고 소리치고 싶었다. 그러나 길안은 꾹 참았다. 소리친다고 그 아픔이 눈곱만큼도 사라지지 않으리란 걸 너무나 잘 알고 있었다. 길안은 아! 아! 소리가 나오려는 걸 꽉 누르고 말없이 걸었다. 이제 한 시간만 더 걸으면 저녁을 먹고 쉴 수 있을 것이다.

다섯째 날, 개미가 부럽다

개미가 부럽다

어제 걷기를 마무리했던 곳인 조양강 문곡교 아래에 도착했다. 아침햇살이 강에 가득하다. 물고기가 가끔 물살을 가르며 튀어 흰 빛을 사방에 뿌린다. 물길이 넓어진 만큼 물에 기댄 생명들도 풍부해졌다. 그만큼 강에 놓인 다리도 길고 크다.

황금마차에서 내리는데 태평의 상태가 심상치 않다.

"으흑."

내지 않으려 애를 쓰는데도 저절로 입술을 뚫고 나오는 신음소리. 태평의 넙데데한 얼굴이 일그러진다. 늘 웃음을 짓고 있던 얼굴인데 안타까웠다.

"태평 씨, 괜찮아요?"

걱정 가득한 얼굴로 구 선생이 물었다.

"아후, 머리 뒷꼭지까지 찌르르 합니다."

태평은 웃지 않았다. 아픔을 꾹꾹 참고 있음을 누가 봐도 알 수 있다. 물집 잡힌 발에서 시작된 아픔이 머리까지 올라왔다는 얘기다. 얼굴은 상기되고 이마에는 진땀까지 촉촉이 배어나온 태평이다.

"무리해서 걸을 필요는 없어요. 황금마차를 타고 가도 돼요, 태평 씨."

"그래요. 한 이틀 쉬어요."

"좀 쉬었다가 완주해야죠. 무리했다가 아예 못 걸으면 아쉽잖아요."

구 선생과 일문, 김인이 한마디씩 했다. 그러나 태평이 고개를 흔든다.

"걸어 볼게요. 걷기 시작하면 나아지더라고요."

태평이 각오를 다지는 데야 더 만류하긴 어려웠다. 구 선생은 고개를 끄덕이고 나서 일문을 돌아보며 물었다.

"형님은 괜찮으세요?"

"끄떡없네."

"예. 좋아요. 길안아, 너는 어떠니?"

"저도 괜찮아요. 좀 아프긴 해도요."

"오케이. 자, 그럼 가 볼까요?"

구 선생이 신명을 바라보고 나서 앞장 서 걷기 시작했다.

탐사단은 한반도 지형을 닮은 마을로 들어섰다. 행정명은 정선군 북평면 문곡리다. 영월에도 한반도 모양이 뚜렷한 한반도면이 있다. 이곳 문곡리 한반도 모양은 영월만큼 크지는 않다. 강원도 고성쯤에서 들어가 동해와 남해를 바람처럼 지나 서해를 치고 올라 신의주쯤에 도착하는데 한 시간 남짓 걸렸다. 아주 작은 한반도였다.

길가에 쉬기 좋은 언덕이 있다. 잘 가꿔진 숲으로 들어가는 언덕은 넓었다. 숲속에 언뜻언뜻 건물의 지붕이 보였는데, 가보고 싶은 마음이 들게 한다. 숲으로 들어가는 길 들머리에 '자연학교'라는 팻말이 서 있다.

역시, 언덕 옆에 민수가 황금마차를 세워 놓고 기다리고 있었다.

"김밥 좀 드시지요. 오늘 아침 식사가 부실해서 준비해 봤습니다."

배려 깊은 민수다. 아침을 누룽지 끓인 것으로 때우게 한 것이 못내 마음에 걸렸던 민수다. 김밥과 냉커피는 환상적인 조합이었다. 우수수 미루나무 잎사귀를 흔들고 가는 바람까지 있으니 맛이 더욱 좋다.

"사람이 말이오. 먹는 즐거움보다 더한 게 있겠소?"

신명이 만족감이 뚝뚝 묻어나는 얼굴로 말했다. 호일에 쌓인 김밥 한 줄을 들고 하나씩 빼어 먹는 신명의 동작에는 세상을 다 가진듯한 행복감이 있었다. 신명만이 아니다. 김밥을 한 줄씩 들고 앉은 일행은 다 그랬다.

"더한 지는 모르겠으나 비슷한 건 있지요."

일문이 말을 받았다. 신명이 일문에게 물었다.

"그게 뭐지요?"

"성욕 아니겠습니까."

대답해 놓고 일문은 길안을 보았다. 아주 자연스럽게 일문의 눈이 길안에게 향했는데, 그건 그럴 수밖에 없었다. 아들이 있는 자리에서 성욕에 대한 이야기를 꺼냈으니 아들 반응이 궁금한 건 당연했다. 길안도 일문의 의도를 눈치 챘다. 길안은 자칫 어색해 질 수 있는 분위기를 미리 방지하기 위해 입을 열었다.

"성욕은 인간의 본능이랍니다. 종족을 보전하기 위한 것이니까 결코 나쁜 건 아니에요. 종족 유지와 관계없이 음탕한 게 문제지요. 동물은 음탕하지 않대요. 인간만 유일하게 난잡한 성욕을 가지고 있다고 해요."

"어라?"

다들 눈을 크게 떴다. 열여섯 살 사내아이 입에서 나올만한 말과는 좀 거리가 있었기에 다들 놀란 것이다.

"뭘 놀라세요. 생물 시간에 다 배운 건데요. 모르셨어요?"

길안이 픽픽 웃으며 이죽거렸다.

"야, 어린애가 아니네. 유길안."

민수가 길안을 추켜세웠다.

"아유, 민수 형. 조선시대 같으면 자식을 두셋 낳았을 나이에요, 제가."

"오, 그러세요. 아이고, 몰라 뵈었습니다. 서방님."

민수가 장난스럽게 말했다. 둘의 대화를 흐뭇하게 바라보던 구 선생이 말했다.

"그렇지 그래. 사람이 그렇지. 성욕도 그렇지만 식욕도 마찬가지에요. 동물은 배부르면 먹기를 멈추지만 사람은 그렇지 않죠. 밥 배와 술 배가 다르다는 말이 대표적입니다. 과도한 욕망, 절제가 안 되는 욕망, 끊임없이 채우려는 욕망이 있어요. 사람에게는."

"그런데, 욕망을 비우는 삶을 추구하는 욕망 또한 사람에게는 있지요."

신명이 구 선생 말에 대답했다.

"무슨 말씀이신지……?"

"구도자의 삶 또한 사람이 가진 욕망이라는 거요. 긍정적인 것과 부정적인 것, 생산적인 것과 파괴적인 것, 인간의 욕망은 양면성을 가진다는 것이오. 어느 한 가지로 딱 규정할 수 없는……."

신명이 말을 잇지 못했다. 가만히 앉아 있던 태평이 갑자기 큰 소리로 툭 던지듯 말했기 때문이다.

"개미야, 네가 부럽다!"

태평에게로 눈이 다 쏠렸다. 태평은 김밥을 찾아 돗자리 위로 올라온 개미를 바라보고 있다. 검고 몸집이 큰 개미다. 개미는 김밥에서 분리되어 나온 밥알 하나를 집게로 집고 기어가고 있었다.

"개미가 왜 부러워요?"

길안이 물었다.

"개미 발을 봐. 물집이 생길 데가 없잖아. 얼마나 튼튼해."

"아~!"

길안은 개미 한 마리를 집어 올려 발을 본다. 가늘고 딱딱한 개미 발에는 물집이 생길 만한 살이 없다.

"진짜, 물집 같은 건 없겠어요. 암만 기어 다녀도 말이죠."

"그러니까. 얼마나 부러워."

태평 얼굴에 개미가 정말 부러워 죽겠다는 감정이 듬뿍 드러났다. 그건 지금 태평 발이 심각하게 아프다는 반증이다. 김밥의 달콤한 맛도 시원한 바람의 즐거움도 태평은 느낄 여유가 없는 거였다. 태평 발 상태가 걱정되었지만 '그만 걸으면 어떻겠느냐?'고 누구도 말하지 않았다. 탐사단은 목구멍까지 올라온 그 말을 다들 꾹 참고 있었다.

비닐 발동기

부러운 개미를 남겨 두고 탐사단은 다시 걸었다. 높은 고갯길에 오르자 정선 시내가 한눈에 들어온다. 태백 검룡소에서 정선 시내까지 차로 달린다면 한 시간이 채 걸리지 않는다. 그런데 탐사단은 꼬박 나흘을 걸어 도착했다. 아스팔트 찻길, 시멘트 길, 흙길, 자갈밭, 모래밭을 걷고 물을 건너다 넘어지기도 했다. 물집이 잡힌 발로 이크애크 춤을 추기도 하고 길바닥에 돗자리를 펴고 잠을 자기도 했다. 꽃과 풀잎을 따 먹거나 화장실에 들어가다 벌에 쏘이기도 했다. 그러니 시간이 많이 걸리는 건 당연했다. 차로 씽 지나가는 것과는 비교할 수 없는, 너무나 많은 일들을 겪어야 했기 때문이다.

오늘은 걸어야 할 길이 길었다. 아직 계획한 목표 지점까지 31킬로미터가 남았다. 그 유명하다는 정선 오일장을 들를 여유도 없다. 그래서 시내를 힐끔힐끔 곁눈으로 보면서 지나갔다. 시내가 끝나는 지점에 '의풍정(倚風亭)'이 있다. 한자 뜻대로 풀어 보자면 '바람에 기대어 지은 집' 또는 '바람이 기대어 쉬어 가는 집'이다. 어쨌든 바람이 있는 집이라는 건데, 그래서 그런지 의풍정에 도착했을 때 바람이 세차게 불었다. 바람만 분다면 더운 여름이라도 시원하고 좋았겠으나 바람은 비와 함께 왔다. 정선 시내를 들어설 때 구름이 많아지더니 지금은 하늘 가득 검은 구름이 뒤덮였다.

"그래서 내가 준비했죠."

김인이 자랑을 하며 내 놓은 건 검은 비닐봉지와 고무줄이다.

"운동화를 감싸고 고무줄로 발목을 묶으면 됩니다. 그럼 운동화도 젖지 않고 발이 뽀송뽀송할 거에요. 물집 잡힌 발에 물 들어가면 죽음입니다. 자, 받으세요."

김인이 비닐봉지와 고무줄을 나눠 줬다. 오늘 비가 내린다는 예보를 보고 어젯밤에 김인이 준비한 것이다.

"난 안 하겠네."

구 선생은 물건을 받지 않았다. 신명도 고개를 흔들었다. 일문과 길안은 받았으나 그냥 들고만 있다. 김인이 먼저 발을 싸 보였다. 태평이 따라 했다.

"하시는 게 좋을 텐데요, 형님. 길안아, 물집이 퉁퉁 불어서 고생하지 말고 어서 해라."

김인이 일문과 길안에게 어서 하기를 재촉했다. 일문은 오른발을 비닐로 감고 묶어 보더니 고개를 흔들고 다시 비닐을 벗겨 냈다.

"에이, 불편하겠어. 뭐 얼마나 젖으려고."

"허허 참, 형님. 예방이 얼마나 중요한지 모르시는군요. 길안아, 넌 해라."

"가다 보고요."

길안은 발에서 버석거리는 게 싫었다. 구 선생과 신명이 단호하게 발을 싸지 않는 걸 보고, 길안도 이미 싸지 않겠다고 작정을 하고 있었다.

"그 아빠에 그 아들이로군. 두고 봅시다."

김인은 낄낄 웃으면서 태평 어깨를 툭툭 쳤다. 태평이 잘 했다고 치하하는 몸짓이었다. 점심때가 되었으나 조금 전에 김밥을 먹은 터라, 그냥 좀 더 걷기로 했다. 민수는 의풍정으로 달려와 두유 하나와 빵 한 봉지씩을 돌렸다.

빗발이 점점 거세졌다. 각자 준비한 우비를 입고 일행은 빗속으로 들어섰다. 맨 앞에 선 구 선생은 우비도 입지 않았다. 얼굴을 젖히고 쏟아지는 비를 받으며 "어, 시원하다! 아, 감사하다!" 하면서 즐거운 표정이다. 비안개 가득한 길은 신비롭다. 큰길에서 강을 왼쪽에 두고 들어서는 좁은 길 입구에 '동강길'이라는 팻말이 보인다.

"오! 드디어 동강길입니다."

구 선생이 감개무량한 목소리로 이정표를 가리키며 말했다. 다른 일행도 다 뿌듯한 얼굴이다. 실제는 가수리까지 가야 동강이라는 이름을 얻지만, 동강이란 이름이 워낙 유명하니 아직 조양강인데도 미리 이름을 붙인 것 같다. 표지판에는 '동강길 32킬로미터'라고 되어 있다.

찻길 옆 인도도 없는 길을 걷는데 달려가고 달려오는 차들이 많다. 어떤 차는 걷는 사람을 보고 천천히 가기도 하고 물웅덩이를 피해서 가지만, 어떤 차는 속도를 전혀 줄이지 않고 물벼락까지 안기고 간다. 길안도 두 번이나 물벼락을 맞았다. 배와 가슴에 한 번, 등에 한 번. 다행히 우비를 입고 있어서 옷이 젖지는 않았다.

구 선생도 두어 번 물벼락을 맞았다. 우비도 입지 않아 맨몸에 검은 물이 튀겼지만 구 선생은 얼굴을 찡그리지 않았다. 오히려 구 선생은 물을 튕기고 간 차를 향해 고개를 숙였다. 길안은 운전자에게 욕을 해 주고 싶은 마음이라 구 선생 태도를 보고 놀랐다. 나중에 길안이 물었을 때 구 선생은 이렇게 대답했다.

'빗길 운전이라 신경을 많이 쓰고 있는데, 걷는 사람이 불쑥 나타났으니 얼마나 놀랐겠니. 걷는 사람에게 물 안 튀기려면 물웅덩이를 피해야 하고, 그러자면 중앙선을 넘어가야 하는데 정말 위험하지. 운전자를 위험하게 하고 놀라게 했으니 미안한 일이 아니냐. 그래서 사과를 한 거란다.'

길안은 화를 냈던 옹졸함이 부끄러웠는데, 그건 나중 일이고 물벼락을 맞는 순간엔 욕설이 목구멍까지 올라왔다. 차마 입 밖으로 내지는 못했지만.

시내를 벗어나 얼마나 걸었을까. 신명이 웃음을 섞어 말했다.

"저, 저. 발동기네. 물 퍼 올리는 발동기야."

맨 앞 구 선생과 맨 뒤 신명만 붙박이고 그 사이의 일문, 태평, 김인, 길안은 걷는 순서가 수시로 바뀌는데, 마침 김인이 신명 바로 앞에서 걷고 있었다. 신명이 김인 뒤꿈치를 보고 하는 말이었다.

걷는 동안엔 일행이 신명의 말이 뭔 소린지 몰랐다. 쉬는 시간이 되어서야 말뜻을 알았다. 비가 그친 틈을 타서 잠깐 쉬기로 했다. 탐사단은 동쪽으로 동강을 바라보며 앉았다. 강에서 뭉글뭉글 김이 올라온다.

바닥이 다 젖어 있어 우비를 입은 채로 앉아야 했다. 비가 내리는 날이라 신발을 벗을 수 없었다. 쉴 때마다 양말도 벗고 잠시라도 발의 열기를 빼 줘야 하지만, 오늘은 그게 어렵다.

그러나 김인과 태평은 앉자마자 신발을 벗었다. 아니 운동화를 싸맨 검은 비닐봉지를 벗겨 내는 일이 급선무였다. 비닐을 벗기고 신발을 벗는 두 사람 양말은 흠뻑 젖어 있다. 양말을 벗어 쥐어짜자 물이 줄줄 흐른다. 한 시간 남짓 걷는 동안 물에 빠져 철벅거렸던 발은 주글주글 주름이 잡히며 불어 있었다.

"아이구, 세상에!"

두 사람 발을 보며 사람들이 혀를 쩟쩟 찼다. 길안은 신발을 벗고 발을 봤다. 양말이 조금 젖었을 뿐이다.

"뒤꿈치를 덮은 비닐이 물을 퍼 올려 신발 속으로 넣은 거야. 아까 신명 님이 발동기라고 한 거 말이지. 그, 뭐냐. 원숭이가 나무에서 떨어졌다고 해야 하나."

일문이 김인 어깨를 두드리며 놀렸다.

"어, 참, 이게 왜……"

김인이 신발의 물을 털며 더듬거렸다. 그러다 옆에 앉아서 똑 같은 동작으로 신발을 터는 태평에게 말했다.

"태평 씨, 미안해요. 아, 참. 이거, 할 말이 없군."

"아이구, 괜찮습니다. 의원님. 이것도 다 좋은 경험이죠. 언제 이런 일을 해 보겠습니까, 하하하."

태평은 호쾌하게 웃었다. 그러나 태평 몸은 마음하고는 달랐다. 태평은 물에 빠진 게 벌써 두 번째다. 둘째 날, 물을 건너다가 온몸이 풍덩 빠졌고, 이번에도 운동화와 발이 물에 푹 잠긴 꼴이다. 물집이 잡힌 개수도 일행 중 서열 2위인 태평은 발이 점점 건디기 힘들어졌다. 육체의 고통이 참을 수 있는 한계를 넘어서는 시간이 점점 다가오고 있었다.

나무에서 떨어진 원숭이가 된 김인은 결국, 밤에 물집이 생긴 걸 확인해야 했다. 예방 실수가 물집이 생기는 날짜를 앞당겨 버린 것이다.

솔치고개, 잠깐 이별을 참지 못하면

비가 다시 내리기 시작하여 탐사단은 일어섰다. 길안은 다시 신명 바로 앞에 섰다. 왠지 그 자리에 서면 편했다. 이동하고 있으므로 장소는 수시로 바뀌고 시간도 쉼 없이 흘러가지만, 왜 고정된 자리라고 느껴지는 걸까. 길안은 잠시 생각해 봤는데 대답은 어렵지 않았다. 그건 사람이었다. 장소와 시간은 변해도 '신명 바로 앞'이라는 자리가 불변이기 때문이다. 그 자리를 만든 것은 그러니까 장소도 아니요 시간도 아니요 신명이라는 사람이다. 신명이라는 사람이 만든 자장(磁場)이 길안을 편안하게 만들어 주고 있는 것이다.

용탄대교를 건너자 솔치고개가 시작된다. 한자인 치(峙)의 뜻대로 하자면 그냥 '솔치'라 부르는 것이 맞겠다. '치'는 갑자기 나타나는 우뚝한 언덕을 말한다. 솔치라면 소나무가 많은 언덕이라는 뜻일 텐데 그 소나무 언덕을 넘어가는 고개가 솔치고개인 셈이다. 이름대로 소나무가 많다. 많은 정도를 넘어 빽빽하다. 마침 비가 그치면서 안개가 가득하다. 오리무중! 안개인지 소나무인지 사람인지 형체가 뒤섞인 가운데 일행은 고개를 넘어간다.

"쉬어 갑시다. 두 번 못 볼 경치 같은데."

일문이 일행이 다 들리도록 큰 소리로 말했다.

"좋습니다. 쉬어 가요."

꽤 떨어진 뒤에서 따라오던 태평이 얼른 받았다. 태평은 다리를 건너 고개 오르막이 시작되면서부터 자꾸만 뒤로 처졌다. 김인과 길안에게도 처져, 태평은 신명 바로 앞에서 걷는 중이다. 신명은 맨 뒷자리를 고수하느라 태평의 속도에 맞춰 걸어오고 있었다.

구 선생이 걸음을 멈추고 일행을 돌아보았다. 일문을 한 번 보고 태평 걸음걸이를 살피던 구 선생이 말했다.

"그러죠. 쉬어 가시죠."

고개마루를 조금 남기고 탐사단은 멈췄다. 찻길이지만 통행하는 차는 거의 없다. 그러나 찻길에서 쉴 수는 없다. 소나무 숲에 평평한 곳이 있어 그곳으로 들어갔다. 배낭에서 돗자리를 꺼내 깔고들 앉았다.

"후~솔향이 나네요."

일문이 신명을 바라보며 말했다.

"비안개가 섞여 그런지 더 진한 것 같소."

"후~읍~"

다들 심호흡을 한다. 좀 더 솔향을 많이 들여마시려는 욕심들이다.

"이제 보이네. 안개가 좀 걷히니까. 저 자작나무들 좀 봐요."

구 선생이 자작나무 숲을 가리켰다. 소나무 숲이 끝나는 곳에 자작나무가 긴 장대들처럼 하늘로 솟아 있다. 바람에 잔물결을 치는 잎들이 부딪치는 소리가 들리는 것도 같다. 구 선생이 그 소리를 들었나 보다.

"사르륵, 비단 치마 끌리는 소리 들리지 않나요?"

"하하, 그런 소리도 있나요? 들어본 적이 없어서."

김인이 고개를 흔들었다.

"있지. 지금 저 소리."

구 선생이 자작나무 숲을 가리키자 김인은 귀를 기울여 듣는 몸짓을 했다. 그러나 김인의 얼굴을 보면 비단 치마 끌리는 소리를 못 듣고 있는 게 분명하다. 일문도 소리 듣는 몸짓을 해 보다가 흥미를 잃고 다른 질문을 던졌다.

"단장님. 점점 산속으로 들어가는 것 같은데, 강을 만나는 것

맞지요?"

"걱정 마십시오, 형님. 틀림없이 나옵니다. 제가 여기는 정말 얼마나 많이 도상 훈련을 했는지 몰라요. 용탄대교를 건너 솔치고개를 정말 걷고 싶었어요."

"그러게. 강에서 점점 멀어지는 느낌입니다. 아까 다리를 건너 바로 강가로 가는 길이 있었잖아요. 저는 당연히 그리로 갈 줄 알았어요."

태평도 한마디 거들었다. 구 선생이 태평을 바라보며 미소를 지었다.

"누구나 그쪽으로 가고 싶을 겁니다. 몇 번이나 길을 찾아본 저도 그랬으니까요. 다리를 건너 그 길을 보는 순간, 그쪽으로 가고 싶더라고요."

"그 길로 가면 안 돼요? 길이 끊어지나요?"

"맞아요. 끊어져요. 되돌아 나와야만 해요. 그 길은 화려한 양귀비꽃이라고나 할까요? 꽃의 아름다움과 향기에 취해 왕좌를 잃어버린 어떤 사내 이야기가 생각납니다."

"하하. 비유가 재미있습니다. 하지만 한 번쯤 취해 보는 것도 괜찮지 않나요? 돌아 나올 수 있으니까요."

"돌아 나올 수만 있다면 그것도 뭐, 한판의 인생이라고 할 수도 있겠지요. 하지만 패가망신도 많으니까, 그게 문제죠."

"우리는 패가망신하곤 거리가 멀지요. 조금 힘들 뿐이잖아요."

태평 말에 구 선생이 고개를 갸웃하고 나서 말했다.

"태평 씨, 저 길을 지나쳐 온 게 영 아쉬운가 봐요? 그쪽으로 가 볼 걸 그랬나요?"

"아, 아닙니다. 단장님이 어련히 알아서 오셨겠어요."

태평이 두 손으로 황급하게 손사래를 쳤다. 구 선생이 고개를 끄덕이며 말했다.

"때론 멀어지는 게 가까워지는 방법일 수도 있습니다. 지나치게 가깝다가는 다시는 못 만날 정도로 멀어질 수도 있습니다."

"오! 그 말 참 좋소."

신명이 탄성을 내며 구 선생을 칭찬했다.

"이크, 죄송합니다, 신명 님. 제가 신명 님 앞에서 주제넘은 소리를 했습니다."

"아니오, 아니오. 거 무슨. 아주 훌륭한 비유요. 우리가 잠깐 강에서 멀어지는 것이 강과 오랫동안 함께 할 수 있는 가장 좋은 방법이라는 것 아니겠소. 이건 아마 우리 인생도 그럴 것이오. 때론 멀어질 줄도 알아야 가까워지는 법도 알 수 있소."

"맞습니다. 신명 님, 지금 여기 솔치고개가 딱 그런 곳입니다. 강이 전혀 보이지 않아 강을 잃어버리는 것이 아닐까 불안해하는, 하지만 이 길이 강과 멀어지지 않는 최선입니다."

"그럼요. 그럼요."

신명이 구 선생 말에 고개를 크게 끄덕였다. 길안은 어른들 이야기를 잠자코 듣기만 했다. 길안은 태평 말에 전적으로 동감이다. 태평과 구 선생이 대화할 때 껴들고 싶은 것을 꾹 참았다.

'구더기 무서워서 장 못 담그나요? 좀 돌아가면 어때요. 그렇게 요것조것 따지기만 하면 새로운 길을 어떻게 만드나요?'

이런 말들이 목구멍과 머릿속에서 마구 맴돌았다. 일문이 떡 버티고 앉아 있어 최대한 버릇없는 행동은 삼가겠다는 것이 길안의 다짐이다. 그리고 어차피 구 선생과 신명, 두 사람이 이끄는 대로 걸을 수밖에 없는 길이기도 했다. 길안은 전적으로 동의하지는 않았지만, 구 선생과 신명이 한 마음으로 하는 말도 귀담아 두기로 했다.

선물과 털도깨비

선물은 좋다. 받는 사람이든 주는 사람이든 선물은 좋다. 선물은 '드리는 물건'이다. 드린다는 건 반대급부를 바라지 않는다는 의미가 강하다. 내가 준 만큼 아니, 준 만큼은 아니더라도 되돌아올 것을 바라고 주는 물건은 선물이 아니다. 이득을 바라는 마음이 조금이라도 있다면 그것은 일종의 거래 곧 장사가 된다.

따라서 선물의 진정한 의미는 순수 증여에 가깝다. 부모가 자식에게 주는 재산을 '증여'라고 한다. 부모가 무슨 계산을 하고 자식에게 재산을 주겠느냐고 말하는 사람이 있다. 그러나 그렇지 않다. 부모도 계산이 없다고 하기는 어렵다. 장남에게만 재산을 준다든가 자식도 골라서 재산을 준다든가, 차등해서 준다든가 하는 것들이 다 계산이 있기에 그렇다. 그러므로 부모가 자식에게 주는 증여도 순수하지 않다.

그렇다면 순수 증여란 무엇일까? 내가 달라고 하지 않았지만 주어진 것. 내가 원하는 것도 있지만 내가 원하지 않는 것도 주는 것. 그것은 무엇일까? 바로 자연이다. 하늘과 땅이 만들어 놓은 그 무엇.

천 리 길을 걷는 탐사단은 동강길에 들어섰을 때 다들 그런 느낌을 받았다. 대자연이 베풀어 놓은 감동. 가슴 속을 치밀어 오르는 뿌듯함에 잠깐 숨이 막히는 듯한 절정. 굽이쳐 흐르는 동강과 동강 주변의 벌판, 산들, 바위들, 나무들. 구 선생이 맨 먼저 그 감격을 입으로 토해 냈다.

"아, 감사하다! 선물입니다. 이토록 고마운 선물이 또 있을까요."

"선물! 그래요. 바로 그거네요."

일문도 감동을 감추지 못했다. 마구 고개를 끄덕이는 김인도, 태평도, 신명도 마찬가지 표정이다. 그러나 길안은 그다지 감동을 받은 얼굴이 아니다. 무심하게 경치를 보다가 사람들을 보다가 할 뿐이다.

"중국 장가계 저리 가란데요?"

걸음이 신통찮은 태평이 말했다. 눈에 띄게 태평의 걸음은 느려졌다. 어제까지만 해도 구 선생 바로 뒤에서 잘 따라 걷던 태평이었다. 그러나 오늘은 두 번째 자리에 거의 서질 못했다. 출발할 땐 그 자리에 섰지만 곧 뒤처져 뒤에서 두 번째 자리에 섰다. 맨 뒤는 신명이 절대로 양보하지 않기 때문이다. 누가 봐도 몸 상태가 심상치 않은 태평이다. 구 선생도 자주 고개를 돌려 태평을 확인하고 걸음 속도를 조절했다. 그렇게 몸이 늘어져 가던 태평도 좋은 경치를 보자 반짝 눈에 총기가 살아났던 것이다.

"그래, 맞아. 장가계."

장가계를 다녀온 김인이 맞장구를 쳤다.

"장가계보다 낫네요. 장가계는 삐죽삐죽한데 여기는 완만하잖아요. 곡선의 미."

"좋지요. 곡선의 미. 그게 우리나라 산야의 장점 아니겠어요."

떠들면서 태평은 몸에 기운이 난 듯했다. 그러나 그건 일시적인 진통 효과에 지나지 않았다. 아름다운 경치도 가라앉는 태평의 몸을 회복시키기는 어려웠다. 태평 얼굴이 점점 하얗게 바뀌어 갔다.

"단장님. 쉬어 갑시다!"

신명이 외쳤다. 구 선생도 얼른 뒤돌아서서 태평을 살펴보고 곧 걸음을 멈췄다. 일행은 모두 걱정스러운 얼굴로 태평을 바라본다. 구 선생이 조금 망설이다가 말을 꺼냈다.

"태평 씨, 한 2, 3일 쉽시다. 무리하게 걸을 필요 없어요."

"……."

태평이 대답이 없다. 그러자 김인이 합세했다.

"그래요. 여주에 걸어 들어가야죠. 며칠 힘을 아꼈다가 다시 걸어요."

"……."

여전히 태평이 침묵을 지킨다. 부지런히 양말을 벗고 발을 주무르고 있다. 일문이 나섰다.

"우리 올 때 약속했죠? 걷기 중단은 철저하게 본인이 결정하기로. 그리고 일행은 본인 결정을 존중하고 따르기로 했고요. 본인이 힘들어도 걷겠다면 나머지 일행은 존중하고 도와주기로 말이죠. 결정은 태평 씨가 해야 돼요."

태평이 천천히 고개를 끄덕였다. 그리고 조금 침묵을 지키다가 말했다.

"내일부터 좀 쉴게요. 제가 속도를 너무 늦추는 것 같습니다."

태평이 활짝 웃었다. 그리고 보통 때보다 훨씬 더 유쾌한 목소리로 덧붙였다.

"며칠 발가락 치료를 한 뒤에 바람돌이처럼 걸어 볼게요!"

태평의 유쾌한 음성에 사람들은 마음이 편안해졌다. 태평이 길안의 손을 잡고 말했다.

"훌륭하다, 유길안. 물집 공격에 내가 먼저 나가떨어지는구나. 우리 둘이 비슷한데 말이야."

"태평 삼촌. 먼저 쉬고 있어요. 며칠 뒤에 저랑 자리 바꿔요."

걷다가 중단하는 사람은 민수와 함께 황금마차를 타고 다니기로 되어 있었다. 길안은 태평이 먼저 황금마차를 타고 다니다 다시 걷게 되면 교대를 하자는 말이었다. 길안은 걷기를 중단하는 태평의 쓸쓸한 마음을 좀 위로해 주겠다고 그런 말을 했다.

하지만 길안은 중단하고 싶은 마음이 전혀 없다. 발이 아프긴하지만 희한하게도 뒤 허벅지에는 힘이 솟았다. 허벅지 뒤쪽을 어떤 힘이 밀어 주는 것 같다. 그 느낌은 매우 좋았다. 신명이 언젠가 말한 '걷기에 적응하는 다리'가 되어 가는 모양이다. 걷기에 적응하는 몸은 사흘이나 닷새가 지나면 만들어진다고 했다. 오늘이 닷새째이니 몸이 만들어지는 모양이다. 그런데 태평은 걷기를 중단하게 되었으니 몹시 안타까운 일이다.

"역시 다 좋은 건 없어. 선물을 주시곤 또 동료를 앗아가시네."

구 선생이 고개를 설래설래 흔들었다. 동강길이란 선물로 일행을 기쁘게 하더니, 태평의 걷기 중단이란 안타까움을 함께 준다는 뜻이었다.

"나는 그렇게 생각하지 않소. 태평 씨는 큰 깨달음을 얻을 거요. 우리가 결코 배울 수 없는 뭔가를 몸으로 체험하게 될 테니 말이오. 그건 뭐냐 하면."

신명이 말했다. 일행은 신명의 다음 말을 기다렸다.

"털 많은 도깨비 이야기 들어 봤소? 무엇이든 털에 다 붙여 버리는 도깨비가 있었소. 화살, 칼, 창…… 어떤 무기를 써도 도깨비 털에 다 붙어 버리는 거였소. 이 털도깨비가 사람들을 해치고 다니니 난리가 났지요. 도깨비를 잡는 사람에겐 공주와 혼인을 시키겠다고 왕이 선언했고, 수많은 용자들이 도깨비에게 대들었어요. 그러나 판판이 다 지고 물러났답니다. 이때 어떤 청년이 도깨비를 찾아가 싸움을 걸었어요. 물론 가지고 간 화살, 칼, 창, 도끼는 모두 도깨비 털에 붙어 버렸어요. 그래도 이 청년은 물러나지 않았소. 도깨비에게 달려가 오른발로 찼지요. 어떻게 되었겠소? 오른발이 도깨비 털에 붙어 버렸지요. 그래서 왼발로 차니 왼발 붙고 오른 주먹으로 치니 오른 주먹이 붙었고 마지막으로 왼 주먹마저 붙어 버렸어요. 털도깨비가 기가 막혀서 물었답니다. '야, 야. 고만해라. 넌 이제 죽었다. 힘 고만 쓰고 얌전하게 죽어라.' 그러자 청년이 큰 소리로 외쳤대요. '나에겐 아직 머리가 있다.' 하고 이마로 박치기를 하다가 머리까지 붙어 버렸어요. 온몸으로 도깨비를 끌어안은 모습이라고나 할까요. 도깨비가 킬킬 웃으며 말했대요. '머리까지 붙었네. 아이고, 이제 어쩔래? 뭐 또 있어?' 그러나 온몸이 붙은 청년은 조금도 주눅이 들지 않은 씩씩한 목소리로 말했다오. '벼락이 있다. 내 뱃속에는 벼락이 들어 있으니, 네 놈이 나를 잡아먹으면 그 벼락이 터질 것이다. 그럼 너와 나는 함께 죽겠지.' '뭐, 벼락이 있다고?' 도깨비가 잠깐 생각을 하더니 몸을 흔들어 청년을 털어 버렸다오. '에라. 벼락 맞을 놈. 가 버려라.' 하고 도깨비는 숲으로 들어가 버렸소. 나는 이 털도깨비를 늘 대자연의 인격화가 아닌가 생각해 왔다오. 우리 인간은 청년처럼 어떻게든 아득바득 대자연을 이겨 보겠다고 대들고 말이지요. 이제 좀 쉬어라, 하고 대자연이 말하면 쉴 줄도 알아야 하는 것이지요. 하지만 인간은 오기를 부리다가 큰 코를 다치곤 하지요. 지금 태평 씨는 털도깨비가 너, 좀 쉬어라, 하니까 오기를 부리지 않고, 예, 쉬겠습니다, 하는 것과 같다고 봐요. 오히려 바락바락 대드는 것보다 용기 있는 행동이지요."

신명이 길게 얘기하는 동안 다들 조용히 들었다. 태평이 얼굴을 살짝 붉히며 말했다.

"신명 님. 제가 몸이 부실해서 쉬는 건데요. 하지만 그렇게 말씀해 주시니, 정말 고맙습니다. 사공 팀장을 도와 열심히 지원 일을 하도록 할게요."

"그 봐요. 그 태도가 훌륭하다는 거요."

신명이 태평을 더욱 추켜세웠다. 신명의 칭찬은 다른 탐사단원에게도 기분 좋은 일이었다. 한 사람의 낙오가 가져오는 씁쓸함이 많이 해소되는 느낌이었다.

목적지가 있는 기쁨

그래도 태평은 가수리까지는 가기로 했다. 가수리는 오늘 목적지다.

"가수가 많은 동넨가 봐요, 가수리라니."

다 죽어가던 태평이 농담까지 했다.

"동네에 가서 함 물어 봅시다. 진짜 가수가 많은지."

김인이 같이 농을 치는데,

"내가 보기엔 아름다울 가, 물 수, 물이 아름다운 동네라는 뜻 같은디?"

일문은 농담을 농담으로 받지 않고 진지하게 받았다. 머쓱해진 얼굴로 태평이 입을 다물었다.

목적지인 가수리는 4.5킬로미터 남았다. 한 시간 정도 가야 하는 거리다. 씩씩하게 걷기 시작했지만 태평은 금방 처지기 시작한다. 한 걸음 한 걸음 옮길 때마다 얼굴에 고통이 나타난다. 점점 사이가 벌어져 앞에 선 구 선생과 일문과 김인은 굽이를 돌아가 버려 보이지도 않는다.

태평을 가운데 두고 길안과 신명이 나란히 걸었다. 길은 넓고 차는 거의 다니지 않았다. 육신의 고통에 시달리는 태평은 앞만 보고 걸었다. 모처럼 맑은 물이 흐르는 동강이나, 동강 주변에 늘어선 절경을 볼 여유가 없다.

"가수리까지 갈 수 있겠소?"

신명이 태평에게 물었다.

"오늘은 끝까지 걸어야죠."

태평이 씩 웃으며 자신의 고통을 감추더니 이렇게 덧붙였다.

"목적지가 있다는 게 참 기쁩니다."

"오, 그렇지요? 목적지. 태평 씨가 멋진 깨달음을 얻었군요. 나도 그랬소. 천오백 리, 해파랑길을 홀로 걷는 동안 시각마다, 날마다 목적지를 정했지요. 한 시간 동안 여기까지만 가자. 오늘은 여기까지 가자. 이렇게 정하고, 목적지가 가까워지면 기쁨은 점점 커졌다오."

"예. 가수리에 도착하면 정말 기쁠 것 같아요."

태평이 아이처럼 해맑게 웃었다. 길안은 태평의 웃음을 보면서 생각했다. '나도 저렇게 맑게 웃을 수 있을까?' 길안은 마음속으로 고개를 저었다. 일행에서 낙오된다는 굴욕감을 느끼며 엄청 속을 끓일 것이다. 인상은 있는 대로 찌푸리며 주변 사람들을 불편하게 만들 것도 틀림없다. 생각에 잠긴 길안에게 태평이 다가왔다.

"길안아. 넌 인내심이 엄청나구나. 물집이 나랑 비슷한데 말이야. 아이구, 난 엄마 생각까지 난다야."

"엄마요?"

길안은 웬 뜬금없는 소린가 해서 되물었다.

"그러게, 왜 엄마 생각이 나지? 우리 엄마는 일찍 혼자 되셨거든. 혼자서 우리 자식들을 키우시느라 얼마나 고생하셨을까, 그 생각이 갑자기 나네."

"…… 힘들면, 엄마 생각이 난다는 건가요?……."

길안은 뭐라 확신할 수 없는 판단이어서 말을 우물거렸다.

"글쎄……."

태평도 뭔가 정확하게 해 줄 말이 없는 모양이다.

여름의 긴 해가 넘어갈 무렵 드디어 가수리에 도착했다. 가수리로 들어서기 전 마지막 굽이, 산꼭대기에 눈에 확 띄는 소나무가 있다. 낙락장송이라 했던가. 푸른 하늘을 배경으로 홀로 선 소나무. 굽은 줄기와 가지가 아름답다. 뿌리를 뽑아 날릴 듯한 태풍도 얼마나 많았으랴. 비바람, 찌는 더위, 세상을 얼리는 눈보라도 다 견뎠겠지.

황금마차는 가수분교 앞 거대한 느티나무 밑에서 기다리고 있었다. 민수는 아이스박스에 넣어 차게 만든 맥주를 한 캔씩 건넸다. 물이 아름다운 동네에서 탐사단은 하루 걷기를 마무리 했다. 가수리에서 물길은 이제 동강으로 불리게 된다.

코 뽑아 올리기

밤에 자려고 누웠을 때다. 옆에 누웠던 태평이 길안에게 물었다.

"너 왜 자꾸 코를 뽑아 올리니?"

"예? 무슨?"

"지금 하고 있잖아."

"아."

길안은 오른손 엄지와 검지를 눈 위에 들고 바라보았다. 습관이 되어서 무의식 중에 코를 끌어올리고 있었던 것이다. 길안은 얼굴이 살짝 붉어졌으나 방안의 빛이 어두웠으므로 태평에게 보일 일은 없었다.

"이게요, 이렇게 하면 코가 높아진대요."

"그래? 그 참 신기하네. 나도 해 보자."

태평이 엄지와 검지로 자기 코를 양쪽에서 잡고 끌어올렸다. 세 번 끌어올리고 나서 태평이 물었다.

"몇 번 해야 돼?"

"한 번에 한 삼십 번 정도요. 매일 해야 돼요."

"넌 얼마나 됐어?"

"한 1년 넘게 했죠."

"뭐? 1년?"

어둠 속에서 태평의 눈이 화등잔만큼 커졌다.

"이제 슬슬 그만할까 해요."

"왜?"

"코가 좀 높아졌거든요. 이만하면 된 것 같아서요."

태평이 일어나 앉았다. 그리고 길안의 코를 가까이 들여다보았다.

"그래. 꽤 높은 코네. 그게 이렇게 끌어올려서 된 거란 말이지. 그 참 신기하군."

태평이 또 자기 코를 손가락으로 잡아 올리기 시작했다. 길안은 습관이 참 무섭다는 생각이 절로 든다. 작년 봄, 코가 납작하다는 말을 들은 뒤로 거의 1년 간 코를 뽑아 올렸던 것이다. 밤마다 잠자기 전에.

올 봄에 코 뽑기를 그만뒀는데도, 그 습관이 아직 남아 있었던 것이다. 코를 높인다고 길안이 재열의 외모를 절대로 따라갈 순 없지만, 수술하지 않고 할 수 있는 건 해 봐야 했다. 그러나 올 봄부터 길안은 코 뽑기를 그만두기로 했다. 대신에 상체 근육 키우기, 허벅지 힘 기르기, 축구 기술 익히기를 쉬지 않고 했다. 그리고 그게 훨씬 진도가 잘 나갔고 효과도 컸다.

여섯째 날, 강과 함께 흐르다

뱀과 개

하미 버드나무 숲에서 뱀을 만났다. 여울이 아름다운 가탄리를 막 벗어나자 하미였다. 오랜 세월을 견뎌낸 힘이 느껴지는 버드나무 숲이다. 숲 가장자리 널찍한 곳에 구 선생이 쉼터를 잡았다.

"한 사람 빠졌는데도 허룩하네요."

태평이 빠진 걸 안타까워하는 일문의 말이었다.

"사람이 든 자리는 없어도 난 자리는 있다고 하잖아요."

구 선생이 말을 받았다. 그때, "어? 어? 저저!" 하고 김인이 다급하게 소리쳤다. 다들 김인이 손으로 가리키는 곳을 봤다. 뱀이었다. 버드나무 숲 가, 크게 자란 두충나무 가지 위에 뱀이 있었다.

탐사단이 앉은 자리에서 아주 가깝다. 뱀은 두충나무에 앉아 짹짹거리는 참새 두 마리를 노리고 있다. 갈라진 혀가 날름거린다. 색깔로 봐서 독사다.

"새가 모르고 있어요."

김인이 속삭인다. 길안은 두 눈을 크게 뜨고 바라보았다. 뱀이 새를 잡아먹는 실제 광경을 보게 된 것이다. 뱀은 나무줄기에 아래 몸뚱이를 감고 머리 부분만 들었다. 두 줄기로 갈라진 검은 혀가 날름거린다. 뱀은 소리 없이 스르르 움직이다 잠깐 멈췄다. 호흡을 고른 뒤 단번에 새를 덮쳐 입에 물 생각인 듯하다. 길안도 숨을 죽이고 장면을 바라봤다. 길안뿐 아니라 탐사단은 다 뱀의 동작에 집중하고 있다.

그때다. 신명이 불쑥 일어선 것은. 신명은 물 흐르듯 뱀에게 다가갔다. 그리고 팔을 쭉 뻗어 뱀 목을 손으로 잡았다. 조금도 망설임이 없다. 너무나 순간적으로 일어난 일이라 일행은 '어, 어!' 할 뿐이었다. 아마 신명에게 목이 잡힌 뱀도 어안이 벙벙했을 것이다.

뱀은 긴 몸을 틀어 신명의 손목을 칭칭 감았다. 그런 뱀을 빙긋 웃으며 내려다보던 신명은 길을 건너 산으로 들어갔다. 산에서 나온 신명 손에 뱀은 없었다.

"열심히 내뺐소. 녀석, 똥줄이 탔나 보오."

신명이 눈을 동그랗게 뜨고 있는 일행에게 말했다.

"겁 안 나세요? 물릴 수도 있는데."

길안이 대표로 물었다. 누구나 묻고 싶었던 말이었다.

"겁내면 물리지. 단번에 목을 제압하면 꼼짝 못해. 뱀처럼 제압하기 쉬운 놈도 없단다. 문제는 겁을 내기 때문이지. 상대에게 겁을 주는 것, 아마 그게 뱀의 생존 전략일 수도 있고. 알고 보면 뱀처럼 겁이 많은 동물도 없을 걸? 하지만 독사는 조심해야 돼. 자기 독을 믿고 허세를 부리니깐."

어쨌든 길안은 혀를 내둘렀다. 맨손으로 뱀을 잡는 건 길안도 텔레비전에서 여러 번 본 적이 있었다. 그런데 이렇게 직접 눈앞에서 볼 줄이야. 뱀이 새를 삼키는 장면을 보지 못해 아쉽기는 했으나, 그 아쉬움을 달래고도 남는 광경이었다. 길안은 신명이 뱀 목을 잡았던 손가락을 만져 보았다. 신명이 하하 웃었다.

"그렇게 신기해?"

"예. 세상에. 어떻게 그럴 수 있어요. 손이 말짱하네."

"이 손으로 뱀 많이 잡았지. 뱀 나라에선 내가 보통 원수가 넘을 거다. 아마 나는 죽으면 뱀 지옥에 갈지도 몰라. 아마 나처럼 뱀을 많이 먹은 사람도 없을 테니."

"뱀을 먹었어요?"

"그럼, 참 많이도 먹었지."

신명은 군대를 제대하고 나서 몹시 앓았다. 이십 대 중반 젊은 나이인데도 영 비실비실했다. 몇 걸음 걷다가도 다리에 힘이 빠져 주저앉아야 했다. 한의원도 가고 양의원도 갔지만 병명은 없었다.

눈물을 짜내던 어머니가 내린 처방이 뱀이었다. 독사, 화사, 능사. 가리지 않고 먹었다.

"마당가에 솥을 걸고 뱀을 고았다오. 뽀얗게 우러난 국물을 날마다 먹었지요. 그렇게 여섯 달인가 먹고 나니 눈이 제대로 떠지고 몸에 힘이 오르더군요. 어머니 덕에 살아난 거라오."

신명은 말끝에 하늘을 올려다보았다. 돌아가신 어머니 얼굴을 하늘에 그리고 있는 것 같다. 잠깐 침묵이 흐른 뒤에 일문이 말했다.

"뱀탕이 좋기는 한가 봐요?"

"뱀은 물과 불을 한 몸에 지닌 존재라고 하지 않소. 허물을 벗고 거듭나니 영원한 생명을 상징하기도 하지요. 아마 그런 믿음을 투사한 게 아닌가 싶소."

"영원한 생명을 상징하는 건 알겠는데 물과 불을 한 몸에 지녔다는 건 첨 듣는 얘기입니다."

"뱀이 기어가는 모습을 물이 흐르듯 한다고 하고, 뱀의 혀를 불꽃으로 보는 거지요. 어떤 철학자는 세상의 뿌리를 물과 불이라고 하니, 뱀은 생명의 원천인 셈이오."

"아, 그렇군요."

일문이 고개를 끄덕였는데, 길안은 '기독교에서는 뱀을 사탄이라고 하지 않느냐?'고 말하려고 했는데 기회를 놓쳤다. 김인이 먼저 말했기 때문이다.

"뭐 그런 상징이 있는 뱀을 먹어서 신명 님 몸이 나았다고 할 수도 있겠죠. 그러나 저는 어머니 사랑이 약이 되었다고 봅니다. 어머니 은혜는 말로 할 수 없지요. 오죽하면 이런 말이 있겠어요. '모하태평'이라."

"그게 무슨 뜻인가?"

일문이 물었다.

"어머니 품 안에선 모든 일이 태평하다는 뜻이지요. '인명재모'란 말도 있지요. '진인사대모명'도 있고요."

"그건 뭔가?"

"사람의 목숨은 어머니에게 달렸다, 사람이 할 일을 다하고 어머니 명령을 기다려라. 그런 뜻이죠. 하늘 '천'을 어미 '모'로 바꾼 거예요."

"그럴 듯한데?"

일문이 감탄했다. 그런데 구 선생이 픽 웃으며 말했다.

"원래 어미 모가 아니고 아내 '처'지. 김 의원이 그걸 모자로 살짝 바꾼 거로구만. 나도 그거 알고 있어요. 그럴듯하게 바꾸긴 했지만 아내를 뜻하는 말일 때만큼 재미있진 않네."

"하하. 들통났네요."

김인이 싹싹하게 인정했다.

"태평 씨가 없으니 재미가 좀 적네요. 김 의원 개그는 약해."

"그러게요. 얼른 나아서 같이 걸으면 좋겠어요."

구 선생도 일문도 길안도 신명도 다 김인 말에 고개를 끄덕였다. 함께 걷던 동료 한 사람이 빈자리는 몹시 컸다. 잠깐 침묵했다가 구 선생이 말했다.

"신명 님이 어머니 얘기를 하실 때, 저는 아버님이 생각났어요."

"무슨 일이 있었소?"

"예. 저는 중학교 다닐 무렵 굉장히 안 좋았어요. 체육 시간에 늘 벤치 신세였어요. 축구 한번 제대로 못했으니까요. 한 일 년을 그렇게 지냈는데, 보다 못한 아버지가 개를 잡아 오셨어요. 그때 개장국을 처음 먹었죠. 다른 식구들은 안 먹고 오직 아버지와 저만 먹었지요. 나중에 알았는데 아버지도 마흔이 넘어 처음으로 개고기를 드신 거였어요. 개고기 때문인지는 알 수 없지만 저는 차츰차츰 몸이 좋아졌죠. 몸이 나은 뒤에도 저는 아버지와 간간이 개를 먹었어요. 그런데 아버지가 돌아가시고 나선 통 먹을 수가 없더라고요. 이젠 먹지 않아요."

구 선생도 말끝에 하늘을 올려다보았다. 그런데 뱀 먹은 이야기, 개먹은 이야기를 들으면서 길안은 뭔가 좀 불편했다. 신명이 얘기할 때부터 하고 싶은 말이 있었으나 참았다. 그런데 구 선생이 하는 이야기를 듣다가 더는 참지 못하고 툭 내뱉었다.

"개는요. 음식이 아니잖아요."

"응?"

구 선생이 길안을 물끄러미 바라보았다. 김인이 나섰다.

"맞아. 요즘 개 먹지 말자고 시위도 하더라. 너 그것 보고 그러는구나? 유길안."

"뭐, 그것도 그렇지만. 개는 그냥 가축하곤 다르니까요. 반려라고 부르잖아요."

"나 지금은 안 먹는다. 길안아, 나 혼내지 마라."

구 선생이 봐 달라는 표정으로 두 손을 모았다. 그러자 김인은 고개를 갸웃하며 말했다.

"길안아, 함 생각해 봐. 동물을 보호해야 한다면 개뿐 아니라 다른 동물도 먹으면 안 되는 것 아니니? 소, 염소, 닭, 돼지…… 다 먹잖아."

"글쎄, 그건 다른 차원 아닌가?"

길안 대신 일문이 대답했다.

"개는 좀 다르지. 사람과 아주 친숙하기도 하고. 뭣보다 개 먹는 걸 불편해하는 사람들이 있지 않은가. 그렇다면 진지하게 고민해 봐야 맞지. 난 그렇게 생각하네."

"아이구, 이거야. 부자가 합세해서 협공을 하시니 제가 어찌 당하겠습니까? 항복입니다, 항복."

김인이 늘 그렇듯 발 빠르게 물러섰다. 길안은 저절로 눈길이 일문에게로 갔다. 일문도 길안을 보는 중이다. 두 사람 눈이 딱 마주쳤다. 일문은 씩 웃었는데, 길안은 재빨리 눈을 다른 곳으로 돌렸다. 아빠처럼 마주 웃어 줬어야 하지 않았을까, 길안은 금방 후회했지만 이미 지나간 일이었다. 아빠와는 사이가 나쁜 것도 좋은 것도 아니다. 그러나 아빠에겐 늘 부담감이 있다. 뭐라고 이름 지을 수 없는, 정체를 알 수 없는 그 무엇.

수동마을 환경 감시원

동강과 산 사이 좁은 길을 걷다가 모처럼 넓은 곳이 나왔다. 큰 느티나무가 넓은 그늘을 드리웠고 이층으로 된 정자까지 있었다. 필요한 시각, 필요한 장소에는 언제나 황금마차가 있다. 민수와 태평은 정자에 돗자리를 깔아놓고 보기에도 먹음직스러운 푸른 사과와 오이를 준비해 놓고 있었다.

탐사단이 도착했을 때 민수와 태평은 육십 대쯤으로 보이는 아주머니 두 분과 이야기를 나누고 있었다. 무슨 재미있는 얘기를 했는지 네 사람은 깔깔대고 웃었다. 도착한 탐사단에게 태평이 말했다.

"동강을 지키는 분들이에요."

"아, 그러세요."

구 선생이 활짝 웃으며 인사를 하자, 아주머니들은 수줍은 웃음으로 화답했다.

"그, 이름이 뭐라고 했죠? 하시는 일이?"

태평이 두 아주머니에게 묻자 키가 크고 마른 아주머니가 "환경 감시원." 하고 대답했는데,

"감시는 뭐. 노니, 이래 나와 있는 기지 뭐."

카가 좀 작고 몸집이 큰 아주머니가 덧붙여 말했다.

"하하, 그렇습니까? 그래 뭐 감시할 게 많이 있습니까?"

"없어요. 요새는 잘 지키니까요. 쓰레기도 잘 가져가고."

"아, 그래요. 그거 참 다행입니다."

구 선생이 두 손바닥을 모으고 고개를 조금 숙여 보이며 말했다. 구 선생의 정중한 태도에 두 아주머니는 약간 놀란 표정이었다. 키 큰 아주머니는 어색하게 두 손을 모으다가 말았고 몸집이 큰 아주머니는 머리를 살짝 비틀었다. 길안은 그때 문득, 오다가 본 낚시꾼 생각이 났다. 두 젊은 남녀가 찻길에 서서 낚시를 하고 있었다. 남자는 낚싯대를 잡고 있고 여자가 지키고 있는 물통에는 꺽지가 일곱 마리나 들어 있었다. 길안이 물었다.

"낚시해도 돼요?"

"응?"

키 큰 아주머니가 길안을 바라보다가 눈길을 돌려 몸집이 큰 동료를 바라보았다. 대신 대답하라는 뜻이었다. 몸집이 큰 아주머니는 잠시 머뭇거리다가 대답했다.

"원래는…… 안 되는데……."

"오다 보니까 꺽지를 잡는 사람들이 있던데요?"

길안이 마치 고자질하는 어린애처럼 일러바쳤다.

"그래요?"

키 큰 감시원이 얼굴에서 웃음기를 거두고 말했다. 일문이 얼른 길안을 제지하고 나섰다.

"어련히 알아서 하실까. 유길안, 그만하시지?"

길안은 일문의 제지를 받아들이는 게 좋았다. 그러나 길안은 멈추질 못했다.

"길가에 서 있는 표지판을 봤어요. 낚시, 수영 금지라고 분명히 써 있었다고요. 그런데 그 옆에서 낚시를 하던데요."

"그래요? 그거 안 되는데……."

몸집 큰 감시원도 정색을 하고 말했다. 두 감시원은 서로 눈짓을 주고받더니 정자를 내려가 버렸다. 민수가 준 사과를 쟁반에 슬그머니 놓고서. 두 감시원의 뒷모습을 지켜보던 일문이 길안을 노려보았다.

"헛, 그 참. 유길안. 너 왜 그러니?"

일문 목소리는 성이 나 있었다.

"그게……."

길안이 뭔가 말을 하려고 하는데 구 선생이 말을 잘랐다.

"낚시하는 건 나도 좋아 보이지 않던데요."

구 선생은 일문을 바라보며 길안 편을 들어 말했다. 그리고 길안을 돌아보며 말했다.

"하지만 감시원들에게 추궁하듯이 따질 일은 아닌 것 같다."

"전 따진 게 아닌데요."

"그렇지? 넌 그렇게 생각한 게 맞아. 하지만 듣는 사람들은 따지는 것처럼 느껴졌어. 세상일이란 게 다 그렇다. 내 생각하고 잘 안 맞는 경우가 많아. 그래서 오해가 생기곤 하지."

"……"

길안은 구 선생의 말을 듣다가 순간적으로 깨달았다. 따지려는 마음이 있었던 것을. 아마도 반감을 가졌던 것 같다. 감시원들이 감시할 게 없다고 한 말, 또 요즘 사람들이 환경 보전을 위한 일들을 잘 지킨다는 말에 그랬다. 분명히 낚시 금지라고 쓰인 팻말 옆에서 낚시하는 걸 봤고, 가끔 쓰레기가 버려진 것도 봤기 때문이다. 그런 기억이 내재되어 있다가 불끈! 솟아나온 모양이었다. 그러나 그렇게 까칠한 모습을 보인 것은 길안도 원하는 바가 아니었다. 길안은 씁쓸했다. 길안이 가만히 있자 신명이 길안의 등을 쓰다듬었다.

"잘했다. 똥을 묵혀 둔다고 된장이 되겠니? 말하고 싶은 건 하고 살아야지."

"맞습니다, 신명 님. 먹고 죽은 귀신은 때깔도 좋다고, 말하고 죽은 귀신은 속이 깨끗하지 않겠습니까?"

태평이 너스레를 떨었다.

"그 무슨 개가 풀 뜯어 먹는 소리인가요?"

김인이 태평의 말을 타박하고 나섰다. 자연스럽게 대화는 우스개를 나누는 것으로 넘어갔다. 길안은 다행이라고 생각하면서 태평의 넙데데한 얼굴을 보며 미소 지었다. 태평은 운동화를 벗어던지고 아주 편해 보이는 샌들을 신고 있었다. 태평의 얼굴은 편안했다. 길안은 그런 태평의 태도가 부러웠다. 아마도 길안이 혼자 걷기 대열에서 떨어져 나왔다면 그런 얼굴을 하진 못했을 거라고 생각했다. 더구나 걷는 사람들 뒷바라지를 해야 하다니. 뭔가 수모를 겪는다고 여길 것이 틀림없다. 그러나 태평은 전혀 그렇지 않아 보였다. 민수보다 더 열심히 더 정성스럽게 걷는 일행에게 편의를 제공하려고 애쓰고 있다. 길안은 너그럽고 대범한 대인의 모습이 바로 저럴 것이라고 태평을 보면서 생각했다. 그러면서 자신을 돌아보고 또 한번 부끄럽다는 생각이 슬며시 들었다.

강과 함께 흐르다

제장마을로 들어가기 전에 여주에서 온 응원단을 만났다. 여강 길 사무국장이 회원 여섯 명과 함께 왔다. 제장마을을 1킬로미터 정도 남겨 둔 곳인데 공원이 잘 조성되어 있었다. 시각은 11시 30분이다. 응원단 얼굴을 보니 길안은 묘한 느낌이 들었다. 세상 밖에 나갔다가 다시 세상 속으로 들어온 듯. 꿈을 꾸다가 깬 것 같은. 걷기 시작한 지 6일, 비현실적인 삶을 살아온 것이 아닌가 하는 생각도 든다.

"점심 먹을 시간은 없으니 컵라면이라도 드시죠? 오랫동안 노를 저어야 될 텐데."

왁자지껄한 인사들이 끝나고 여강길 사무국장이 안타깝다는 듯이 말했다. 그러나 먹을 것은 많았다. 수박, 떡, 김밥. 응원을 온다고 음식을 많이 챙겨 온 것이다. 천천히 먹을 시간은 없다. 컵라면과 김밥을 서둘러 먹고 다시 걸었다. 응원단은 차를 타고 먼저 제장마을로 갔다.

제장마을은 동강 래프팅이 시작되는 곳이다. 제장마을에서 문수리까지. 동강의 비경이라고 하는 어라연을 지나가는 길이다. 이곳은 강 옆으로 난 길이 없다. 구 선생이 수많은 가상훈련을 해 봤지만 강 옆으로 걷는 길을 찾을 수가 없었다. 강을 멀리 떨어져 우회하는 길은 있었다. 백운산을 넘으면서 강을 내려다보고 걸을 수는 있는데 이틀이나 사흘 정도 더 일정이 필요했다. 보름 만에 여주까지 가야 하는 일정으론 불가능했다. 할 수 없이 탐사단이 결정한 것이 래프팅이다. 강 옆으로 걸을 수 없다면 강과 함께 흐르기로 한 것이다. 구 선생은 구명조끼를 타고 가보자고 했지만 찬성하는 사람이 없었다. 나중에 탐사단이 탄 래프팅 보트를 이끌던 강사가 말했다.

'베테랑 강사들도 해 본 적이 없는 일인데요. 한두 명 있으려나?'

구명조끼를 입고 32킬로미터를 떠내려 가 본 사람이 없다는 말이었다. 그만큼 구 선생의 애초 생각은 모험적이었다. 길안은 못내 아쉬웠다. 해 본 사람이 없다는 말을 들을 때 더 그랬다. 하지만 어른들이 결정한 일에 길안이 이의를 내 봐야 소용없는 일이었다.

제장마을에 도착하자마자 탐사단은 바빴다. 이미 출발 시각이 지나 있었기 때문이다. 12시 반, 태양 고도가 가장 높고 가장 많은 열을 내뿜을 때다. 호기롭게 맨발로 모래밭을 걷던 김인이 채 열 걸음을 가지 못하고 "아, 뜨거!"를 외치며 샌들을 신었다.

"야, 이거 만만치 않겠는데요."

키가 거의 2미터에 가까운 강사가 말했다. 강사까지 무려 열세 명이 탔다. 탐사단이 탄 보트는 강사를 제외하고 정원이 6명이었다. 정원보다 꼭 두 배 인원이 탄 것이다.

"사람이 많으면 더 잘 떠내려가지 않나요? 무거워서?"

일문이 나름대로 판단한 의견을 냈다. 강사가 고개를 흔들었다.

"반대죠. 가벼워야 더 잘 떠내려가죠. 통나무와 나뭇잎을 비교해 보세요. 사람이 많이 탔으니 오늘 여러분, 노를 열심히 저어야 됩니다. 농땡이 부리면 못 내려갑니다."

강사가 노 젓는 법을 가르쳐 줬다. 양쪽에 다섯 명씩 앉고 맨 뒤에는 강사, 그리고 남은 두 사람은 앞에 한 명, 뒤에 한 명씩 보트 속에 앉았다. 그러니까 두 사람은 노를 젓지 않는 것이다. 처음엔 다들 노를 저으려고 보트 안에 앉고 싶어 하지 않았다. 그러나 곧 서로 보트 속에 앉고 싶어 했다. 노를 젓는 일은 온몸이 뻐근한 일이었다.

"앞 사람과 부딪치지 않도록 리듬을 잘 맞추세요."

자꾸만 노가 부딪쳐 타닥타닥 소리를 내자 강사가 주의를 줬다.

처음 출발은 순조로웠다. 물기를 머금은 강바람이 온몸을 시원하게 어루만져 준다. 절로 기분이 상쾌해져서 모두 웃는 얼굴이다. 급류가 나타나자 강사가 외쳤다.

"왼쪽 노 세워!"

반말로 하는 명령에 다들 긴장했다. 보트 앞에 물보라가 일었다. 맨 앞에 앉은 두 사람, 구 선생과 김인은 물벼락을 맞았다. 강사는 두 다리만 보트에 매인 끈에 넣고 허리부터 상체를 완전히 보트 밖으로 눕혀 노를 젓는다. 그 묘기에 일행은 탄성을 내질렀다. 급류가 좌우로 방향을 바꿔가며 흘렀다. 그럴 때마다 강사는 "오른쪽 노 세워! 왼쪽 노 세워!"를 외치며 지휘를 했다. 강사의 몸은 누웠다 일어났다를 반복했다. 거의 수면에 닿을 정도로 몸을 눕힐 때도 있었다. 강사의 현란한 기술로 급류를 벗어났다. 물이 천천히 흐르는 곳에 도착하자 강사가 말했다.

"수고하셨습니다. 급류에서 드물게 보트가 뒤집히기도 합니다. 지금처럼 명령에 잘 따라 주시면 됩니다."

일행은 즐거웠다. 급류 타기는 짜릿한 맛이 있었다. 길안은 궁금해졌다.

"급류가 몇 개나 있어요?"

"하하. 재미있나 보죠? 앞으로 서너 개 더 있어요."

"지금하고 어때요?"

"훨씬 길고 급하고 세요."

"이야!"

길안이 탄성을 질렀다.

"오! 재미있겠는데?"

김인도 태평도 여강길 사무국장도 한꺼번에 외쳤다. 그러나 강사는 웃지 않았다.

"마음 단단히 잡수셔야 합니다. 다섯 시간 넘게 가야 하거든요. 힘이 많이 들 겁니다."

강사가 경고했다. 일행은 그때까지만 해도 강사의 경고를 이해하지 못했다. 흘러 내려가는 물길을 따라 보트를 타고 떠내려가는데 뭐가 힘들까, 그렇게 생각했던 것이다. 물집 잡힌 발로 택견 춤을 추며 걷는 일에 비하면 누워 떡 먹기 아니겠는가. 일행은 강사의 경고는 경고대로 들으며 속으로 그런 생각을 하고 있었다. 경고를 심각하게 받아들이지 않고 일행은 들떠서 노래를 부르고 난리가 났다. 돌아가면서 한가락씩 뽑았는데 장원은 당연 여강길 사무국장 차지였다.

넘어가세 넘어가세 붉은 오월 진흙탕 길
절뚝절뚝 춤을 추며 풍물을 울리며
솟구치는 슬픔일랑 보듬어 안고
참 해방의 그날을 찾아가세

맑게 울리는 소리가 강을 휩싸고 돈다. 멀리 강변 소나무 가지에 앉았던 백로가 날아올랐다. 하얀 날개 너울거리며 백로는 산을 넘어간다. 사무국장의 노래도 백로를 따라 산을 넘는다.

두 시간쯤 지나자 다들 지쳤다. 강사의 경고가 피부로 느껴지기 시작한 것이다. 누워 떡 먹기는 누워 쉬고 싶은 일로 바뀌었다. 두 명이 쉴 수 있어서 다행이었다. 보트 속에 앉아 쉬는 자리는 서로 탐내는 자리가 되었다. 짧게는 10분, 길게는 20분씩 교대로 쉬었다.

세 시간, 네 시간. 시간이 흘러가도 목표 지점이 나타나지 않는다. 일행은 말이 없었다. 빠진 체력이 쉽게 회복되지 않았다. 힘이 있을 때 아껴두지 않고 너무 많이 소비한 탓이었다. 노래 부르며 놀기도 하고, 다이빙해서 물에 뛰어들기도 했다. 가끔 보트를 세우고 물에 둥둥 떠서 내려오기도 했다. 그런 일들은 체력을 많이 빼앗아 가는 일이었다. 다섯 시간이 지났을 때 김인이 말했다.

"아유, 걷는 것보다 더 힘드네요."

"그러게. 좀 쉴 줄 알았더니. 아이고 허리야."

일문도 허리를 툭툭 쳤다. 보트 테두리에 한 쪽 다리를 올린채로 앉아 한 방향으로 계속 노를 젓는 일은 허리에 무리가 많이 가는 일이다. 자주 좌우를 바꿔서 앉지만 허리는 금방 아파 온다. 보트 바닥 고인 물속에 잠긴 발은 쭈글쭈글 불었다. 걷지 않아 물집 상태가 좀 나아질 거라고 예상했던 길안은 더 나빠질 것 같다는 생각이 든다.

"신명 님, 물집에 더 안 좋죠?"

"걷는 것보단 나을 걸. 자꾸 자극을 주진 않으니까."

그나마 다행이다.

여섯 시간이 지나서야 문수리에 도착했다. 강사가 탐사단에게 고개를 꾸벅하며 말했다.

"고맙습니다. 무사히 도착해서 말입니다. 저도 이렇게 긴 시간 래프팅을 하기는 처음입니다."

래프팅은 한두 시간 거리를 가면서 많이 쉬는 것이 보통이라고 했다.

"저희는 래프팅이 아니었어요. 천 리 길을 강으로 걸은 거죠."

구 선생이 강사 말을 정정했다. 강사는 뭐, 알겠다는 뜻으로 고개를 끄덕이고는 탐사단과 헤어졌다.

강변에는 손님이 나와 있었다. 김인이 네 활개를 활짝 편 두루미처럼 우아한 동작으로 날아간다. 김인을 본 손님도 거의 비슷한 동작으로 마주 날아온다. 가까이 선 두 사람은 두 손을 마주 잡고 온몸으로 기쁨을 나눴다. 지켜보는 탐사단에게도 그 기쁨이 전해질 정도다.

'얼마나 반가우면 저럴까?'

길안은 속으로 생각했다.

김인이 만난 사람은 목사님이었다. 여주에 있다가 영월로 옮겼다고 한다. 여주에 있을 때 김인과 아주 각별한 사이였다. 오늘 저녁은 목사님 교회에서 준비한다고도 했다. 탐사단과 목사님 인사가 끝나자 구 선생이 말했다.

"어쩌죠? 아직 목표 지점이 6킬로미터 정도 남았는데요."

"아…….".

일행들 입에서 신음 비슷한 탄성이 터져 나온다. 6킬로미터는 빨리 걸어도 한 시간 넘게 걸어야 되는 거리다. 여섯 시간 넘게 노를 저은 몸은 녹초가 되어 있다. 일행들 반응을 본 구 선생이 미리 생각해 둔 얘기를 꺼냈다.

"저와 김 의원만 걷지요. 탐사단 중 한 사람만 걸어도 길은 이어지는 거니까요."

다른 사람은 황금마차를 타고 목사님 교회로 이동해 있으라는 얘기였다. 길안은 구 선생 제안이 나쁘지 않다는 생각이 든다. 일문도 별 불만이 없는지 가만히 있다. 그런데 신명이 이렇게 말했다.

"꼭 6킬로미터를 다 걸을 필요는 없지요? 지금 6시도 넘고 했으니 걷는 데까지만 같이 걸어 봅시다."

신명이 일문과 길안을 바라보았다.

"예…… 그, 그러지요."

일문이 아주 잠깐 머뭇거리다가 대답했고,

"좋아요. 저도 걸을 수 있어요."

길안은 재빨리 대답했다. 가장 나이가 많은 신명이 걷겠다는데, 가장 나이가 어린 길안으로선 피할 수 없는 일이었다. 탐사단이 다 걷겠다고 하자 응원단도 같이 걷겠다고 하고 손님으로 온 목사님까지 걷겠다고 하여 걷는 줄이 길게 늘어졌다. 그러나 목표 지점까지 가지 못하고 영월읍 삼옥리에서 걷기를 마쳤다. 삼옥리에는 손님으로 온 목사님이 담임인 교회가 있다. 걷기를 마치기에 아주 적당한 곳이었다.

자연과 바꾸는 목숨

이미 교회 안에 저녁식사 준비가 다 되어 있었다. 오십 리를 걷고 백 리에 가까운 물길을 노 저어 온 뒤라 많이 피로한 날이다. 탐사단은 교회 식당에 마련 된 의자에 몸을 부리듯 앉았다.

"아유, 시장하시죠?"

목사님 사모님은 연민 가득한 눈길로 탐사단을 맞이했다. 커다란 냄비에 내온 음식은 닭갈비다. 냄비가 무려 네 개나 된다. 탐사단이 다 먹고도 남을 푸짐한 양이었다. 닭갈비가 지글지글 익는 동안 바구니도 세 개가 나왔는데, 바구니마다 옥수수가 가득 담겼다. 굵은 알이 빽빽하게 박힌 옥수수는 노란 빛이 눈부셨다. 길안의 침샘에선 이미 침이 폭발 직전이다. 젓가락으론 닭갈비를 집어 먹고, 손으론 옥수수를 들어 뜯고 싶은 욕망을 간신히 억눌렀다. 드디어 모든 사람이 자리에 다 앉고 식사가 시작되었다.

"자시고 더 달라고 하세요."

목사님은 사이다를 한 잔씩 따른 잔을 들게 하고 건배사를 대신해서 말했다. 이어 일행은 손과 입이 분주해졌다. 잠시 침묵 속에 행복한 식사가 진행되었다. 배에 음식이 들어가기 시작하자 길안은 눈이 밝아지는 느낌이다. 나른한 몸과 반대로 점점 반짝이는 눈은 즐거운 대조였다.

밥을 다 먹어갈 때쯤 손님이 왔다. 목사님이 벌떡 일어나서 달려갔다. 죽었다 살아 온 부모님을 만나면 그럴까? 오래 헤어졌던 사랑하는 사람을 만나면 그럴까? 손님을 맞는 목사님의 몸짓과 웃음과 말이 그러했다. 목사님은 당신 옆 자리에 손님을 앉히고 나서 말했다.

"동강 댐[4] 건설을 온몸으로 막아 낸 우리 동네 이장님이에요."

"아, 예!"

구 선생과 김인과 일문이 화들짝 놀라며 자리에서 일어났다.

---

4) 동강 댐 : 동강은 우리나라 대표적인 감입 곡류 하천이다. 자연 생태계가 고스란히 보존되어 있는 동식물의 보물 창고이기도 하다. 그런데 1997년 10월 건설교통부에서 홍수조절 등을 이유로 영월 동강에 댐을 건설하겠다고 발표했다. 이때부터 환경 운동 단체와 지역 주민, 학자들이 치열하게 댐 건설 반대 투쟁을 전개했다. 그러나 1999년 동강 댐 건설을 강행하겠다며 정부는 물러나지 않았다. 정부의 강행 발표는 시민운동에 기름을 부은 꼴이었다. 저항이 누그러드는 것이 아니라 반대 투쟁의 불꽃이 더욱 거세게 타오르자, 마침내 2000년 6월 5일 김대중 대통령은 동강 댐 건설을 백지화한다고 발표했다. 6월 5일은 세계 환경의 날 기념식이 열리는 날이었다.

"아이구, 그러십니까? 아이구, 감사합니다."

구 선생이 거의 90도로 허리를 꺾어 인사를 하며 말했다. 이장 님이 자리에서 일어나며 손을 흔들었다. 구 선생이 손을 내밀어 악수를 청했다. 이장님은 마주 손을 내밀어 잡으며 말했다.

"부끄럽습니다. 뭘 한 게 있다고."

"무슨 말씀을요. 저희가 부끄럽지요."

"이장님은 저희들에겐 전설이세요. 이렇게 만나 뵙게 되다니, 정 말 영광입니다."

일문과 김인이 허리를 굽실굽실하며 말했다. 길안은 구 선생과 김인과 아빠 태도를 보면서 정말 대단한 일을 한 분인가 보다 하 는 생각이 들었다. 그러면서 동강 댐을 막아 낸 것이 그렇게 위대 한 일인지 궁금해졌다. 길안은 옆에 앉은 태평에게 소곤거렸다.

"동강 댐이 뭐예요?"

"글쎄. 나도 잘은 모르는데, 뉴스에 많이 나오긴 했어."

길안과 태평 이야기를 듣고 있던 신명이 빙그레 웃었다. 그리고 고개를 돌려 목사님과 이장님을 바라보며 말했다.

"목사님, 이장님. 동강 댐 막은 이야기 좀 들려주실 수 있겠습니 까?"

"아, 그야. 어려운 일이 아니지요."

목사님은 오히려 좋아했고 이장님은 기다렸다는 듯이 청산유수 로 이야기를 풀어놓았다. 이장님 이야기는 그때부터, 무려 한 시간 넘게 이어졌다. 밤을 샐 수도 있을 만한 이야기였다. 이야기가 진행되는 동안 목사님은 몇 번이나 커피를 갈아야 했다. 목사님 핸드드립 커피는 이장님 이야기와 짝이 잘 맞았다.

댐을 만들면 동강 주변이 모두 침수되어 아름다운 풍광은 모두 사라지고 만다는 것이 이장님을 비롯한 주민들의 판단이었다. 그 밖에도 댐을 만들면 주민들에게 오는 피해가 많았다. 물 한 모금 마시지 않고 열사흘 단식을 한 이야기, 밤마다 동강에 들어가 지킨 이야기, 툭하면 잡혀가서 영월 경찰서가 마치 집처럼 된 이야기는 탐사단의 귀를 잡고 놓지 않았다. 그러나 태평이 하품을 하다가 딱 걸렸다. 이야기가 재미없어서가 아니라 지친 몸의 자연스러운 반응이었다. 태평의 하품은 곧 전염되었다. 일문이 따라 했고 구 선생도 했으며 눈이 초롱초롱 빛나던 김인 마저 입을 틀어막으며 하품을 했다. 시각은 밤 열 시에 가까워지고 있다. 길안은 하품이 나오지 않았다. 강력한 국가권력에 맞선 조그마한 시골 이장의 이야기는 감동이 있었다. 더구나 이기지 않았는가.

"할 말은 많지만 오늘은 여기까지만 하지요."

분위기를 파악한 이장님이 말했고 목사님도 고개를 끄덕였다.

"나중에 언제든 오세요. 이장님 댁에 찾아가서 아예 밤을 꼴딱 새워 봅시다."

목사님이 말했고 다들 하하 웃었다.

"아쉽지만 이야기를 마치면서 한마디, 마무리해 주시지요."

목사님이 권하자 이장님이 말했다.

"나는 동강과 함께 죽을 생각을 했습니다. 동강이 지켜진다면 죽어도 좋다는 생각을 했죠. 자연과 목숨을 바꾸는 일은 할 만한 일이 아닌가, 그런 생각이 들더군요. 내 몸이 곧 자연이니까요. 자연을 만드신 분은 하느님이니 자연은 하느님 말고는 아무도 건드릴 수 없다는 생각을 했답니다. 하나 더 있다면, 자연을 지키는 데는 그 어떤 사심도 없어야 한다는 겁니다. 자연을 지키는 일을 이용해 뭔가 욕망을 채우겠다는 그런 마음이 털끝만큼도 있어선 안 된다는 거죠. 그런 욕망이 있으면 반드시 집니다."

길안은 이장님 이야기가 귀에 쏙쏙 들어와 박혔다. 자연과 목숨을 바꿀 수도 있다는 말은 충격이었다. 길안은 그런 생각을 해 본 적이 한 번도 없다. 동강할미꽃이나 동강의 소나무, 동강의 버들치와 내 목숨을 바꾼다? 길안은 이장님 얼굴을 찬찬이 보았다. 검은 색이 거의 보이지 않는 하얀 머리카락, 주름이 자글자글한 피부, 군데군데 검버섯이 있다. 그러나 이장님 얼굴은 빛이 났다.

빛나는 이장님 얼굴을 보면서 길안은 문득 생각한다. 이장님이 자꾸 입에 올리는 동강할미꽃이라는 꽃, 이미 이장님은 그 꽃이 된 것이 아닌가, 하는 그런 생각. 길안은 어제 걸으면서 지나쳤던 동강할미꽃 전시관이 생각났다. 동강할미꽃은 이른 봄에 핀다고 한다. 메마르고 거친 몽골 초원이나 좀 더 먼 북방 땅에서 자라던 할미꽃이었다. 석회암이 많은 동강 주변은 꽃들이 자라기에 적절한 토양이 아니다. 그래서 그런지 꿋꿋하게 견디며 꽃을 피운 동강할미꽃은 다른 할미꽃들처럼 고개를 숙이지 않는단다. 자주색, 분홍색, 흰색 등 다양한 꽃을 피운다는 동강할미꽃. 길안은 내년 봄이 되면 동강할미꽃을 보러 와야겠다는 생각도 했다.

길안은 수첩을 꺼내서 적었다.

'동강, 이장님, 자연과 바꾸는 목숨, 동강할미꽃'

일곱째 날, 내가 다 잊었어

숨통이 트이다

이제 영월군[5] 중심부로 들어간다. 점점 강폭이 넓어진다. '한강' 이라고 쓰인 표지판도 만났다. 강폭이 넓어지니 유역도 커지고 마을도 많아진다. 마을이 많아지고 도시가 생겨나니 찻길도 많아진다. 아침 출발부터 탐사단은 차도를 벗어날 수가 없었다. 강 유역

---

5) 영월군 : 강원도 남부에 있다. 남서쪽에 충청북도, 남동쪽에 경상북도와 경계를 이룬다. 인구는 약 40,000명이다(2016년). 서울에서 멀지만 왕릉이 있다. 조선 시대에는 수도 한양에서 하루거리 안에 왕릉을 조성하는 것이 관례였다. 영월은 며칠 걸리는 거리지만, 조선 6대 임금 단종이 귀양 왔다 죽은 곳이어서 왕릉을 만들게 되었다. 교과서에 등장하는 영월화력발전소가 유명하고 울창한 삼림에서 목재와 버섯이 많이 생산되고 품질도 좋다. 방랑 시인 김삿갓의 유적이 많은 곳이기도 하다.

이 넓어지니 강에 붙어서 걷기가 점점 어려워진다. 강과 가까이 있는 길은 대부분 찻길이다. 탐사단은 어쩔 수 없이 차도를 걸었다.

통행하는 차량 숫자도 급격히 불어났다. 차도로 걷는 일이 더 힘든 건 쉼터를 찾기 어렵다는 것. 더러 있는 쉼터도 모두 차량을 위한 것이다. 그것도 드문드문 있다. 쉼터는 차가 이동하는 속도에 맞췄기 때문에 걷는 이에겐 쉼터끼리의 사이가 몹시 먼 까닭이다.

두 시간을 그렇게 걸었다. 탐사단은 아무도 말을 하지 않았다. 한 줄로 걷는 것도 위태로운데 어떻게 돌아보거나 나란히 서서 걸으며 대화를 할 수 있겠는가. 자연스럽게 묵언 걷기가 된 셈이다. 그러다 터널을 만났다. 동강 터널. 영월 시내로 들어가는 고갯길에 뚫어 놓은 터널이다. 언젠가 신명이 일행에게 말한 적이 있다.

"터널 속을 걸어보면 별천지가 여기로구나, 할 거요."

"어떤데요?"

"말로 해선 모르지요. 걸어 봐야만 안다오. 거의 혼이 반쯤 나갈 거요."

결코 좋은 상황은 아니란 얘기였다. 그러나 길안은 "한번 걸어보고 싶다!"고 했다. 젊은 용기가 좋군, 하고 신명은 허허 웃었다. 오늘이 걷기 시작한지 7일이다. 터널을 몇 개 만났으나 모두 낙석 방지 터널이었다. 낙석 방지 터널은 터널 옆으로 걷는 길이 있다. 물론 터널도 짧고 한 쪽은 트여 있어서 어두운 '굴'이라고 할 수가 없다. 그런데 마침내 오늘, 제대로 된 굴을 만난 것이다. 차가 다니라고 만들어 놓은 터널. 사람이 다녀서는 안 되는 길이다.

"어쩌죠?"

터널 앞에서 구 선생이 일행을 멈추게 하고 묻는다. 두 시간 동안 찻길을 걸어오느라 일행은 지칠 대로 지쳤다. 사람들은 대답 없이 터널을 바라보았다. 차가 줄을 지어 달려간다. 거대한 괴물처럼 입을 벌린 터널의 입이 자동차들을 순식간에 삼켜 버린다.

"길안이 좋겠네. 터널 속을 걷고 싶다 했으니."

신명이 길안을 바라보며 빙그레 웃는다.

"옆에 고개를 넘는 길이 있기는 한데요. 도는 길이고 고갯길이라……. 터널로 가면 바로 영월 시내가 나오고요."

구 선생이 의견을 물었다. 고개를 넘어 돌아갈 것이냐, 곧바로 직진해서 터널을 지나갈 것이냐?

"바로 가요!"

길안이 외쳤다. 길안은 사실 발이 몹시 아팠다. 아침부터 오른발 복숭아뼈 밑이 신경 쓰였다. 걷기 시작한지 한 시간 만에 모래알만한 물집이 복숭아뼈 밑, 발바닥과 경계가 되는 곳에 생겨나 있었다. 발을 디딜 때마다 밟혀서 걸리적거린다. 터널 속을 경험해 보고 싶다는 마음도 있기는 했지만, 길을 줄여서 얼른 쉬고 싶은 마음이 더 많았다. 그런데 뜻밖에도 신명이 반대했다.

"터널로 안 가도 되는 길이 있다면, 그리 갑시다."

신명의 말은 곧 진리요 법이다. 걷기 시작한 이후, 구 선생이 절대적으로 신명의 말을 따르는 모습을 보여 왔기에 그랬다. 이번에도 예외는 아니었다. 구 선생이 조금도 망설이지 않고 "그렇게 하죠." 하고 대답했다.

길안의 주장은 간단하게 무시되었다. 길안은 수모까지는 아니라도 기분이 떫었다. 그러나 누구도 길안의 기분 따위는 신경 쓰지 않았다. 아빠 일문조차도. 길안은 태평이 그리웠다. 민수와 함께 황금마차를 타고 어딘가 돌아다니고 있을 테지. 아니 영월 시내에서 탐사단이 오기를 기다리고 있을까? 태평이 같이 걷고 있다면 아마도 길안 의견에 동조해 줬을지도 모른다. 최소한 무시당했을 때 위로라도 한마디 건네 줬을 것이다.

구 선생이 앞장서서 고갯길을 올라간다. 길안은 묵묵히 걸었다. 바로 뒤에 따라 오던 신명이 말했다.

"터널은 피할 수 있으면 피하는 것이 좋단다. 어쩔 수 없이 지나가야 할 터널이 아직 얼마나 있을지 모른다. 길안아, 듣고 있니?"

길안은 듣는다는 표시로 고개를 돌리고 끄덕해 보였다.

"하하. 봐라, 길안아. 숨통이 확 트이지 않니? 이렇게 이야기도 할 수 있고 말이다. 터널은 그만 잊고 저 강을 봐라."

길안은 바닥만 보던 눈을 들어 강을 바라보았다. 지대가 높아서 강은 한눈에 다 들어온다. 차도가 멀어져 소음도 사라졌다. 앞서 가던 구 선생이며 일문이며 김인이며 다들 탄성을 지른다.

"아, 감사하다!"

"숨이 저절로 쉬어지네."

"이런 보물 같은 길이 숨어 있을 줄이야!"

다투어 길에 대한 칭찬을 내놓았다. 고갯마루에 올라섰을 때 구 선생이 쉬어 가자고 했다. 다들 돗자리를 펴고 앉았다. 바람이 시원하게 불어온다.

"이것 좀 보세요. 세상에, 오동나무예요."

김인이 카메라로 사진을 찍으며 외쳤다. 아스팔트 틈 사이에 오동나무가 자라고 있었다. 이층으로 된 잎은 넓었다. 싱싱한 녹색을 뿌리며 바람에 흔들리고 있다.

"찻길이 숲으로 변하겠어요. 이야, 정말. 놀랍습니다."

구 선생이 감개무량한 표정으로 오동나무 잎사귀를 만졌다.

"세월이 더 흐르면 이 아스팔트도 흙으로 되돌아가겠지요? 신명 님?"

구 선생이 신명을 바라보았다.

"그렇겠지요. 파괴는 곧 생성이요 생성은 곧 파괴라. 책상 하나 만들어지려면 나무가 죽어야 하고 나무가 죽으면 책상이 만들어진다니……. 이 말이 참 맞지 않소?"

"무슨 말씀이신지?"

"저 동강터널 말이요. 산을 뚫어 터널을 만들고 나니, 이 차도가 다시 숲으로 되살아나려 하고 있소. 산은 구멍을 하나 내 주고 이 찻길을 돌려받은 게 아니겠소."

"오, 참 그렇군요."

구 선생이 여러 번 고개를 끄덕였다. 그리고 강을 바라보며 두 팔을 벌리고 심호흡을 한다. 몇 번 숨을 크게 들이마시고 내쉰 다음 구 선생은 "아, 감사하다!" 하고 또 외쳤다.

길안이 보기에 구 선생은 가슴 속에 요동치는 감동을 주체할 수 없는 것처럼 보였다. 길안은 그게 참 신기했다. 오동나무가 아스팔트 틈에 난 것이나 강바람이 시원한 것이 뭐 그리 특별한 일인가. 그래서 길안은 구 선생이 좀 지나치게 감정을 과장하는 것처럼 느껴졌다. 감정을 과장하고 있다면 그건 진심이라고 보기 어렵다. 구 선생이 걸을 때 마주 오는 차에게 인사하는 것이나 입버릇처럼 말하는 '감사하다!'는 말도 감정 과잉이 아닐까? 길안은 그런 생각이 들었다. 분명 이런 생각은 나쁘고 마음이 불편하다. 그런데 왜 이런 생각이 드는 걸까? 좀 따져보다가 '에라, 모르겠다.' 하고 길안은 고개를 흔들었다.

달 밝은 밤 소쩍새 울음소리

영월 시내로 들어서자, 강변에 데크를 깔아 길을 만들어 놓았다. 길 중간에 쉼터도 있어 탐사단은 걸음을 멈췄다. 시 외곽을 도는 길이고 날씨가 더워서 그런지 행인도 거의 없다. 내남없이 열이 펄펄 나는 발을 운동화에서 해방시켰다. 발을 꼭꼭 주무르면서 신명이 말했다.

"청령포를 못 가는 건 아쉽군. 영월에만 오면 맨 먼저 드는 느낌은 애틋함이오."

"저도 그렇습니다."

구 선생이 말을 받았고 일문도 김인도 고개를 끄덕였다. 길안만 의아한 눈빛으로 사람들을 바라보는데, 신명이 길안과 눈을 맞추면서 말했다.

"길안이보다 한 살 많았군. 열일곱이었으니."

"그랬나요? 열일곱이었던가요?"

"그렇다오. 젊어서 그런지 사약을 두 그릇이나 먹여도 숨이 끊어지지 않더랍니다. 할 수 없이 뒤에 섰던 군사가 활줄로 목을 조여 죽였다고 합디다. 얼마나 처참한 일이오? 게다가 시체를 동강에 버려두고 엄포를 놓았다고 하오. 시체를 수습하는 자는 역적 죄로 다스리겠다고. 한때 왕이었던 사람이 강에 둥둥 떠 있는 걸 상상해 봐요. 당시 영월 사람들 심정이 어떠했을지 짐작도 안 된다오."

"아! 단종 얘기죠?"

길안도 눈치를 챘다.

"이제 알았냐? 유길안."

김인이 하하 웃었다.

"안 죽일 수는 없었을까요?"

구 선생이 진지한 얼굴로 신명에게 물었다. 신명이 고개를 흔들었다.

"죽지 않으면 끝이 안 나는 거요. 난 그렇게 생각합니다. 왕위를 빼앗긴 순간 단종은 이미 죽은 목숨이었소. 생각해 봐요. 단종 복위 운동이 계속 일어나잖소. 단종이 복위된다는 건 뭘 뜻하겠소? 세조와 세조의 반정을 도운 신하들 죽음이라오. 특히 반정공신들은 역적으로 몰려 능지처참을 당하게 되겠지요. 때문에 반정공신들은 생사가 걸린 일이니 단종은 반드시 죽여야 하는 인물인 거요. 나는 그런 생각이 든다오. 만약 세조가 단종에게 사약을 내리지 않았다면, 세조도 쫓겨났을지 모른다고 말이오. 반정공신들은 자신들이 살아남기 위해 무슨 일이든 해야 되니까 말이오. 말을 잘 듣는 왕손을 골라 세조를 폐하고 대신 임금 자리에 앉히는 일이라고 못하겠소?"

"그렇군요. 그게 바로 폭력의 구렁텅이에 빠진 형국이군요. 이미 시작부터 같이 살기는 어려운 일이었겠습니다."

구 선생이 가늘게 한숨을 내쉰다. 구 선생은 자타가 공인하는 평화주의자다. 사람뿐 아니라 세상 만물이 서로 평화롭게 공존할 수 없을까, 늘 고민하는 사람이다. 구 선생은 입만 열면 '평화'를 말하고 모든 일에 '감사하다.'고 한다. 구 선생은 경건한 표정으로 두 손을 모으는 몸짓을 자주 보여 준다. 길안이 처음에 그런 구 선생의 모습을 봤을 땐, 생소하고 영 어색했으나 이젠 익숙해졌다. 그런 구 선생이니 단종의 애달픈 죽음이 얼마나 가슴 아플지 짐작하고도 남을 일이다.

두 사람 대화를 가만히 듣고 있던 일문이 한마디했다.

"시 한 수 읊어 볼까요?"

"무슨?"

김인이 물었고, 일문이 "단종이 지은 시." 하고 대답하자, 신명과 구 선생이 놀라워하는 눈빛으로 "좋다."고 이구동성으로 말했다. 길안도 아빠의 뜻밖의 재주에 감탄하는 마음으로 바라보았다. 일문이 읊기 시작했다.

"월백야촉혼추, 함수정의루두, 이제비아문고, 무이성무아수, 기어세상고로인, 신막등춘삼월자규루."

"이 무슨? 귀신 씨나락 까먹는 소리?"

김인이 고개를 설래설래 저었다.

"하하. 아는 체 좀 해 봤습니다. 단종의 자규사(子規詞)라는 것인데 한자음 그대로 읊어 봤어요. 뜻을 풀자면 이렇습니다.

달 밝은 밤 소쩍새 울음소리는 더욱 구슬퍼

시름 못 잊어 누 머리에 기대었네

네 울음 슬프니 내 듣기 괴롭다

네 소리 없었으면 내 시름도 없었으려나

세상에 근심 많은 분들께 이르노니

부디 춘삼월엔 자규루에 오르지 마시오.

어떻습니까?"

"…… 짠하네요."

김인이 말했다. 다른 사람들은 말이 없다. 일문도 기대보다 저 조한 반응에 잠자코 있다가 다시 말했다.

"저기 어디쯤 관풍헌이 있으려나?"

일문이 시내 한 곳을 어림잡아 손짓했다.

"관풍헌?"

김인이 물어 주고 일문이 대답했다.

"영월의 관아지. 단종이 관풍헌에 있는 매죽루에 올라서 이 자 규사를 읊었다고 하네. 그 뒤로 매죽루를 자규루라 부른다는구 만. 단종이 죽임을 당한 곳도 바로 이 관풍헌이지. 들렀다가 갈 시 간은 안되겠지?"

일문이 구 선생을 보며 말했는데 구 선생은 대답 없이 고개만 끄덕인다.

탐사단은 양말을 다시 신고 신발 끈을 조인 뒤 일어섰다. 아직 가야 할 길이 멀었다. 강변을 걷는 동안 길안은 강을 자주 보게 되 었다. 마치 환상처럼, 얼핏 강물에 떠 있는 단종의 시체를 본 것도 같다. 얼굴을 물속에 넣고 엎드려 있는 모습. 그러나 그건 영화나 드라마에서 본 익사자 모습이다. 하지만 단종은 여느 익사자와는 달랐다. 물에 빠져 죽은 것이 아니라 죽은 뒤 버려지기는 했지만, 단종의 시체가 떠 있던 곳에서는 찬란한 빛이 쏟아져 나와 눈이 부실 정도였다고 한다.

그건 일문이 들려 준 전설이다. 전설을 듣는데 이상하게도 길안은 바로 그 부분, 빛이 쏟아져 나왔다는 이야기가 가슴에 콕 박혀 영 잊히지 않았다. 한편으론 그런 전설을 만든 영월 사람들의 마음을 이해할 것 같기도 했다. 길안은 수첩에 적어 두었다.

'단종을 주인공으로. 뭔가 만들어 볼 것. 나보다 겨우 한 살 더 살았네.'

길안은 수첩에 뭔가를 끄적거리다 보니, 진짜로, 꼭, 영화를 만드는 감독이 되어야겠다는 생각이 든다. 고등학교를 안 가겠다는 말을 부모님에게 하기는 했지만 진짜로 자기가 그럴 거라고 확신할 수는 없었다. 그런데 지금은 그래 봐도 되지 않을까? 하는 자신감이 조금씩 생긴다. 세상이 정해 놓은 길로만 따라 갈 필요는 없지 않은가? 길은 얼마든지 있는데 말이다.

첫날 아빠가 말한 '내 안으로 난 길'이라는 말이 떠오른다. 내 안으로 난 길이란, 나에게 맞는 길을 뜻하는 게 아닐까? 그래 놓고 아빠는 뭐지? 내가 내 길을 찾겠다는데 왜 반대를 하고 그러는 거야. 길안은 고등학교 안 가겠다는 말을 했을 때 기가 막혀 하던 아빠 얼굴을 생각했다. 길안은 픽 웃으며 속으로 다짐했다. '아빠에게 한번 따져 봐야겠다.'고.

견디는 힘

영월화력발전소를 지날 무렵 민수와 태평이 황금마차를 세워놓고 기다리고 있었다. 발전소 앞에 강이 흐르고 강변에 꽤 넓은 쉼터가 있다. 길안은 쉼터만 보이면 쉬고 싶었다. 오른발 복숭아뼈 밑의 물집도 점점 커져 가고 있다. 모래알갱이 같았던 녀석이 무럭무럭 자라나고 있다. 벌써 걷기 시작한 지도 7일. 허벅지 뒤쪽은 든든한 힘이 느껴져 기분이 좋은 반면 발바닥은 형편없었다. 특히 새끼발가락 끝은 처참할 정도로 짓뭉개졌다. 발톱이 보이지 않을 정도로 부풀어오른 발가락 끝은 살짝만 건드려도 통증이 심했다.

태평이 길안 옆에 와서 묻는다.

"길안아. 괜찮아? 걸을 만해?"

길안은 샌들 신은 태평의 맨발을 내려다보았다. 길안과 비슷했던 태평의 새끼발가락은 꾸덕꾸덕 아물고 있다.

"힘들어요. 태평 삼촌은 발이 다 나은 것 같네요?"

"하하. 이제 별로 안 아파. 샌들만 신어서 그런가."

"아휴, 전 죽겠어요. 걷기 시작할 때면 뒤통수가 찌릿찌릿해요."

"아, 그 고통 내가 알지."

태평이 길안 어깨를 쓰다듬었다. 길안은 양말을 벗고 태평에게 발을 보여 줬다. 양쪽 새끼발가락은 밴드로 철저하게 감쌌기 때문에 상황이 보이지 않는다. 날마다 아침에 밴드 한 통을 다 사용해서 발가락을 감싼다. 그렇지 않으면 걸을 수가 없다. 복숭아뼈 밑은 밴드를 밀고 물집이 불룩 솟은 것이 보인다. 밴드 위로 만져보니 말캉말캉하다.

"조심해라. 터지면 고생한다. 이따 밤에 잘 치료해야 된다."

신명이 길안에게 주의를 줬다.

"네."

길안이 싹싹하게 대답하고 얼른 손을 뗐다. 태평이 길안에게 바나나와 복숭아를 주면서 말했다.

"먹고 힘내라. 하여간 대단해. 나보다 발이 더 엉망인데도 걷고 있으니. 엄청난 참을성이야. 야, 무슨 청소년이 그러냐. 에잇! 나 안 걸어. 하고 집어칠 만도 한데 말이야."

"사람마다 견디는 힘이 달라서 그렇지 뭐. 길안이는 아빠한테 고맙다고 해야 되는 거 아니냐?"

김인이 말했다.

"진짜. 형님은 발 괜찮으세요?"

구 선생이 김인 말을 듣고 문득 생각이 났다는 듯 일문에게 물었다. 일문이 대답했다.

"뭐, 물집이 몇 개 생기긴 했어도 큰 문제없네."

"그 봐라. 길안이 잘 걷는 건 순전히 아빠 덕이지. 아빠 유전자를 받았으니까."

김인이 결론을 내렸다. 신명이 빙긋 웃으며 고개를 흔들었다.

"난 그렇게 안 본다오. 길안이는 분명 열여섯 나이치고는 대단한 점이 있소. 요즘 내가 하는 생각은 나이가 들수록 고통을 견디는 힘도 좀 늘어나지 않나 하는 거라오."

"왜 그렇죠? 전 잘 이해가 안 되는데요? 노인이 되면 오히려 더 아픔을 호소하는 경우가 많지 않아요? 노인이 될수록 어려진다고도 하잖아요."

일문이 반론을 폈다. 일문뿐 아니라 일행이 다 그런 표정이다. 신명이 말했다.

"고통은 죽음을 어떻게 생각하느냐에 따라 느끼는 정도가 달라진다오. 죽음을 삶과 대립되는 것으로 설정하면 고통을 견디기 어려울 거요. 젊은 시절이 그렇지 않소? 길안이가 지금 그런 나이인데도 잘 걷는 걸 보면, 아주 가상해요. 칭찬을 많이 해 줘도 될 일이오. 죽음을 삶의 한 부분이라고 생각하는 단계에 이르면 고통도 많이 줄어들지요. 나이가 든다는 것은 점점 죽음에 가까워지는 일이오. 나이를 먹는다는 건 그만큼 죽음에 이를 수 있는 경험을 많이 했다는 것이기도 하니까. 슬슬 죽음을 삶의 한 측면으로 받아들이는 연습을 한다는 뜻이지요."

"아, 예……."

일문이 뭔가 애매한 표정을 지었다. 길안은 신명의 말을 거의 이해하지 못했으나 칭찬하는 말은 귀에 쏙 들어왔다. 사실 길안도 태평처럼 황금마차를 탔으면 싶다. 무리하다가 발이 망가지면 아예 못 걸을 수도 있지 않을까? 슬쩍 걱정이 되기도 했다. 그런데 신명이 인정해 주고 칭찬을 해 주니 힘이 났다. 까짓 좀 참으면 된다, 이런 생각이 들었다.

길을 잃다

그러나 참는 것도 한계가 있다는 것을 길안은 실감했다. 오전 열한 시부터 열두 시 반까지 걸은 길은 그야말로 고통 그 자체였다. 그 길을 걷기 전에 민수가 강력하게 주장했다.

"차로 지나가시죠. 길이 없습니다. 자동차전용도로밖에 없어요."

걸을 길을 미리 탐색하고 온 민수였다. 일행은 결정을 못하고 머뭇거렸다. 최종 결정은 길잡이인 구 선생의 몫이었다. 자동차전용도로를 피하려면 고씨동굴 방면으로 가는 길이 있었다. 그러나 고씨동굴 쪽으로 가자면 5~6킬로미터를 돌아야 했다. 강과도 멀어진다. 고씨동굴 길을 버린다면 오직 하나 남은 길은 황새여울길로 들어서서 조금 가다가 자동차전용도로를 타는 길이었다. 이 길은 강과 붙어서 가지만 몹시 위험했다. 말 그대로 자동차전용도로이지 사람이 걷는 길이 아니었던 것이다. 길안은 민수 말대로 차를 타고 지나가기를 간절히 바랐다. 복숭아뼈 밑의 물집 크기가 심상치 않았던 것이다. 그러나 구 선생이 이렇게 결정했다.

"가 보죠. 길이 어떤지 직접 걸어 보고 싶어요."

아무도 이견을 내지 않았다. 일행은 남한강 길 탐사단이었다.

탐사 목적을 이루려면 차를 타고 지나가서는 안 되는 것이었다. 길 안은 이를 악물고 하고 싶은 말을 억눌렀다. 일문이 잔뜩 찡그린 길안 얼굴을 봤다. 불만이 가득한 길안을 보고 일문은 잠깐 안쓰 럽다는 표정을 짓고 있다가 구 선생을 불렀다.

"단장님."

"네, 형님."

구 선생이 말을 기다리며 일문을 바라보았다. 일문은 잠깐 틈을 두고 말을 선뜻 하지 못한다. 그러다 내놓은 말은 이랬다.

"그…… 아, 아닐세. 그냥 출발하지."

"아. 예."

구 선생이 약간 머뭇거리다가 돌아서서 걷기 시작했다. 일문은 길안을 위해 차를 타고 건너뛰자는 말을 하려다가 삼켜 버렸다. 그래서는 안 된다는 생각. 그것이 결코 길안을 진정으로 위하는 것이 아닐 거라는 생각이 말을 하려는 그 순간, 일문을 압도했던 것이다.

황새여울길은 아름다웠다. 차도 다니지 않고 강물은 여울소리 를 들려 줬다. 하지만 아름다움은 길지 않았다. 갑자기 길이 뚝! 끊어졌다. 길을 가로막고 지나가는 것은 자동차전용도로였다. 강 가로 자연스럽게 흘러내리는 산의 기슭을 뚝 잘라 길을 낸 것이 다. 이리저리 찾아봐도 강가로 내려가는 길은 보이지 않는다. 전 용도로를 달리는 자동차 속도는 보기에도 아찔할 정도로 빨랐다.

아마도 100킬로미터 이상으로 달리는 것 같다.

탐사단은 넋을 놓고 자동차를 구경했다. 일행이 목표로 하고 있는 각동교로 가자면 전용도로로 들어서서 갓길을 걸어갈 수밖에 없다. 갓길은 당연히 인도가 아니다. 그러니 구분해 놓은 안전대가 있을 리 없다. 몹시 위험하다.

"돌아가야 하나?"

김인이 구 선생 표정을 살피며 말했다. 다들 구 선생을 주목했다. 구 선생은 질주하는 자동차들을 물끄러미 바라보더니 말했다.

"건넙시다."

말해 놓고 나서 구 선생은 조금도 망설임이 없다. 곧바로 끊어진 길 벼랑을 타고 내려갔다. 양쪽에서 내달리는 자동차가 잠깐 틈을 준 사이 구 선생은 길을 건너갔다. 시멘트 덩어리로 만들어 놓은 중앙분리대는 사람이 빠져나갈 만한 틈이 곳곳에 있다. 건너자, 말자 논쟁을 할 새도 없었다. 일행은 구 선생을 따라 전용도로에 들어설 수밖에 없었다. 일문만 구 선생 행동이 마음에 안 든다는 듯이 이마에 주름을 잡으며 인상을 썼다. 김인이 길을 건너고 일문은 길안 옆에 바짝 붙어서 길을 건넜다. 그리고 갓길을 걷는 동안 일문은 길안 바로 뒤에 서서 걸었다. 길안도 일문이 그러는 게 싫지 않았다. 뭔가 보호를 받는 느낌이랄까, 든든한 구석이 있었다.

전용도로의 위협은 예상을 훨씬 뛰어넘었다. 트럭이 굉음을 내며 지나간 뒤에는 몸이 휘청거릴 정도로 바람이 거셌다. 강가에 다릿발을 세우고 만든 차도가 계속 이어진다. 갓길 밑은 그대로 강물이다. 높이는 수십 미터에 달했다. 그러나 무엇보다 탐사단을 괴롭히는 것은 햇볕이었다.

오로지 시멘트 구조물 뿐인 도로에 그늘이 있을 리 없다. 모자를 써서 얼굴은 가렸지만 몸은 작열하는 태양을 그대로 받았다. 그런 길을 한 30분 걸었을까, 길안은 양 허벅지 위쪽이 화끈거리는 느낌을 받았다. 아래에는 속옷 하나와 일명 '냉장고 바지'라고 하는 얇은 나일론 바지를 하나 입었을 뿐이다. 햇볕이 바지를 뚫고 허벅지에 그대로 쏟아진 것이다. 한 번 화끈거리기 시작한 허벅지는 점점 열이 났다. 옷감이 닿을 때마다 아리기도 했다. 길안이 허리춤을 슬쩍 들고 바라보니 벌겋게 달아 있다.

"썬크림 안 발랐지?"

뒤에 바짝 따라오던 일문이 물었다.

"그럼 허벅지에 왜 바르겠어."

길안은 말이 퉁명스럽게 나갔다. 걱정스러워 하는 아빠에게 그렇게 말할 필요는 없었다. 그러나 몸도 피곤한데다 평소 아빠에게 하는 말버릇이 그대로 나왔다. 일문도 의례 그렇겠거니 하고 별 신경을 쓰지 않는 태도다.

"이따 점심 먹고는 걷기 전에 발라라."

"…… 그러지, 뭐."

귀청을 찢으며 지나가는 트럭이 길안 말을 싣고 가 버렸다. 부자의 대화는 자연스럽게 끊어졌다. 다시 숨을 헉헉대며 길을 걸었다.

쉴 곳도 없다. 멀리 산굽이 너머에 있다는 각동교는 보이지도 않는다. 지옥이 따로 없었다. 펄펄 끓는 열 가마 속에서 고통을 받는다는 화탕지옥이 바로 이곳이 아닐까, 하는 생각을 길안은 했다. 길안은 보이지 않는 각동교가 원망스럽고 이 길을 가자고 끈 구 선생도 야속했다. 탐사단은 아무도 말이 없다. 다들 죽을 힘을 다해 버티는 중인 것이다. 한 시간을 넘게 걸어 시각은 이미 열두 시를 넘었다. 점심시간도 지나 배는 고파서 뱃가죽이 등에 가서 붙었다. 길안은 허벅지 뒤쪽에서 밀어 주던 기분 좋은 힘도 느껴지지 않았다. 이대로 더 걷다가는 주저앉을지도 모른다는 생각마저 들었다. 그때 기적이 일어났다.

길 건너에서 민수와 태평이 불쑥 나타나 두 팔을 활짝 펴 흔들고 있었던 것이다. 신기루는 아니었다. 사막에서 목이 말라 죽어 넘어가기 직전, 오아시스를 만나면 이런 기분이 들 것인가. 전용도로인데도 횡단보도가 있고 길 건너에 식당이 한 채 서 있었다. 물레방아 쉼터! 구 선생은 횡단보도 앞에 서서 신호와 일행을 기다렸다. 김인, 길안, 일문, 신명이 차례차례 도착하자 한꺼번에 길을 건넜다.

탐사단은 식당에 들어서자마자 쓰러졌다. 에어컨이 빵빵한 실내에서 몸을 부려 놓고 멍하니 앉았다가 겨우 기운들을 차렸다.

풀린 눈들이 다시 빛을 찾자 구 선생이 말했다.

"사람이 걸을 길이 아니네요."

구 선생은 수줍게 웃었다. 그리고 이어 말했다.

"점심 먹고 각동교까지는 차로 가시죠."

아무도 이의를 제기하지 않았다. 구 선생과 똑 같은 심정이었던 것이다. 몸이 너무 지치기도 했고 각동교까지 차로 이동하기로 해서 밥을 먹고 많이 쉬었다. 물레방아 옆 느티나무 그늘에 돗자리를 펴고 늘어지게 한숨 자기로 했다. 길안은 누워서 나뭇잎 사이로 쏟아지는 햇살의 개수를 헤아려 보다가 까무룩 잠이 들었다.

500리면 다 왔네

기온이 좀 내려가는 오후 네 시, 탐사단은 다시 출발했다. 황금마차가 각동교 건너까지 일행을 데려다 줬다. 각동교를 건너 만난도로는 자동차전용도로가 아닌 그냥 시골의 차도다. 다니는 차도드물고 경치도 좋았다. 다만 계속 오르막으로 이어지는 것이 부담이다. 오르막이 끝나는 지점에 넓게 만든 쉼터가 있었다. 쉼터 한곳엔 삿갓 쓰고 죽장을 든 인물상이 서 있다. 바로 방랑시인 김삿갓이다.

영월군 김삿갓면인 이 고갯마루는 충청북도 단양군[6]의 영춘면과 경계다. 안녕히 가시라는 강원도 환송사와 어서 오시라는 충청북도 환영사 표지판이 나란히 있다. 검룡소에서부터 따져 보니 걸은 길이 200킬로미터가 넘었다. 시원한 물을 한잔 마시고 난 신명이 말했다.

"다 왔네."

신명은 담배를 깊게 빨아들였다가 연기를 천천히 내뿜었다.

"다 오다니요? 이제 반 왔는데요."

길안이 반박하니까 신명이 빙긋 웃었다.

"시작이 반이고 지금 반을 왔으니, 다 온 거 맞지?"

"에이."

길안도 피식 웃었다.

"길안아. 신명 님 말씀이 맞아. 반 왔으니 이제부턴 길이 팍팍 줄어들 거야. 다리도 발도 걷기에 익숙해졌지?"

김인이 신명을 거들고 나섰다. 길안은 고개를 흔들었다.

"아니요. 발 상태가 더 안 좋아졌어요. 이것 보세요."

길안이 오른발을 내밀었다. 복숭아뼈 밑이 대추알 만하게 부풀어 올랐다. 아침에 붙였던 밴드는 이미 떨어져 나갔다. 발바닥에 생기는 물집은 흰색인데 복숭아뼈 밑 물집은 검붉은 색이다. 보

6) 단양군 : 충청북도 북동부에 있다. 인구는 약 30,000명이다(2016년). 고수, 온달, 천동 동굴이 유명하고 구석기와 신석기 시대 유적과 유물이 많다. 경상도와 경계는 죽령이다. 매포읍에는 국내 유일의 측백나무 집단 자생지가 있다. 쏘가리, 옥수수, 마늘이 특산물인데 특히 마늘은 맵고 향기가 좋아 인기가 높다. 시멘트 공장이 매우 많아 대기 오염이 걱정된다. 국보인 단양적성비가 있고, 단양팔경, 동굴, 온달문화제 등으로 연간 관광객이 700만 명에 이른다.

기에도 흉측하다. 길안은 걱정이 되어 누구에게랄 것도 없이 말했다.

"계속 걸을 수 있을까요? 이건 첨보는 물집이에요. 뭐 이렇게 커요."

"걱정마라. 이따 밤에 잘 치료하면 돼. 터지지 않도록 밴드로 잘 싸두기나 하자."

신명이 배낭에서 밴드를 꺼내 길안의 물집에 붙여 준다. 신명에게서 담배 냄새가 났으나 길안은 구수하게 느껴졌다. 평소 노인들에게서 나는 담배 냄새는 고개가 저절로 흔들어질 정도로 고약하게 여겼던 길안이다.

차로 이동한 시간이 있어 길은 여유가 있다. 강과 멀어진 길이었지만 고갯마루마다 시원한 경치가 펼쳐진다. 산을 품은 산들이 뫼 산(山)자를 제대로 쓰고 있었다.

내가 다 잊었어

영춘면 소재지로 들어서기 전 북벽교 옆에는 '남한강'이라고 큼지막하게 쓴 표지판이 서 있다. 작은 연못에서 시작한 물이 골지천, 조양강, 동강을 거쳐 드디어 남한강이라는 이름을 얻었다. 오백 리 길을 걸어오면서 '이 동네에 살고 싶다.'고 더러 말하는 일행들이 있었다. 그런데 이곳 영춘에 도착했을 때 '영춘에 살고 싶다.'라고 구 선생이 말하자 김인도 일문도 '나도 여기 살고 싶네.'라고 말했다. 그만큼 영춘은 탐사단을 사로잡았다. 남한강이 휘돌아 나가면서 만든 넓은 유역에 영춘은 자리 잡았다. 유역을 둘러싸고 있는 산들은 높지만 전혀 위협적이지 않다. 둥글게 완만한 곡선을 그리는 산이다. 만만한 언덕이 많고 들판도 넓다. 인심이 어떤지는 모르겠으나 일단 '지리'는 탐사단을 매혹시켰다.

목표 지점인 온달모텔에서 걷기를 종료하고 저녁을 먹기 위해 영춘면 소재지로 들어갔다. 맛있어 보이는 중화요리집에 들어가 푸짐하게 음식을 시켰다. 음식을 기다리는 시간은 언제나 즐겁다. 하루치 걷기를 끝내고 먹는 저녁식사 시간은 걷기가 남은 점심때보다 더 행복하다. 저절로 웃음꽃이 피는 시간인데, 오랜만에 휴대폰을 들여다보던 김인이 말했다.

"애개개? 문자가 30개 뿐이네?"

"30개? 무지 많구만 애개개라니?"

일문이 놀란 눈으로 물었다.

"아이고, 형님. 이틀 만에 보는 건데 30개면 너무 적죠. 보통 하루에 80개에서 100개씩은 왔는데요. 이제 전 잊혀지나 봐요, 여주에서."

"뭐라고? 100개? 기가 막히네. 의원이라 참 바쁘게 살았네. 잘됐지 뭐, 이참에 좀 쉬셔."

일문이 위로 아닌 위로를 하는데 얘기를 듣던 태평이 툭 말했다.

"난 내가 다 잊었어!"

"응?"

무슨 소린지 바로 뜻을 알아채지 못해 다들 태평을 바라본다. 태평이 낄낄 웃었다.

"저는 휴대폰을 안 갖고 왔잖아요. 세상 너무 편해요. 여주에 두고 온 사람들이 하나도 생각 안 납니다. 다 잊어 버렸어요."

"아, 그 말이에요?"

김인이 하하 웃는데 신명이 고개를 크게 끄덕이며 말했다.

"태평 씨가 아주 큰 깨달음을 얻었구료. 태평 씨 말을 듣고 보니 아이시크 이야기가 생각납니다."

"아이시크요? 얘기해 주세요."

"길어도 괜찮겠소?"

신명이 일행을 둘러보았다.

"밥 나오려면 시간 많은데요, 뭐. 해 주세요."

구 선생이 대표로 대답했다. 그럼 그래 볼까, 하고 신명이 얘기를 시작했다.

"폴란드 크라코프에 유대인 아이시크가 살았다오. 아버지는 제켈인데 랍비였소. 아이시크도 아버지를 이어 랍비였지요. 아이시크의 삶은 고단했지만 신에 대한 믿음만큼은 단단하기 그지없었소. 어느 날 아이시크는 꿈을 꿉니다. 체코 프라하에 있는 보헤미아 왕궁 다리 밑에 숨겨진 보물을 찾으라는 내용이었소. 꿈이라 그냥 지나치려는데 똑 같은 꿈을 사흘 동안 세 번이나 거듭 꾸었어요. 그제야 아이시크는 꿈대로 해 보자고 체코로 갔다오. 보헤미아 왕궁에 도착했지만 아이시크는 다리에 접근할 수 없었소. 경비병들이 다리를 철통같이 지키고 있었거든요. 그러나 아이시크는 포기하지 않았소. 들어갈 방법이 없을까 연구하면서 날마다 다리에 갔다오. 해 뜨면 가서 해가 질 때까지 다리를 기웃거린 거지요. 경비병들이 날마다 나타나는 아이시크를 이상하게 여겨 경비대장에게 말했소. 그러자 경비대장이 아이시크에게 다가와 물었답니다. '여기서 뭐하오? 뭐 잃어버린 거라도 있소?' 아이시크는 곧이곧대로 꿈 이야기를 했다오. 그러자 경비대장이 껄껄 웃으며 말했소. '당신 참 어리석군요. 꿈을 믿고 그 먼 길을 오다니. 나도 당신과 비슷한 꿈을 꿨지만 바보짓을 하지 않는다오. 내 꿈 이야길 들어보겠소?' 아이시크가 고개를 끄덕이자 경비대장이 자기가 꾼 꿈을 들려 줬소. '꿈에 누군가 나타나 말하더군요. 폴란드 크라코프로 가서 케젤의 아들인 아이시크의 집을 찾으라고 말이오. 아이시크의 집 난로 뒤 지저분한 구석에 보물이 있으니 찾으라고 말이죠.' 말을 하다가 경비대장은 고개를 한 번 흔들고 누군가를 비웃는 듯한 표정을 짓고 나서 말을 이었다오. '크라코프에 사는 유대인은 절반이 케젤이고 절반이 아이시크라는 이름을 가졌다면서요? 그런데 어떻게 찾는단 말이오? 유대인들 집을 몽땅 뒤지란 말인가요? 그런 어리석은 짓을 내가 왜 하겠소?' 케젤의 아들인 아이시크는 속으로 깜짝 놀랐지요. 안 그렇겠소? 하지만 아이시크는 겉으로 안 놀란 척 경비대장에게 천천히 인사를 하고는 곧바로 폴란드 집으로 돌아왔다오. 그리고 난로 뒤 지저분한 구석을 파 보니, 정말 보물이 묻혀 있었소."

"야, 그 참 묘한 얘기네요?"

김인이 고개를 갸웃했다. 그런데 길안은 신명이 말하지 않은 보물이 뭔지 궁금했다.

"무슨 보물이에요? 신명 님? 금인가요?"

"허허, 길안이는 그게 궁금하구나. 글쎄다. 보물은 금은보화일 수도 있고 깨달음일 수도 있지. 물질일 수도 있고 영혼의 양식일 수도 있고 말이다. 내가 보기엔 금은보화는 아닌 것 같다."

"그런데 제 말과 어떤 관계가 있나요? 신명 님."

태평이 물었다. 태평은 '나는 내가 다 잊었어.'라고 말했는데 그 말 때문에 신명이 아이시크 이야기가 생각났다고 했기 때문이다. 태평은 그게 잘 연결이 되지 않아 물어 본 것이다.

"깨달음이란 보물을 얻었잖소. 똑 같이."

"아, 예……."

태평이 더 묻지는 않았으나 확실하게 이해된 것 같은 표정은 아니었다. 그러나 길안은 뭔가 희미하게 깨달아지는 게 있었다.

'그래…… 내가 잊어버리면 되잖아. 민아가 나한테 둘도 없는 보물인 줄 알았지만 그게 아닐 수도 있다는 거잖아.'

길안은 외보조개가 들어가는 민아의 웃는 얼굴이 생각났다. 가슴이 아리다. 아린 가슴 위로 슬며시 분노가 치밀기도 한다. 길안은 고개를 흔들었다. 민아는 보물이 아니다. 아니다, 보물이다. 아니다, 보물이 아니다.

길안이 생각에 잠긴 동안 음식이 나왔고 사람들은 떠들며 웃으며 음식을 먹기 시작했다. 길안도 솟아나는 생각들을 멀리 밀쳐두고 젓가락을 들었다.

일은 굴러가는 대로

밤에 숙소에서 진풍경이 벌어졌다. 길안의 물집 치료를 보러 일행이 다 모인 것이다. 아침 첫 걸음 때 생긴 물집이 하루 동안 쑥쑥 자라서 저녁때는 메추리알만큼 컸다. 마치 하늘에 있는 아버지 천지왕을 찾아가는 대별왕 소별왕 형제가 심은 박씨 같았다. 심자마자 싹이 나고 하루 만에 집보다 높게 자랐던 그 박씨 말이다.

"나도 이렇게 큰 건 첨 보네."

신명이 길안의 발뒤꿈치를 두 손으로 감싸고 들여다보며 말했다. 튀어나온 복숭아뼈보다 물집 알이 더 컸다.

"치료가 되겠습니까?"

일문이 걱정 가득한 얼굴로 물었다.

"해 봅시다. 수건을 깔아야겠군. 핏물이 꽤 나오겠소."

신명이 수건을 길안 발밑에 받쳤다. 보통 휴지를 깔고 하는데 수건을 까니 길안은 가슴이 두근거렸다. 길안이 말했다.

"많이 아프겠죠?"

"그럼 안 아프겠니? 이렇게 큰데. 하지만 걱정마라. 제깟 게 아파 봐야 물집이지. 물 빼고 나면 시원할 거다. 자, 간다."

신명이 굵고 긴 바늘을 물집에 찔러 넣었다.

"으으."

길안은 저릿한 아픔에 이빨 사이로 신음을 내뱉었다. 길안은 고개를 돌리고 시술 현장을 보지 않았다.

"우와! 세상에 분수네, 분수!"

태평과 김인이 합창했다. 길안은 안 봐도 알 수 있었다. 검붉은 핏물이 쭉쭉 솟아나오겠지. 신명은 바늘을 네 번이나 방향을 바꿔 찔러 넣었다. 구멍으로 핏물은 계속 흘러나왔고 수건과 휴지로 말끔하게 닦아 냈다.

"자, 봐라. 길안아."

길안은 신명의 말을 듣고 물집을 봤다. 팍 가라앉아서 거죽만 남아 있다. 길안은 신명의 얼굴을 봤다. 돋보기안경을 쓰고 다정한 눈빛으로 웃고 있다. 신명은 길안의 발이 무슨 보물이라도 된다는 듯 정성스럽게 만지고 있다. 길안은 가슴 속으로 뭔가 뜨거운 것이 물컹하고 치밀어 올랐다.

'내가 뭐라고. 이렇게까지 해 주시나.'

길안은 고맙다는 말조차도 입 밖으로 낼 수 없었다. 그저 고개만 끄덕였다.

"이제 빨간약 넣자."

빨간약이라고 부르는 요오드 용액을 굵은 실에 발라 홀쭉해진 물집 속으로 통과시켰다. 찌릿찌릿하다. 물집 가죽 밖으로 조금씩 남기고 실을 잘랐다. 무려 다섯 개나 실을 넣었다. 그만큼 물집이 컸던 것이다.

"괜찮을까요? 낼 걸을 수 있을까요?"

일문이 신명에게 물었다.

"밤새 진물이 실을 타고 잘 빠지면 아침엔 괜찮을 거요."

일문에게 대답하다가 신명은 길안을 보며 말했다.

"이 손수건이 달아나지 않도록 해. 너무 험하게 자지 말고."

신명이 길안의 발을 싼 손수건을 꼭꼭 여몄다. 길안은 궁금했다.

"손수건 벗겨지면 안돼요? 치료하나마난가요?"

"아니. 벗겨져도 돼. 진물이 사방에 묻겠지. 잘못하면 실이 빠질 수도 있고. 실이 빠지면 그건 문제다."

"네. 잘 알겠어요."

길안은 싹싹하게 대답하고 손수건을 다시 한 번 여몄다. 치료가 다 끝났을 때 구 선생이 말했다.

"길안이도 낼은 좀 쉬지? 태평 씨 봐 봐. 발이 정상으로 돌아왔잖아."

"그래. 길안아. 나랑 같이 쉬어. 넌 하루만 쉬면 될 것 같은데?"

"그래, 그래. 길안이하고 태평 씨 교대하면 되겠다. 태평 씨 아직 못 걷겠어요?"

태평에 이어 김인까지 나서서 길안에게 쉬라고 권했다. 길안은 슬며시 반발심이 일어났다. 쉬어 볼까 하는 마음도 조금 있었지만, 반드시 끝까지 걷고 말겠다는 욕망이 끌어 올랐다.

"아니에요. 걸을 수 있어요."

"무리하지 말지? 중간에 쉰다고 아무도 뭐라 안 해. 때로는 멈출 줄도 알아야 해."

일문이 재차 권했다. 아빠로서 걱정이 담긴 말이란 걸 알지만 길안은 잔소리로 들렸다.

"무리는 뭔 무리. 괜찮다니까."

일문에게 약간 짜증이 섞인 소리로 말했다. 일문은 다른 사람들 보기 민망한 표정으로 입을 다물었다. 자칫하면 아들과 아빠가 다투는 볼썽사나운 장면이 연출될 수도 있다. 일문이 재빨리 입을 다물어 버림으로써 상황은 종료되었다.

"일은 굴러가는 대로 가는 법이라오. 미리 고민할 필요 뭐 있겠소. 내일이 되면 자연스럽게 알게 되리다."

신명이 말했고 다른 사람은 더 말이 없었다. 그것으로 탐사단 모두가 참가했던 길안의 메추리알 물집 시술 시간이 끝났다.

여덟째 날, 걸음마다 아픔이어라

군간교에서 만난 사람들

길안은 일어나자마자 오른발 복숭아뼈 밑부터 살폈다. 납작하다. 굵은 실이 피부와 하나가 된 것처럼 착 달라붙어 있다. 밤새 진물이 다 나오고 치료가 완벽하게 된 것 같다. 길안은 신명에게 발을 보였다.

"음. 잘 됐구나."

"또 생기진 않겠죠?"

"그건 봐야 알겠지만 상태로 봐선 더 안 생기고 아물 수도 있겠다."

"얏호!"

길안은 흥이 났다. 못 걸으면 어떡하나, 걱정했는데 먹구름이 말끔히 걷힌 느낌이다. 그러나 그건 오산이었다. 아침에 숙소를 나서는데 양쪽 발이 영 신통치 않다. 문제는 복숭아뼈 밑이 아니라 역시 새끼발가락이다. 발가락이 운동화에 닿을 때마다 저릿한 아픔이 종아리를 타고 올라와 허리를 지나 머리까지 전달되었다.

길안은 이를 악물고 참았다. 걷기 시작하면 아픔은 최고조에 달하는데 걷는 동안 아픔이 서서히 사라져 10분 정도 지나면 아픔에 적응이 된다. 그동안 그랬다. 그런데 오늘은 달랐다. 10분이 지나도 아픔은 사라질 줄 모른다. 발에서 열이 확확 나는 느낌도 있다. 발이 아프니 주변을 돌아볼 틈도 없다. 말도 하기 싫다. 만약 전처럼 이야기를 나누며 걸었다면 일행은 금방 길안의 상태를 파악했을 것이다. 그러나 다들 피곤했는지 적당한 간격을 유지하면서 묵언 걷기를 하고 있다. 김인만 여전히 바쁘게 앞뒤를 오가며 사진을 찍는다. 때로는 길을 건너가서 찍기도 했다. 나비나 벌처럼 가볍게 날아다니는 김인을 보면서 길안은 놀라울 뿐이다.

묵묵히 50분을 걸어 도착한 곳은 군간교였다. 다리를 건너자 간이 버스 정거장이 있다. 구 선생은 걸음을 멈추고 쉬어 가자고 했다. 길안은 속으로 가늘게 한숨을 내쉬었다. 황급히 운동화를 벗고 양말을 벗었다. 밴드로 잔뜩 싸맨 새끼발가락을 만져보니 뜨겁다. 이제 겨우 걷기 시작했는데 하루를 버틸 일이 까마득하다.

'그만 쉴까?'

생각을 했으나 길안은 곧 고개를 흔들었다. 길안 속마음을 아는지 모르는지 구 선생은 유쾌하게 웃으며 말했다.

"이 다리에 꼭 와 보고 싶었어요."

"뭐 꿀이라도 발라 놓았나?"

일문이 농담으로 받았다.

"하하, 그건 아니고요. 시뮬레이션을 하는데 몇 번을 해 봐도 이곳이 딱 절반이더라고요. 우리가 걷는 총 거리에서요."

"아, 그렇군. 근데 다리 이름이 특이하네. 군간교라니……."

"군인들이 서로 바라보던 곳이랍니다. 저기 강 건너 북쪽에는 고구려 병사가 있었구요, 이쪽에는 신라 병사가 보초를 선 거죠. 그러니까 이 강이 국경이었던 거에요. 우리 어제 온달산성을 지나 왔잖아요. 바로 이 군간교 근처에서 온달장군이 죽었다고 합니다."

"오, 바보온달 말이지?"

"그렇죠."

"그럼 여기겠소. 온달장군 관이 움직이지 않은 곳이."

담배 한 개비를 다 피운 신명이 대화에 껴들었다.

"그렇답니다. 평강공주가 여기까지 달려왔겠죠. 참 어떤 마음이 었을까요? 남편의 관을 어루만지는 그 마음이."

구 선생이 먼 하늘을 바라보았다. 신라와 싸움에 패해 전사한 온달. 시체를 관에 넣었지만 땅에 박혀 움직이지 않았다. 소식을 듣고 달려온 아내 평강공주가 어루만지자 그제서야 움직였다고 한다.

"왜 움직이지 않았을까요? 온달은?"

일문이 신명에게 물었다.

"미련이 남았던 거지요. 난 그렇게 봐요. 싸움에 진 것이 너무 분했던 거요. 사람은 누구나 그렇지 않겠소? 미련이 남으면 자꾸만 뒤돌아보게 되지요. 아내인 평강공주가 어루만짐은 바로 온달의 미련을 버리게 한 것이겠지요."

"네…… 그럴 수도 있겠군요."

구 선생이 고개를 끄덕였다. 그때 자전거를 탄 라이더 한 사람이 일행에게 다가왔다. 헬멧을 벗는데 보니까 나이가 꽤 많아 보였다. 라이더가 누구에게랄 것도 없이 물었다.

"걷는 분들이오?"

"그렇습니다."

구 선생과 김인이 한꺼번에 대답했다.

"훌륭한 일을 하는군요. 나는 영월에서 왔답니다."

"아, 예. 대단하십니다. 어디까지 가십니까?"

구 선생이 화답하고 행선지를 물었다.

"단양까지 갔다가 영월로 되돌아갑니다."

"아유, 꽤 멀 텐데요?"

"한 150킬로미터 정도 되지요. 뭐 이 정도야 하루 거리로 여유 있지요."

"야, 정말 훌륭하십니다. 연세도 있으신 것 같은데요."

"올해 일흔여섯이오. 자, 그럼 잘 쉬었다가들 가시오."

노익장 라이더는 물 한 모금 마시고 바람처럼 달려갔다. 한줄기 돌개바람이 난데없이 나타났다가 사라진 느낌이다. 라이더가 떠난 자리에 갑자기 승용차가 스르르 다가와 멈췄다. 승용차 조수석 유리창이 내려가더니 할머니 얼굴이 나타났다. 일흔은 훨씬 넘어 보이는 얼굴이다.

"말 좀 물읍시다."

묻는 목소리는 할머니가 아니었다. 할머니는 유리창만 내렸고 운전석에 앉은 할아버지가 고개를 할머니 쪽으로 내밀고 묻고 있었다. 김인이 재빨리 달려갔다.

"단양은 어느 쪽으로 가오?"

김인은 단양 가는 방향을 안내했다. 그런데 노부부가 잘 못 알아듣는 듯했다. 운전석에 앉은 할아버지가 "네비 좀 찍어 주소." 하는 말이 들렸다. 차에 길을 안내하는 장치인 네비게이션이 있으나 사용 방법을 모르는 모양이었다. 김인은 허리를 차 안으로 집어넣고 작업을 했다.

"고맙수!"

노부부는 김인에게 치사하고 떠났다.

길안은 재미있다는 생각이 들었다. 어떤 노인은 자전거를 타고 어떤 노인은 자동차를 타고 어떤 노인은 걷고 있다. 걷고 있는 노인인 신명을 바라보며 길안은 속으로 생각했다.

'아무래도 신명 님이 가장 건강하신 거야. 자동차를 타고 가는
분들이 가장 약한 거 아닐까? 아이고, 근데 난 뭐야. 이깟 발 좀
아프다고 엄살이나 부리고.'

길안은 마음을 다져 먹었다. 발 아픈 것쯤이야 참으면 된다. 참
으면 걸을 수 있다. 그렇게 생각했더니 희한하게도 새끼발가락 아
픔이 좀 가시는 듯했다. 길안은 다시 양말과 운동화를 신었다. 신
명이 "출발 오 분전!" 하고 외쳤기 때문이다.

새별공원에서

단양 시내로 가는 길은 차도, 차도, 차도뿐이다. 강과 최대한 가
까이 걸을 수 있는 방법은 그 길 뿐이다. 예전에 사람들이 강 따
라 걷던 길을 차도로 변신시켰기 때문에 그렇다. 차도를 걷는 것은
몸을 쉽게 지치게 한다. 사고가 날 위험이 커서 늘 신경이 곤두서
있어야 하고 아스팔트는 흙길보다 발과 무릎에 더 많은 무리를 준
다. 그러나 다른 길은 없다.

고된 걸음 끝에 오전 목표 지점인 새별공원에 도착했다. 가곡면
소재지 강가에 만들어진 공원은 크고 시원하다. 오래된 나무들이
많아서 그늘이 넓다. 깔끔하게 정돈된 정자도 많다. 문제는 공원
안에 화장실이 없다는 것이다. 화장실은 공원 건너편에 있다. 길
안은 오줌 마려운 것이 원수 같았다. 그저 정자에 쓰러져 쉬고 싶

은데 오줌은 눠야 했다. 어기적어기적 걸어서 화장실로 갔다. 길 건너편에 있지만 천 리나 되듯이 멀다.

겨우 화장실을 다녀오는데 정자에 있던 일행이 보이지 않는다. 두리번거리며 찾아보니 구 선생이 앞장서서 어디론가 가고 있다. 바람 시원하고 눕기 좋은 정자를 버리고 어디로 가는지 알 수 없는 일이다. 길안은 조금도 더 걷기 싫다. '에라, 모르겠다.' 하고 정자에 드러누워 버렸다.

누워 눈을 감으니 세상 편하다. 새끼발가락에서 저릿한 아픔이 다리를 통해 밀려 올라왔으나 곧 사라졌다. 얼마나 지났을까. 누가 흔들었다.

"자니? 밥 먹어야지."

눈을 떠 보니 민수가 환하게 웃고 있다. 길안은 고개를 흔들면서 일어나 앉았다. 세상이 노랗게 보였다. 하얀 별도 몇 개 반짝이며 떠다닌다.

"많이 힘든가 보네. 삼계탕 먹고 기운 내라. 가자."

민수가 길안의 팔을 잡고 끌었다. 길안은 이크애크 걸었다. 일행이 자리 잡은 강가까지는 50여 미터 남짓했으나 멀고도 멀었다. 그런데 그곳엔 깜짝 놀랄 일이 벌어져 있었다. 태평의 부인과 아들, 태평의 친구 부부가 와 있었다. 태평은 휴대폰이 없으니 민수에게 연락이 왔다고 한다.

여주에 사는 태평의 친구는 지원 차량을 빌려 준 사람이다. 식당을 한다는 그 친구는 태평과 탐사단을 위해 삼계탕을 준비해왔다. 걷기 시작하고 탐사단원 중 이렇게 친구가 찾아오는 사람은 아직까진 태평뿐이다.

"태평 씨가 어떻게 살아왔는지 알만합니다."

구 선생이 감동이 물결치는 얼굴로 말했다. 다들 고개를 끄덕였다. 친구를 보면 그 사람이 보인다. 태평의 부인이 수줍게 웃으며 말했다.

"어제 새벽 한 시에 식당일 끝나고 쪽잠을 주무시고, 새벽 네 시에 일어나 이 삼계탕을 끓이셨대요. 아유, 정말."

"하하. 뭐 세 시간이면 많이 잔 거죠."

태평의 친구는 아무것도 아니라는 듯 호쾌하게 웃었다.

닭에는 커다란 전복도 한 개씩 들어 있다. 몸에 에너지를 듬뿍 채우고 나서다. 일문이 태평의 부인에게 말했다.

"태평 씨가 걷는 모습을 못 봐서 아쉽죠?"

"아니, 예. 안 그래도 걱정이 되더라고요. 많이 걸어 본 적이 없는 사람이라."

"그래도 많이 걸었어요. 물에도 빠지고 젤 고생했지요."

"예……."

태평의 부인이 안타깝다는 얼굴로 태평을 돌아본다. 그러자 태평이 그 넙데데한 얼굴에 한가득 웃음을 담으며 말했다.

"오늘만 쉬면 되겠어요. 낼부턴 다시 도전할 겁니다."

"하하하. 부인이 오시니 힘이 펄펄 나는가 봅니다."

구 선생이 말했고 다들 내일 태평의 복귀를 축하하는 중인데, 신명이 고개를 흔들었다.

"그러시지 말고, 내일 하루 더 쉬시오. 이렇게 좋은 곳에 부인과 친구 분이 오셨는데 같이 하루 지내면 좋지 않겠소. 우리 태평 씨에게 하루 휴가를 줍시다. 어떻소?"

"아, 예. 참 그렇군요."

구 선생이 손뼉을 쳤다.

"아이고, 그러네요. 미처 그 생각을 못했군요."

"맞아요. 일부러 피서도 가는데. 지금부터 태평 씨는 자유예요. 가족과 친구 분과 피서를 즐길 것을 명령합니다!"

일문도 찬성하고, 김인이 아주 아퀴를 지었다. 애초에 태평의 부인과 친구 부부는 그럴 생각이 있었는지 예의상으로 거절해 보는 형식도 없이 탐사단의 제안을 받아들였다. 그래서 태평에게는 다음 날 저녁때까지 휴가가 주어졌다. 식사 자리를 정리한 뒤, 태평은 미안해하면서 가족과 친구 부부와 함께 떠났다.

탐사단은 공원에서 오후 세 시까지 쉬었다. 면사무소에서 수시로 폭염주의보가 내렸다는 안내가 방송으로 나왔다. 오후 다섯 시까지는 야외 활동을 자제하라고 한다. 그러나 갈 길이 먼 탐사단은 네 시에 다시 걷기 시작했다. 길안은 쉬었다 걷자니 발의 통증이 더욱 심하다. 길안은 가족과 피서를 떠난 태평이 몹시 부러웠다.

쉬면 누가 돈 줘요?

민수가 탐사단이 출발하기 전에 말했다.

"단양 시내로 들어가는 고갯길이 무척 위험합니다. 2, 3킬로미터 오르막이 지속되고 1, 2킬로미터 내리막이 이어집니다. 갓길도 매우 좁아서 걷기에 불가능한 수준이에요."

내리막이 1, 2킬로미터라고 하는데 길안은 악! 소리가 저절로 나왔다. 가장 힘든 길은 오르막보다 내리막이었다. 몸의 하중이 아픈 발로 더 몰리기 때문이다. 따라서 더 격렬하게 몸이 춤을 추는 구간도 내리막이다.

"그럼 어쩌죠?"

구 선생이 걱정스러운 얼굴로 물었다. 민수가 대답했다.

"오전에 태평 씨와 함께 주변을 여러 번 돌아봤어요. 삼봉대교로 우회하는 길이 있더군요. 새 길인데 공사가 아직 덜 됐어요. 차량 통행도 뜸합니다. 고갯길이 아니어서 완만하긴 한데, 문제는 3킬로미터 정도 돌아야 돼요."

"흠……."

구 선생이 팔짱을 끼고 생각에 잠겼다. 일문과 김인, 신명도 선뜻 어떤 의견을 내지 못하고 있다. 길안은 한숨이 나왔다. 3킬로미터를 돌다니. 긴 오르막과 내리막을 걷는 것도 내키지 않지만 3킬로미터를 돈다는 것도 괴로운 일이다. 일행이 결정을 못하고 머뭇거리자 민수가 슬쩍 말했다.

"차를 타고 건너뛰시죠?"

길안은 귀가 솔깃했다. 오오, 그래. 그런 방법이 있지. 전날 각동교까지 차를 타고 이동한 때가 생각났다. 한 시간 정도 걸어야 할 길이 순식간에 줄어드는데 야릇한 희열까지 느꼈던 길안이다. 길안은 구 선생 입에 주목했다. 과연 구 선생은 어떤 대답을 할 것인가. 구 선생이 팔짱을 풀었다. 그리고 몇 번 고개를 끄덕끄덕하더니 말했다.

"우회합시다. 좀 돌아도 그게 낫겠어요. 긴 오르막과 내리막은 체력 소진이 심할 것 같군요."

"그럽시다. 걸어 봅시다. 자꾸 차를 타면 몸이 리듬을 잃을 수 있다오."

신명이 곧바로 동의했다. 일문과 김인은 이의가 없었다. 길안은 아쉬웠지만 의견을 낼 상황이 아니었다.

아아. 그런데 삼봉대교는 부글부글 끓는 가마솥이었다. 새로 만든 거대한 시멘트 구조물. 달아오를 대로 달아오른 구조물은 이글이글 타올랐다. 강 가운데를 지나는 높다란 다리 위에도 바람 한 점 없다. 일행은 눈만 내놓고 온몸을 감쌌다. 손에는 장갑을 끼고 얼굴에도 복면을 했다. 구름 없는 새파란 하늘에서 쏟아지는 햇볕은 벌건 쇳덩이나 다름없다. 길안은 목에 두른 손수건과 팔에 낀 토시에 자주 물을 끼얹었지만 순식간에 말라 버린다.

이글거리는 폭염 속을 무려 한 시간 십 분이나 걸었다. 쉴 곳이 없었기 때문이다. 드디어 삼봉대교가 끝나는 지점이 나오고 멀리 하천공원이 보인다. 구 선생이 빠른 걸음으로 공원에 들어갔다. 공원 가운데 이층으로 지어진 정자 하나가 보였다. 가파르게 비탈진 둑길을 내려가면 지름길이 있다. 조성해 놓은 길은 빙 돌아가야 한다. 구 선생은 잠깐 생각하더니 비탈을 타고 내려갔다. 구 선생이 엉덩방아를 찧는다. 비탈이 심했던 것이다. 그러나 일행은 다 구 선생 뒤를 따랐다. 돌아가는 길로는 아무도 가려고 하지 않았다. 길안도 두 번이나 엉덩방아를 찧으면서 비탈을 내려갔다.

정자에는 배낭이 몇 개 있었다. 그제서야 공원에 사람이 있다는 것을 탐사단은 알아차렸다. 쏟아지는 뙤약볕 아래 잔디밭에서 풀을 뽑는 사람들이 있다. 모두 넷이다. 하나같이 엉덩이에 오리궁둥이를 깔고 앉았다. 농촌의 아낙네들이 앉아서 일하기 좋도록 비닐가죽으로 동그랗게 만든 걸 오리궁둥이라 부른다. 양 끝에 끈이 있어 허리에 묶고 다닌다. 몸의 형태로 봐서 중년은 넘기고 노년에 가까워진 여인들이다.

탐사단은 각자 배낭에서 물을 꺼냈다. 민수가 땡땡하게 얼려서 준 물이라 적당하게 녹아 있어 마시기 좋았다. 물을 한 모금 마시던 구 선생이 정자 아래를 보고 소리쳤다.

"좀 쉬세요!"

네 사람 중 두 사람이 돌아봤으나 대답이 없다.

"너무 뜨거워요. 더위 먹습니다. 쉬었다 하세요."

김인도 소리쳤다. 이번엔 네 사람이 다 돌아본다. 그러다 두 사람이 일어섰다. 정자로 올라온 두 여인은 생각보다 젊었다. 쉰 후반이거나 예순 초반으로 보인다. 그 중에 예순 초반으로 보이는 여인이 말했다.

"그 왜 자꾸 쉬라고 보채 쌓는 겨. 쉬면 누가 돈 줘요?"

여인이 구 선생과 김인을 번갈아 보며 말했다. 광대뼈가 툭 튀어나온 여인은 목청이 걸걸했다.

"……"

구 선생도 김인도 선뜻 대답을 못했다. 생각지도 못한 일격을 당한 셈이다. 김인이 여인의 강력한 한방에 잠깐 휘청댔으나 곧 대답했다.

"그 참. 단양군도 이거 문제인데요. 5시까지 밖으로 나오지 말라고 폭염주의보 방송을 하고는 일을 시키는 건 뭔가요? 이거, 이거 문제가 많은데요."

"군은 와? 누가 지금 일하라고 해깐? 우리가 빨리 끝내려고 이라는 기지. 그, 군은 와 같다 붙이고 난리를 치시누."

김인이 항거하기 불가능한 치명타를 맞았다. 어느 고을 사투린지도 알 수 없는 여인의 말솜씨는 오묘한 기운을 갖고 있었다.

"아이고, 죄송합니다. 이 물 좀 드시지요."

김인이 재빨리 패배를 인정하고 여인들에게 물을 권했다. 여인이 물을 받으며 말한다.

"댁들은 와 이러고 댕개요? 할 일 없으면 자빠져 잠이나 자지."

"하하하."

거침없는 여인의 말에 김인도 구 선생도 대답할 말을 찾지 못해 웃기만 했다. 여인 눈길이 신명에게로 향했다.

"비쩍 마른 노인네가 근력도 좋수. 젊은 사람들 따라 댕기다 가랑이 안 찢어 지겠소?"

"아이고, 감사합니다."

신명이 빙그레 웃으며 고개를 꾸벅해 보였다.

"감사라이? 내가 뭘 어쨌다꼬?"

여인이 눈을 둥그렇게 떴다.

"근력도 좋다고 했잖소. 고마운 말이지라."

신명도 정체가 불분명한 사투리를 섞어서 말했다.

"지랄 빵도 한다. 그기 뭐 칭찬인가, 고맙그로."

여인의 입은 걸었다. 그러나 듣는 이가 기분이 나쁘지 않은 건 희한했다. 지랄 빵도 한다는 말을 듣고도 신명이 너털웃음을 쏟아놓는 것을 봐도 알 수 있다. 여인의 말투는 꾸며서 하는 것도 아니요, 평생을 그렇게 살아온 듯한 너무나 자연스러운 발화여서 그런지도 몰랐다. 오히려 여인의 거침없는 말솜씨는 탐사단의 늘어진 몸을 일깨우는 효과마저 있다. 살짝 긴장한 몸이 올올이 깨어나는 걸 길안도 느끼고 있었다.

걸걸한 여인 덕에 즐거운 한때를 보냈다. 충분히 다리쉼을 했을 때 구 선생 전화가 울렸다. 민수와 통화를 하고 나서 구 선생이 말했다.

"황금마차가 단양 읍내에서 기다린답니다. 강변 좋은 곳에 자리를 잡았답니다. 어서 가시죠. 달콤한 간식이 기다립니다."

구 선생 말은 정말 힘이 되었다. 길안도 단양 읍내까지 가는 길은 잠시나마 발의 아픔을 잊을 수 있었다. 기약되어 있는 즐거움은 그 앞선 시간들도 즐겁게 만드는 힘이 된다.

굽이 길, 파이팅 또는 미친

단양 읍내는 활기에 넘친다. 도로엔 자동차가 넘쳐나 교통경찰 수신호가 바쁘다. 읍내에서 건너다보이는 산봉우리에선 줄줄이 패러글라이더가 날아오른다. 한여름 피서지로 단양이 인기가 있는 모양이었다. 강변에는 걷는 길이며 공원들이 잘 조성되어 있다. 길과 공원에도 사람이 왁자지껄하다. 황금마차는 그 많은 인파들 한가운데 서 있었다.

"사공 팀장은 재주도 참 좋아. 어떻게 저기 자리를 잡았대?"

일문이 말했고,

"맞아요. 참 갈수록 놀라워요."

김인이 받았다. 민수가 준비해 놓은 것은 더 훌륭했다. 달콤한 음료와 꽈배기. 꽈배기는 바삭한 것이 일품이다. 민수의 물건들은 더위에 지친 탐사단의 몸을 살아나게 만드는 마법이었다. 민수가 말했다.

"숙소 구하기가 만만치 않겠어요. 몇 군데 다녀봤는데 꽉꽉 찼더라고요."

그럴 것 같다. 눈에 보이는 인파만 해도 일찌감치 단양 읍내 여관들은 동이 났을 법하다.

"없으면 텐트를 쳐야 하나?"

구 선생이 의견을 냈지만 신명이 고개를 흔든다.

"이 더위에 텐트에서 자는 건 쉽지 않아요. 여관이 정 어렵다면 마을회관도 좋지요. 요즘 마을회관들은 화장실이며 세면실이 잘 갖춰져 있다오."

"아, 그거 좋네요."

김인이 반색을 하며 찬성했다. 민수가 하하 웃으며 말했다.

"걱정들 하지 마세요. 제가 더 찾아볼게요. 잠자리 하나 못 구하겠습니까."

탐사단은 모두 고개를 끄덕였다. 지금까지 지나온 날들에서 민수의 능력을 너무나 잘 알고들 있는 탐사단이다.

황금마차가 떠나고 탐사단은 다시 걷기 시작했다. 잘 가꿔진 읍내 길은 걷기도 편했다. 그러나 읍내가 끝나는 상진대교를 건너면서 고행길이 시작되었다. 목표는 단성역이다. 단성역까지만 가면 오늘 일정이 마무리되는 것이다. 그 마지막 한 시간이 길안은 너무나 힘들었다. 그야말로 발걸음 하나하나마다 아픔이었다. 운동화와 맞닿은 새끼발가락은 양쪽 발 모두 뼛속에서 아픔이 느껴졌다. 그리고 양쪽 발 모두 엄지와 검지발가락 사이에도 새로운 물집이 생겼다는 소식이 온다. 모래알갱이 같은 물집이 걸음마다 찌릿 찌릿 신호를 보낸다.

좌안을 따라 내려가는 그 길은 참으로 험난했다. 오른쪽은 강이요 왼쪽은 산인데, 산에서 흘러내리는 흙과 돌을 막기 위해 시멘트 벽을 만들어 놓았다. 탐사단은 시멘트 벽과 차도 사이 좁은 갓길을 걸었다. 만약 차가 시멘트 벽 쪽으로 붙어서 온다면 피할 곳은 없다. 길은 긴 오르막과 긴 내리막이 반복되는 데다 굽이도 많았다.

쉴 곳이 없으니 계속 걸을 수밖에 없다. 차를 마주 보고 걷는다. 구 선생은 늘 그 방향을 선택한다. 그것이 덜 위험하다는 것이다. 차가 달려오면서 덮치는 바람과 매연이 엄청나다. 그것을 막으려고 모두 눈만 내놓고 복면을 했다.

굽이 길을 걸을 때다. 맨 앞에 선 구 선생은 차가 돌아 나올 때마다 고개를 숙여 인사를 한다. 차는 순식간에 지나가지만 걷는 탐사단은 굽이 하나 도는 데도 수십 대 차를 만나야 했다. 차는 쾌속으로 지나가면서 구 선생의 인사를 봤는지 모르겠다. 대부분 차는 그냥 쐐액 지나가지만, 더러 차 안에서 유리창을 열고 밖을 보면서 소리치기도 한다. 많은 사람들이 외친 소리는 "파이팅!"이었다. 그러나 아주 드물게 이런 말도 있다.

"미쳤나!"

"돌았나!"

한여름에 그것도 찻길을 걷는 탐사단에 대한 욕이었다. 그러거나 말거나, 소리가 있거나 말거나 구 선생은 끊임없이 차가 올 때마다 고개를 숙인다.

저녁을 먹을 때 길안이 궁금해서 물었다.

"아까 왜 계속 차에다 절을 했어요?"

"응, 그거…… 미안해서."

"예?"

"생각해 봐. 찻길에 갑자기 우리가 나타났으니 얼마나 황당해? 차로 봐서는 우리가 역주행한 거나 마찬가지잖아."

길안은 아무 말도 할 수가 없었다. 길안은 차 운전사들에게 미안하다는 생각을 눈곱만큼도 한 적이 없었던 것이다. 입 밖으로 내지는 않았지만 속으로는 운전사들을 향해 온갖 욕을 쏟아 놓고 있었던 것. 그런데 구 선생은 저런 생각을 하고 저런 행동을 한 것이구나. 며칠 전 비 오는 동강길에서, 물벼락을 안기고 가던 차를 향해 고개를 숙이던 행동과 같다. 길안은 그때도 구 선생 말을 듣고 약간 놀라긴 했으나 별 감동 없이 그냥 잊어버렸다. 구 선생의 진정성을 의심하는 마음도 살짝 있었기에 그랬다. 그런데 구 선생이 일관되게 행동하는 것을 보고 길안은 생각이 좀 달라졌다. 그 뒤로도 꾸준히 차들을 향해 인사를 하는 구 선생을 보면서 길안도 따라해 봤다. 너무나 어색했다. 길안은 두 번하고 다신 하지 않았다. 직접 해 보니 결코 쉬운 행동이 아니란 걸 길안은 절실하게 느꼈다. '어려운 건 역시, 행동.' 하고 길안은 수첩에 썼다.

그러나 이건 나중에 저녁을 먹을 때 일이고, 길을 걷는 해질녘 그 시간은 육체의 아픔과 그로 인해 샘솟듯 하는 화 때문에 거의 미쳐 버릴 지경이었다. 길은 정말 최악이었다. 지나가는 차량 절반은 화물차다. 게다가 길은 곳곳이 공사 중이어서 수시로 장애물들을 피해 걸어야 한다. 발이 아픈 길안은 블록 하나 높이도 오르내리는데 귀찮고 힘이 들었다. 그런데 장애물들 때문에 돌아가야 하는 때가 많다. 그만큼 걷는 길이 늘어나는 거였다.

하루의 마지막 구간. 가장 몸이 지쳐 있을 때다. 최악의 길을 걷는 탐사단은 모두 침묵 속으로 빠져들었다. 체력을 유지하기 위한 최선의 방법임을 다 알고 있기 때문이다. 그렇게 한 시간을 넘게 걸어서야 겨우 단성면 소재지에 도착했다. 목표 지점인 단성역은 면 소재지를 지나서 1킬로미터 정도 더 가야 한다. 그러나 모두 약속이나 한 듯 말했다.

"오늘은 여기까지 걷죠?"

보현보살

8월 1일, 여름 한가운데다. 길안은 선풍기도 필요 없던 태백의 밤이 아득하기만 하다. 겨우 일주일 전인데도 그랬다. 밤이고 낮

261

이고 뜨겁게 달궈진 대지는 식을 줄 몰랐다. 40년 만에 가장 더운 여름이라고 연일 뉴스에서 떠들었다. 강수량은 예년의 절반도 되지 않는다는 걱정 어린 뉴스도 뒤따랐다. 길안 일행이 걷고 있는 8일 동안에도 비다운 비는 없었다. 정선 읍내를 지날 때 한나절도 되지 않게 비를 뿌린 것이 다였다.

단성면 소재지에는 잔칫상이 차려져 있었다. 단성면 체육공원 옆에 세워진 정자에 태평 부부가 민수와 함께 상을 차려 놓았다. 정확하게 말하면 태평의 부인이 준비한 상이었다. 돼지고기를 푹 삶고 신선한 야채와 맛깔스런 쌈장을 놓은 보쌈정식이다.

"생고기를 사다가 낮부터 푹 삶았어요."

태평이 보쌈고기에 대해 설명했다.

"왜 그랬어요? 가족과 피서를 하라고 휴가를 줬구만. 누가 저녁 차리라고 했어요?"

일문이 짐짓 꾸짖었다. 태평이 수줍게 웃으며 대답했다.

"이 사람이 해야 된다는 걸 어떻게 말리겠어요."

태평이 자기 아내 어깨를 어루만졌다. 구 선생이 감동 가득한 얼굴로 태평의 부인을 바라보며 말했다.

"감사합니다. 이건 축복입니다. 보살님이 따로 없네요. 부인이 바로 보현보살입니다."

"아이고, 무슨 말씀을. 별로 한 것도 없는데요."

태평 부인이 손사래를 쳤다.

"한 것도 없다니요. 이 더운 날에 고기를 삶으셨는데. 이런 공덕이 없습니다."

구 선생이 재차 칭찬하자 태평의 부인이 방긋 웃을 뿐 더 사양하는 말이 없었다. 김인이 보쌈을 한 쌈 싸며 구 선생에게 물었다.

"보현보살은 뭐하는 분인가요?"

"모든 부처님께 공양을 드리는 보살이지요. 공양은 밥이에요. 부처님뿐 아니라 모든 중생에게 정성스럽게 밥을 대접하는 보살이랍니다."

"아, 그렇다면 보현보살님이 틀림없군요. 감사합니다, 보살님."

김인이 태평의 부인에게 고개를 꾸벅해 보였다.

"아이고, 참. 의원님도. 왜 이러셔요."

태평이 아내 대신 응답했다.

태평 부부의 정성은 감동적이었으나 잔칫상에는 불청객도 있었다. 바로 모기다. 모기를 많이 타는 길안은 죽을 맛이다. 모기들이 길안에게 다 몰려와서 길안이 바로 모기약이 된 셈이었다. 일문도 모기를 타는 체질이라 몰려온 모기들이 길안 부자에게 달려들어 상대적으로 다른 사람들은 모기에 물리지 않는 모양이다. 때문에 길안은 어서 식사가 끝나고 숙소에 들어가 시원하게 샤워를 하고 싶은 마음이 굴뚝같았다. 그러나 김인은 모기에 한 대도 물리지 않았노라고 자랑까지 하면서 자리에서 일어설 생각을 안 한다. 구 선생도 맥주를 들이키며 "아, 좋다. 아, 감사하다."를 연발하고 있다.

길안은 신명에게 구원의 눈길을 보냈다. 신명은 길안과 눈이 마주치자 빙그레 웃었다. 신명은 앞에 놓인 맥주잔을 들어 단숨에 비우고 나서 말했다.

"보현보살 얘기들을 하시니 나도 생각나는 게 있소. 여러분은 혹시 '옴'이라는 말을 들어 보셨소?"

"옴? 혹시 불가에서 말하는 그 옴인가요? 옴마니 밧메훔, 하는 그 옴."

일문이 묻자 신명이 고개를 끄덕였다.

"맞소. 그 옴. 근데 이게 말이요, 재미있답니다. 옴은 원래 '아우음'이라고 발음해야 되오. 어디 한 번 해 보시겠소?"

"아우음."

일행이 모두 소리를 낸다. 길안만 입을 다물고 있다. 구원의 눈길을 보냈건만 신명은 도대체 뭘 하는 건지, 자신의 기대를 무시하고 딴소리를 하는 신명이 원망스러워 길안은 따라하지 않았다. 그런 길안을 보고 신명이 씩 웃으며 말했다.

"길안아, 한번 해 봐라. 아~우~음~."

신명이 한 글자씩 사이를 띄우고 발음했다. 길안은 자기를 콕 집어서 지적하는 데야 더 고집을 피울 수도 없었다. 길안이 작은 소리로 "아우음" 했다. 그러자 신명이 말했다.

"작아. 큰 소리로, 자, 아~우~음~."

"아~우~음."

"끝의 음을 길~게. 아~우~음~~~."

"아~우~음~~~."

길안이 시키는 대로 했다. 신명이 말했다.

"몇 번 더."

길안은 누르면 소리 나는 인형처럼 소리를 냈다. 길안을 따라 태평도 소리를 낸다. 이어 민수도 김인도 일문도 구 선생도 마침내 보현보살까지 합창했다. 체육공원에 난데없이 오묘한 소리가 울렸다. 지나가던 몇몇 사람이 탐사단을 힐끔거리며 웃었다.

"무슨 늑대 소리 같애. 아~우~!"

태평이 낄낄거렸다.

"여우 아닌가? 아~우~!"

김인이 정정했다. 일행이 한참 여우 같기도 하고 늑대 같기도 한 소리를 아우, 아우 하고 나서다. 신명이 길안에게 물었다.

"길안아, 어떠니? 모기가 계속 물어?"

"어? 그러네요? 이상하다, 왜 모기가 안 물지?"

길안은 모기에게 물리지 않고 있었다. 발목을 사정없이 물어 대던 모기였는데. 신명이 껄껄 웃었다.

"안 물기는 왜 안 물겠니. 모기는 여전히 물겠지만 네가 못 느끼는 거란다. 옴은 천지자연과 하나 되는 소리야. 길안이 네가 옴~ 하는 동안 모기와 하나가 된 것이란다. 그러니 모기한테 물린다는

265

의식 자체가 없어진 셈이지."

"……."

길안은 대답할 말이 없었다. 신명의 말을 하나도 이해하질 못했기 때문에 무슨 말을 해야 할지 알 수가 없다. 그때 다시 모기가 물기 시작한다. 길안은 또 손으로 모기를 잡기 위해 발목을 탁탁 때렸다.

"아우음, 어디 갔어? 길안아."

신명이 말했고, 길안은 다시 '아우음'을 외쳤으나 모기는 사라지지 않았다.

"이미 의식 세계로 돌아와 버렸구나. 무의식을 넘어 깊은 잠 속으로 들어가는 게 옴인데, 이제 안 되겠다."

신명이 혼잣말처럼 하더니 일행을 보고 말했다.

"슬슬 식사를 마칩시다. 밤이 점점 더워지고 모기도 자꾸 달려들고."

식사 자리가 끝났다. 태평 부부가 극구 말려서 일행은 식사 자리도 치우지 않고 그냥 일어섰다. 태평 부부에게 내일 하루를 더 주기로 했다. 태평은 내일 저녁 숙소에서 탐사단에 복귀하기로 하고 헤어졌다.

준비하는 거야

길안은 샤워 순서를 기다리며 방안에 앉았다가 답답한 마음이 들어 여관 로비로 나왔다. 로비 쇼파에는 일문이 앉아 있었다. 길안이 주춤거리는데 일문이 길안을 보고 손을 번쩍 들었다.

"어, 아들! 반갑다!"

"훗. 웬 액션."

길안이 피식거리며 다가가자 일문이 길안의 손을 덥석 잡아서 옆에 앉혔다.

"너, 오늘 되게 힘들어 보이더라."

역시 아빠는 아빠인 모양이다. 자세히도 살핀 걸 보니. 일문이 하는 말이 따뜻하게 들리고 길안은 힘들었던 하루가 위로가 좀 되는 느낌이다. 말도 부드럽게 나온다.

"응. 발이 너무 아파. 계속 걸을 수 있을지 모르겠어."

"낼 봐서, 쉬도록 하자. 고집부리지 말고."

일문이 슬리퍼 신은 길안의 발을 만지며 말했다. 길안이 발을 아빠에게 맡겨 둔 채 말했다.

"잠자 보고. 될 수 있으면 다 걷고 싶어."

"그러면 좋기야 하지. 근데 발이 망가지면 아예 못 걸을까 그게 걱정이다."

"……."

길안이 대답을 하지 않자, 잠깐 있다가 일문이 화제를 바꿨다.

"길안아. 너 수첩에 뭐 쓰더라. 뭐야? 궁금한데."

"으응. 그거…… 준비하는 거야."

"준비?"

"고등학교 안 갈 준비."

"뭐? 너 진짜?"

"그럼. 괜히 해 본 말인 줄 알았어? 아빠 아들 만만히 보지 마셔. 곧 확실한 계획을 말씀드릴 테니깐. 기대하셔."

"야, 이거 겁나는데?"

일문이 히죽 웃으며 길안 어깨를 쓰다듬었다. 잠깐 사이를 뒀다가 일문이 말했다.

"아빠도 생각해 봤는데…… 대안학교도 많더라."

"나도 알아. 찾아봤어. 경남 산청에도 있고, 충남 금산, 전북 김제, 전북 무주, 경기 성남에 있는 학교들이 유명해. 이건 대충 찾아본 거고, 더 찾아 봐야지. 학교들 특징은 나중에 집에 가면 더 확실하게 알아볼 거야."

"그래? 진짜 너 단단히 마음먹었구나?"

"그럼 내 인생이 걸린 일인데 함부로 하겠어?"

"오. 마이 컸네. 아직 어린 줄 알았더니."

일문 입이 큼지막하게 벌어진다. 그때 "거, 그림 한번 좋네." 하면서 김인이 나타나는 바람에 모처럼 아빠와 아들의 단란한 자리는 끝나고 말았다.

아홉째 날, 길 밖에서 한나절

다리 밑에서

역시 일행보다 한 시간 일찍 일어난 민수가 모텔에서 닭죽을 준비했다. 어제 낮에 남긴 삼계탕 국물과 어제 저녁에 남긴 밥을 넣어 만드는 죽이다. 길안은 눈을 비비며 화장실을 가다가 그 모습을 봤다. 화장실은 여관 방문을 열면 나오는 좁은 현관에 붙어 있었다. 민수는 그 옹색한 현관에 쪼그리고 앉아 닭죽을 끓이고 있었다. 냄새가 구수하다.

"민수 형, 뭐해요?"

"응, 아침."

"아, 예."

휴대용 가스렌지 앞에 앉아 있던 민수가 엉덩이를 들어 옮겨 앉았다. 길안이 지나갈 수 있도록 몸을 비켜 줘야 할 만큼 현관은 좁다. 길안은 화장실로 들어가 시원하게 끙끙거리며 용변을 봤다. 대장 속에서 밀려 나올 건 다 밀려 나오고 마무리를 하려고 할 때쯤 현관에서 신경질적인 소리가 들렸다.

"아, 뭐하십니까? 여긴 콘도 아니에요. 콘도라도 그렇지. 이렇게 문 열어 놓고 음식 냄새를 피우면 됩니까? 당장 꺼 주세요."

길안은 눈을 동그랗게 떴다. 아마도 여관 직원인 모양이다. 길안은 서둘러 뒤처리를 하고 화장실을 나왔다. 민수보다 어려 보이는 청년이다. 청년은 옆구리에 양손을 척 올려붙이고 소리를 지르고 있다.

"민원이 계속 들어오잖아요. 새벽에 일어나서 이게 뭐하는 건지, 참. 손님들이 잠을 못 자잖아요. 밥은 식당에서 사 먹어야지, 왜 여관에서 참, 나."

민수는 "아이구, 미안합니다." 소리만 연발했다. 새끼들 주린 배 채워 주려 낟알갱이 물어 오다 주인에게 들켜 지게 작대기에 얻어맞는 어미 새 같다. 길안은 은근히 부아가 났다. 아, 죽 좀 끓여 먹으면 어때서 저렇게 빡빡하게 구나, 하는 생각도 들었다. 길안은 쩔쩔매는 민수도 안타까웠다.

"이봐요, 아저씨. 손님한테 이래도 됩니까?"

길안의 말투가 거칠게 나갔다.

"뭐?"

청년이 길안을 노려보는데 눈빛이 몹시 사납다. 민수가 재빨리 길안의 손을 잡으며 말했다.

"우리가 잘못한 거야. 이분 말씀이 맞아. 여긴 밥해 먹는 곳이 아니니까. 예, 예. 얼른 치울게요. 죄송합니다."

민수가 계속 머리를 조아리자 식식거리던 청년이 조금 누그러졌다. 그래도 마지막으로 한마디 더 남기고 갔다.

"또 냄새 피우면 당장 방 빼라고 할 겁니다. 아셨죠?"

길안은 복도로 나가 걸어가는 직원 뒤통수를 노려보았다. 두 팔로 감자를 한방 먹이려는데, 직원이 뒤를 돌아보았다. 길안은 들어 올리던 팔을 슬그머니 내렸다. 직원은 길안을 험상궂은 얼굴로 잠시 쏘아보다가 돌아섰다. 민수가 뒤에서 길안 어깨에 손을 얹었다.

"감자는 먹여서 뭐하냐. 잘못은 우리가 했는데. 어서 치우자, 좀 도와줘."

길안은 감탄했다. 이것저것 준비하느라 고생했는데 밥을 먹지도 못하고 다시 다 싸야 되니 얼마나 귀찮은 일인가. 그러나 민수는 직원을 원망하는 말도, 귀찮다는 표정도 없다.

탐사단은 할 수 없이 상진대교 다리 밑에서 아침을 먹었다. 닭죽을 끓일 장소로 민수가 선택한 곳이다. 탐사단 뒷수발을 위해 끊임없이 걷는 경로를 따라 오가는 민수는 주변 지리에 훤했다.

에어컨 바람처럼 시원하진 못하지만 다리 밑은 덥지는 않았다. 삼계탕 국물이 워낙 맛있어서 그런지 밥만 넣고 끓였는데도 훌륭했다. 두세 그릇씩 뚝딱했다.

"답답한 여관방보다 훨씬 낫군."

일문이 강과 산을 둘러보며 말했는데 다들 "맞다!"고 화답한다. 쫓아내 준 여관 직원이 고맙다고 할 판이다. 밥을 다 먹어갈 때쯤 구 선생이 말했다.

"어제 마지막 걸었던 구간은 도저히 걷는 길로 할 수 없겠어요."

어제 마지막 구간은 상진대교에서 단성면 소재지 구간이다. 마침 탐사단은 상진대교 밑에서 아침을 먹고 있었다. 단성면 소재지에서 숙소를 구하지 못해 다시 단양 읍내로 돌아와 잠을 잔 까닭이다.

"이대로라면 여기서 길이 끊어지는데 새 길을 뚫어야 합니다. 제가 어제 지도상으로 우안을 좀 살펴봤습니다."

'좀'이라고 하지만 구 선생은 새벽 한 시까지 우안으로 갈 수 있는 길을 샅샅이 조사했다. 길잡이 구 선생에겐 최신형 노트북이 있다.

"어제 보셨듯이 우안은 차량 통행이 뜸합니다. 오히려 자전거가 차량보다 많이 다닙니다. 다만 터널이 두 개 있는 게 단점입니다. 물론 터널을 지나지 않는 방법도 있습니다."

"터널을 안 지나는 방법?"

일문이 물었다. 일문뿐 아니라 다들 궁금한 표정이다.

"등산하는 방법이 있어요. 어제 패러글라이딩 하던 산 다들 보셨지요? 그 산을 넘는 겁니다. 제 생각엔 서너 시간 정도면 넘을 것 같습니다. 단양 읍내를 굽어보는 전망은 덤으로 따라오겠지요."

"그래도, 등산은. 체력 소모가 많을 텐데."

일문이 말했고 길안도 아빠 말이 마음에 꼭 들었다. 사실 길안은 아침에 발 상태를 보고 고민을 하고 있는 중이다. 밴드를 많이 붙이고 운동화를 신기는 했으나 속으로 악악 신음소리가 절로 났다. 발걸음을 옮길 때마다 발을 땅에 놓기 싫을 정도다. 그런데 등산이라니, 그것도 계획에 없는 서너 시간을 더 걸어야 한다니. 길안은 눈앞이 캄캄해질 지경이다.

"하하. 당연히 오늘 걷자는 건 아니고요. 차로 가 보자는 것이죠. 길이 있는지 탐사를 해 둬야 하니까요. 민수 씨, 차로 넘어갈 수 있죠?"

"예. 찻길이 있어요."

길안은 휴, 하고 한숨을 내쉬었다. 정말 다행이다. 등산을 하는 것으로 결정되었다면 길안은 바로 걷는 것을 포기했을지도 모른다. 일행은 짐을 수습해서 차에 싣고 이동했다. 차로 지나가는 길은 너무나 빨리빨리 줄었다. 순식간에 산 정상에 도착했다. 산 정상은 공사가 한창이다. 휴게소 건물도 짓고 있다. 공사가 완료되면 차량 통행이 많을 것은 불을 보듯 뻔했다. 그러나 좌안으로 걸을 수 없으므로 남한강 천리강길은 우안으로 연결할 수밖에 없다는 것이 일치된 의견이었다.

길 안에서 길 밖으로

아홉 시가 넘어서야 단성면 소재지 체육공원에 도착했다. 다리 밑에서 밥을 먹느라 화장실을 못 간 탐사단은 체육공원에 있는 화장실에 들렀다. 그러느라 또 30분이 흘러갔다. 길안은 가만히 있어도 발이 쑤셨다. 몇 걸음 걸어 봤는데 새끼발가락 상태가 심상치 않다. 아마도 차를 타고 이동하는 동안 몸이 긴장을 푼 것 같다. 길안의 발은 '걷지 마, 걷지 마.'하고 속삭였다. 길안의 달라진 몸짓을 맨 먼저 눈치 챈 사람은 역시 일문이다.

"왜? 많이 아파?"

일문이 길안에게 물었다.

"아우, 죽겠어. 운동화 닿는 곳이 너무 아파."

"어디 보자. 신발 벗어 봐."

길안이 운동화를 벗었다. 일문이 길안 운동화를 들고 앞부분에 손을 넣어 안을 넓히는 동작을 했다.

"딱딱하네. 운동화를 너무 잘 만들었어. 더는 안 늘어나겠다. 흠~ 어때 오늘은 쉬어 보는 게? 무리했다가 아주 못 걸으면 아쉽잖아. 한 이틀 쉬고 다시 걷자."

"······."

길안은 대답하지 않았다. 마음은 '알았어, 쉴게.' 하고 대답하라고 시키고 있지만 입이 열리지 않는다. 뭔가 한 조각 미련이 남아서 대답을 막고 있다. 길안이 대답을 하지 않자 곁에 있던 신명이 거든다.

"보니까, 오늘 오전이 가장 난코스다. 월악산 기슭을 걸어야 해. 긴 오르막과 긴 내리막이 반복되는 코스야. 탈난 발에는 가장 안 좋은 길이지. 길안아, 내 생각에도 쉬는 게 좋겠다. 이 코스는 황금마차로 이동하고 오후부터 다시 걸어도 괜찮겠는데, 어때?"

솔깃한 제안이다. 길안은 고개를 끄덕였다. 신명이 빙그레 웃었다. 그런데 김인이 옆에서 길안의 부아를 돋웠다.

"오케이. 그럼 오전엔 속도를 좀 내 봅시다! 한 시간에 6킬로미터, 어때요?"

"뭐에요? 그럼 제가 속도를 못 내게 했단 거에요? 그동안?"

길안이 툴툴거리자 김인이 얼른 수습했다.

"무슨, 무슨. 너 걷기 편하게 길을 줄여 놓자는 거지. 오르막과 내리막 구간을 다 지나려면 19킬로미터는 걸어야 되거든. 오전 중에 이 거리를 다 가자면 한 시간에 6킬로미터 이상 걸어야 된다는 계산이 나오잖아. 그래서 그런 거지. 유길안, 오해는 뚝!"

김인의 호들갑에 길안은 웃고 말았으나 찜찜함은 남았다. 가장 젊은 길안이 탐사단의 속도에 지장을 주고 있는 건 아닌가 하는.

구 선생, 일문, 김인, 신명. 네 사람은 운동화 끈을 조이고 길을 나섰다. 바람처럼 걸어가는 네 사람을 보면서 길안은 홀로 버려진 듯한 낙오자의 설움이 느껴졌다. 그런 길안의 어깨에 부드럽게 올라오는 손이 있다.

　"잘했어. 훌륭한 결정이야."

　민수가 부드러운 목소리로 길안을 위로한다.

　"원통해요. 끝까지 다 걷고 싶은데. 가장 어려운 구간을 피하는 꼴이잖아요. 속상해요."

　"글쎄. 난 다 걷는 것보다 오히려 큰 걸 얻을 것 같은데? 물러설 줄 안다는 건 쉽지 않거든. 어려운 일일수록 소득은 많은 법이야."

　"…… 그럴까요?"

　길안은 납득이 되진 않았지만 뭐, 받아들이기로 했다. 민수 말대로 된다면 나쁠 건 없으니까.

　길안은 운동화를 벗고 양말도 벗고 맨발에 샌들을 신었다. 해방된 발가락들이 춤을 추는 것 같다. 길안은 사공민수와 함께 황금마차를 타고 월악산 기슭을 달렸다. 걷는 네 사람을 금방 만났다. 속도가 엄청 빨랐다. 마치 경보를 하는 것 같다. 걷는 네 사람을 보자니 길안은 발가락이 찌릿찌릿했다. 마음은 좀 불편했으나 몸은 정말 세상없이 편했다. 걷는 사람들에게 손을 흔들어 주고 황금마차는 지나갔다.

　"앞에 가면서 쉴 곳, 점심 먹을 곳을 미리 찾아 놓자."

민수가 말했다. 그제서야 길안은 깨달았다. 참, 그렇지. 민수는 노는 사람이 아니지. 지원팀장이지, 하는. 오르막 끝에 장회나루 휴게소가 있다. 민수는 주차장에 차를 세운 뒤 "차 안에 있어. 걷지 말고." 길안에게 말하고 혼자 휴게소 식당으로 들어갔다.

다녀온 민수가 말했다.

"간식으로 김밥과 어묵을 먹으면 되겠다. 그럼 또 앞으로 가 보자."

다음에 도착한 곳은 옥순대교를 건너기 전에 있는 마을이었다. 이름도 재미있는 계란마을이다. 마을이 꽤 커서 할인 마트도 있다. 민수는 마트에 들어가 얼음, 냉커피와 음료수, 물을 사서 아이스박스에 채웠다. 민수가 물건을 사는 동안 길안은 화장실에 갔다. 화장실은 마트 뒷마당에 있어서 거리가 꽤 되었다. 한참 차에만 앉아 있어서 그런지 발이 엄청 아팠다. 걸을 때보다 더 아파서 길안은 절뚝이며 걸었다. 화장실이 천리만리는 되는 것 같다. 길안이 화장실을 다녀오는 동안 민수는 물건을 다 사 놓았다.

"자, 또 가 보자."

민수는 옥순대교를 건너갔다. 옥순대교를 건너자마자 작은 휴게소가 하나 있다. 라면과 우동을 파는 간이 휴게소다. 휴게소 마당과 옆 언덕에는 정자가 있다. 정자를 둘러보고 온 민수는 여기가 오후에 '한잠 잘 장소로 딱!' 이라고 했다. 그리고 서두르는 몸짓으로 말했다.

"이크, 빨리 가야겠다. 장회나루 휴게소에서 간식 먹기 전에 물을 한 번 공급해야지."

민수는 황금마차를 되돌렸다. 길안은 혀를 내두른다. 민수는 정말 바쁘게 움직이고 있었던 것. 걷는 동안 꼭 때가 되면 황금마차는 필요한 곳에 서 있었는데, 그게 민수의 엄청난 노력이 있었기에 가능했단 것을 알았다.

"형! 정말 바쁘네요. 대단해요."

"하하. 이건 지원의 기본이야. 걷는 사람들 고통에 비하면 아무것도 아니지. 걷는 사람에게 어떻게 해 주면 덜 힘들까, 그걸 생각하면 답은 금방 나오지."

길안은 감동한 눈으로 민수 옆얼굴을 바라보았다. 그런데 민수 얼굴에 재열이 겹쳐졌다. 며칠 동안 잊고 있었던 재열이! 재열이도 자주 그랬다. '니가 좋다면 그렇게 해.' 재열이가 그 말을 할 때면 좋기도 하면서 약간은 미안한 마음이 들기도 했다. 그런데 돌이켜 보면 길안은 재열이에게 그런 말을 해 본 적이 없다.

'그것 때문일까.'

길안은 민아를 생각했다. 외모 하나 빼고는 모든 방면에서 길안은 자기가 재열이보다 낫다고 생각했다. 그러나 민아가 재열이를 선택하면서 길안의 생각은 단 한방에 KO패를 당한 격투기 선수처럼 무너졌다. 그 한방이 도대체 뭘까, 길안은 궁금했는데 약간 알 것 같기도 했다.

'지금 다들 민수 형한테 반했잖아. 재열이 놈도 그랬던 거야.'

니가 좋다면 그렇게 해, 하고 환하게 웃는 재열이 놈 얼굴이 눈앞에 한가득 떠오른다.

'개자식!'

길안은 입속으로 웅얼거리면서 재열이 놈이 보고 싶다는 생각을 한다. 걷기가 끝나고 여주로 돌아가면 먼저 전화해 볼까? 하는 생각도 든다. 지금껏 길안이 먼저 연락한 적은 한 번도 없었다.

'옹졸한 놈.'

길안은 자신을 탓하며 씁쓸하게 웃었다. 길안은 운전에 열중한 민수 옆얼굴을 물끄러미 바라본다. 민수가 길안의 눈길을 느끼고 물었다.

"왜? 응?"

"아, 아뇨. 그냥…… 재열이랑 정말 많이 닮았어요, 형."

"허, 싱겁긴. 재열이 보고 싶니? 면회 좀 오라고 할까? 와서 같이 걸어도 좋겠다."

"아, 아뇨. 바, 바쁠걸요?"

길안은 두 손을 마구 저었다. 눈에 띄게 과장된 몸짓이다. 민수가 의아한 눈으로 길안을 바라보다가 말했다.

"좋은 친구네. 부럽다야."

"……."

길안은 할 말이 없었다.

오해

걷는 사람들은 날쌘돌이, 바람돌이였다. 그동안 속도를 내지 못한 한이라도 맺힌 것 같았다. 김인 말대로 정말 한 시간에 6킬로미터 이상씩 걸어 대고 있다.

월악산 자락은 국립공원 이름에 어울리게 산세도 웅장하고 탄성을 부르는 경치가 펼쳐진다. 높은 산이 첩첩 쌓이고 산과 산 사이 드넓은 골짜기엔 '내륙의 바다'라 불리는 청풍호가 자리 잡았다. 청풍호는 충주댐을 만들면서 생긴 내륙의 호수다. 걷는 길 곳곳에 '자드락길'이란 이정표가 보인다. 큰 산자락에 밭이나 집을 만들 수 있을 정도 기울기를 가진 곳을 자드락이라고 한다.

바람돌이로 변신한 탐사단은 장회나루에서도 간식을 먹자마자 일어났다.

"탄력 붙었을 때 많이 걸어 두죠."

구 선생이 말했고 일문, 김인, 신명도 군말 없이 따랐다. 길안은 그런 네 사람을 보면서 마음이 불편했다.

'뭐야. 오후에 나보고 걷지 말라는 건가?'

이런 생각마저 들었다. 그러나 아무도 길안의 그런 속마음을 알아주지 않는다. 길안의 속을 환하게 들여다보면서 어루만져 주던 신명도 길안의 존재는 아예 잊은 듯하다. 마치 걷기에 신바람이 난 사람들 같다. 오히려 신명은 이런 말까지 한다.

"지금 든든히 먹었으니 걷는 데까지 걸어 봅시다. 오전에 목표 지점이 어디지요?"

"계란교입니다."

"거기까진 얼마나 남았소?"

신명이 구 선생과 민수를 번갈아보았다. 민수가 대답했다.

"한 3킬로미터 될 겁니다."

"그래요? 그럼 오전 목표 지점을 좀 더 늘려 봅시다."

"네. 우선 계란교까지 가서 상황을 보죠."

구 선생이 대답했다.

그런데 걷는 일행은 옥순대교 건너 휴게소까지 내처 걸었다. 무려 오후 두 시까지 걸은 것이다. 물론 중간에 점심을 먹지 않았다. 졸지에 민수와 길안도 점심을 굶었다. 물론 배가 고프진 않았으나 길안은 마음이 고팠다. 민수와 함께 일행을 기다리면서 길안은 불편한 마음을 드러냈다.

"아니, 왜 저렇게 빨리 걷죠? 이따가 오후에 절 끼워 줄까요?"

민수도 고개를 갸우뚱했다.

"그러게 말이다. 오버 페이스를 할까 봐 걱정이다. 저렇게 빨리 안 걸어도 되는데. 이제 여기서 남은 거리는 9킬로미터도 안돼. 숙소까지."

숙소는 펜션인데, 이미 태평 가족이 그저께부터 묵고 있는 곳이다. 펜션까지 남은 거리가 9킬로미터라면 천천히 한 시간에 3킬로미터씩 걸어도 세 시간이면 된다.

"왜, 있잖아. 한 번 쏟아지기 시작한 폭포를 누가 멈추게 할 수 있겠니. 그런 거 아닐까?"

"그, 그게요. 뭔가 비유가 안 맞는 것 같은데요?"

"그런가?"

민수가 껄껄 웃었다.

오후 두 시, 작열하는 햇빛을 뚫고 네 사람이 시뻘건 옥순대교를 건너왔다. 옥순대교는 난간이 온통 붉은 페인트로 칠해져 있다. 옥순대교에서 바라보는 청풍호와 늘어선 산봉우리들은 감탄사가 부족할 정도 경치를 자랑한다. 그러나 바람돌이들은 그 경치를 볼 새도 없이 앞만 보며 걷는다. 김인과 일문은 얼굴이 벌겋게 달아올랐다. 구 선생도 많이 지쳐 보였는데 신명만 평온한 얼굴이다. 일흔을 앞둔 나이라고 보기 어려웠다.

"정말 놀랍습니다."

"신명 님 진면목을 오늘 봤습니다."

"숨소리 한번 흐트러지지 않으셨어요."

일문, 김인, 구 선생이 앞을 다퉈 찬양을 늘어놓았다.

"왜들 이러시오. 허허."

신명은 짧게 응답하고 말을 돌린다.

"여기서 한두 시간 푹 쉬고 이동합시다. 그럴 시간 되지요?"

신명이 자기를 바라보자 구 선생이 얼른 대답했다.

"되고말고요. 이제 남은 거리는 겨우 9킬로미터예요."

"그래요."

신명이 고개를 끄덕이고 나서 길안을 바라보았다.

"그래, 발은 좀 어때? 오후에 걸을 수 있겠어?"

"…… 네."

길안이 약간 떨떠름한 목소리로 대답했다. 신명이 입술을 살짝 벌리며 미소 지었다.

"이따간 천천히 걸읍시다. 길을 많이 줄였으니 산천도 구경하면서 완보로 갑시다. 길안이도 한나절 쉬었으니 갑자기 많이 걸으면 발이 놀라기도 할 테고."

"그러지요."

일문, 구 선생, 김인이 동시에 대답했다.

"그래서 빨리 걸은 거니까요. 아유, 저는 죽는 줄 알았습니다."

김인이 고개를 절래절래 흔들었다.

"만만치 않았습니다."

구 선생도 김인 말에 동조했고 일문은 그저 빙긋 웃었다. 일문은 아들인 길안을 위해 일행이 약간 무리를 하는 것이 걷는 내내 미안했던 것이다. 대화를 들으면서 길안은 감동했다. 그리고 동시에 부끄러웠다.

"고맙습니다."

길안은 진심으로 감사하고 싶었다.

"그래, 그래. 고마움을 알아야 쓰는 법이지."

신명이 길안의 등을 쓰다듬었다. 길안은 힘이 부쩍 나는 느낌이다. 운동화를 신어 보니 발도 덜 아픈 것 같다. 민수와 함께 기다리면서 불안했던 마음이 말끔히 사라졌다.

마이 아푸다

탐사단은 각각 바람이 지나가는 곳을 찾아 자리를 잡았다. 민수는 숙소와 저녁식사 식당을 알아보기 위해 떠났다. 일문이 길안 옆으로 돗자리를 가져와 깔고 앉았다.

"좀 나아졌어?"

일문이 길안 발을 살펴보며 물었다. 부드럽게 발을 만지는 아빠 손길이 따뜻하다, 고 길안은 생각한다.

"응. 걸을 수 있겠어."

"다행이다."

잠시 대화가 끊어졌다. 일문은 길안의 양쪽 발을 번갈아 가면서 어루만진다. 평소 같으면 아빠가 몸 만지는 것을 길안이 질색을 했겠지만, 지금은 그냥 두었다. 오히려 기분이 좋다. 길안은 흰색이 더 많은 일문의 머리를 보았다. '나 땜에 흰 머리카락이 또 늘어나겠군.' 하고 길안은 생각했다.

"아빠."

"응?"

"내가 고등학교 안 간다고 해서 섭섭하지?"

"짜식, 웬일이냐? 그런 말을 다하고?"

일문이 픽 웃으며 길안을 바라본다. 길안이 발을 여전히 잡은 채다. 길안이 슬며시 일문 손에서 발을 뺐다.

"뭐, 그렇지 않을까 하고. 죄송해요, 아빠. 하지만 난 진짜 영화를 찍고 싶어."

"……."

"아빠, 그거 알아? 고등학교 때부터 영화 찍은 감독이 많다는 거. 세계적으로 유명한 사람도 있어."

"누군데?"

"쿠엔틴 타란티노, 류승완, 또……."

"그래?"

일문이 좀 놀라는 표정을 지었다.

"그런 감독이 있다 치고, 도대체 어떻게 영화를 찍을 건데? 대학의 연극영화과 같은 데를 가야 하는 것 아니니?"

길안이 고개를 흔들었다.

"대학 안 가도 돼. 서울에 청소년 영화 동아리가 있어. 내가 좀 알아봤지. 거기서 해마다 한 편 이상씩은 영화를 찍을 수 있어."

"어라?"

일문이 눈을 둥그렇게 떴다. 일문으로선 생각조차 해 보지 못한 부분이다. 길안이 '고등학교 안 가.'를 괜히 해 보는 소리가 아니구나, 하는 마음이 들어 일문은 약간 긴장감마저 생겼다. 일문 얼굴을 가만히 살펴보던 길안이 배낭에서 수첩을 꺼냈다.

"아빠, 이거 함 봐 봐."

일문은 길안이 주는 수첩을 펴 보았다. 날짜와 장소, 그리고 몇 개씩 단어들이 적혀 있다.

"고맙다야, 수첩도 다 보여 주고. 근데 이건 뭘 적은 거야?"

"작가 수첩이야."

"응?"

"영화감독이 될 거니까. 앞으로 내가 영화 찍을 때 쓸 장면들이야. 마음에 드는 곳이 있을 때마다 적어 둔 거지. 그냥 맹하게 걷기만 하는 게 아니야, 아빠."

"이것 봐라? 유길안, 만만치 않은데?"

"히히. 아빠, 내가 누구야. 어릴 때부터 영재 소리 들었잖아. 그니까 너무 걱정하지 마셔."

"어쭈쭈. 너무 높이 날다가 떨어지면 마이 아푸다, 너."

"안 떨어지면 되지요."

"점점."

일문이 하하 웃었다. 아빠가 활짝 웃는 모습은 길안의 마음을 푸근하게 만들어 줬다. 길안은 문득 아빠 손을 잡을 뻔했다. 길안이 잡을 뻔했던 그 손으로 일문이 길안 어깨를 쓰다듬었다.

"아빠도 눈 좀 부쳐야겠다. 나중에 또 이야기하자."

일문이 돗자리 위에 누웠다. 눈을 감더니 조금 뒤에 드렁드렁 코를 곤다. 길안도 누워서 눈을 감았으나 잠은 오지 않았다.

청풍이냐 충주냐

오후 네 시, 길안이 합류해서 탐사단은 다시 다섯 명이 되었다. 편안하게 쉬었던 길안의 발은 이상하게도 아침보다 더 아팠다. 길안은 이를 악물었다. 운동화를 벗어던지고 싶은 유혹을 간신히 억눌렀다.

'여기서 지면 안 된다.'

길안이 속으로 신음을 삼키며 몇 발자국 움직여 걸을 준비를 하는데 일문이 다가왔다. 일문은 안쓰러운 표정으로 길안의 얼굴을 살폈다.

"엄청 아픈 모양이네? 걸을 수 있겠어?"

"으, 응."

길안은 고개를 끄덕였다. 발을 옮기는데 새끼발가락 쪽에서 시작된 통증이 칼로 찌르는 것 같다. 재빨리 엄지 쪽으로 체중을 옮기는데 그 쪽도 저릿하다. 길안은 한 번 참고 발을 더 옮겨 왔다 갔다 했다. 발가락에 서서히 열이 오른다. 아픔이 살짝 둔해진다.

'좋아. 참으면 나아지겠다.'

길안은 두 번 참고 세 번 참으며 발을 움직여 풀었다. 점점 갈수록 통증이 줄고 기분이 한결 나아진다. 길안의 움직임을 가만히 지켜보던 신명이 고개를 끄덕였다.

앞장을 선 구 선생이 천천히 걸었다. 그런데도 맨 뒤에 선 신명이 소리쳤다.

"조금 더 천천히. 뒷사람은 아직 걸음이 빠르다오."

길안은 신명 목소리가 달콤하기 그지없다. 길안은 신명을 돌아보며 고개를 꾸벅했다. 신명은 알았다는 표시로 빙그레 웃는다.

천천히 걸으면서 경치나 감상하자던 신명의 말은 이루어지기 어려웠다. 경치 감상을 강력하게 저지하는 방해꾼이 나타났기 때문이다. 바로 날파리였다. 눈앞에서 앵앵거리며 무수하게 달려드는 녀석들을 쫓느라 경치고 뭐고 볼 틈이 없다.

"여울이 없어 그래요. 알이나 유충을 쓸어 갈 여울이 없으니 엄청나게 번식하는 거죠."

김인이 주장했다. 정말 엄청난 숫자다. 쫓아도 쫓아도 순식간에 까맣게 달려든다. 모자와 옷은 검게 물들었다. 말을 하면 입에도 날아든다. 숨을 들이마시다 콧구멍으로도 들어올 판이었다.

"안되겠어요. 무슨 방법을 내야지."

김인이 또 머리를 썼다. 탁월한 호기심과 창의적 재능으로 똘똘 뭉친 김인이 그냥 넘어갈 리가 없다. 김인은 쑥과 야관문을 뜯어 모자 밑에 달았다.

"그건 무슨 패션인가?"

일문이 농담을 섞어 물었다.

"날파리들이 쑥과 야관문 냄새를 싫어해서 도망갈 겁니다."

김인이 자신만만하게 말했다.

"또 발동기가 되는 건 아니고?"

일문이 빙글빙글 웃었다. 비 오는 동강길에서 신발을 감싼 비닐이 물을 퍼 올리는 바람에 신발 속이 푹 젖었던, 김인에겐 뼈아팠던 실패 경험이 바로 비닐 발동기 사건이다.

"아이고, 형님. 이번엔 다릅니다. 곧 따라 하시게 될 거예요."

그러나 김인의 기대는 여지없이 무너졌다. 날파리들은 쑥과 야관문을 아주 좋아하는 모양이었다. 날파리들은 김인에게 더 많이 달려들었던 것이다.

"좀 더 달지? 김 의원한테 가느라 우리한테 덜 올 테니. 얼마나 거룩한 희생인가."

일문이 놀렸다. 김인은 짐짓 일문이 놀리는 걸 모른 체 하고 혼잣말을 했다.

"어, 이것 참. 어떻게 하면 되지?"

그러면서 쑥과 야관문을 빼서 집어 던졌다. 신명이 말했다.

"뭐, 어쩌겠소. 견뎌야지. 물을 저렇게 가둔 것도 우리고 이렇게 시달리는 것도 우리니 공평한 것 아니겠소."

도로 포장을 하려고 다져 놓은 흙길은 넓었다. 길이 넓어 셋씩 둘씩 나란히 걸었다. 넓은 호수가 된 강을 따라 가는 길은 차가 별로 다니지 않았다. 신명 말에 이의를 다는 사람은 없었다. 잠시 침묵하며 걷다가 일문이 말했다.

"저 호수 이름이 뭘까요?"

"충주호잖아요."

김인이 대뜸 대답했는데

"청풍호라고 써 있는데?"

구 선생이 한 표지판을 가리키며 말했다. 무슨 카페 안내인 모양인데, '그림 같은 청풍호반의 아늑한 쉼터'라고 써 있다. 김인이 말했다.

"하하하. 충주호도 되고 청풍호도 됩니다. 충주호가 정식 행정 명칭이지만 제천시[7]에선 청풍호라고 부른답니다. 왜 그런 줄 아세요?"

"그 참 궁금하군."

일문이 추임새를 넣었다. 추임새에 흥이 난 김인이 목소리를 돋워 말했다.

"그게 말이죠. 충주댐이 만들어지면서 청풍면이 몽땅 수몰이 됐거든요. 청풍은 제천시에 들어가니까 제천시에선 청풍호라고 불러야 된다고 주장하는 거지요. 충주시[8]에선 충주댐인데 왜 청풍

---

7) 제천시 : 충청북도 북동부에 있다. 인구는 약 136,000명이다(2016년). 강원, 충북, 경북이 경계를 맞대고 있다. 가장 오래된 저수지 중 하나인 의림지와 국립공원 월악산이 유명하고 해마다 여름에 제천국제음악영화제를 연다. 중앙선과 태백선이 통과하는 한반도 동부의 철도 교통 중심지다. 대한제국 말기에는 항일 의병의 중심지였다. 의병장들의 묘와 전적지가 많고 해마다 제천의병제를 지낸다. 제천시 청풍면은 충주댐을 건설하면서 거의 대부분 수몰되었다.

호냐 충주호지, 헷갈려서 안 된다. 충주호가 맞다. 이렇게 주장하는 거고요. 그런데 재미있는 거는요, 단양군이에요. 단양군은 단양의 중심부인 단양읍이 홀랑 잠겼거든요. 그런데도 단양 사람들이 뭐라고 하는지 아세요?"

"그거 진짜 궁금하네!"

일문이 응답했는데 정말 궁금해하는 표정이다.

"아, 냅둬유 청풍호면 워뗳구 충주호면 웝때유. 이런답니다."

"야, 단양 사람들이 아주 난 사람들이군. 대인배네, 대인배."

일문이 감탄하자 김인이 글쎄요, 하는 표정으로 말을 이었다.

"단양 사람들 뒷말이 있어요. 이름이 뭔 상관이래유. 우리는 관광객만 많이 오면 되어유. 그러자면 충주호가 좀 낫지 않것슈? 청풍 골짜기를 사람들이 알것슈?"

"아하…… 고런 뒷말이 붙었고만. 고건 쪼끔 격이 떨어진다. 아까비."

일문이 안타까워했다.

"이름 놓고 싸움을 벌이는 지역이 한둘이 아니랍니다."

---

8) 충주시 : 충청북도 북동부에 있다. 인구는 207,000명이다(2016년). 충청도 이름이 충주와 청주의 첫 글자를 땄을 정도로 큰 도시였다. 충주는 원래 충청북도의 도청 소재지였으나 현재는 도청이 청주로 이전했다. 충주는 우륵이 가야금을 탔다는 탄금대가 유명하다. 해마다 우륵문화제가 열린다. 또한 한반도의 정중앙에 세워졌다는 중앙탑이 있어 충주인들의 자존감을 높인다. 충주는 사과 산지로 이름이 높고 충주천에서는 조정 경기가 자주 열린다. 충주댐은 우리나라에서 가장 큰 다목적댐이기도 하다.

구 선생도 한마디 보탰다. 그러자 신명도 입을 열었다.

"이름은 규정성이 강하다오. 이름을 잘못 붙이면 여러모로 구차해집니다. 차라리 이름이 없으니만 못한 경우도 많지요. 그렇다고 이름이 없으면 소통이 안 되기도 하니, 이름이란 필요악인 셈이오. 하지만 이름에 너무 의미를 많이 둘 필요는 없다고 봐요. 그런 면에선 단양 사람들이 매우 지혜로운 것이오. 내 생각엔 단양 사람들 뒷말도 격이 떨어진다기보다는 매우 순수하고 자연스러운 마음이라고 봐요. 내가 소망하는 바를 드러내는 걸 의뭉스럽게 숨기는 것보단 훨씬 정직한 일 아니겠소? 세상엔 위선이 너무 많으니까 말이오."

일행 중에 한마디도 말을 못 한 사람은 길안이다. 길안은 좀처럼 대화에 끼어들 틈을 잡지 못했다. 어른들과 다니는 여행길은 강제로 반벙어리가 되는 일이기도 하다. 길안은 수다스럽지는 않지만 하고 싶은 말을 참는 성격은 아니다. 그런데 열흘 동안 자주 할 말을 찾지 못하거나 강제로 참다 보니, 생각을 해 보는 시간이 많아졌다. 미처 말을 못 하고 생각을 굴리다 보면 '말 안 하기를 잘했네.'라고 여겨지는 경우도 많았다.

수수께끼

숙소에 도착했을 때 태평이 반갑게 달려 나왔다. 나흘을 쉬었더니 달리기도 가능하다고 태평은 너스레를 떤다. 탐사단은 느티나무 밑에 놓인 평상에 앉았다. 잔디가 잘 가꿔진 마당은 보기 좋았다. 일행은 배낭을 벗어 놓고 운동화도 벗었다. 태평이 말했다.

"민수 저 사람, 참 희한한 사람이에요."

태평이 가리키는 손을 따라가 보니 민수는 소나무에 올라가 앉아 있다.

"응? 저기서 뭐해요?"

다들 눈을 둥그렇게 뜨자 태평이 말했다.

"소나무에 전등이 달렸죠? 불이 안 들어온다고 해서 고치러 올라간 거죠. 밑에 서 있는 아주머니가 펜션 주인이에요."

비쩍 마르고 키가 훌쩍 큰 중년 여인이 민수를 올려다보고 있다. 손에는 니퍼인지 펜치인지 도구를 하나 들고 있다.

"민수 씨 참 바쁘군. 이젠 펜션 지원까지 하네."

구 선생이 피식 웃으며 말했고

"아까 태평 씨 뭐라고 했죠? 민수 씨가 희한한 사람이라고 했던가요?"

김인이 태평에게 물었다. 태평이 말했다.

"뭐냐면요. 우리 천리강길 탐사단 숙소로 별채를 통으로 빌렸는데, 15만 원에 했어요."

태평이 펜션 본채 옆에 따로 세워진 별채를 가리켰다.

"큰 방이 두 개에다가 거실은 운동장이에요. 화장실도 두 개고요. 저는 방 하나를 10만 원에 빌렸거든요. 어제요. 내가 빌린 방

값으로 따지면 저 별채는 30만 원도 넘어야 정상인데 어떻게 15만 원에 빌렸냐 이거에요. 내가 저 주인 아줌마한테 따지려다 말았어요. 대신 민수 씨한테 물어봤죠. 어떻게 그 값으로 빌렸냐고요."

"그랬더니?"

다들 궁금했다. 정말 태평의 말에 따르자면 불공평하기 짝이 없는 가격이기 때문이다. 다들 태평의 말을 기다렸다. 그런데 태평 말은 일행의 김을 팍 새게 만들었다.

"대답을 안 해요. 그냥 씩 웃기만 한다니까요."

"대답을 안 해?"

일문이 되새김했다.

"예. 대표님이 한번 물어 보세요. 실실 웃기만 한다니까요."

"그새 저 아줌마랑 친해졌나? 저 등 고쳐 주는 것 좀 봐."

김인이 소나무에 올라앉은 민수를 바라보며 말했다. 그때다. 민수가 화들짝 놀라면서 "어억!" 소리를 질렀다. 평상에 앉았던 일행도 벌떡 일어났다. 민수는 균형을 잃고 휘청거렸으나 다행히 나무에서 떨어지진 않았다. 민수는 잠깐 숨을 고르고 나서 사다리를 타고 내려왔다. 김인과 태평이 빠른 걸음으로 민수에게 달려갔다. 민수가 일행에게 다가와 말했다.

"전기가 새요. 아유, 찌릿해. 전문가가 와야지 제 힘으론 안 되겠어요."

"미안합니다. 내일 전파사 사람 부를게요."

주인 아주머니가 미안해했다.

탐사단은 한숨 돌리고 방으로 들어갔다. 태평 말대로 숙소는 훌륭했다. 지금까지 묵은 곳 가운데 최고다. 거실만 운동장인 것이 아니라 주방도 소운동장쯤 된다. 화장실도 두 개여서 씻기 편하다. 걷기도 일찍 끝난 날이어서 쉴 시간도 많았다. 시원하게 씻고 몸이 풀린 상태에서 거실에 모여 앉아 민수에 대한 취조에 들어갔다. 맨 먼저 일문이 물었다.

"이제 털어놓지요? 그 뛰어난 협상력의 비결이 뭔지?"

"무슨 말씀이신가요?"

민수는 짐짓 모른 체 했다.

"왜 이러서? 이렇게 좋은 독채를 어떻게 15만 원에 빌렸냐, 이거죠."

"아, 예……"

민수가 말을 줄였다.

"태평 씨는 달랑 방 하나를 10만 원 줬다는데?"

"아, 어제 이 별채를 누가 쓴 사람이 있었더군요. 당연히 태평 형은 이 별채를 빌릴 수가 없었지요."

"그건 관계없는 말인데? 민수 씨 속 시원하게 털어나 봐요."

김인이 합세한다.

"글쎄, 그게…… 뭐, 예산이 빠듯하니 좀 아껴야 되고."

민수는 살짝 미소를 지으며 말을 더 잇지 않는다. 일문과 김인

뿐 아니라 둘러앉은 일행들 모두 의아한 얼굴을 했다. 말을 못할 이유가 도대체 뭐란 말인가? 하는 표정들이다. 민수가 계속 대답을 하질 않으니 더 묻기도 어려웠다. 잠시 어색한 침묵이 흘렀다. 미진한 구석이 남은 상태에서 말머리를 다른 데로 돌리기도 쉽지 않다. 침묵을 깬 건 뜻밖에도 길안이었다.

"딱 한 가지가 아니라 이거에요. 그러니까 말할 수가 없는 거라고요."

"…… 무슨 말이냐? 길안아."

김인이 길안에게 물었다.

"여러 가지라고요. 이유가요. 15만 원에 빌린 방법요."

"그래? 맞아요? 민수 씨?"

김인이 길안에게서 눈을 돌려 민수를 바라보았다. 민수는 길안을 보면서 오묘한 미소를 지었다.

"길안이 말이 맞아요. 여러 가지에요. 그래서 딱히 이거다 하고 대답할 수 없어요."

민수가 대답했다. 길안은 민수가 자기에게 동조를 하고 나오자 얼떨떨했다. 길안은 문득 떠오른 생각을 말했을 뿐이었던 것이다. 아빠와 엄마가 왜, 고등학교를 안 가려 하느냐고 물었을 때 딱 이거다 하고 대답하기가 어려웠던 생각. 물론 결정을 하게 한 결정적인 이유도 있었지만 오로지 그것만은 아니고, 잡다한 것들이 뒤얽혀 있는데 뭐라 딱 부러지게 말한단 말인가. 민수도 아마 그럴 것이라고 그냥 넘겨짚어 본 것이었다.

"오! 대단한데, 유길안. 유 대표, 길안이 잘 키워 봐요. 저 정도로 사람 심리를 꿰뚫어보기가 어디 쉽겠소?"

신명이 길안을 칭찬하고 나온다.

"허허, 신명 님도. 소가 뒷걸음질치다 쥐 밟은 거죠."

"아니에요, 아니에요. 나도 길안이와 비슷하게 생각하고 있었소. 우리 지원팀장이 아마 말 못할 무슨 속사정이 있지 않겠소? 어쨌거나 숙박비를 아끼면서도 이런 좋은 숙소를 마련했으니 얼마나 고마운 일이오. 민수 씨, 고마워요."

신명이 민수를 보며 활짝 웃었다. 민수가 신명에게 고개를 까딱해 보였다. 그렇게 민수가 숙소를 아주 싼값에 얻은 얘기는 수수께끼로 남았다. 그 뒤로도 민수는 좋은 숙소를 계속 싼값에 얻는 신기를 보였다. 그러나 끝내 그 협상력의 비밀은 공개하지 않았다.

빨래

더운 여름에 길을 걷자니 빨래를 날마다 해야 한다. 옷이며 양말이며 손수건이며 몸에 걸친 모든 것은 하루를 걷고 나면 땀에 찌들었다. 사흘째부터인가 일행은 누구나 몸에 걸친 것은 딱 세 개였다. 팬티 한 장, 냉장고바지 하나, 천리강길 로고가 찍힌 티셔츠 하나. 거기에 양말이 한 개나 두 개, 손수건 하나. 이것들은 날마다 빨아야 했다. 냉장고바지와 나일론 소재 티셔츠는 빨아서 밤새 널어놓으면 아침에 입을 수 있다.

그래서 숙소에 도착하면 민수가 맨 먼저 하는 일은 빨랫줄을 매는 일이었다. 대부분 숙소는 세탁기와 빨래대가 없다. 화장실에서 샤워를 하고 자기 옷을 빨아서 나와야 한다. 그리고 민수가 매 놓은 빨랫줄에 널면 되었다. 습관처럼 하는 일이지만 꽤나 귀찮은 일임에 틀림없다. 길안도 샤워하고 나서 옷을 빨다 보면 도로 땀이 나서 찝찝했다. 그런 만큼 어쩌다 숙소에 세탁기라도 있으면 다들 환호성을 지른다.

오늘 잡은 멋진 펜션에는 당연히 세탁기도 있다. 접이식 빨래대도 있다. 탐사단은 환호성을 질렀지만 일이 더 생긴 건 결국 민수였다. 사람들이 벗어 놓은 옷가지를 세탁기에 가져다 넣고 꺼내서 너는 일은 민수 차지였기 때문이다.

한밤중이다. 시각은 얼마나 되었는지 모른다. 길안은 오줌이 마려워 일어났다. 화장실을 가는데 거실 베란다 쪽에서 움직이는 사람이 있다. 민수다.

"형? 뭐 해요?"

"어? 왜 일어났어? 오줌 누게?"

"예. 근데 뭐 해요?"

"아, 비가 와서. 빨래가 다 젖어 버렸어. 그래서 다시 세탁기를 돌렸지."

빨래대를 긴 처마 아래 데크에 세워 놓았던 것이다. 처마가 길었지만 비가 들이쳐서 빨래가 젖어 버린 것이다.

"비가 와요?"

그제서야 길안은 바깥을 내다보았다. 베란다 창문을 열자 빗소리가 쏴아쏴아 들린다.

"비가 꽤 많이 오네요? 그것도 몰랐네."

"피곤하니까. 세상 모르고 골아떨어지지. 근데 오줌 안 눠?"

"아, 맞아. 오줌."

길안은 재빨리 화장실로 달려갔다. 잠깐 잊고 있던 오줌이 아우성치며 쏟아진다. 화장실을 나와서 길안은 다시 민수에게로 갔다. 민수를 도와 빨래를 널 생각이었다. 길안이 바지를 하나 들어서 너는데 민수가 말했다.

"다 했어. 가서 자. 낼 또 걸어야 되는데."

"형은, 아이고, 잠도 못 자고 고생하네요."

"나야, 뭐 낮에 차에서 잠깐 자도 되고."

"차에서 잠을 자요? 그럴 새가 없던데. 엄청 바쁘잖아요."

"하하. 그럼 안 자면 되지 뭐."

"그런가요? 히."

길안도 같이 웃었다.

빨래를 다 널었다. 한밤중에 일어나 남의 속옷이며 옷가지를 만지는 기분은 묘했다. 다들 자는데 그들의 옷을 널어 주는 일은 기분이 괜찮은 일이었다. 그러나 길안은 안 해도 그만인 일이니까 그럴 거라는 생각이 들었다. 민수처럼 자기가 의무적으로 해야 하는 일이라면 괜찮은 기분이 들지는 않을 것 같다. 하지만 민수는 하기 싫은 일을 억지로 하는 표정이 전혀 아니다. 길안은 민수가 참 괜찮은 형이라는 생각이 저절로 든다.

'언젠가 한번 물어봐야지.'

길안은 방에 들어와 자리에 누우며 생각했다. 민수라면 좋은 충고를 들려줄 것도 같다. 길안은 고등학교 진학 문제, 민아와 재열이와의 일 등을 물어보고 싶다. 민수는 뭐라고 말해 줄지 궁금하다. 언제 물어보지? 하고 생각하다가 길안은 잠 속으로 빠져 들었다.

열째 날, 모든 삶은 슬픔으로 가득하다

복숭아마을 처녀

드디어 태평이 합류했다. 물집이 많이 생기기로 엇비슷했던 길안이 누구보다 열렬하게 축하했다.

"태평 삼촌! 축하해요. 이제 완전체가 되었어요."

"그래, 맞다! 합체."

김인이 손을 쭉 뻗으며 외쳤다. 태평이 재빨리 오른손을 뻗어 부딪치며 호응했다. 하지만 신발을 신던 태평이 얼굴을 찡그렸다. 길안이 그 표정을 놓치지 않았다.

"아파요? 아직도?"

"으응, 희한하네. 쉬는 동안 샌들만 신어 그런가?"

태평이 고개를 갸웃했다. 신발을 다 신고 몇 걸음 걸어 보던 태평의 걸음이 심상치 않다. 기우뚱, 기우뚱. 그 모습을 보고 구 선생이 말했다.

"태평 씨, 하루쯤 더 쉬는 게 어때요?"

"아, 아닙니다. 걸을 수 있습니다."

태평이 허리를 쭉 펴고 당당하게 걸어 보이며 말했다. 다들 웃었다.

어젯밤 위문을 와서 함께 걷기로 한 사람이 둘 더 있어서 일행이 많다. 두 사람은 여주시 문화관광과의 공무원이다. 이번 천리 강길 걷기를 적극적으로 후원해 준 사람들이다.

여덟 명이 한 줄로 늘어서자 꽤 길어 보였다. 숙소를 나서 걷는 길은 아스팔트 포장이 된 차도이기는 하지만 통행 차량이 거의 없다. 시골 작은 마을과 마을만 잇는 길이어서 그렇다고 김인이 진단했는데 그럴듯한 추론이라고 다들 동의했다.

처음 만난 마을은 '복숭아마을'이다. 복숭아나무가 많기는 했으나 계절이 여름이라 복사꽃은 없다. 대신 온갖 여름 꽃이 집과 집 사이, 골목과 골목에 가득하다. 그야말로 '울긋불긋 꽃 대궐'이라 할 만했다. 이 꽃 마을인 도화리 고갯마루에 마을 자랑비가 서 있다. 큰 나무가 많아 시원한 그늘이 있는 곳이다. 일행은 잠시 쉬기로 했다. 길안은 신명과 나란히 서서 마을 자랑비에 새겨진 글귀를 읽어 보았다. 3미터가 넘는 거대한 자연석에 빼곡하게 글이 쓰여 있다. 글을 읽어 가다 길안은 의문이 생겼다.

"어? 명성황후는 여주에서 태어난 거 아닌가요?"

"맞지. 명성황후는 여주지. 비석을 잘 봐. 명성왕후잖아."

신명이 '왕후'를 힘주어 발음했다.

"아, 왕후……."

"그래. 여주 분은 황후고. 여기 명성왕후는 조선 18대 임금 현종의 왕비라고 되어 있네. 청풍 김씨였군."

신명이 하는 말은 비석에 다 쓰여 있다. 돌 비석이 크니 쓸 공간이 많다. 왕후가 된 청풍 김씨의 처녀 때 이야기도 비석에 쓰여 있다. 조선 후기에 이름난 암행어사 박문수와 얽힌 이야기였다.

박문수가 현종의 왕비감을 찾아 돌아다니다 청풍현까지 왔다. 밤이 늦어 어느 집에 묵게 되었다. 저녁상이 나왔는데 상 한쪽에 뉘가 세 개 놓여 있었다. 뉘는 겉껍질인 등겨를 벗기지 않은 벼 알갱이를 말한다. 박문수는 뉘를 보며 이게 뭔가? 하고 생각하다가 무릎을 쳤다.

'옳지! 뉘가 세 개니, 뉘세요? 라는 물음이렷다! 이거 재미있구나.'

박문수는 혼자 웃었다. 그리고 반찬으로 나온 생선을 맛나게 먹은 뒤 긴 가시를 네 토막으로 잘라 뉘 옆에 놓고 상을 물렸다. 뉘를 놓은 사람이 과연 알아맞힐 수 있을지 궁금해 하며 기다렸다.

뉘를 놓은 사람은 이 집 딸이었다. 얼굴 곱고 총명하기로 근동에 이름이 높은 처녀였다. 처녀는 생선가시를 보고 대번에 그 뜻을 알았다. 처녀가 아버지에게 이렇게 말한 것이다.

"아버님, 사랑방에 계신 손님은 어사입니다."

"네가 그것을 어떻게 아느냐?"

"이야기를 나눠 보시지요. 틀림없을 겁니다."

아버지가 손님을 만나 얘기해 보니 어사가 맞았다. 딸이 손님의 정체를 알더라는 말을 듣고 박문수는 처녀가 문제를 풀었음을 알았다. 생선은 한자로 어(魚)이고 가시가 네 토막이니 사(四)이다. 암행어사의 어사(御使)는 한자는 다르지만 발음은 똑 같이 어사가 아닌가. 처녀의 현명함에 탄복한 박문수가 대궐에 천거하여 왕비가 되었다는 이야기다.

"호오! 재미있는 전설이로군."

신명이 돌 비석 앞에 서서 고개를 끄덕였다.

"이거 완전 뺑인데요."

비석을 같이 보고 섰던 일문이 말했다.

"뺑이라니요?"

신명이 물었고 다른 일행도 모두 일문을 바라보았다. 일문이 말했다.

"박문수는 명성왕후가 죽은 뒤에 태어났어요. 그런데 명성왕후가 처녀 때에 만나다니요. 더구나 명성왕후는 서울에서 태어나 서울에서 죽었어요. 어떻게 여기 청풍현에서 만납니까. 이 전설에서 맞는 사실은 딱 하나네요. 명성왕후가 청풍 김씨라는 거."

"그래요? 와, 이런……."

다들 놀란 눈으로 돌 비석을 바라보았다.

"이래도 되나? 이렇게 완전히 없는 사실을 조작해도 되는 건가요?"

김인이 고개를 갸웃거리자 구 선생이 말했다.

"안 될 건 없지. 청풍 김씨라는 사실이 하나는 있으니까. 어차피 이야기란 허구 아닌가. 상상으로 꾸며 내면 뭔들 못하겠어. 나는 괜찮다고 보네."

일문이 고개를 흔들었다.

"상상도 상상 나름이지. 역사를 왜곡하는 것은 정당한 상상이라고 볼 수 없지. 더구나 이 전설은 사사로운 이기심에서 나왔다는 혐의가 짙어. 내가 알기론 명성왕후의 인품도 그리 좋지는 않았다네. 머리는 총명했지만 성격이 급하고 대범하지 못했다고 하더군. 투기도 몹시 심해 현종이 끝끝내 후궁 하나 두지 못했다고도 하고."

"그런가요? 그렇더라도 전설을 만드는 거야 뭐 큰 문제라고 보이진 않는데요."

구 선생이 그 말을 끝으로 자리를 옮겼다. 나무 그늘 밑에 들어간 것이다. 졸지에 대화 상대를 잃어버린 일문이 신명에게 말했다.

"신명 님은 어떻게 보시나요? 명확한 사실 조작 아닙니까?"

"하하하. 유 대표는 청풍 김씨에게 뭐 맺힌 거라도 있소? 자기 조상을 미화하는 일이야 늘 있어 왔던 일이지요. 허허, 거, 시기를 못 맞춘 건 흠이라 할 수 있겠지만 애교로 봐줄 만하다는 것이 내 생각이오."

"…… 그렇습니까?"

일문이 약간 멋쩍은 얼굴을 했다. 대화는 거기서 끝났다. 다들 나무 그늘 밑에 돗자리를 펴고 앉아 물을 마시거나 간식을 먹거나 했다. 길안은 아빠 의견에 동조하고 싶은 마음도 있으나 한편으론 좀 안타깝기도 했다. 이야기와 사실을 굳이 하나로 꿰려드는 일문의 태도가 답답하게 여겨진 까닭이다.

바람언덕에서 신발을 찢다

시원하던 바람에 열기가 묻어오기 시작한다. 역시 여름이다. 그늘을 걸어도 땀이 흐른다. 땀을 잘 안 흘리는 길안도 목덜미가 찐득거린다. 그래도 가끔 나타나는 바람길이 있어 견딜 만했다. 찌는 듯 덥다가도 한 굽이를 돌아서면 바람이 씽씽 부는 곳이 있다. 그곳이 바로 바람길이다. 바람길을 만나면 숨이 저절로 쉬어지고 온몸이 시원해진다.

도화리를 지나며 오르막이 죽 이어지다가 어느 굽이를 돌아선 순간 바람언덕이 나타났다.

"와~ 좋다!"

앞장 선 구 선생이 양팔을 쫙 펴며 소리쳤다. 두 겨드랑이 옷깃이 펄럭인다. 뒤이어 가는 사람들 입에서도 하나같이 탄성이 터져 나왔다. 티셔츠와 바지가 펄렁이는 것만 봐도 바람의 세기를 알 수 있다. 길안도 바람언덕에 올라서며 두 팔을 벌렸다.

"와아~~."

길안은 확 달려드는 바람이 반갑기 그지없다. 일행은 찻길에서 조금 떨어진 넓은 공터에 자리를 잡았다. 청풍호와 청풍대교가 한눈에 들어온다. 드넓게 펼쳐진 강과 산을 바라보니 눈맛이 상쾌하다.

"죽으라는 법은 없지. 여름에 걷는 건 이 맛이 일품이에요."

일문이 걷기에 동참한 문화관광과 과장에게 말했다. 과장도 두 팔을 벌리고 서서 바람을 한껏 맞고 나더니 말했다.

"정말 좋군요. 노래가 속에서 막 치밀어 오르네요."

하더니 정말 노래를 부르기 시작했다.

"나 혼자 걷는 길은 힘들지만 너와 함께 걷는 길은 즐거웁다네~"

슬쩍슬쩍 몸을 틀어 가며 아주 구성지게 노래를 부른다. 사람들 흥을 돋우기에 충분한 솜씨였다.

다들 그렇게 즐거워하는데 홀로 심각한 사람이 있다. 바로 태평이다. 태평은 돗자리를 펴고 앉자마자 운동화를 벗어 들고 안팎을 꼼꼼하게 살펴본다. 길안이 태평의 동작을 발견하고 물었다.

"뭐해요? 태평 삼촌."

"응. 야, 이 운동화 잘 만들었네. 이 정도 걸었으면 말이야 좀 늘어나야 되는데, 늘어날 생각을 안 하네."

태평이 운동화 앞부분을 만지며 대답했다.

"아마 이 속에 단단한 심이 박힌 모양이야. 철심은 아닌 것 같고."

"왜요? 발이 계속 아파요?"

"응. 만만치 않아."

태평 얼굴이 어둡다. 농담도 잘하고 늘 쾌활한 태평이다. 그런데도 일행이 노래를 부르며 다들 즐거워하는데 운동화만 들여다보고 있는 심정이 오죽하겠는가. 길안도 걱정이 되었다. 혹시나 태평이 아주 못 걷고 낙오가 되면 얼마나 쓸쓸할까.

"다른 운동화 없어요?"

"마찬가지야. 그나마 이 운동화가 가볍고 좋아."

태평이 들고 있는 운동화는 탐사단이 단체로 산 신발이다. 여러 상표 운동화를 꼼꼼히 따져보고 준비했다. 다른 일행도 다 그 운동화를 신고 있다. 김인만 자신이 갖고 온 운동화와 번갈아 가며 신는다.

"어쩌죠?"

길안이 걱정스럽게 묻는데 곁에서 지켜보던 김인이 툭 말했다.

"어쩌긴. 찢어 버려야지."

"찢어요? 뭘요?"

길안이 놀라 묻자 김인이 "뭐긴 뭐야, 운동화지." 하고 대답해 주고 태평에게 말했다.

"자, 태평 씨 운동화 찢어요. 내가 해 줄까요?"

김인이 자기 배낭에서 만능 칼을 꺼냈다. 칼과 병따개가 같이 있는 야생용 칼이다. 김인이 칼날을 꺼내 들고 운동화를 달라고 손을 내밀었다.

"이리 주세요. 편하게 걷게 해 드릴게."

태평이 손에 든 운동화를 내밀다 말고 말했다.

"제가 찢을게요. 칼을 주세요."

"그럴래요? 그래요. 태평 씨 운동화니까. 운동화에 대한 예의도 있지요. 하하."

김인이 칼을 건네 주면서 찢을 곳을 손으로 가리켰다.

"새끼발가락이 편안하게 비집고 나올 수 있게 해요."

운동화 앞쪽 그 부분에 태평이 칼을 넣었다. 잘 찢어지지 않는다. 소재가 아주 질긴 거였다. 바깥 천을 찢자 안에서 검은 심이 나왔다. 철심은 아닌데도 매우 질겼다. 그것도 잘라 냈다. 양쪽을 다 찢고 태평이 신발을 신었다. 양말 신은 새끼발가락과 네 번째 발가락이 찢어진 틈으로 비어 나왔다. 태평이 몇 걸음 걷더니 환호성을 지른다.

"이야! 안 아파요. 신발을 안 신은 것 같은데요? 너무 편해요."

태평이 이크애크 춤도 추지 않고 씩씩하게 걸어 보인다. 태평이 길안에게 다가와 말했다.

"길안아, 너도 찢어. 너무 편하다, 야. 만 리도 끄떡없겠어. 찢어, 신발."

태평이 길안에게 칼을 넘겨줬다. 길안은 엉겁결에 칼은 받았지만 신발을 찢고 싶지는 않다. 뭔가 지는 듯한 느낌이 들었기 때문이다. 그깟 고통을 참지 못해 신발을 찢는단 말인가. 또 신발을 산 지 얼마 되지도 않았는데 찢어 버리면 아깝지 않은가. 이런저런 생각들이 엉켜서 머릿속을 맴돌았다. 어쨌든 길안은 신발을 찢지 않고 천 리를 완주하겠다는 생각을 하고 있었다. 물론 완주는 이미 물 건너가기는 했다. 가장 난코스라는 월악산 기슭을 걸을 때 한 나절을 쉬었기 때문이다. 그 한나절은 길안에게 약간의 수치심을 갖게 하는 것이었다. 신발을 찢는다는 건, 또 하나 수치심을 더하는 것이다. 이것이 길안의 진정한 속내였다. 길안은 칼을 임자인 김인에게 돌려줬다.

"저는 참을 만해요. 안 찢을래요."

"왜? 되게 편한데. 그깟 운동화가 뭐 아깝다고. 칠만 원 아끼다가 병원 갈 수도 있다."

태평이 다시 권했지만 길안은 그냥 고개를 흔들며 웃고 말았다.

신발을 찢은 태평은 이크애크 춤을 추지 않았다. 내리막에선 길안 혼자 속으로 악악거리며 춤을 춰야 했다. 편한 걸음으로 쑥쑥 걸어가는 태평을 보면서 길안도 신발을 찢을까? 하는 생각을 잠깐 하기는 했다.

카페와 식당

강 유역이 넓어지면서 큰 도시가 나타나기 시작하고 강변에는 위락 시설도 많아진다. 청풍호반 주변엔 카페도 줄지어 있다. 쉴 시간이 되자 늘 그렇듯 황금마차가 하늘에서 툭 떨어진 듯이 나타났다. 쉬기에 맞춤한 공터였다. 탐사단이 자리를 잡자 민수가 말했다.

"잠시만 기다려 주세요. 이번엔 아주 달달한 걸 대접할게요."

민수는 몸을 돌려 공터 옆에 자리 잡은 카페로 걸어갔다. 지나가는 나그네를 유혹할 만한 분위기를 갖춘 카페다. 담배 피우는 사람이 담배 한 개비 다 피워갈 때쯤 민수가 카페를 나왔다. 손에 커다란 쟁반을 들었고 쟁반 위에는 하얀 머그컵이 잔뜩 올려져 있다. 보기에도 무거워 보인다. 다들 신발을 벗고 있어서 선뜻 마중을 나가지 못했다.

그런데 역시 태평이다. 발도 아플 텐데 맨발로 걸어가 쟁반을 마주 들고 왔다. 태평의 몸놀림을 보면서 길안은 늘 부끄럽기도 하고 불편하기도 했다. 동행을 배려하는 행동에 있어 한발 늦거나 아예 생각도 못하거나 하는 건 부끄러운 일이고, 나이가 어린 탓에 길안이 해야 될 일인데 안 하는 것 같아 불편했다. 누구도 길안을 탓한 적은 없지만 그런 생각이 드는 건 어쩔 수 없었다. 지금도 길안은 엉거주춤 일어서서 민수와 태평을 바라보았던 것이다.

그런 일이 계속되는 동안 변화라면 변화는 있었다. 처음에 길안은 어른들하고 다니는 게 이래서 불편하구나, 하고 슬며시 짜증 같은 것이 생겨났었다. 그러나 열흘이 지난 지금은 짜증은 사라졌다. 대신 '다음엔 내가 빨리 해야지.' 하는 생각을 하게 되었다. 길안은 그런 생각의 변화가 마음에 들었다. 왜냐하면 짜증이 날 때는 기분이 나빴으나, 내가 한발 늦었구나, 다음엔 먼저 해야지 하는 생각을 할 때엔 기분이 나쁘다기보다는 아쉬움 같은 감정이었기 때문이다.

점심 먹을 때 좀 특별한 인연을 만났다. 희한했다. 열흘을 걸으면서 처음 생긴 일이다. 금성면 소재지에서 유명하다는 어죽을 먹고 났을 때다. 식당의 넓은 마당 한 켠에 무성한 포도나무 덩굴이 있고 덩굴 아래 의자와 탁자를 놓은 쉼터가 있다. 그곳은 식사를 한 손님들이 커피를 마시거나 담배를 피거나 하는 곳이다.

길안 일행도 식사를 마치고 거기서 커피를 마시고 담배를 피웠다. 쉼터에는 먼저 와 있던 두 손님이 있었다. 예순 후반이나 일흔 살쯤 되는 남자 노인 둘이었다. 그 중에 키가 자그마하지만 몸이 다부져 보이는 노인이 물었다.

"뭐 하러 다니는 분들이우? 어디 보자? 천리강길?"

노인은 탐사단의 상의 티셔츠에 쓰인 글자를 읽으려 고개를 기

312

웃 기웃 했다.

"아, 예. 남한강 천 리 길을 걷는 탐사단입니다. 이것 보시죠."

김인이 재빨리 자기 배낭에서 안내문을 두 장 꺼내 노인들에게
건넸다.

안내문을 들여다보던 다부진 노인이 말했다. 노인이라고 부르기
도 좀 어색할 정도로 피부가 좋고 팔에 근육도 단단했다. 역시 목
소리도 힘이 있었다.

"허, 내일 우리 동네를 지나가네? 단돈리가 우리 동네요."

"아, 그렇습니까? 아이구, 이거 반갑습니다."

구 선생이 다가와 인사했다.

"우리 집이 길옆에 있어요. 그 길밖에 없으니 우리 집 앞을 꼭 지
나갈 거요. 길가에 세운 돌판에 '오두막'이라고 써 있으니 들러서
차 한잔들 하고 가시우."

"아, 감사합니다. 꼭 들르겠습니다."

구 선생이 허리 굽혀 절을 했다. 노인이 자리에 일어서며 고개를
끄덕했다. 노인이 떠난 뒤에 탐사단은 다들 '허, 이런 인연이.' 하면
서 웃었다.

모든 삶은 슬픔으로 가득하다

폭염이 어마어마하다. 그늘에 앉아 있어도 땀이 줄줄 흐른다.

"낮잠 잘 곳을 준비했습니다. 가시죠."

역시 사공민수다. 황금마차를 타고 이동한 곳은 노인정이었다.
노인정 건물 마당에 시멘트로 만든 이층 정자가 있다. 정자 옆으
론 작은 개울이 흐른다. 사람은 아무도 없다. 폭염이 심하니까 바
깥에 나오는 사람이 없다. 실내에서 선풍기나 에어컨을 켜 놓고 있
을 것이다. 정자 일층 바닥에 돗자리를 깔고 누우니 바람이 사방
에서 불어 서늘한 느낌마저 든다.

"이야, 이런 곳을 어떻게 찾았어요?"

일행은 하나같이 민수의 능력에 혀를 내둘렀다.

"민수 씨, 도대체 못하는 게 뭐얌?"

"완전 홍 반장이네요. '어디선가 누군가에게 무슨 일이 생기면
틀림없이 나타난다, 홍 반장.' 하는 영화 있잖아요. 뭐든지 못하는
게 없는 홍 반장이죠."

김인과 태평이 앞을 다퉈 칭찬하느라 입에 침이 말랐다. 민수는
그냥 씩 한번 웃는 것으로 대답을 대신했다.

시원하게 한잠 잘 자고 오후 걷기를 시작했다. 오후 3시. 일행
이 월굴리를 지나가는데 어느 굽이를 돌아서니까 금월봉이 보인
다. 시멘트 원료인 석회석을 캐내려고 야산을 파다가 발견한 바위
산이 금월봉이다. 마치 금강산 일만이천 봉을 축소해 놓은 듯한
기암괴석으로 이름이 높다. 탐사단은 시간에 쫓기느라 지나쳐 가
면서 들어가 구경도 못했다. 그렇게 금월봉 앞을 지나가던 시각은
오전 11시였다. 그렇다면 무려 다섯 시간 째 금월봉 주변에서 어정

거리고 있는 셈이다. 김인이 말했다.

"헛 참. 배 타면 10분이면 될 거리를 다섯 시간째 이러고 있네."

월굴리는 청풍호 물이 쑥 들어와 있는 곳이다. 그러니까 길은 강가 굴곡을 따라 긴 뱀처럼 구불구불 흘러가고 있다. 금월봉 아래에서 월굴리까지 물 위를 직선으로 이동한다면 10분도 걸리지 않을 만큼 가까웠다.

"이게 걷는 묘미 아니겠소."

신명이 김인을 위로했다. 김인도 괜히 해 본 말이어서 "그렇긴 하죠." 하고 응답했다. 월굴리는 달이 들어가서 쉬는 굴인지, 달처럼 생긴 굴인지, 달이 생성되어 나오는 굴인지 알 수 없었다. 반원처럼 휘어진 월굴리를 탐사단은 걷고 또 걸었다. 청풍호반은 물이 들어온 곳을 따라 길이 들어갔다 나오기를 반복한다. 오르막도 많고 그만큼 내리막도 많다. 발이 온통 물집인 길안은 죽을 맛이다. 오르막은 좀 덜하지만 내리막만 나타나면 길안은 한숨이 절로 나온다.

청풍호는 이름 그대로 호수다. 아기자기한 강이 아니니 재미도 없다. 길은 한없이 지루하게 이어졌다. 길은 지루하고 시각은 나른한 오후여서 걷는 이들은 슬슬 졸면서 걸었다. 길안은 졸음이 오지 않았다. 발에서 쉬지 않고 올라오는 통증이 계속 각성을 시키고 있었던 것이다. 뒤따라오던 신명이 길안에게 가까이 다가와 말했다.

"발이 많이 아프구나."

"예. 티나요?"

길안이 돌아보며 묻자 신명이 고개를 끄덕인다.

"발을 얼마나 아끼는지 다 보인다. 걸음마다 발이 내는 신음소
리가 들리는 것 같다."

"맞아요. 진짜, 발한테 너무 미안해요. 발이 뭔 잘못이라고. 발
을 너무 슬프게 하는 것 같아요."

"발만 그렇겠니. 우리 삶이란 모두가 슬픔으로 가득하단다."

"슬픔으로……."

"그래. 발은 발대로 손은 손대로 심장은 심장대로 다 슬프지."

"마음도요?"

"그럼, 그게 아마 가장 슬플걸? 다들 툭하면 마음한테 미루니
까."

"에이, 그럼 어떻게 살아요. 모두 슬프기만 하면요?"

"걱정마라. 길안이 너처럼 생각할까봐, 하느님이 인간에게 주신
게 있지."

"그게 뭐예요?"

"모든 슬픔에는 기쁨으로 참여할 수 있는 마음, 그런 마음 또한
주셨지."

"예?"

"모르겠어? 지금 길안이 너 발이 너무 아파서 슬프지? 그렇지만

생각해 보렴. 발이 무척 아프지만 뭔가 뿌듯함이 있을 게다. 열흘 동안 칠백 리를 걸어왔다는 이 기쁨은 발의 슬픔을 충분히 위로 할 만하지 않니?"

"아, 그건 그렇네요?"

길안은 신명의 말뜻을 조금 알아차렸다. 모든 삶은 슬프다, 길안은 입속으로 웅얼거려 보았다. 약간 수수께끼 같은 말이지만 뭔가 따뜻하게 위로해 주는 듯한 느낌이 있는 말이었다. 모든 삶은 슬프다, 길안은 자연스럽게 재열이가 생각나고 민아가 생각난다. 길안은 분명히 슬프다. 민아에게 온 정성을 다한다고 했지만 민아는 길안의 마음을 외면했다. 민아가 '미안하다.'고 말한 날, 길안은 밤에 잠을 잘 수도 없었다. 과연 그때 그 슬픔, 아직도 이렇게 가슴이 미어지는 슬픔은 과연 어떤 기쁨으로 이 슬픔에 참여할 수 있을 것인가? 길안은 그 생각을 하느라 잠깐 발의 아픔도 잊고 있었다. 길은 여전히 지루하게 이어졌다.

남한강 꽃

구 선생은 남한강 꽃이 보일 때마다 그 앞에 기도하는 자세로 서서 향기를 맡는다. 나무는 크지 않다. 뿌리로부터 많은 가지가 올라오고 넓은 잎사귀를 가졌다. 꽃은 다발로 피었는데 한 꽃가지에 여러 개 꽃잎이 주렁주렁 매달렸다. 붉은 빛 꽃받침에 꽃잎은 흰색인데 길쭉한 별 모양으로 생겼다.

"제단에 바치는 향냄새가 납니다."

구 선생이 경건한 표정으로 말했다. 구 선생을 따라 냄새를 맡아 본 일행 중 대부분은 "그렇다."고 동의했는데 일문만은 "지린내가 섞여 있군." 했다. 구 선생은 "그래요?" 하면서 다시 꽃잎에 코를 박고 맡아보더니 고개를 갸웃했다. 그러나 뒷말은 더 없었다.

남한강 꽃은 태백산 검룡소에서 걷기 시작할 때부터 보였다. 열흘을 걸어 제천까지 내려오는 동안 길가에 늘 나타났다. 구 선생은 그게 그렇게 감사한 모양이다. 청풍호반에서 탐스럽게 피어난 남한강 꽃을 또 만나고는 구 선생이 이렇게 말했다.

"상징 꽃으로 해도 되겠어요. 남한강 천리강길 상징 말입니다."

그런데 사실 이때까지 아무도 남한강 꽃의 이름을 모르고 있었다. 이건 일종의 불가사의였다. 무슨 꽃이지? 이름이 뭐지? 하고 서로 궁금해 하지 않은 건 아니다. 그러나 어느 누구도 그 이름을 알기 위한 노력을 하지 않은 것이다. 꽃을 만날 때마다 감탄하고 감동하던 구 선생조차 이름을 알려는 노력을 하지 않았다. 이해할 수 없는 일이었다.

"상징 꽃으로 하려면 최소한 이름 정도는 알아야 하지 않겠나? 분명 이름이 있을 테니, 우리가 마음대로 '남한강 꽃'이라고 명명할 수는 없는 노릇이고."

드디어 일문이 이름을 알자고 본격적으로 제안했다.

"사진을 찍어 인터넷에 올려 봅시다."

김인이 말했다. 걷는 중에는 구 선생만 휴대폰을 갖고 있다. 구 선생이 휴대폰 카메라로 사진을 찍었다.

"어디에 올리지?"

구 선생이 김인에게 물었다.

"글쎄요, 네이버 지식 뭐 이런 데에 올려야 하나?"

"뭘 고민하오. 김 해설사에게 보내 봐요. 숲 해설가이니 알지 않겠소?"

신명이 충고했다. 김 해설사는 여강길 해설사이자 숲 해설 전문가다.

"맞습니다! 그러면 되겠네요."

김인이 반색했고 구 선생이 김 해설사에게 카톡으로 사진을 보냈다. 오래 기다릴 필요도 없었다. 거의 실시간으로 답이 왔다. 탐사단의 시선이 온통 구 선생 휴대폰 화면에 몰렸다.

'노루장나무에요. 누리장나무라고도 해요. 그거 냄새 별로인데요.'

이름은 생각보다 신선하지 않다. 더구나 냄새가 별로라는 말까지 덧붙여 있어 일행은 다들 구 선생 얼굴을 살폈다. 구 선생은 '향내가 구수하다.'고 말하지 않았던가. 김인이 재빨리 말했다.

"왜 노루장나무인지 함 물어 보세요."

구 선생이 순순히 김인의 제안을 받아들여 카톡을 다시 보냈다. 노루장나무라고 부르는 까닭을 알려 달라고. 역시 답은 실시간으로 왔다.

'몰라요. 죄송해요~ㅠ'

구 선생이 카톡 화면을 보여 주며 피식 웃었다. 그리고 인터넷으로 노루장을 치고 검색해 봤으나 그럴듯한 내용은 발견하지 못했다. 다만 눈으로 실제 보고 있는 꽃과 인터넷에 올라 있는 사진의 꽃이 같다는 걸 확인했을 뿐이다.

구 선생이 중얼거렸다.

일문이 구 선생을 한 번 바라보고 나서 다시 말했다.

"그럴 수도 있겠소."

신명이 동조했다. 하지만 신명은 이런 조건을 걸었다.

"아직 여주까지는 길이 꽤 남았소. 만약 여주까지 계속 꽃이 보인다면 그 명명도 한번 생각해 봅시다."

"맞습니다. 신명 님. 그렇게 하죠."

구 선생이 고개를 천천히 끄덕였다. 이때부터 누리장나무는 탐사단의 더 큰 관심사가 되었다. 길안도 마찬가지였다. 이왕이면 여주까지 꽃이 계속 피어 있으면 좋겠다고 길안은 생각했다. 구 선생이 남한강 꽃 앞에서 기도하는 모습은 왠지 보기 좋다. 무언가를 향해 그렇게 경건하게 마음을 모으는 태도는 보는 사람도 경건하게 만드는 힘이 있다. 길안은 구 선생을 볼 때마다 그런 감정을 느끼곤 했다.

거기민박

숙소인 거기민박까지 가는 길은 비포장이다. 차량 통행은 거의 없다. 탐사단은 비포장도로로 들어서면서 한 줄로 걷지 않았다. 둘씩 셋씩 무리 지어 걷는다. 나중엔 둘씩 짝이 되어 걸었다. 맨 앞에 간 구 선생과 태평 짝은 멀어져 아예 보이지도 않았다. 늘 맨 뒤에서 걷던 신명이 일문과 짝이 되어 중간에서 걸었다. 길안은 김인과 짝이 되어 맨 뒤에서 걸었다. 김인은 워낙 신출귀몰, 앞뒤를 왔다 갔다 하는 사람인데 이번엔 길안에게 도로가 자연환경을 해치는 주범이라는 이야기를 들려주기 위해 길안과 짝이 되어 걸었다.

"깊은 산속에 도로가 나 봐. 그 뒤에 모든 것이 다 들어오게 되어 있어. 자연을 보존하려면 도로 허가를 절대로 내주면 안 된다고."

김인이 침을 튀기며 주장했다. 길안은 김인의 주장이 귀에 잘 들어오지 않았다. 비포장이라 발바닥이 너무나 아팠기 때문이다. 온 발바닥이 물집 투성이일 때는 차라리 포장길이 나았다. 바닥이 평평하니까 크게 신경 쓰지 않아도 되기 때문이다. 비포장은 잔자갈, 모래알, 주먹돌 등이 뒤섞여 있다. 바닥도 높낮이가 달라 울퉁불퉁하다. 물집이 있는 발바닥은 굵은 모래만 밟아도 '으앗!' 소리가 날 정도로 아프다. 그러니 돌을 밟으면 어떻겠는가.

길안은 바닥에 눈을 고정하고 돌을 피해 밟느라 딴 데 신경 쓸틈이 없다. 하나 더 있었다. 호수에서 날아오는 하루살이가 눈앞에 새카맣게 달려든다. 말을 하는 김인은 가끔 퉷, 퉷 하면서 입으로 들어오는 하루살이를 뱉어야 할 정도였다. 이야기를 듣고만 있는 길안도 콧구멍으로 들어오는 하루살이 덕분에 가끔 재채기를 했다.

숙소에 거의 다와 갈 때쯤인가. 고갯마루를 올라가는데 갑자기 한 남자가 오토바이를 타고 불쑥 나타났다. 쉰 중반쯤 되어 보이는 그 남자가 길안과 김인 앞에 오토바이를 세우더니 말했다.

"목에 두른 수건을 벗는 게 나으실 걸요? 수건 색깔이 짙어 더 달려듭니다. 티셔츠는 좋아요. 밝은 색에는 덜 달려드니까요."

탐사단 수건은 밤색이고 티셔츠는 흰색이다. 김인이 물었다.

"여기 주민이신가요?"

"그렇다고 볼 수 있죠."

남자가 묘한 웃음을 지으며 대답했다. 길안은 남자 말대로 수건을 벗어 보았다. 하루살이가 덜 달려드는 것 같다. 수건을 두르면 오히려 덜 달려들 줄 알았는데 짙은 색 수건을 보고 더 달려들었던 모양이다.

"진짜, 덜 와요."

길안이 외치자 김인도 얼른 수건을 벗었다. 두 사람 행동을 보고 빙그레 웃던 남자는 오토바이를 타고 휙 떠나 버렸다. 김인이 멍한 눈으로 오토바이 꽁무니를 바라보다가 말했다.

"참, 낮도깨비한테 홀린 것 같네."

"진짜. 갑자기 나타났다가 훅 사라지네요."

길안이 맞장구를 쳤다. 비포장으로 들어서서 한 시간을 넘게 걷는 동안 차도 사람도 마을도 만나지 못했다. 고요 속에 달려드는 건 하루살이 떼뿐이다.

낮도깨비는 바로 '거기민박'의 주인이었다. 숙소인 거기민박에 길안과 김인이 도착하니까 낮도깨비는 그곳에 있었다. 그러니까 호숫가에 민박을 차려 놓고 나그네를 재워 주는 고마운 사람이었던 것이다. 주인은 '여기민박'에서 살고 있다고 했다. 일행이 빌린 거기민박은 독채로 빌려주는 곳이고 여기민박은 주인인 자기가 사는 방도 있다고 한다. 여기민박은 고개 하나 너머에 있다고 주인이 손으로 가리켰다.

"이름이 재미있어요. 거기민박, 여기민박……, 이름을 왜 이렇게 지었어요?"

태평이 주인에게 물었다. 주인이 대답했다.

"여기 있으면 여기민박이고 거기 있으면 거기민박, 저기 있으면 저기민박이죠."

"저기민박도 있나요?"

"아, 그 집은 아직 짓지 않았어요. 좀 있다 지어 봐야죠."

주인은 재미있는 사람이었다. 밤에는 농사지은 매실로 담았다는 술을 한 병 갖고 와서 나눠 먹기도 했다. 말을 할 때마다 주인은 사람들 폭소를 자아냈는데 정말 특별한 재주였다. 세상에 있는 경험은 못해 본 게 없다고 큰소리를 쳤는데, 뻥이 분명했지만 다들 고개를 끄덕여 주었다. 술을 마시지 않는 민수가 밖으로 나가는 것을 보고 길안도 따라나섰다.

한 밤의 야외 샤워

민수는 옷을 다 벗고 샤워기를 틀었다. 샤워기는 마당가에 있는 바깥 수도 옆에 굵고 긴 대나무를 세우고 매달아 놓았다. 대나무는 시커멓게 썩어 가고 있었다.

"아연관이나 동관은 아니라도 쇳대라도 하나 세워 놓으면 썩지는 않을 텐데요?"

저녁때 샤워를 하며 주인에게 태평이 말했는데, 주인은 "마침 대나무가 옆에 있기에 세워 놓았죠. 부러지면 그때 다른 거 세우죠." 하고 대수롭지 않게 받았다.

뒤는 산이고 앞은 호수라 볼 사람이 없는 곳이다. 집이 서너 채뿐인 작은 마을도 고개 너머에 있으니 무인지경이나 다를 바 없다.

"길안아, 너도 옷 벗고 들어와. 어, 시원하다~."

완전 알몸인 민수가 긴 머리카락을 털면서 소리쳤다. 길안도 실오라기 하나 없는 몸으로 수도 안으로 들어섰다. 샤워 꼭지가 하나뿐이어서 꼭지 밑으로 둘이 번갈아 들어갔다 나왔다 했다. 한 사람이 샤워 물을 받을 때 한 사람은 비누칠을 하는 식이다. 길안이 꼭지 밑에서 머리에 묻은 샴푸를 닦아 내고 있을 때다.

"길안아, 재열이하고 민아, 면회 오라고 할까?"

"예?"

길안은 머릿속에 들어간 손가락들을 딱 멈췄다.

"와서 하루 정도 같이 걸어도 좋잖아."

"…… 왜요?"

"왜요라니. 얘기 들었다. 재열이가 먼저 전화했더라. 나한테. 니가 민아를 좋아한다는 얘기도 다 들었어."

"……."

"난 알아. 네 마음속에 뭔가 꽉 차 있는 느낌. 그걸 털어 내지 않으면 넌 자유롭게 살 수가 없어. 그 봐. 머리에 묻은 샴푸를 다 털어 내면 시원하잖아. 그래도 향기는 남지. 향기만 남기고 말끔히 털어 내야 해. 샴푸 찌꺼기가 남아 있으면 두피가 상한다."

"형…… 민아는, 샴푸가 아니에요."

"아니, 샴푸 맞아. 니가 아니라고 고집을 부리고 있을 뿐이야. 너 고등학교도 안 간다면서?"

"예? 그건 또 어떻게?"

"알았냐고? 하하, 난 다 아는 수가 있지."

길안은 고개를 갸웃했다. 고등학교를 안 가겠다고 한 건 엄마, 아빠에게만 말했는데, 어떻게 알려졌을까? 길안은 기분이 찝찝했다. 아울러 길안은 불만이 폭발했다.

"학교 공부만 공부가 아니라면서요?"

길안은 처음 만났을 때 민수가 하던 말을 떠올렸다. 공부는 학교에서만 하는 게 아니라고, 천 리 길 걷는 것도 공부라고 하던 민수가 아니었나. 툴툴거리는 길안 목소리에 민수가 하하하 웃었다.

"그땐 전혀 몰랐으니까. 니가 민아와 재열이 때문에 고등학교 안 갈 생각을 하고 있는지."

민수가 몸에 비누칠을 끝냈다. 민수와 길안이 샤워 꼭지 밑을 교대했다. 이젠 길안이 몸에 비누칠을 한다.

"무슨 말이에요? 걔들 때문이 아니에요. 영화를 찍을 거에요."

"영화?"

"예. 고등학교 가는 것 보다 그게 나아요."

"……."

민수가 침묵했다. 길안은 민수의 침묵에 쾌감을 느꼈다. 민수의 주장을 되치기로 한 방 제대로 먹인 것 같았기 때문이다. 길안이 자신감 넘치는 목소리로 말했다.

"돈 낭비 시간 낭비를 왜 해요? 고등학교, 대학교 자그마치 7년이잖아요. 학비도 많이 들고. 저는 그 시간에 영화할 거에요."

"…… 하하핫! 이 엄청난 친구로군, 유길안."

민수가 긴 머리카락을 휘둘러 물을 털면서 소리쳤다. 길안은 갑작스런 민수의 외침과 동작을 떨떠름한 표정으로 바라보았다. 민수가 말했다.

"난 그게 그거라고 본다. 너의 내면 깊숙한 곳에는 민아와 재열이를 피하려는 목적이 도사리고 있을 거다. 그 목적에 맞추다보니까 영화를 하겠다는 생각이 났을 거고. 영화가 아니라 음악이라고 해도 될 걸?"

"형, 기분 나빠요. 이건 모욕이에요."

길안은 정말 모욕감을 느꼈다. 아니 수치심이라고 해야 하나. 사실 민수 말처럼 재열, 민아와 같은 고등학교에는 가기 싫었다. 그래서 길안은 전국에 있는 대안 고등학교들도 여러 번 검색해 봤다. 그러나 다 만만치 않았다. 그러다 문득 굳이 고등학교를 가야 하나 그런 생각이 들었던 것이다.

"고등학교를 안 가는 것이 목적이 아니라, 영화를 하겠다는 것이 진짜 목적이어야 해. 내가 보기엔⋯⋯. 미안하지만, 그건 좀 뭐랄까, 비겁하다고 할까, 그렇다. 학교 안 가는 걸 도구로 사용한 셈이지. 네가 편하려는 도구. 그러나 결코 편해지지 않을 걸. 같은 고등학교를 안 가도 너는 여전히 민아와 재열이에게서 놓여나지 못할 거고. 오히려 시시각각 모든 일에 그 애들이 생각나고 겹쳐질 걸?"

"⋯⋯."

길안은 예리한 칼끝으로 가슴이 찔리는 느낌이었다. 민수는 정확하게 길안의 마음을 알아채고 있다. 길안이 뭐라 규정지을 수 없었던 마음 상태를 민수가 말로 바꿔 들려주고 있는 거였다.

"잘 생각해 봐. 진짜 목적을 숨기는 행동은 옳지도 않고 도덕적이지도 않아. 물론 내 앞에 닥친 문제를 당연히 해결할 수도 없지."

민수가 물 묻은 손으로 길안의 어깨를 두드려서 물이 튀었다. 길안은 정수리로 샤워 꼭지의 물을 받았다. 지하수는 차가웠다. 정수리가 얼얼하다가 차츰 더운 느낌이 들었다.

샤워를 끝내고 민수가 맥주 캔을 두 개 갖고 왔다.

"형, 술 안 마시잖아요?"

"때로 마실 수도 있어. 바로 오늘 같은 때. 자 건배!"

둘은 맥주 캔을 부딪쳤다. 길안과 민수는 마당가 의자에 앉아 호수를 보면서 맥주를 마셨다. 호수는 검은 색이었다. 때에 따라 호수는 색깔이 다르다. 새벽에, 낮에, 해질녘에, 지금처럼 밤에. 시시각각 호수는 다른 빛깔을 낸다. 길안은 문득 생각했다. 그래, 나도 색깔이 바뀔 필요가 있지 않을까. 민아와 재열을 진심으로 축하해 줄 수도 있잖아. 그걸 왜 못해?

"눈 딱 감고 고등학교 진학하는 것도 한 방법이지."

민수가 툭 말했다.

"예?"

"너 지금 고민하고 있잖아. 어쩌면 좋을까 하고. 피할 때 더 큰 문제가 생기는 경우도 많아."

"……."

길안은 귀신에게 홀린 느낌이 들었다. 그 귀신은 바로 민수고.

"잘 생각해 봐."

민수는 길안의 어깨를 두드려 주고 방으로 들어갔다.

민수 말이 다 정확하지는 않다고 길안은 생각한다. 길안의 고민은 사실, 길안이 가야 할 고등학교를 다니는 형들의 눈빛이 너무 싫다는 데에도 있다. 뭔가 불안하고 초조해하는 눈빛들. 길안도 그런 눈빛으로 고등학교 3년을 또 다녀야 하나? 하는 생각이 올해 초부터 들었던 것이다.

서울대 어쩌고 하는 담임이나 학교의 지나친 관심도 부담이 된다. 지금처럼 고등학교에 가서도 일등을 유지할 자신이 그리 많지 않다. 시험을 잘 치르기 위한 공부도 슬슬 진력이 나고 있는 중이기 때문이다. 고등학교에 가서 성적이 뚝뚝 떨어진다면? 그 굴욕은 정말 참기 힘들 것이다. 길안은 올해 초부터 그런 생각이 문득문득 치밀어 오를 때마다 어딘가로 도망가고만 싶었다. 민아와 재열이 문제는 어떻게 보면 좋은 핑계거리가 된 셈이다.

길안은 검은 호수를 한참 동안 바라보았다. 맥주를 한 캔 더 마시고 싶다는 생각이 들었으나 참기로 했다. 밤이 되자 그렇게 그악스럽던 하루살이가 달려들지 않는 것도 희한했다. 멀리 호수 위로 새 한 마리가 날아오르는 게 보였다. 날개는 넓고도 길면서 희었다. 물론 새의 원래 날개가 흰빛인지는 알 수 없지만. 달무리 속으로 들어온 새 날개는 그랬다.

수첩에 쓰고 싶은 말들이 생겼으나, 길안은 수첩을 가지러 가지 않았다. 호수를 좀 더 바라보고 싶었기 때문이다.

열한째 날, 어떤 목적에 봉사하는 수단

허벅지와 종아리의 힘

아침부터 푹푹 찐다. 밖에는 못 나가고 에어컨 아래서 길안은 새끼발가락에 밴드를 감는다. 발톱이 거의 보이지 않는다. 발가락 끝이 뭉툭하고 딱딱하다. 안에는 누런 고름이 잔뜩 들어 있는 것 같다. 슬쩍 건드리기만 해도 저릿한 아픔이 몰려온다.

"병원 안 가도 괜찮을까?"

일문이 길안 발가락을 만져보며 걱정했다.

"괜찮을 거요. 참을 수만 있으면."

신명이 대신 대답했다.

"참을 거 같은데요? 이러고도 걷는 걸 보면."

태평이 밴드 붙이는 걸 도와주며 말했다.

"유길안, 신발 안 찢어? 훨씬 편한데."

"아직, 괜찮아요."

"이야, 너 정말 참을성 한번 대단하다!"

태평이 고개를 휘휘 저었다.

그런데 길을 나서자 길안은 정말 죽을 맛이었다. 발에 열이 돌면 견디며 걸을 수 있는데, 발에 열이 도는 시간이 점점 길어진다. 열이 돌아도 잠시만 쉬면 도로 제자리다. 그래서 길안은 쉬는 시간에도 발을 멈추지 않기로 했다. 신발도 벗지 않고 계속 서서 서성댔다.

"그렇게 아파?"

일문의 걱정이 깊어졌다.

"하루 이틀 더 쉬어야 하는 것 아니니? 신발을 찢든가."

그러나 길안은 일문의 두 가지 제안을 다 거절했다.

"걸을 수 있어. 걱정하지 마."

길안은 말만이 아니라 자신감이 있었다. 발은 아프지만 허벅지와 종아리에는 점점 힘이 붙는 걸 확실하게 느끼고 있기 때문이다. 걸을 때 든든하게 몸을 밀어주는 그 느낌은 굉장히 기분이 좋다. 그런 길안 몸 상태를 신명은 정확하게 알고 있는 것 같다. 이렇게 말하는 것을 봐서 그렇다.

"의지의 문제요. 몸은 걷기에 적합하도록 만들어지고 있는 중이니까. 하루 이틀 고비만 넘기면 앞으로는 끄떡없을 거요."

신명은 일문에게 말해 주고 길안을 돌아보며 "그렇지? 길안아?" 하고 물었다. 길안은 "예." 하면서 고개를 끄덕였다.

사 먹는 공기 맛

청풍호반에서만 사흘째다. 거기민박에서 단돈리로 가는 길. 마치 꿈속을 걷는 것 같다. 제천이나 충주 같은 큰 도시가 언뜻언뜻 보일 정도로 가까이 있는데도 완전히 속세를 벗어난 느낌을 준다. 호수로 바뀐 강도 멀어졌다. 원래는 강의 흐름을 따라 마을이 생기고 구불구불 길이 있었을 것이다. 그러나 지금은 강마을이 다 수몰되었다. 충주댐을 만들어 물을 가두면서 집과 길은 호수 밑바닥으로 가라앉았다. 대신 낮은 산의 정상 가까운 능선을 따라 높게 도로가 만들어졌다.

길을 따라 생겨났던 이야기도 같이 수장되었다. 아직 새로운 이야기가 만들어진 것이 없으니 도로는 심심하기만 하다.

"에잇, 강가를 걸으면서도 물에 손 한 번 못 담그네."

일문이 툴툴댔다.

"강가도 아닌데요. 강이 잘 보이지도 않잖아요."

김인이 화답했다.

"이건, 뭐, 영, 구경만하는 강이라니."

"그리우세요? 강물에 엎어져 물을 마시던 때가?"

"그러게 말일세. 40년도 안 되었지, 그때가?"

"그렇죠. 세상 변하는 속도에 눈알이 핑핑 돌 지경입니다. 뭐 3년에 300년 치가 바뀐다나 봐요."

"큰일이야, 큰일. 난 뭣보다 공기를 사서 마셔야 할까 봐 그게 젤 걱정이야."

"공기 팔던데요. 지리산 공기 파는 거 있어요."

"뭣?"

일문이 두 눈을 부릅떴다. 걸음까지 멈추었다. 김인도 따라서 걸음을 멈추고 말했다.

"비싸요. 한 팩에 4,500원이라든가."

"난리 났군. 난리 났어."

"왜요? 물 사 먹는 건 일상화됐는데요, 뭘. 물 사 먹는다고 할 때도 세상 말세라고 한탄한 사람들이 많았지만, 뭐, 세상은 그런대로 굴러가잖아요. 공기도 그렇게 되겠죠."

일문이 김인을 뜨악한 눈으로 바라보았다. 두 사람이 멈춘 자리로 길안과 신명이 가까이 다가왔다. 일문이 다시 걸음을 옮겨 놓으며 말했다.

"공기는 다르지."

김인도 일문 옆에 나란히 걸었다.

"뭐가요?"

"물은 골라 마실 수 있지만 공기는 그렇게 안 되잖아. 밖에서 생활을 할 수가 없지 않겠어? 지구 전체를 돔으로 둘러싸면 또 모를까. 거 답답해서 어째 사나."

"그렇게 또 살아지겠죠."

"이거, 이거, 환경 운동가가 왜 이러실까. 그렇게 순응적으로 나오면 누가 좋아하겠나. 공기를 팔아먹으려는 자본가들 아니겠어? 그들이야 공기가 어서 나빠져야 돈을 많이 벌 테니, 공기를 보전하려는 노력 자체를 안 할 거라고. 당장 전 세계적으로 기후변화 협약에 빠진 나라가 어딘가? 자본에 모든 권력을 몰아주는 미국 아닌가?"

일문이 입에 거품을 물지는 않았지만 흥분한 목소리로 말했다.

"저도 답답해서 그럽니다."

김인이 서글픈 얼굴이 되어 말했다. 두 사람이 떠들면서 걷는 뒤를 가까이 따라가면서 길안은 묵묵히 이야기를 들었다. 신명도 두 사람 이야기를 듣고만 있었는데, 김인의 말 뒤에 일문이 대답을 하지 않고 사이를 띄우자 한마디했다.

"사 먹는 공기는 무슨 맛일까? 궁금하지들 않소?"

"공기가 무슨 맛이 있나요? 제가 예전에 산소호흡기를 달아 본 적이 있는데, 아무런 맛을 못 느꼈거든요."

일문이 신명을 바라보았다. 신명이 빙긋 웃으며 김인을 봤다. 당신도 대답해 보라는 뜻이다. 김인이 말했다.

"죽을 맛이겠죠."

"허허, 살려고 사 먹는 공기가 살맛이지, 왜 죽을 맛이오?"

"죽지 못해 사 먹으니 그렇지요."

"그건 참 절망적인 맛이구려. 공기를 사고파는 일은 충분히 막을 수 있는 일이오만, 공기 장사가 수익이 난다면 장사꾼들은 못할 일이 없을 거요. 그때가 되면 정말로 공기가 죽을 맛이 될지도 모르겠소."

"유엔은 뭐해요? 이런 거 안 막고?"

길안이 불쑥 대화에 껴들었다.

"유엔?"

김인이 길안을 바라보며 하하 웃었다.

"앓느니 죽지. 유엔은 그 뭐냐, 종이호랑이라고나 할까. 호랑이가 힘이 세기는 한데, 이거 종이로 만들었으니 호랑이라는 이름만 있을 뿐이야. 유엔이 바로 그래."

"그럼 뭐 하러 있어요. 해체해 버리지."

길안의 불만스런 말에 신명이 고개를 흔들었다.

"그럴 필요는 없지. 공부 안 하는 애들 있다고 학교를 없애지는 않잖니. 유엔이 힘센 나라에 봉사할 때는 비도덕적인 기관으로 전락하겠지만 더러는 목적대로 움직이기도 하니까."

"목적이 뭔데요?"

"평화지. 서로 다 함께 잘 사는. 인간만이 아니라 자연계도 다 같이."

"근데 왜 목적대로 못해요?"

"목적대로만 할 수 있다면야 얼마나 좋겠니? 근데 사람이 하는 일은 늘 그렇게 되질 않더구나. 내 목적을 이루기 위해서 숭고한 어떤 목적도 내 수단으로 만드는 게 인간의 특기거든."

"네……."

길안은 신명의 말이 알 듯 말 듯 했다. 이야기를 하면서 걷기엔 좋은 길이다. 강과 멀어지고 그늘도 없는 단조로운 길이지만 또 다른 장점도 있다.

단돈리 오두막

길안은 숨이 헉헉 찼다. 오전부터 폭염주의보가 내린 날이다. 쉬는 시간에도 발에 열기를 빼지 않으려고 신발을 벗지 않았더니 발도 난리다. 그러나 발을 쉬어 줬다간 다시 신발을 신을 때 고통을 생각하고 길안은 버텼다. 발이 짓무르는 것은 아닌지 살짝 걱정이 되기는 했다. 그러나 이제 점심시간도 멀지 않았다. 그때 충분히 바람을 쐬어 주면 된다. 길안은 이를 앙 물었다.

신발을 찢은 태평은 성큼성큼 잘도 걸어간다. 태평뿐 아니다. 다른 일행은 힘든 것 같지도 않다. 단장인 구 선생은 아침에 달리기까지 했다. 쉬는 시간, 도로에서 100여 미터를 전속력으로 달리는 것을 보고 길안은 기가 찼다. 구 선생은 별로 숨을 헐떡이지도 않고 놀라는 일행에게 이렇게 말했다.

'몸 좀 풀어 봤습니다. 신명 님 말씀처럼 이제 걷기에 적합한 몸이 거의 만들어지는 것 같습니다.'

마을이 나타났다. 오전 내내 걷다가 처음 만나는 마을이다. 마을 입구에 서 있는 돌 비석을 보고 태평이 환호했다.

"단돈리! 단돈리예요!"

일행들이 태평을 물끄러미 바라보았다. 마을 처음 보는 사람처럼 환호작약하는 태평의 태도가 의아하다는 눈빛으로. 그런 일행을 이해할 수 없다는 눈으로 태평이 마주보며 물었다.

"아하, 까먹으셨군요. 단돈리, 기억 안 나세요들? 어제 점심 식당!"

"아!"

김인이 탄성을 냈고 다른 일행도 입을 벌리고 고개들을 주억거렸다.

"우리, 어서 오두막 찾아서 쉬어가요. 보자, 오두막이 어디 써 있나."

태평이 두 눈을 크게 뜨고 좌우를 살핀다. 오두막이 쓰인 돌은 쉽게 보이지 않았다. 마을은 길쭉했는데 중간을 지나도록 오두막은 나타나지 않는다. 마을 중간을 지나면서 꽤 정성을 들인 꽃길이 있다. 해바라기, 맨드라미, 채송화, 코스모스가 질서 있게 심어져 꽃을 활짝 피웠다. 꽃 사이사이는 아이들 키 높이로 돌탑들이 쌓였다.

"예쁘네요. 누가 이런 정성을 들였을까요? 참, 감사하다!"

구 선생이 말했고 다른 일행도 저마다 감탄사들을 내뱉었다. 사람 마음을 환하게 만들어 주는 꽃과 돌탑 길이었다. 그 어여쁜 꽃탑 길 끝에 오두막이 있었다. 큰 산으로 올라가는 비탈길 초입, 비스듬하게 선 작은 돌 비석에 '오두막'이란 조졸한 글씨가 써 있었던 것이다.

"소박하네요. 자칫 못 보고 지나갈 수도 있겠어요."

김인이 돌 비석에 대한 소감을 말했다. 맨드라미와 비석은 키 재기를 한다. 구 선생이 돌 비석을 한 번 쓰다듬고 비탈길을 올라갔다. 비탈길 양쪽엔 무궁화 연분홍 꽃이 정갈하게 피었다. 비탈길 끝은 평평했는데 작은 마당을 가진 아담한 흙벽돌집이 나타났다. 고요하다. 탐사단의 수런거리는 소리가 들렸을 텐데도 기척이 없다.

"안 계시나? 계세요?"

구 선생이 오두막 주인을 불렀다. 대답이 없다. 구 선생이 다시 한 번 더 불렀다. 그러자 응답이 있다.

"누가 오셨소?"

산 쪽으로 붙은 개울에서 웃통을 훌러덩 벗고 반바지만 입은 남자가 나타났다. 어제 식당에서 본 오두막 주인이다. 노인인데도 벗은 몸은 훌륭했다. 팔 근육이 울퉁불퉁하고 두 가슴팍은 단단해 보인다.

"오! 진짜 오셨네?"

오두막 주인은 활짝 웃으며 탐사단을 반겼다.

"저기들 좀 앉아서 쉬고 계시우."

주인이 개울가 쉼터를 가리켰다. 마당 끝에 개울이 흐르고, 개
울 옆에는 저절로 자란 칡넝쿨을 지붕으로 만든 쉼터가 있다. 칡
넝쿨 아래는 바람이 시원함을 넘어 서늘할 정도다. 탐사단은 쉼터
를 둘러보며 감탄하고 또 감탄했다. 자연스럽게 자란 칡을 지붕으
로 만들어 낸 구조물 솜씨도 빼어났고 긴 탁자와 의자도 맵시가
보통이 넘었다. 탐사단을 더욱 놀라게 만든 건 물통이다. 개울물
을 끌고 와 퐁퐁 솟아나게 만들었는데 모양이 예쁘면서도 실용적
이다. 일행은 솟아나는 물을 한 모금씩 다 마셨다.

"자, 이거 한잔들 하시오."

주인은 토마토를 갈아 설탕에 재워 둔 것을 갖고 왔다. 양이 많
았고 얼음도 듬뿍 들었다. 시원하고 달았다.

"아이구, 감사합니다. 정말 맛있습니다."

구 선생이 인사말을 하자 주인이 빙그레 웃는다.

"입에 맞소?"

"입에 맞다 뿐입니까? 머리까지 맑아지는 느낌입니다."

"많이 있으니 더 드시오."

"우리 주시려고 이렇게 많이 준비해 두셨군요. 들르기를 잘했습
니다."

"하하. 그냥 지나들 갔으면 토마토가 올 뻔했소이다."

이어 탐사단 입에서 내남없이 오두막 주인의 솜씨에 대한 찬탄이 쏟아졌다. 주인은 여러 번 "뭐 별 거 아니오." 하고 겸사를 하다가 나중에 이렇게 말했다.

"조금만 몸을 움직이고 생각하면 빌려 쓸 수 있는 게 많아요. 칡도 어차피 뭔가를 감고 자라는데, 내가 만든 구조물을 감고 가면 나는 지붕으로 쓰니 좋지요. 개울물도 마찬가지요. 어차피 흘러가는 김에 내가 만든 구조물을 지나가면 내가 필요할 때 쓰고 좋지요. 저 집도 마찬가지입니다. 어차피 저기 쌓여 있는 흙인데 내가 잠깐 모양을 바꿔 집으로 쓰고 있을 뿐이지요. 제가 쓰지 않으면 저 집은 다시 모양을 바꿔 흙으로 돌아갈 겁니다."

주인은 소박하면서 수줍은 웃음으로 말했지만 듣는 탐사단의 감동은 컸다. 탐사단이 오두막을 떠날 때 주인은 마을 끝까지 동행을 하고 작별했다.

"언제든 놀러 오시오."

탐사단에게 인사하고 주인은 특별히 길안 어깨를 두드려 주며 말했다.

"좋은 일이야. 이렇게 어른들과 길을 걷는 건 아무나 할 수 있는 일이 아니지. 나이 부자야. 잘 가고 친구들과 놀러와. 술 먹고 노래 부르며 놀아도 봐 줄게."

"예. 감사합니다."

길안은 고개를 꾸벅하고 돌아섰다. 길로 들어서서 걸어가며 길안이 신명에게 물었다.

"아까, 오두막 할아버지가 저한테 나이 부자야, 하고 말했는데 그게 뭔 말이에요?"

"으응. 네가 젊다는 뜻이지. 나이는 적을수록 부자니까."

"왜요?"

"늙으면 살 나이가 얼마 안 남잖니. 어릴수록 살 나이가 많으니까 나이 부자지."

"아아."

길안이 고개를 끄덕끄덕했다. 길은 계속 비포장으로 이어졌다. 길안은 잠깐 쉬면서 잊었던 발의 아픔이 다시 솟아나기 시작했다. 속으로 악악 신음을 질러야 했다.

오산리 고개, 풀 깎는 사람들

끝없이 이어지는 오르막과 내리막의 비포장 길. 길에는 그늘이 전혀 없다. 산이라 온통 나무인데도 길은 환하기만 하다. 수십 수백 년을 자랐을 커다란 나무도 길 쪽으로는 그늘을 드리우지 못했다. 호수를 바라보는 서쪽이 툭 트여 있어 그렇기도 하지만, 그늘이 거의 없는 시간대이기도 했다. 쏟아지는 햇볕을 온몸으로 받으며 탐사단은 산길을 걸었다.

정오가 조금 지난 시각. 탐사단은 오산리 고개에 도착했다. 고갯마루에 느티나무와 오리나무가 숲을 이룬 곳에 황금마차가 자리 잡고 있다.

"고생하셨습니다. 어서 그늘로 들어들 오세요."

민수가 반갑게 맞이한다.

"여기는 아마 하루 종일 그늘일 거에요. 시원하시죠?"

"이야, 좋다. 자리를 잘 잡았네."

시야가 시원하게 트이고 바람이 지나는 길목이기도 하다. 오르막을 올라올 때엔 살랑이는 바람도 없더니 그곳은 바람이 싱싱 불었다. 오전 내내 쌓였던 피로를 풀어 주는 바람이다.

"사방 15킬로미터 이내엔 식당이 없어요. 그래서 라면을 준비했습니다."

"라면 좋죠!"

미안해하는 민수에게 구 선생이 큰 소리로 말했다.

폭염의 기세는 대단했다. 온종일 그늘을 지우는 고갯마루 나무 밑에 앉았는데도 땀이 났다. 뜨거운 라면을 먹는 중이라 더 그렇기는 하지만 참으로 더운 날씨다. 일행이 밥을 다 먹자마자 그릇들을 챙긴 민수는 다시 차를 몰고 떠났다. 함께 걷기 위해 찾아오는 손님을 마중하러 가야 했기 때문이다. 찾아오는 이는 구 선생의 후배 교사인데 홀로 천오백 리를 걸어 본 경험이 있는 사람이다.

황금마차가 떠나고 대신 다른 차량이 한 대 고개를 올라온다. 트럭 앞에는 '충청북도'라고 써 있고 옆면에는 '공무 수행'이란 글씨도 써 있다. 돗자리를 깔고 한잠 자려던 탐사단은 눈을 둥그렇게 떴다. 트럭은 천천히 다가오더니 탐사단과 가까운 곳에 정차했다. 차에서 남자 셋이 내린다. 한 사람은 운전자고 두 사람은 승객이다. 운전자가 일행에게 다가왔다.

"산에 다니는 분들입니까?"

"아닙니다. 강 길을 걷고 있지요."

구 선생이 일어서서 대표로 대답했다. 일문도 구 선생 옆에 섰다. 다른 사람들은 돗자리에 그대로 앉아 있었다.

"강 길이라고요?"

"예. 태백산에서부터 여주까지 갑니다."

이번엔 일문이 대답했다. 운전자가 일문과 구 선생을 번갈아 보면서 말했다.

"여주요? 태백산에서? 이렇게 더운 여름에? 아이고, 고생들 하십니다."

"허허, 고생은요. 일부러 하는 일인데요."

일문이 대답하면서 트럭에서 예초기를 내리는 두 남자를 힐끔 보며 물었다.

"공무 수행이시면? 무슨 일이신지?"

"아아. 우린 풀 깎으러 왔습니다."

"풀요?"

"예. 민원이 많이 들어 와서요."

길옆에 무성하게 자란 풀이 길까지 내려온다고 민원이 들어온
다는 거였다.

"그래도. 이렇게 더운데, 아침이나 저녁때 하시지요."

"깎을 곳은 많고 인력은 적어서 어쩔 수 없습니다. 저분들이 고
생이지요."

운전자는 예초기를 든 두 사람에게 다가갔다. 주머니에서 하얀
통을 꺼내더니 두 사람에게 건넨다. 두 사람은 받아서 그냥 입에
털어 넣고 꿀꺽 삼켰다. 그리고 위-잉, 예초기를 작동시켜 풀을
베기 시작한다. 길가 긴 풀과 작은 나뭇가지들이 사정없이 잘려
나갔다. 풀이 잘리면서 풍기는 싱그러운 냄새가 삽시간에 퍼진다.
길안은 그 냄새가 좋았다. 옆에 앉은 신명에게 길안이 말했다.

"신명 님, 풀 냄새 좋지요? 전 풀 깎을 때 나는 냄새가 좋더라고
요."

"그래, 나도 좋다. 나도 풀처럼 향기를 뿜을 수 있으면 좋으련
만."

"무슨 말씀이세요?"

"내가 죽으면 썩을 때 얼마나 고약한 냄새가 나겠니. 저렇게 풀
처럼 향기를 내놓진 못하겠지."

"그, 그야……."

"더러 향기를 뿜는 사람도 있단다. 스스로 곡기를 끊고 내장을
말끔히 비우고 살마저 바짝 말리면서 죽음을 맞는 도인들도 있지."

"그런 사람이 진짜 있어요?"

"그럼. 이야기 속에 얼마나 많니."

"에이, 그건 이야기잖아요. 뻥이죠."

"허허, 뻥. 그래, 뻥이지. 하지만 길안아, 이야기는 누군가가 살아간 사실이 바탕이 되지 않겠니. 뻥이야 양념처럼 들어가는 거고. 이야기 뼈대는 경험이고 사실일 게다."

"완전 백프로 뻥도 있어요."

"그럴까? 그렇진 않을 걸? 하여튼 내 생각은 그렇구나. 한숨 자볼까?"

신명이 대화를 끝내고 싶은 모양이다. 신명이 돗자리에 누웠다. 길안도 돗자리에 누웠다. 작열하는 태양도 촘촘한 나뭇잎 그물을 뚫지는 못했다. 길안은 연초록으로 물든 나뭇잎을 올려다보았다. 문득 나뭇잎이 고맙다는 생각이 든다.

눈을 감으니 윙윙 돌아가는 예초기 소리가 크게 들린다. 시끄럽다기보다는 잠을 부르는 자장가 같다. 누군가는 그늘에 누워서 잠을 자는데 누군가는 땀을 뻘뻘 흘리며 풀을 벤다. 길안은 풀 베는 아저씨들에게 약간 미안한 마음이 들기는 했지만 곧 그 마음도 잊었다. 잠 속으로 빠져들어 갔기 때문이다.

천 리를 걷는다는 것 그리고 옥수수

민수가 오후에 동행할 김 선생을 데리고 왔다. 김 선생 차는 미리 잡아 둔 숙소에 두고 황금마차를 같이 타고 온 것이다. 민수가 싱글벙글하며 일행에게 말했다.

"아이스박스가 꽉 찼어요. 얼마나 많이 갖고 오셨는지. 숙소 냉장고가 꽉 찼어요."

김 선생이 음료와 과일을 잔뜩 싣고 왔다는 것이다.

"그냥 와도 되는데 뭘 그렇게."

구 선생이 후배를 반갑게 맞았다.

"갖고 오고 싶었어요."

김 선생은 수줍게 웃는다. 전체적으로 호리호리한 느낌을 주는 몸매지만 다리는 굵은 참나무 줄기처럼 단단해 보인다.

"김 선생은 혼자서 천 리를 넘게 걸은 적이 있습니다."

구 선생이 일행에게 후배를 소개했다.

"우와. 대단하시네요. 어딜 걸으셨나요?"

태평이 물었다.

"서울에서 동해 낙산사까지 갔습니다."

"동행은요?"

"혼자 갔습니다."

군대를 갓 제대한 스물네 살 때 김 선생은 홀로 길을 나섰다고 한다. 수중에 가진 돈도 별로 없었다. 숙박은 교회, 절, 성당 등 종교 기관 신세를 많이 졌고 더러는 정자나 간이 버스 정류소 같은 데서 자기도 했다.

"어떤 목사님은 돈을 주시기도 했습니다. 하지만 저는 아침에 떠날 때 돈은 방에 두고 나왔습니다. 재워 주고 먹여 준 것만으로도 너무 감사했거든요."

"발은 어땠어요? 물집은 없었나요?"

길안이 물었다. 길안은 그게 가장 궁금했다. 김 선생이 길안을 보며 살짝 웃었다.

"엄청나게 생겼지. 앞 발가락에서 뒤꿈치까지 실을 넣은 적도 있었어."

"실 넣는 걸 아셨네요?"

"어느 절에서 자는데 스님이 가르쳐 주셨어. 내 발을 보더니 한참 말을 못하시더라고."

"세상에, 어느 정도였기에?"

"발에서 질컥질컥하는 소리가 났으니까. 랜드로바 단화를 신었거든."

"엥? 랜드로바? 그 딱딱한 거요?"

태평이 놀란 소리로 물었다. 김 선생이 태평을 바라보며 대답했다.

"참 아무 준비도 없었던 거죠. 스물네 살의 호기만 갖고."

"언제든 그만 둘 수 있잖아요. 혼자 걸으니까요. 그렇게 힘든데 왜 계속 걸었어요?"

길안이 다시 물었다.

"글쎄. 혼자라서 더 오기가 생겼나. 어쨌든 목표한 곳까지는 가보자 했지. 뭐랄까, 긴 시간을 걷는 일은 즐거운 고통이랄까? 달콤한 슬픔 같은 것도 있고."

"달콤한 슬픔이라…… 멋진 표현이오."

시종일관 미소를 머금고 대화를 듣던 신명이 말했다.

"그래 낙산사에 도착해서 뭘 했소?"

"해수관음상에 절을 했지요. 그런데 한참을 일어날 수가 없었어요."

절을 하는데 김 선생은 갑자기 눈물이 쏟아졌다고 한다. 눈물은 멈출 줄을 모르고 계속 흐르더란다. 눈물만 흘린 게 아니라 소리도 나와서 엉엉 울었단다. 그렇게 오랫동안 그렇게 큰 소리까지 내면서 울어 본 건 처음이라고 했다.

"왜 그렇게 울었는지 알았소?"

"아닙니다. 지금까지 모르고 있어요. 다만 가슴 속이 시원해진 느낌은 있었죠."

"그래요……, 나도 그 비슷한 경험이 있었소."

신명이 고개를 끄덕였다. 거기서 대화는 끊어졌다. 더 이어갈 말이 없어서 그랬을 것이다. 길안은 김 선생이 왜 울음이 쏟아졌는지 설명을 할 수 없을 거라는 걸 어렴풋이 느꼈다. 그리고 표현할 수는 없지만 알고 있는 그 마음은, 혼자서 천 리 넘는 길을 걸어봐야만 가질 수 있는 거였다.

탐사단이 길가에 나란히 앉았는데, 마침 파란색 트럭 하나가 산길을 걷듯이 천천히 나타났다. 트럭은 그냥 지나가지 않고 탐사단 앞에 멈췄다. 운전석 창문이 열리고 중년 아주머니가 얼굴을 내밀었다.

"옥수수 자실껴?"

뜬금없었다. 불문곡직 옥수수를 먹겠냐고 묻는 산길의 트럭 운전사. 모두 눈을 둥그렇게 뜨고 있는데, 태평이 벌떡 일어서서 트럭으로 다가갔다.

"주시면 먹쥬."

태평이 이상한 사투리로 말했다. 아주머니는 깔깔 웃더니 말했다.

"금방 찐 것이라 맛있을규. 그 참 불쌍해 보여 드리는 게니 잘들 자시슈."

"불쌍혀유?"

"그 보슈. 꾀제제하니 길가에 앉은 꼴이 상거지유. 하하하."

아주머니는 검은 봉지를 태평에게 넘겨주고 털털털 고개를 내려갔다. 검은 봉지에는 옥수수가 열 개나 들어 있다. 씨알이 굵고 찰지고 맛도 좋았다. 김인이 말했다.

"이게 웬 횡재지? 이런 운수 좋은 날도 있네요?"

"생각보다 인심 좋은 분들이 많아요. 저도 정말 많이 얻어먹었거든요."

김 선생이 말을 받았다. 낙산사로 걸을 때 식당에서 밥을 사 먹은 적이 한 번도 없다고 했다. 모든 끼니를 얻어먹었다고 한다. 길안은 김 선생 말이 이해가 되지 않았으나 산증인이 눈앞에서 말하고 있으니 안 믿을 수도 없는 노릇이었다.

문득 하늘에서 떨어진 것 같은 선물인 옥수수를 맛나게 먹고 탐사단은 다시 걷기 시작했다.

어떤 목적

숙소에 들어와 씻고 하나둘 골아 떨어졌다. 길안은 컴퓨터로 사진을 정리하는 민수 옆에서 구경했다. 민수가 그런 길안을 돌아보더니 씨익 웃는다.

"왜? 잠이 안 와?"

"아니, 잠은 와요."

"그럼 자면 되잖아."

"얘기를 좀 더 하고 싶어서요."

"응?"

"어제요, 형이 그랬잖아요. 고등학교 가는 것도 한 방법이라고요."

"진짜? 너, 그게 가능해?"

"예?"

길안은 민수가 무슨 말을 하는지 알 수 없었다.

"진짜 재열이랑 민아랑 같은 학교로 진학할 수 있다면, 그건 어마어마한 일이야. 난 절대 못했거든."

"형도 고등학교 안 갔어요? 나처럼……."

민수가 피식 웃었다.

"노! 노! 상황이 다르지. 사람이 어떻게 다 같겠니. 고등학교를 안 간 게 아니라 난 때려치웠어. 이유도 많고 생각도 많았지. 담임 샘도 뭐라 하시고, 부모님도 걱정이 많으셨지. 그래서 학교로 돌아갈 뻔하기도 했지만, 끝내 복학하지 않았어. 복학 안 한 이유가 뭔지 알아?"

"글쎄요, 뭐예요?"

"괜히 쪽팔리더라고. 후배들하고 같은 학년이 되는 것도 싫었고."

"아아……."

길안은 생각보다 이유가 너무 단순해서 놀랐다. 민수가 빙긋 웃었다.

"쪽팔리다는 거, 이게 말이야. 뭔지 나중에 알았어. 보자, 내가 메모해 둔 게 있는데."

민수가 컴퓨터에서 손을 뗐다. 그리고 휴대폰을 들고 손가락을 움직였다. 조금 뒤 민수가 말했다.

"찾았다. 한번 들어 봐."

민수가 휴대폰에 메모해 둔 것을 읽었다.

"어떤 목적에 봉사하는 수단으로서가 아니라 옳은 일이기에 의무적으로 수행해야만 되는 일이 있다. 그것이 도덕적으로 가치가 있으며 사람으로서 존엄을 지키는 길이기에 그렇다. 무슨 뜻인지 느낌이 와?"

"아뇨…… 전혀!"

"내가 보기에 길안이 네가 고등학교에 진학하는 건 '옳은 일'이야. 난 그렇게 생각한다. 학교를 안 가는 건 '어떤 목적에 봉사하려는 수단'이니까. 수단으로 뭔가를 결정하는 건 옳지 않을 뿐 아니라, 비도덕적이기조차 하거든."

"제가 학교를 안 가겠다는 게 그렇게 나쁜 건가요?"

"나쁘다기보다, 문제가 있다는 거지. 어떤 목적에 봉사하려는 수단이니까. 내가 쪽팔림을 면하려고 복학을 안 했던 것처럼. 물론 복학 안 한 것이 내 인생에 큰 문제를 일으키진 않았지만. 가끔 내 최종 학력이 '고등학교 중퇴'라는 것이 신경 쓰일 때가 있어. 그러나 어쩌겠어. 받아들여야지. 그 신경 쓰임은, 별것 아닌 어떤 목적에 고귀한 가치를 지닌 걸 수단으로 사용한 대가라고나 할까."

"어떤 목적……."

"그래, 어떤 목적."

길안은 입속말로 '어떤 목적, 어떤 목적' 하고 중얼댔다. 민수는 휴대폰을 놓고 다시 컴퓨터 화면을 들여다본다. 길안은 민수가 편집하는 사진을 한참 구경했다. 웃통을 다 벗은 채 땅바닥에 누워

자는 탐사단원 사진이 많았다. 피부가 타서 더 새카매진 길안 몸도 있다. 길안은 문득 생각했다.

'저 작은 몸뚱이에 뭐 그렇게 많은 고집이 들었을까. 참, 쪽팔리는 일이네.'

사진들을 좀 더 구경하다가 길안은 슬며시 일어섰다. 잠을 자야 할 시각이 넘었다.

열두째 날, 신발 찢는 철학자

주인은 누구

아침에 신발을 신고 마당에 나서던 길안이 속으로 삼키지 못한 신음소리를 "으흑!" 하고 내뱉었다. 발을 제대로 딛지 못해 비틀거리는 걸 옆에 섰던 김인이 잡아 줬다.

"유길안, 왜? 발 많이 아파?"

"예. 아유, 죽겠어요."

길안은 의자에 앉으며 신발을 벗었다. 발바닥이 밴드로 덮였다. 물집이 너무 많아 밴드 한 통으로는 부족하다. 날마다 밴드를 한 통 반은 써야 한다. 신발을 벗은 발은 저릿하기는 하나 지속적으로 아프진 않다. 그러나 신발을 신었을 때 압박해 오는 아픔은 견디기 힘들었다. 길안은 벗어 놓은 신발이 무서워졌다. '다시 저걸 신을 수 있을까?' 이런 생각마저 든다. 일문과 구 선생과 신명과 태평이 한꺼번에 길안에게 모여들었다.

"이제 사흘 남았는데, 어쩌나. 길안아, 오늘 쉬어 볼래?"

"아예 한 이틀 푹 쉬고 여주 들어갈 때 같이 걷자."

구 선생이 권했고, 일문이 강한 어조로 말했다.

"……."

길안은 자존심이 상했다. 월악산 기슭에서 한나절을 걷지 못한 것도 몹시 아쉬운데 또 낙오를 해야 하나. 길안은 땅바닥에 시선을 주고 있다가 태평의 찢은 신발이 눈에 들어왔다. 길안은 '그렇지!' 속으로 외치며 고개를 번쩍 들었다.

"저 신발 찢을래요. 태평 삼촌, 칼 좀 빌려 주세요."

"어, 그래. 맞다. 그럼 되겠다. 의원님, 칼 좀 주세요."

"어, 그래, 그래."

김인이 얼른 배낭을 내리고 만능 칼을 꺼냈다. 태평이 칼을 받아 들고 말했다.

"유길안, 잘 생각했다. 신발 줘 봐. 내가 찢어 줄게."

길안은 태평에게 오른쪽 신발을 건넨다. 오른쪽 발가락들 통증이 훨씬 심해서 그런지 자연스럽게 그렇게 된 것 같다. 태평이 익숙한 솜씨로 신발을 찢었다.

"한번 신어 봐."

길안은 신발을 신었다. 새끼발가락이 신발 밖으로 비어져 나온다. 걸어보았다. 신기하게도 새끼발가락에서 아무런 통증이 전해져 오질 않는다. 네 번째 발가락이 살짝 아플 뿐이다. 아까 신발을 찢기 전이 지옥이었다면 지금은 천국에 있는 느낌이다. 단지 칼집을 하나 냈을 뿐인데, 이런 해방감을 느끼다니.

"안 아파요. 신발을 안 신은 것 같아요. 우와!"

길안은 날아갈 것 같다. 이 상태 발이라면 지금보다 두 배 거리를 걷는다고 해도 끄떡없겠다.

"태평 삼촌, 칼 주세요. 왼쪽은 제가 찢을게요."

"잘 찢을 수 있을까?"

태평이 칼을 주지 않고 말했다.

"이것도 못할까 봐요?"

길안이 손을 내밀었다.

"너무 많이 찢으면 신발을 버리고 너무 조금 찢으면 찢으나 마나지."

태평이 칼을 건네주면서 말했다.

"잘 보세요."

길안이 자신만만한 목소리로 말했다. 보기보다 운동화 천은 질겼다. 중간에 박힌 심은 칼날에도 잘 나가지 않았다. 심을 자르려고 길안이 힘을 너무 세게 줬나 보다. 운동화가 쭉 찢어졌다. 신어보니 네 번째 발가락까지 다 밖으로 삐져나온다.

"거 봐. 쉽지 않지? 샌들이 됐다. 운동화 샌들."

태평이 놀렸다.

"더 편하고 좋지 뭐."

옆에서 신명이 말했다.

찢은 신발을 신고 서자 발의 아픔이 썰물처럼 빠져나간다. 허벅지와 종아리에 힘이 든든하니 얼마를 걷든지 가능할 것 같다.

출발하기 전 몸을 풀기 위해 둥글게 섰을 때 구 선생이 말했다.

"길안아, 발 편해?"

"옛!"

구 선생이 고개를 끄덕이고 나서 탐사단 전체를 보고 말했다.

"좋습니다. 그럼 오늘은 속도를 좀 올려 볼까요? 좀 더 빠르게 걸어 보겠습니다."

"그래 봅시다."

뜻밖에 신명도 동의했다.

구 선생이 속도를 높였다. 그러나 길안이 따라가는데 별 무리가 없다. 발이 아프지 않으니 마음이 흥겹다. 한 시간에 5킬로미터 이상 걸었다. 쉬는 시간에 태평이 길안에게 말했다.

"좋지? 신발 노예에서 풀려난 걸 축하한다."

"노예?"

"그래. 이제 넌 네 발의 진정한 주인이 된 거야."

"하하. 그런가요."

길안은 발에게 미안하다는 생각마저 들었다. 이렇게 쉬운 걸. 이렇게 쭉 찢으면 되는 것을. 이틀 전 태평이 신발을 찢을 때 안 찢고 고집을 피운 건 도대체 뭐람. 신발값 7만 원이 아까워서 그런 건 아닐 것이다. 길안은 자기 마음을 자기도 몰라 태평에게 물었다.

"태평 삼촌, 내가 왜 이틀 전에 신발을 안 찢었을까요?"

"글쎄다. 걸을 만해서 그랬겠지."

"그게 다는 아닌 것 같은데요."

"네 마음을 네가 모르면 누가 아니? 신발이 아까워 그런 건 아닐까?"

"그건 분명 아니에요."

"그럼 난 모르겠다. 네가 잘 생각해 봐."

신발 찢은 철학자

길안은 걸으면 걸을수록 신기했다. 그렇게 아프던 발이 아프지 않으니 세상이 너무나 편하고 행복했다.

'아, 이렇게 쉽게 변할 수 있구나.'

길안은 뭔가 큰 깨달음을 얻은 것 같기도 했다.

탐사단은 빠르게 걸었다. 강과 완전히 멀어진 길이다. 사전 답사 때 설정한 길로 걷자면 임도(林道)로 가야 했다. 임도는 산을 관리하기 위해 넓게 내 놓은 길이다. 강을 보면서 걸을 수는 있지만 산을 하나 넘어야 한다. 사흘 뒤에 여주시청까지 들어가야 하는데, 아직 남은 거리가 많다. 탐사단은 고심 끝에 임도를 버리고 동량면을 지나가는 길을 택했다. 강과는 멀어지지만 목적지에 들어가는 날짜를 맞추기 위한 어쩔 수 없는 선택이었다. 열이틀을 걷는 동안 강을 보지 못하고 걷는 건 처음이다.

걷는 길은 차도다. 구름 하나 없는 하늘엔 태양이 이글거린다. 온몸에서 땀이 솟았다. 길안은 신발을 찢지 않았더라면 아마 첫 한 시간 걸을 때 포기했을지도 모르겠다는 생각이 들었다.

차도를 걸으니 탐사단은 아무도 말이 없다. 한 줄로 적절한 거리를 유지하면서 묵언 걷기가 자연스럽게 이뤄졌다. 한 시간 걷고 20분 쉬는 흐름도 잘 지켜졌다. 문화 유적을 보는 시간은 거의 갖질 못하는데, 마침 법경대사비 공원이 길옆에 있어 그곳에서 쉬게 되었다. 역시 민수가 시원한 얼음커피와 음료를 준비하고 기다리고 있었다.

느티나무와 은행나무가 숲을 이룬 공원은 시원하다. 길안과 나란히 앉아 옥수수 알을 떼어 먹으며 신명이 말했다.

"어이, 신발을 찢은 철학자."

"예?"

"뭔가 골똘히 생각하고 있던데? 철학자가 어떤 주제를 잡고 고민하듯 말이야."

"그걸 어떻게 아세요?"

"네 등판에 그렇게 써 있더라. '난 지금 철학을 하고 있으니 말 걸지 마세요.' 하고."

신명이 껄껄 웃었다. 길안 바로 뒤에 따라오면서 길안이 등판에 쓰인 글을 읽었다는 얘긴데, 길안도 픽 하고 웃음이 나왔다.

"뭐 그런 건 아니고요. 신기하긴 해요. 그렇게 쭉 찢으면 될 걸, 왜 고집을 피웠는지. 아무것도 아닌데."

"아무것도 아닌 게 아닌 거지. 그러니 사람들은 발이 곪아 터지는데도 신발을 꽉 조이고 있잖니. 발을 완전히 못 쓰게 될 때까지도 끝내 신발을 찢지 못하기도 하고. 신발을 찢는 순간 세상이 확 바뀌는데도 그 순간을 경험할 수 없는 거지. 그런 면에서 길안이 넌 빨리 깨달은 거야."

"그럼 태평 삼촌은 저보다 훨씬 훌륭하네요? 먼저 찢었으니까."

신명이 고개를 흔들었다.

"비슷하지. 더 낫다고 보긴 어렵다. 사람마다 찢어야 하는 시기가 다르지 않겠니. 시기를 놓치지 않는 게 중요하지."

"네……."

길안은 말을 줄이고 옥수수를 뜯었다.

녹조 라떼

오전 열한 시쯤 다시 강을 만났다. 그런데 강이 아니라 저수지였고 물빛은 녹색이었다. 물 흐름이 전혀 보이지 않고 녹조만 가득

하다. 초록은 누구나 좋아하는 풀빛이지만 강물 색이어선 안 된
다.

"세상에, 저기엔 손도 못 담그겠다."

하천대교를 건너면서 다들 할 말을 잊을 정도였다. 김인은 구 선
생 휴대폰을 빌려 녹음을 한다.

"몇 년 몇 월 몇 일 몇 시. 충주호 녹조 심각하게 발생. 거의 모
든 수면을 뒤덮고 있음."

하천대교를 건너기 전에 본 리조트 단지는 폐허나 마찬가지였
다. 숙박업체, 식당, 놀이 시설 등 대규모로 지어진 리조트 건물들
이 잡초더미에 묻혀 있다. 이미 손님이 끊어진지 꽤 된 것 같다.

하천대교를 건너서도 마찬가지다. 넓은 마당과 잘 지은 집, 잘
가꾼 정원을 가진 식당들이 다 폐업을 하고 있다. 점포 임대라고
현수막을 크게 써 붙인 한 식당 정원에 황금마차가 서 있다. 탐사
단이 도착하자 민수가 말했다.

"너무 아까워요. 이렇게 좋은 곳이 텅 비었네요."

마당가 잘 지어진 정자에 탐사단은 돗자리를 펴고 앉았다.

"서부영화에 나오는 어떤 황량한 마을 거리 같아요. 흙먼지와
낙엽이 날리고 사람은 흔적도 없는. 여기가 왜 이렇게 되었을까
요?"

태평이 안타까운 눈으로 여기저기 돌아보면서 말했다.

"내가 보기엔 저 녹조 라떼가 문제인 것 같은데."

일문이 나름대로 진단했다. 라떼는 커피에 뜨거운 우유를 타서 먹는 음료다. 강을 뒤덮은 녹조는 녹색 거품이 낀 것처럼 보이니 라떼라는 표현이 그럴듯하다.

"저 강에 누가 놀러 오겠어요?"

일문이 주장을 보충했다. 대부분 일행이 동의를 한다는 뜻으로 고개를 끄덕였다.

"녹조를 없애려면 물이 흘러야 하고, 그러자면 저 충주댐을 허물어야 되고, 이거 해결 방법이 없네요, 없어."

태평이 고개를 흔들었다.

"충주댐 허물면 안 돼요?"

길안이 불쑥 말했다.

"어?"

태평이 대꾸할 말을 찾느라 눈동자를 둥글둥글 굴리는데 신명이 말했다.

"댐을 허문다……. 그것 참, 그러면 좋기는 하겠다만 그게 어디 말처럼 쉬운 일일까."

"안될 거에요."

김인이 단호하게 고개를 흔들었다.

"충주댐은 우리나라에서 가장 큰 댐이에요. 댐을 만들 때 5만 명이나 이주민이 발생하면서 저항도 많았죠. 하지만 홍수조절, 전력 발생, 생활 및 공업용수, 관광객 유치 등을 내세워 운영되어 온지 벌써 30년이에요. 이쪽 생태계도 이미 변했을 거고요. 댐을 허물면 또 다시 생태계 교란이 올 수 있어요."

"그래도 강을 막은 콘크리트 구조물은 하루빨리 걷어 내는 것이 가장 빠른 복구 방법이라던데? 강물은 흘러야 되는 거 아닌가?"

일문이 이의를 제기했다.

"강물이 흘러야 된다는 거야 당연하죠. 다만 변경시킨지 오래된 것을 되돌릴 때엔 신중해야 된다는 거지요."

"그건 상황 논리로 문제를 피해 가려는 것 아닌가?"

"하하. 그렇진 않죠, 형님."

김인이 소리 내어 웃었으나 약간 어색한 표정을 지었다. 김인의 표정을 보고 일문도 하려던 말을 삼켰다. 두 사람 대화가 잠깐 끊어진 틈에 신명이 말했다.

"인류는 수많은 구조물들을 만들어 왔소. 그러나 그게 얼마나 가겠소? 수천 년 수만 년 전에도 인류가 만든 어마어마한 구조물은 있지 않았소? 거대한 그 구조물들에 비하면 충주댐 정도야 애들 장난감 아니겠소."

"하지만 자연스러운 구조물이 있고 자연을 파괴하는 구조물이 있으니까요. 충주댐은 자연을 파괴하는 대표적인 구조물 아닐까요? 자연을 지배하겠다는 인간의 오만이기도 하고요."

일문이 신명을 보면서 대꾸했다. 신명이 빙그레 웃으며 말했다.

"치수에 대한 방식이 다른 거요. 중국 고대 우임금은 물길의 자연스러움을 따라 치수를 했다고 하오. 아버지인 곤은 둑을 쌓아 홍수 피해를 막으려 했소. 하늘나라 보물인 식양을 훔쳐다가 말이오. 식양은 하늘에선 좁쌀만 한데 땅에선 산더미처럼 부풀어 오르는 성질을 가졌다고 하오. 하지만 곤은 식양으로도 범람하는 물을 막을 수가 없었소. 흐르는 성질을 가진 물을 막으려고만 했기 때문이지요. 결국 치수를 실패한 죄로 순임금에게 죽임을 당했소. 곤의 아들인 우는 아버지 실패를 거울삼아 둑 쌓기를 포기하고 물이 낮은 곳으로 흐르는 성질을 따라 물길을 터 주었소. 물은 흘러 바다로 들어가고 큰 강 주변 사람들은 홍수 피해에서 벗어났다고 하오. 그 공으로 우는 순을 이어 중국 황제가 되었소. 둑이 통제와 관리라면, 물길 만들기는 흐름이라오. 그렇다면 우리가 충주댐을 어떻게 바라봐야 하는지는 어느 정도 답이 나오지 않을까 하오."

신명이 길게 이야기했다. 신명의 목소리는 부드럽고 잔잔하여 듣기 좋았다. 더구나 자기주장을 강요하는 느낌이 없으니 반발심도 불러일으키지 않는다. 신명 말을 끝으로 녹조 라떼에 대한 이야기는 더 이상 진전되지 않았다. 대신 텅 빈, 이 멋진 건물들을 뭐에 사용하면 좋을까 하는 의견들이 오고갔다. 민수는 "나한테 준다면 연수원으로 만들고 싶다."고 소망을 말했다.

"누구나 와서 편안하게 머물게 하고 싶어요. 하고 싶은 공부를 마음껏 하고 가는 공간으로 만들고 싶고요. 저는 운전수도 하고 밥도 하지요. 그럴 수 있다면 전 정말 행복하겠는데요."

민수가 덧붙인 말은 일행의 엄청난 박수를 받았다.

동량면 아스팔트, 사평마을 느티나무

점심을 먹을 동량면 소재지 식당까지 가는 길은 타오르는 길이었다. 길안은 신발을 찢지 않았다면 아마 주저앉고 말았을 것이다. 하루를 같이 걷겠다고 여강길 회원 두 명이 아침에 찾아왔다. 여주에서 차로 한 시간이면 충분한 거리인 덕이다. 그 중에 한 여성은 지리산이나 설악산에서 날아다닌다는 사람이었다. 그런데 동량면으로 들어가는 아스팔트 위에서 이렇게 말했다.

"아유, 물집이 생긴 것 같아요."

듣는 이들이 다 놀랐다. 철인이라 불리는 사람 입에서 나온 말이라고 생각하기 어려울 정도였기 때문이다.

"달아오른 철판 위를 걷는 느낌이에요."

놀라는 사람들에게 철인은 친절하게 설명을 덧붙였다.

그랬다. 그늘 하나 없이 달아오른 아스팔트는 엄청난 열기를 내뿜었다. 발에서 시작된 열기가 허벅지까지 벌겋게 달구는 듯하다. 온몸은 땀인데 그 중에서도 겨드랑이에 자꾸만 땀이 찬다. 탐사단은 자주 두 팔을 어깨 높이로 들어올렸다. 바람이 겨드랑이로 들어와 조금이나마 땀을 말려 주길 바라면서. 그건 두 날개였다. 탐사단이 번갈아 날개를 펴다가 한꺼번에 펴기도 하니 마치 둔하고 몸집 큰 새떼 같다.

점심을 먹고 나서 시원한 쉴 곳이 필요했다. 오전 내내 지친 몸 기력을 회복하려면 한두 시간 낮잠이 좋다. 에어컨 바람이 있는 식당에서 한잠 잤으면 좋으련만 그럴 수는 없다. 민수도 그것까지는 협상을 해내지 못했다. 당연한 일이다. 어느 식당이 대낮에 손님이 누워 자게 하겠는가. 대신 민수는 멋진 느티나무 그늘을 찾아냈다. 면소재지 식당에서 차를 타고 5분 정도 들어간 사평마을이었다.

그늘이 넓어 돗자리 펼 곳이 많다. 여덟이나 되는 사람이 이리저리 누워도 자리가 남는다. 각자 자리를 잡아 앉고 눕고 했을 때 한 할머니가 느릿느릿 다가왔다. 구 선생과 김인이 싹싹하게 인사하자 할머니가 말했다.

"아이고, 더운데."

할머니는 느티나무 아래 놓인 돌 의자에 앉으며 안쓰럽다는 표정을 지었다. 손에 든 넓은 부채를 활활 부치며 할머니가 물었다.

"뭘 하러 다니는 분들이유?"

할머니 얼굴엔 궁금증이 한가득이다. 김인이 배낭에서 '천리강길' 홍보지를 꺼냈다.

"이것 좀 보세요. 우리가 강을 따라 걷고 있습니다."

할머니는 김인이 내민 종이를 받았다. 종이에 눈이 갔으나 읽는 것 같지는 않다. 눈이 침침해 잘 안 보이거나 한글을 못 읽을 수도 있다. 김인이 눈치채고 말로 설명했다.

"태백을 아시나요? 강원도에 있는 태백산에 검룡소라고 있구요. 거기가 남한강 발원지에요. 여기가 충주 동량면이죠? 남한강은 충주도 지나갑니다. 그래서 우리가……."

"강이 먼데? 저 큰 고개를 넘어야 되는데, 잘못 왔슈."

할머니가 김인의 말을 잘랐다. 임도를 안 가고 내륙으로 들어왔으니 강이 멀어진 길이 맞다. 그러나 김인은 그런 사정까지 설명하기는 난감했다. 할머니는 아마도 난감한 김인의 심정을 알았나 보다. 할머니가 이렇게 말했다.

"뭐 젊은 사람들이 잘 알아서 하시겠쥬. 그래, 어디까지 가우? 서울?"

"아닙니다. 여주까지 갑니다."

"여주라, 거기도 걸어가자면 멀쥬. 아이고 고생들도 하네유. 가마 있어라. 잠깐들 기세유."

할머니는 무릎을 잡고 천천히 일어섰다. 그리고 느릿느릿 걸어갔다. 느티나무 바로 맞은편에 있는 집으로 들어간 할머니가 한참 만에 나왔다. 이미 신명과 일문은 잠이 든 뒤였다. 할머니는 꽤 큰 쟁반에 두 되짜리 노란 주전자 하나와 접시에 담은 찐 감자를 들고 나왔다.

"이놈두 마시고 이것도 자시우."

할머니가 노란 주전자에 담긴 것을 종이컵에 따랐다. 걸쭉한 갈

색 커피다. 자지 않고 있던 일행은 다들 눈이 휘둥그레졌다.

"아이고, 저는 막걸리를 갖고 나오신 줄 알았네요."

김인이 받아서 한 모금 마셨다.

"앗! 할머니 어떻게 하신 거예요? 시원해요."

김인의 시원하다는 말에 너도나도 커피를 마셨다. 정말 놀랍도록 시원한 맛이었다. 할머니가 주전자 뚜껑을 열어서 보여 줬다.

"그놈 두덩이면 충분혀유."

야구공만한 얼음덩이 두 개가 주전자 안에 얌전하게 자리 잡고 있다. 할머니에게 침이 마르게 일행이 감사를 하고 있는데 또 한 사람이 나타났다. 얇은 면 티셔츠를 입은 배가 불룩하고 둥글넓적한 큰 얼굴에 혈색이 좋은 남자였다. 농촌 마을이지만 어딘가 농부 같아 보이지는 않았다. 역시 할머니가 고개를 꾸벅하며 말했다.

"목사님 나오셨슈?"

그제서야 길안은 교회가 눈에 들어왔다. 느티나무에서 몇 걸음 되지 않는 곳에 꽤 큰 집이 있고 마당에 십자가 철탑이 세워져 있었다. 그런데도 눈여겨보지 않아 교회인지도 몰랐던 것이다. 목사가 말했다.

"에어컨 틀어 드릴 테니 들어와 주무시지요? 우리 강당에 에어컨이 있답니다. 땀 많이 흘리셨을 텐데 샤워도 할 수 있고요."

목사는 활짝 웃으며 말했다. 뭐하는 사람들인지도 묻지 않았다.

김인과 구 선생은 감사하다고는 했지만 교회 안으로 갈 생각이 없었다.

"우린 들어갈래요."

오늘 동행인 두 여성이 합창했다.

"예. 따라 오시지요."

목사가 앞장을 섰다. 그걸 보고 태평이 "저도 갈게요." 하고 자리에서 일어섰다. 태평과 같이 자리를 잡았던 길안도 따라 일어섰다. 느티나무 아래 자연 바람도 시원했으나 길안은 가끔 달려드는 개미와 파리가 귀찮던 참이었다.

강당은 깨끗하고 넓었다. 에어컨까지도 필요 없었다. 대형 선풍기가 있어 그것만으로도 충분했다. 선풍기 바람이 좀 더 잘 오는 곳을 골라 태평과 길안은 자리 잡았다. 누워 눈을 감자 길안은 온몸이 노근하게 풀어졌다. 달콤한 잠 속으로 들어가려는데 옆에 누운 태평이 말했다.

"사평마을, 잊을 수 없겠다."

길안이 궁금해서 물었다.

"뭘요?"

"아무것도 바라는 것 없이 음식을 대접하는 할머니 마음. 식당을 하는 내가 꼭 배워야 하는 태도인 것 같다."

"돈을 안 받으면 식당이 망하죠. 식당이 아무것도 바라는 것 없이 어떻게 해요?"

"돈이야 받겠지만 음식을 대접한다는 마음이 먼저여야 된다는 거지."

"……."

길안은 대답할 말을 찾지 못했다. 그러자 태평이 또 말했다.

"누군지 뭐하는 사람인지 아무것도 묻지 않고 집을 내주는 목사님에게서도 많은 걸 배웠다."

"하하. 묻지도 따지지도 않는다, 이건가요?"

"그래. 그거 보통 어려운 일이 아니거든. 나는 정말 많은 것을 따지고 산다. 장사를 하다 보면 그래. 따질 것이 너무 많아. 그런데 대부분 돈을 얼마나 더 벌 수 있을까, 밑천 대비 수익이 얼마일까를 자꾸 따지게 돼. 그러다 보면 내가 이러고 살아야 되나……."

길안은 태평의 말을 듣는데 어제 다녀간 김 선생이 문득 생각났다. 교회에서 자고 절에서도 자고 모든 끼니를 얻어먹었다는 김 선생. 이 교회 목사님을 보면 그게 가능할 것도 같다는 생각이 든다.

강의 얼굴

드디어 강이 나타났다. 내륙의 바다라는 청풍호 또는 충주호 주변을 걸은 지 나흘만이다. 오후 5시, 사평마을 할머니 말씀대로 큰 고개 하나 넘으니 강이 나타난 것이다. 고갯마루에 충주자연생태체험관이 있고 그 뒤쪽에서부터 자전거도로가 만들어져 있다. 자전거도로만 따라 걸으면 이제 여주까지는 강과 헤어지지 않고 걸을 수 있다.

자전거도로에 내려서서 강 상류를 바라보니 거대한 콘크리트 구조물이 보인다. 바로 충주다목적댐이다. 댐의 수문 두 개에서 물이 흘러내리는 게 보인다. 아마도 그 양은 평소에 강이 자연스럽게 나르는 물의 양과는 큰 차이가 있을 것이다. 그러나 댐 아래로는 강이 제 모습을 찾았다. 버드나무와 수초가 자라는 숲이 있고 소리를 내며 흐르는 여울이 있다.

"와! 강이다!"

탐사단은 내남없이 두 팔을 활짝 벌리고 숨을 들이마셨다. 때맞춰 강에서 시원한 바람이 불어온다.

"저래야 강이지. 아, 감사하다."

구 선생이 감격스러워한다.

"우리 다 같이 사진 하나 찍어 둡시다."

일문도 감동받은 얼굴로 사람들에게 권했다. 거절할 이유가 없었다. 탐사단은 한 무더기로 섰고 김인이 사진을 찍었다. 그리고 김인이 무리 가운데에 들어와 셀카봉을 들고 다시 한 번 찍었다. 강안의 모래톱에서 백로 한 마리가 한가롭게 날아올랐다.

서쪽으로 가는 길

다시 강을 만난 건 감동이었으나 걸음은 만만치 않다. 해를 바라보며 서쪽으로 가는 길이다. 뜨거운 햇살이 옷을 뚫고 들어온다. 이미 한번 씩 데여 붉어진 살갗은 쓰리다. 얼굴은 눈만 내놓고 온통 복면을 했다. 그래도 얼굴이 뜨겁다.

신발을 찢어 걷기는 편했으나 길안은 운동화 밖으로 삐져나온 발가락이 불안하다. 양말이 발가락을 싸고 있기는 하지만 발가락이 더 열을 받을까 걱정이다. 자전거도로에는 가로수가 없다. 눈을 씻고 봐도 그늘이 없다. 길안의 눈에 길섶에 자라난 풀이 들어왔다. 개망초, 바랭이, 달맞이, 쑥대가 뒤섞여 있다. 적지만 그래도 그늘이 보인다. 길안은 풀에 바짝 붙어 발을 풀 그늘에 넣으면서 걸었다.

"유길안, 뭐 해?"

태평이 길안의 이상한 몸짓을 봤다.

"그늘에 발 넣고 걸어요."

"그래? 어디."

태평이 길안처럼 풀 그늘에 발을 넣는다.

"뭐야? 그게 그거네."

태평의 불만에 길안이 말했다.

"그냥 심리전이에요."

"한 방 제대로 먹었네."

태평이 킬킬 웃었다. 둘이 노는 양을 보던 신명이 말참견을 했다.

"고생들 많군. 나는 아예 마음을 버리고 걷네. 내 마음도 내 마음이 아니고 내 몸도 내 몸이 아니니, 그 참 편안하구나."

신명이 노랫가락을 읊듯 했다. 고개를 갸웃하면서 태평이 말했다.

"신명 님 말씀은 어떤 스님 얘기 같아요."

"어떤 스님?"

"예. 제가 어떤 걷기 행사에 간 적이 있는데요. 거기에 맨발로 다니는 스님이 있었어요. 그 스님이 걸을 때 아무것도 생각하지 말고 입으로 '오른발, 왼발'만 외라고 하더라고요. 오른발 나갈 때 '오른발', 왼발 나갈 때 '왼발' 하고요."

"그게 잘 되었소?"

"아뇨. 금방 다른 생각이 끼어들던데요. 내 마음을 버리지 못해 그렇다고 하더군요."

"하하. 그렇겠지요. 달마대사도 마음을 버리는데 9년씩이나 걸렸으니."

"9년이요? 9년 동안 뭐했어요?"

"면벽을 했소. 벽만 보고 앉아 있었던 거요. 한 터럭이라도 생각이 일어나면 마음이 아직 남아 있는 거라오. 완전히 모든 생각을 끊어 버린 상태, 맑고 고요한 본래 성질을 되찾는데 9년이 걸렸다고 하오."

"달마가 서쪽으로 간 까닭이 그거에요?"

길안이 불쑥 물었다.

"서쪽으로? 동쪽이 아닌가? 달마가 동쪽으로 간 까닭은? 이라는 영화도 있는데."

태평이 길안의 말을 정정했다. 그러자 신명이 빙그레 웃으며 말했다.

"동쪽으로 갔든 서쪽으로 갔든 관계없을 것 같소."

"그런 가요?"

태평이 피식 웃으며 대답하자, 신명은 고개를 끄덕여 주고 나서 길안에게 말했다.

"힘들지? 달마가 면벽을 하는 동안엔 지금 우리보다 훨씬 힘들었을 거다. 시시각각 불안과 걱정이 일어났을 테지. 가만히 앉아 있으니 엉덩이도 아프고 다리도 저렸을 테고. 그래도 쉬지 않고 갔을 거야. 마음을 완전히 다 비우는 그곳까지. 우리도 그래 볼까. 그저 아무 생각 없이 걸어 보자. 달마가 면벽하듯."

"달마가 면벽하듯 서쪽으로 걷는다. 그럼, 길안이 서쪽으로 간 까닭은 이네요?"

"오! 그렇게 되니? 좋다. 그럼 나는 신명이 서쪽으로 간 까닭이다."

"저도 갑니다. 태평이 서쪽으로."

태평도 합세했다. 세 사람은 대화를 멈추고 한 사람씩 거리를 두고 걷기 시작했다. 길안은 달마처럼 마음을 완전히 비워 보려고 애썼다. 맨 먼저 발가락에 대한 불안감부터 버렸다. 그러자 정말 발가락이 더는 불안하지 않다. 신기한 일이었다. 다음엔 따가운 허벅지의 아픔을 버렸다. 또 신기한 일이 일어났다. 허벅지가 더 이상 따갑지 않은 것이었다. 다음엔 쉼터로 잡고 있는 산굽이에 대한 거리감을 버렸다. 그러자 그렇게 멀어 보이던 산굽이에 대한 원망이 사라졌다.

'야, 이거 웃긴다?'

길안은 슬며시 기분이 좋아진다. 어디까지고 힘차게 걸을 것만 같은 자신감도 생겨난다. 길안은 생각했다. 이런 자신감도 버려야 하나?

유송삼거리

구 선생이 잠깐 길을 놓쳤다. 유송삼거리에서 잠깐 망설이던 구 선생은 자동차전용도로로 보이는 곳으로 올라갔다. 이미 시각은 오후 7시를 넘고 있었다. 탐사단 모두 지쳐 다리가 무거워지는 시점이다. 뒤에 섰던 김인이 앞으로 뛰어갔다.

"잠깐만요, 단장님, 잠깐만."

구 선생이 걸음을 멈추고 우뚝 섰다. 김인이 바짝 다가서서 말했다.

"어디까지 가시려고요?"

"우륵대교를 건너 놔야지."

구 선생이 등산 스틱으로 길을 가리켰다. 자동차전용도로를 한참 걸어야만 우륵대교를 건널 수 있다.

"지금 거기까지는 무리에요. 다들 지쳤어요."

"…… 우륵대교 건너 놔야 돼. 그래야 내일 일정이 수월하다고. 내일도 먼 길이야."

구 선생은 여주가 가까워지면서 조금씩 신경이 날카로워지는 듯했다. 목표로 한 날, 목표로 한 시각에 도착하지 못할까 노심초사하는 것이다. 어제 답사 때 결정했던 임도를 버리고 강에서 멀어진 길을 걸은 것도 그래서였다.

"오늘도 많이 걸었어요. 오늘은 여기서 마무리를 하는 게 좋겠는데요."

"……."

구 선생이 이마를 찌푸렸다. 다른 탐사단원은 조금 떨어진 곳에서 두 사람의 대화가 끝나기를 기다렸다. 길안은 김인 주장대로 오늘 걷기를 종료했으면 하고 바랐다.

구 선생이 대답이 없는 건 불만이 있다는 표현인데도 김인은 멈추지 않았다.

"시간이 많이 늦었어요."

"……."

"길도 위험해 보입니다."

"단장이 길을 결정하면…… 좀 따라와요!"

구 선생이 존댓말을 썼다. 말투에 약간 짜증이 섞였다. 목소리도 평소보다 높았다. 이건 아주 드문 일이다. 약간 떨어져서 대화를 듣던 사람들도 다 놀랐다. 김인도 잠깐 멈칫했다. 구 선생은 스스로도 자신의 목소리에 놀란 것 같다. 김인이 말을 못하고 머뭇거리는 것을 보며 구 선생이 어색하게 웃었다. 그리고 말을 이었는데 목소리가 낮고 부드러웠다.

"지금 걷기 좋은 시간대라, 기온도 좀 내려가고 해서."

"그, 그렇긴 하지만. 오늘 저녁에는 손님도 많이 오시고. 이미 식당에서 기다리고들 계실 것 같은데요."

여주가 가까워지면서 밥때마다 손님들이 찾아온다. 보통 두 패이상인데 오늘 저녁에는 무려 네 패나 온다고 했다. 대부분 김인의 손님들이다. 역시 정치인답게 아는 사람이 많다. 구 선생은 구선생대로 목표가 있지만 김인은 김인대로 목표가 있는 셈이다.

구 선생이 김인의 말을 귀담아듣더니 떨어져 서 있는 신명을 불렀다.

"신명 님. 어떡할까요?"

선택의 기로에 설 때마다 구 선생은 신명 의견을 물었다. 그렇다고 구 선생이 선택의 짐을 떠넘기는 건 아니었다. 보통 선택을 회피하는 사람은 두 종류가 있다. 하나는 자기 확신이 너무 강해 선택을 할 필요가 없는 사람이다. 이 사람은 자기주장대로 하면 되기 때문에 그 누구의 의견이나 대안도 받아들이지 않는다. 또 한종류는 선택을 할 수 없는 사람이 있다. 이 사람은 자기주장이 아예 없어 선택을 할 필요가 없다. 누군가가 선택을 해 주는 대로 따르기만 하면 된다. 두 종류 다 매우 부정적이다. 전자는 모든 것에 의도적인 행동 주체로서 옹고집이며 심한 경우는 광신주의자가 될 수도 있다. 후자는 의지 없이 움직이는 노예로서 자기 통제력을 상실하여 심한 경우 무기력한 우울증 환자가 될 수도 있다.

구 선생은 당연히 둘 다 아니다. 선택을 스스로 할 것이지만 대안을 신중하게 물어보는 경우다. 신명도 그런 사실을 잘 안다. 신명이 말했다.

"여기서 멈춰도 되겠소. 여기가 우륵대교 우안이니 내일 우륵대교 좌안에서 출발합시다. 그러면 다리를 가운데 두고 강의 좌우에서 멈추고 출발하는 것이니 길을 잇는 것에 문제가 없지요?"

신명은 의견을 물어볼 것에 대비해 생각을 해 두는 습관이 생긴 것처럼 보인다. 길안은 신명 의견이 아주 마음에 든다. 여기서 멈추자고 하는 말만으로도 그랬다. 그 다음 이유들이야 길안으로선 중요하지도 않았다.

"그렇게 하시죠. 그러면 되겠습니다. 감사합니다."

구 선생이 결정을 말했다. 올라가던 길을 내려오면서 구 선생은 옆에 선 김인의 어깨를 두드렸다. 김인은 구 선생에게 가볍게 목례를 보냈다.

열셋째날, 초음파보다 센 천리강길

정수리 위 얼음덩어리

탐사단은 우륵대교 밑으로 이동했다. 우륵은 대가야 사람이었으나 신라 진흥왕이 가야를 복속시킨 뒤 신라인으로 살았다. 진흥왕의 배려로 충주로 살 곳을 옮겨 제자를 길렀다. 우륵은 12현금으로 불린 가야금을 만들었고, 가야금 연주에 최고 명인으로 역사 속에 이름을 남겼다. 충주는 우륵이 가야금을 탔다는 전설을 간직한 '탄금대'가 있는 고장이다. 우륵대교는 탄금대 주변에 있어 자연스레 다리가 그 이름을 얻었다.

출발지에 가서 간단하게 식사를 하자는 민수 의견에 따라 탐사단은 다리 밑으로 나온 것이다. 엄청난 날씨였다. 말복을 사흘 앞

둔 더위다웠다. 아침 7시이고 다리 밑인데도 푹푹 쪘다. 민수가 김치죽을 끓였다. 몸이 마르고 가벼운 민수도 구슬땀을 흘린다. 길안이 김치 봉지를 뜯는 등 옆에서 거들자 민수가 말했다.

"다 했어. 놔 두고 발에 밴드 감고 걸을 준비나 하셔."

역시 지원 전문가에게 얼치기 보조는 큰 도움이 안 될 것이다. 길안은 식사 준비에서 물러나와 민수 말대로 발가락에 밴드를 감기 시작했다. 걷기 준비에 가장 바쁜 사람은 김인이었다. 김인은 새로운 아이디어가 분출하는 사람이다. 어제부터 혼자 정수리에 얼음을 넣고 다녔다. 뜨거운 열기에 얼음은 금방 녹아서 머리로 흘러내린다. 그걸 보고 태평이 놀랐다.

"머리카락이 눈물을 흘려요."

김인도 멋쩍게 웃으며 말했다.

"시원하기는 최곤데, 빨리 녹아서 그게 문제네."

다른 일행은 아무도 따라하지 않았다. 그만큼 김인의 아이디어는 신뢰를 잃은 까닭이다. 가장 결정적인 것이 두 가지 있었다. 비 내리는 동강길에서 물을 퍼 올려 신발에 넣었던 비닐 발동기 사건. 청풍호반에서 하루살이 쫓는다고 야관문과 쑥을 모자 밑에 넣어 오히려 하루살이를 불러들였던 사건. 그러니 김인이 새로운 아이디어를 내도 다들 시큰둥했다.

그러나 김인은 지치지 않았다. 어제 머리카락이 울었던 실패를 보완하기 위해 얼음을 비닐에 쌌다. 그런 다음 손수건으로 비닐을 다시 감싼 다음 정수리에 넣고 모자를 썼다. 김인이 하는 양을 태평이 일일이 다 보고 있었다. 김인이 태평을 보며 씩 웃었다.

"이렇게 하면 물이 흘러내릴 일이 없지. 녹은 얼음을 갈아주기만 하면 끝!"

"호오! 비닐로 쌌으니 그렇겠네요. 나도 한번 해 볼까?"

태평이 긍정적인 반응을 보이자 김인이 반색했다.

"해요, 해. 자, 얼음. 자, 비닐."

김인이 도구들을 재빨리 챙겨 준다. 태평이 도구들을 받아 김인처럼 작업해서 머리에 썼다.

"우와! 시원해요."

"그렇다니까. 정신이 맑아지는 느낌이죠?"

"그런데요? 우와!"

태평이 호들갑스럽게 감탄하자 일문이 놀랐다.

"또 희생양 하나 나오네. 태평 씨는 참 순진해. 비닐 발동기 때 당하고도 또 넘어가니."

"아닙니다. 대표님. 진짜 시원해요. 대표님도 해 보세요."

"허허, 됐어요, 태평 씨."

그때 길안이 김인에게 손을 내밀었다.

"저도 할래요."

"그래? 오케이! 두 명 확보!"

김인이 신바람이 나서 도구들을 챙겨 길안에게 줬다.

"하하하. 드디어 김 의원이 추종하는 교도들을 모으기 시작했군 그래."

구 선생도 한마디 한다. 그러나 구 선생은 김인처럼 할 생각이 전혀 없다. 그런 구 선생을 비롯하여 일문과 신명은 머리에 얼음을 올리지 않았다. 그러나 곧 세 사람도 김인의 교도가 되었다. 우륵대교에서 걷기 시작해 정확히 40분 뒤, 중앙탑공원에 도착했을 때 세 사람도 김인처럼 머리에 얼음을 올렸던 것이다.

'나도 한번 해 볼까?' 하고 신명이 중앙탑공원에서 쉴 때 말했던 것이다. 신명을 따라 구 선생도 일문도 말없이 따라했다. 김인은 그런 일행의 모습을 보면서 의기양양했다. 그만큼 아침부터 푹푹 찌는 더위는 머리가 어질어질할 정도로 사람 얼을 빼놓고 있었던 것이다.

반내, 중앙탑

아침 식전에 똥을 누러 가는 사람이 있는 반면 식후에 가는 사람이 있다. 탐사단 중에는 식후에 가는 사람이 더 많다. 우륵대교 밑에는 화장실이 없었다. 식전에 가는 사람은 여관에서 용변을 보고 나왔지만 식후에 가는 사람들은 참고 걷는데 맞춤한 곳이 나타났다. 중앙탑공원. 걷기 시작하고 40분 밖에 되지 않았지만 쉬기로 했다. 나무도 많고 물가라 시원하다. 쉴 만한 정자도 많다. 무엇보다 좋은 건 독채로 지어진 커다란 화장실이 정갈해 보인다는 것. 탐사단 중 네 명이 우르르 화장실로 갔다.

길안과 신명은 식전에 용변을 보는 사람이다. 둘은 중앙탑이 잘 보이는 정자에 앉았다. 신명이 길안에게 물었다.

"길안아, 저게 무슨 탑인지 알지?"

"중앙탑이잖아요."

"정식 명칭은 아니란다."

길안은 탑으로 올라가는 곳에 있는 표지판을 힐끔 보았다. 그러나 걸어서 보고 싶은 마음은 생기지 않는다. 발 편하게 앉아서 신명의 이야기를 듣는 게 훨씬 낫다.

"무슨 탑이에요?"

"충주 탑평리 칠층석탑. 통일신라 때 만들었고 국보 6호로 지정되어 있지. 통일신라 시대 탑 중에선 규모가 가장 커."

"와, 잘 아시네요. 신명 님."

"이쪽에 자주 오니까. 또 내가 문화 해설사잖니."

"참, 그렇죠. 근데 왜 중앙탑이에요?"

"중앙에 있으니까. 신라 원성왕 때였어. 왕이 신라 국토의 중앙 지점을 알아보기 위해 땅 남북 끝 지점에서 같은 보폭을 가진 사람 둘을 같은 시각에 출발시켰대. 그랬더니 바로 저 탑이 있는 곳에서 딱 만났다는구나. 한 번으론 정확하지 않을 수 있으니까 세 번을 했단다. 뭐든 삼세번 아니니. 세 번 다 바로 저 탑이 있는 지점에서 만났대. 그래서 저기에 탑을 세우고 '여기가 우리 국토 한

가운데다!' 하고 선언했다는 거지."

"아. 그럼 여기는 신라 땅 중앙이군요."

"그런데 충주 사람들은 그렇게 생각하지 않는단다."

"왜요?"

"한반도 중앙이라는 거지. 신라 말고 우리나라 전체 중앙이라
는 거야. 그 증거로 '한반내'라는 지명을 들지."

"한반내요?"

"응. 이곳 지명이 한반내였대. 반내는 한자로 쓰면 반 반(半)자,
내 천(川)자 해서 반천(半川)이거든. 거기다 우리나라를 뜻하는 '한'
이 앞에 붙으니 한반도의 절반, 곧 중앙을 흐르는 냇물이란 뜻이
되잖아. 원래 이름은 '반내'였다는데 이게 반내 안쪽이라는 '안반
내'가 되었다가 '한반내'로 바뀌었다고 주장하는 사람도 있어. 근
데 반내는 시골이라면 곳곳에 있는 지명이야. 이곳에만 있는 특별
한 지명은 아니지. 시골 마을 어디나 냇물을 반 가로질러 다니는
마을이 있기 마련이거든."

"그럼, 완전 조작이잖아요."

"하하. 꼭 그렇다고 볼 수는 없지. 이야기란 만드는 거니까. 의
도가 불순하면 문제가 되겠지. 이 정도야 근거도 충분하고 뭣보다
애교가 있지 않니?"

"애교요? 훗……."

"그래, 애교. 재치라고 하면 더 좋을라나. 우리는 이야기에 어떤

희망을 싣는단다. 초월적인 힘으로 현 세계를 훌쩍 뛰어넘어 우리를 어디론가 데려가 주기를 바라는. 때론 엄청난 과장을 하기도 하지. 그런 면에서 본다면 한반내 정도는 귀여운 애교 밖에 더 되겠니."

"그런가요?"

길안은 신명의 얘기가 어느 정도 수긍되었다. 길안은 벌판에 세워져 홀로 우뚝한 중앙탑을 바라보았다. 돌을 깎아 탑을 세우고 이야기를 만들어 내는 사람들의 삶이 재미있다는 생각이 든다. 신명의 목소리가 다시 들려왔다.

"그런데 말이다, 길안아. 눈에 보이는 저 탑만이 중앙이 될 수는 없단다. 중앙이라거나 중심이라 하는 것은 한 곳에만 있지 않지. 어느 곳이나 다 중심이 될 수 있거든. 몽골 초원에 가 보렴. 초원 위에 선 사람은 저마다 자기가 원의 중심이라는 것을 알게 되지."

"몽골 초원요?"

"그래. 360도 방위 모두에 지평선이 보이는 대초원. 거기선 한 사람 한 사람이 각각 거대한 지구의 중심이라는 것을 정확하게 느낄 수 있지."

"아, 가 보고 싶어요."

"허허. 언제든지 가능한 일 아니겠니?"

신명이 빙긋 웃었다. 길안은 구름과 짝을 하고 있는 중앙탑을 바라보았다. '나는 어떤 탑을 세워야 하나?' 문득 길안은 이런 물음이 속에서 생겨났다. 길안은 신발을 신고 중앙탑을 향해 걸어갔다. 탑을 가까이에서 보고 싶었기 때문이다.

초음파보다 센 놈

중앙탑에서 충분히 쉬고 조정지댐을 향해 걸었다. 차도의 가로수와 강가 언덕의 나무가 만든 나무 터널이 훌륭했다. 데크로 만든 자전거도로는 그늘 속에 있다. 시원한 그늘 속을 걸으며 일문이 자기 앞에 선 태평에게 농담을 던졌다.

"오, 태평 씨 엉덩이가 너무 예뻐!"

그러자 태평이 엉덩이를 씰룩씰룩했다.

"바짝 올라붙었어요. 탄탄해 보이구."

태평이 좀 더 크게 엉덩이를 흔들었다.

"태평 씨만 예쁜 게 아닌데요. 형님도 예뻐졌어요. 단장 형님도. 보자, 길안이는 어떤가?"

김인이 일행 사이를 오가면서 떠들다가 길안 뒤로 왔다.

"어이구, 길안이는 완전 애플 힙이다, 야."

김인이 길안이 엉덩이를 찰싹 때렸다. "착!" 하면서 아주 찰진 소리가 났다.

"뭐에요? 이거 완전 성추행이에요."

길안이 엉덩이를 피하면서 볼멘소리를 했다.

"이크! 성추행. 아이고, 죄송합니다."

김인이 두 손을 모아 비는 시늉을 했다. 길안이 고개를 뒤로 젖히고 거만하게 대답했다.

"거, 김 의원. 조심하시오. 정치인이 어디 그러면 되겠소?"

"예, 예. 알아 모시겠습니다."

김인 태도에 다들 깔깔대고 웃었다.

그런데 엉덩이만 예뻐진 게 아니었다. 태평은 몸속에 있던 결석까지 배출했다. 쉬는 시간에 태평은 길안과 나란히 서서 오줌을 넜는데 태평이 "으훗! 으훗!" 하는 이상한 신음소리를 내면서 진저리를 쳤다. 길안은 무심코 태평을 보다가 깜짝 놀랐다. 태평의 오줌 색깔이 붉은색이었기 때문이다.

"태평 삼촌! 그, 오줌, 뭐에요?"

그러나 태평은 놀라지도 않았다. 히죽 웃으며 이렇게 말했다.

"왜? 피오줌 첨 봐? 벌써 이틀 됐어."

"근데, 괜찮아요? 병원 안 가도 돼요?"

"병원 안 가도 되나, 하고 오히려 기대하고 있어. 이게…… 으훗!"

태평이 또 진저리를 쳤다. 오줌발이 끊어졌다 이어졌다 한다. 길안은 오줌을 다 누고 바지를 추슬렀다. 그때다. 태평이 "윽!" 하더니, "오웃! 나왔다." 하고 탄성을 질렀다.

"왜? 왜요? 뭐가 나와요?"

"응. 돌이 나왔다. 이야, 돈 벌었다."

태평이 오줌을 마무리하고 바지를 올렸다. 태평은 화장실에서 나오며 길안에게 설명했다. 신장에서 생긴 결석이 수뇨관을 타고 요로로 내려오다가 걸려 있었는데, 그게 몸 밖으로 나왔다는 것이다. 태평은 병원에 가서 결석을 깬 게 벌써 네 번이나 된다고 한다.

"결석은 백 퍼센트 재발해. 이놈도 원주 병원에 가서 초음파로 깨야 될 놈인데, 돈 벌었다. 시간도 벌고."

"깨는데 얼마에요?"

"백 만 원."

"이야. 축하해요, 삼촌."

"땡큐다!"

태평은 쉬고 있는 일행에게 승전보를 알렸다. 모두 태평을 축하해 줬다. 신명도 태평을 축하하고 나서 이렇게 말했다.

"천 리 길이 초음파보다 세오. 결석을 빼냈으니."

"아, 참 그러네요. 이야. 천 리 길을 걷는다는 게 정말 대단하군요."

일문이 화답했고, 구 선생은 "아, 감사하다!" 하고 두 손을 모았다. 감동스런 물결이 일행을 감싸고도는 가운데, 김인은 태평의 어깨를 주무르며 말했다.

"난 무엇보다 태평 씨가 정말 대단하다는 생각이 들어요. 얼마나 아팠겠어요. 결석은 인간이 느끼는 3대 통증 중에 하나라고 해요. 바람만 스쳐도 아프다는 통풍, 애 낳는 고통인 산통, 그리고 이 결석의 통증이거든요. 요로까지 내려와 밖으로 나오는 며칠 동안 피오줌을 싸면서도 태평 씨는 아무렇지도 않게 생활했잖아요. 오히려 우리를 웃겨 가면서 말이에요. 정말 대단해요. 태평 씨."

김인이 태평 어깨를 더 정성스럽게 꾹꾹 주물렀다.

"아이고, 의원님. 몸둘 바를 모르겠어요. 제 습관이 잘못되어 생기는 병인데 누굴 탓하겠어요. 그리고 뭐 얼굴 찡그리고 짜증을 낸다고 나아지는 것도 아니거든요. 병도 내 몸의 일부니 같이 잘 가야 해요."

의연한 태평의 태도에 다들 놀라워했다. 그러나 일행 중에 아마 가장 놀란 건 길안일 것이다. 길안은 늘 엄마에게 엄살이 심하다고 혼난다. 조금만 몸이 불편해도 식구들을 들들 볶는다. 그럴 때마다 엄마는 "어쩌면 부자가 그렇게 똑 같을까. 엄살 부자야, 엄살 부자." 일문과 길안은 엄살에 있어선 둘째가라면 서러워할 사람들이다. 아마 길안이 태평과 같은 상황이었다면 일찌감치 걷기를 포기했을 것이다. 길안은 자기 발을 내려다보았다.

'겨우 이정도 가지고 그렇게 엄살을 피웠단 말이지.'

길안은 낯이 훅 달아올랐다. 아무도 보지 않고 아무도 신경을 쓰지 않지만 길안은 괜히 마른세수를 한 번 했다. 생각하면 생각할수록 태평이 대단해 보인다. 그리고 자연스럽게 의문이 생겼다. 길안은 태평에게 물었다.

"태평 삼촌. 어떻게 하면 그렇게 참을 수 있어요? 아픈 걸요."

"궁금해? 궁금하면 오백 원!"

태평이 오른 손바닥을 쭉 펴서 내밀었다. 길안은 기가 찼다. 이게 언제 적 개그던가. 텔레비전 코미디 프로그램인 개그콘서트에서 나와 한때 꽤 인기가 있었으나 지금은 유행이 지나도 한참 지났다.

그러나 역시 태평은 아재개그 달인답다. 철이 지났든 말든 웃기지 않든 말든 신경 쓰지 않는 대범함, 그것이 아재개그를 하는 이의 미덕이다. 지금도 그렇지 않은가. 길안이 아주 진지하게 묻고 있건만 대번에 그것을 개그로 바꿔 버렸다.

"에잇 참 나. 됐어요."

길안이 삐진 척을 하자 태평이 하하 웃고 나서 말했다.

"참는 거라고 생각하면 턱도 없어. 참아 가지곤 못 견뎌."

"그럼요?"

길안만 궁금한 게 아니었다. 다른 탐사단원도 태평의 말에 귀를 기울이고 있었다. 태평이 넙데데한 얼굴에 수줍은 미소를 띠고 말했다.

"이게 내 인생이니까. 나는 이렇게 살도록 태어났으니까, 하고 생각하지. 이런 말도 있거든. 하늘이 어떤 사람에게 큰 임무를 맡기려고 할 때엔 그 몸을 먼저 힘들게 한다, 라고 말이야……. 맞습니까? 유 대표님?"

말하다 말고 태평이 일문에게 물었다. 일문은 자타가 공인하는 동양고전연구가다. 일문은 논어와 맹자에 대한 책을 낸 적도 있다.

"맹자에 나오는 말이라고 들었거든요."

태평이 덧붙이자 일문이 대답했다.

"맹자 맞아요. 이렇게 되죠. 읊어 볼까요? '하늘이 장차 이 사람에게 큰 임무를 맡기려고 할 때엔 반드시 그 마음과 뜻을 먼저 수고롭게 한다. 아울러 근육과 뼈를 힘들게 하고 살과 피부를 굶주리게 하여 그 몸을 궁핍하게 만든다. 뭔가를 하면 하는 대로 어긋나게 하여 그 마음과 성격을 단련시킨 뒤, 마침내 그가 하지 못하던 것도 해내게 만드는 것이다.'라는 말이 있죠."

"오! 맞아요! 와! 대단하세요. 어떻게 그걸 다 외우세요?"

태평 눈이 휘둥그레졌다. 일문이 손을 내저으며 겸손하게 말했다.

"아이고, 대단하기는. 특별히 좋아하는 구절이라, 욀 뿐이죠."

"아니에요. 대단하세요. 저는 언젠가 이 말을 듣는 순간, 아, 이거다! 하는 생각이 들더라고요. 결석이 아플 때도 이 말을 생각하고요. 장사가 잘 안될 때도 이 말을 생각하곤 했어요. 그럼 어디선가 새로운 힘이 생겨나곤 하거든요."

"오, 그래요. 이제 보니 태평 씨에겐 맹자가 스승이었군요."

"그런가요? 그건 생각도 안 해 봤네요."

태평이 뒷머리를 긁적였다.

목계나루

탐사단은 시인의 고향을 지나간다. 조정지댐을 지나 목계나루로 가는 길이다.

"신경림 시인 고향이 충주에요. 신경림 시인은 다 아시죠? 저도 고향이 충주랍니다. 이건 모르셨죠?"

김인이 말했다.

"난 둘 다 몰랐네."

일문이 농담조로 말하자 김인이 응징하고 나왔다.

"창피한 일입니다, 형님. 제 고향은 모른다고 쳐도 민족 시인 신경림을 모르시다니오."

"허허, 신경림을 모른다고 했나? 신경림 고향을 모른다고 했지."

"그게 그거죠."

"어떻게 그게 그건가. 이제 보니 좀 억지가 있군 그래."

"그런가요? 억지인가요? 죄송해요."

김인이 싹싹하게 꼬리를 내렸다. 어지간한 일에는 고집을 피울 줄 모르는 김인답다.

"요기서 멀지 않은 곳에 생가가 있는데 못 가 봐서 아쉽네요. 하지만 뭐, 목계나루가 있으니까. 단장님, 목계나루서 점심 먹을 거죠?"

김인이 구 선생에게 소리를 높여 물었다.

"그래요!"

구 선생 대답 역시 크게 돌아왔다.

목계나루에는 오랜 세월 매운탕을 해 온 집이 있다. 할아버지 할머니는 허리가 굽었다. 그래도 손님이 들끓어 쉴 수가 없다. 느릿느릿 움직이는 노부부는 주문한 음식을 빨리 제공하지 못한다. 탐사단도 매운탕을 시켜놓고 앉아 기다렸다. 기다리는 동안 막걸리를 한 잔씩 마셨다. 김인이 구 선생에게 말했다.

"형님, 형님은 시인이 다 되었다고 소문이 파다합니다."

"거, 무슨 소린가?"

"날마다 시 한 편씩 올리셨잖아요."

여강길 '밴드' 얘기였다. 밴드는 인터넷에서 여강길 관련 정보를 나누는 곳이다. 구 선생은 천 리 길을 걷는 내내 하루에 시 한 편씩 써서 여강길 밴드에 올렸다.

"무슨, 무슨. 그냥 그날, 그날 감상을 적어본 것뿐이네."

"아니에요. 다들 시인 탄생이라고 난리 났어요."

"부끄러운 일일세. 이제 그만 써야 할까보다."

"아이고, 무슨 말씀을. 제 말은 취소입니다. 계속 쓰세요."

김인이 두 손을 황급하게 흔들어 댔다.

"궁금하군? 우리도 함 보세."

일문의 말에 구 선생이 재빨리 응답했다.

"아이고, 아닙니다. 형님. 김 의원이 괜히 저러는 거에요. 마침 여기 목계나루에 오니 시 생각이 넘쳐흐르나 봅니다. 김 의원이 자랑하는 동향의 신경림 시인 얘기나 하시죠."

구 선생은 자신이 화제가 되는 것을 막고 나서 길안을 돌아보며
물었다.

"길안아, 너도 신경림 시인을 아니?"

"네, 알아요."

"그래, 유명하긴 유명하구나. 그분 시 중에 뭐 아는 거 있니?"

"〈가난한 사랑 노래〉라고 있어요."

"그래? 대단한데?"

"훗. 교과서에 나와요. 중학교 국어 교과서에요. 선생님은 국어
선생님이 아니라서 모르셨죠?"

"어쭈? 네가 은근히 선생님을 까는구나?"

구 선생이 허허 웃었다.

"좋다. 선생님을 깠으니 네가 어디 시 한번 외워 봐라."

김인이 구 선생에게 합세하여 길안을 몰았다. 다른 일행들은 빙
글빙글 웃고 있다. 그러나 길안은 조금도 주눅이 들지 않은 목소
리로 당당하게 이렇게 말했다.

"그걸 어떻게 외워요? 무슨 소린지도 몰랐는데요. 제목을 아는
것도 제가 기특하네요."

"야, 이것 봐라. 만만치 않은데, 유길안. 근데 한 구절도 생각 안
나?"

김인의 거듭된 요구에 길안은 눈알을 굴리며 생각을 했다. 몇

구절이 생각난다. 시험공부 하느라 다 외웠던 적이 있었던 것이다.

"해 봐요?"

"좋지."

길안이 목을 한 번 돌리고 시를 외우기 시작했다.

"가난하다고 해서 외로움을 모르겠는가, 너와 헤어져 돌아오는, 눈 쌓인 골목길에……, 생각 안나니 넘어가고요. 흠. 가난하다고 해서 사랑을 모르겠는가, 내 볼에 와 닿던 네 입술의 뜨거움, 사랑한다고……, 에이 또 생각 안 나네. 마지막은 생각나요. 가난하다고 해서 왜 모르겠는가, 가난하기 때문에 이것들을, 이 모든 것들을 버려야 한다는 것을."

"……."

아주 잠깐 사람들이 침묵했다. 그 침묵을 깨고 태평이 손뼉을 치며 소리쳤다.

"와! 유길안, 대단하다. 대단해. 뭐, 다 외운 거나 마찬가지네. 감동적이야."

김인과 구 선생도 고개를 끄덕끄덕 했다.

"보통은 아니네. 역시 수재답군. 형님, 길안이 학교에서도 공부 잘하죠?"

김인이 감탄을 하더니 일문에게 물었다.

"그런 편이네만. 그게 무슨 관계인가?"

"머리가 좋으니까 저런 시도 외우고 있지요."

"머리가 좋아서가 아니에요. 교과서에 나온 거 공부할 때는 무슨 귀신 씻나락 까먹는 소린가 했는데요. 요즘은 이 시가 가끔 생각날 때가 있어요."

길안이 김인의 주장을 정정했다.

"생각난다고? 요즘? 무슨 일일까? 이건 가난한 사랑 노래인데, 혹시 너 사랑하니? 애인 있어? 너네 집이 가난한 건 아니니까 말이야."

"아니요. 가난해요."

"가난해? 뭐가?"

김인이 일문을 돌아보았다.

"형님, 요즘 힘드세요?"

일문이 고개를 흔들었다. 일문은 중산층 이상의 재력을 가지고 있으며 그 재력이 흔들릴 일은 없었다.

"길안아, 아빠는 아니라는데, 뭐가 가난해?"

길안이 히죽 웃으며 오른손 검지로 자기 얼굴을 가리켰다.

"얼굴? 얼굴이 왜?"

"모르겠어요? 아저씨, 그럼 됐어요."

김인이 다급하게 물었으나 길안은 딱딱하게 대답했다. 일문이 김인에게 눈을 꿈쩍해 보였다. 그만하라는 표시였다. 그러나 김인은 일문의 눈짓을 무시한다.

"말해 봐, 길안아. 혹시 너 사랑에 빠진 거 아니니?"

"······."

길안이 대답을 하지 않았다. 침묵은 부정보다 긍정의 느낌을 준다. 김인은 몸이 달았다. 김인이 자꾸만 길안을 채근하자, 좀 멀리 있던 민수가 툭 던지듯이 말했다.

"길안이 사랑을 하는 건 맞고요. 시의 구절처럼 '가난하기 때문에, 그 사랑을 버려야 한다는 것을' 길안이 아는 것 같아요. 길안이는 정확하게 못 느낄 수도 있지만요."

길안이 민수를 본다. 민수와 눈이 마주쳤다. 민수가 눈을 찡긋했다. 길안이 어렴풋이 느끼고 있는 자신의 감정을 민수도 아는 것 같다. 길안은 민수가 고맙다. 다른 일행들도 민수와 길안의 눈빛 교환을 봤다. 두 사람 사이에 흐르는 교감도 느낄 수 있다.

"두 사람 사이에 비밀이 있군."

태평이 말하자 신명은 말없이 미소를 지었다. 구 선생과 일문은 눈을 둥글둥글 굴리고 김인은 바짝 달아올랐다. 비밀을 캐내려고 김인이 길안과 민수를 몰아붙이려 할 바로 그때 매운탕이 나왔다.

"밥 먹읍시다!"

신명이 큰 소리로 말했고, 사람들은 곧 부산스럽게 밥을 먹기 시작했다.

새로운 세계 창조

밥을 먹고 나서 한잠 잘 곳을 찾았다. 다리 밑이 가장 시원하다는 일문의 주장에 따라 다리 밑으로 향했다. 민수가 황금마차에 일행을 태워 이동했는데, 길을 잘못 들었다. 분명히 길이 보였으나 수풀에 가려진 샛강이 있었다. 다리 밑으로 가려면 샛강에 놓인 돌다리를 건너야 했다. 차는 건널 수 없다. 다리 밑은 샛강을 건너서도 꽤 걸어가야 하는 곳에 있다. 그것도 뙤약볕 아래에서 걸어야 한다.

"시원하려면 저 정도 고통은 감내해야죠."

일문이 차에서 내린다. 망설이던 태평이 따라 내렸고 좀 더 망설이던 구 선생과 김인도 차에서 내렸다. 길안이 물었다.

"신명 님은 안 가세요?"

"매운탕집으로 돌아가련다. 신경림 시비가 서 있는 옆에 나무 그늘이 있더라. 큰 바위도 있고. 거기서 쉬지 뭐."

"아, 그래요? 그럼 저도 신명 님 따라 갈래요."

그렇게 해서 신명과 길안을 태운 황금마차는 매운탕집으로 되돌아왔다. 민수는 앞으로 걸을 길을 살펴본다며 떠나고, 길안은 신명과 함께 바위 위에 돗자리를 폈다. 신경림의 〈목계장터〉 시비 옆에 큰 바위가 하나 있다. 세 사람은 누울 수 있는 넓이다. 햇볕이 든 곳을 피해 길안과 신명은 돗자리를 펴고 누웠다. 시원한 바람이 불어와 머리카락을 날린다. 신명이 경쾌한 목소리로 말했다.

"아, 좋구나. 오늘은 이곳이 내 성소다."

"성소가 뭐에요?"

"성스러운 자리라고 할까, 공간이라고 할까. 그런 곳이다. 일상에서 잠깐 벗어나는 곳이라고 해도 되겠다. 아니지. 일상을 좀 더 행복하게 만들어 주는 의미심장한 곳이라고 하는 게 더 맞겠다."

"…… 잘 모르겠어요."

"그러니? 미안하구나. 어렵게 말해서. 잘 아는 사람은 쉽게 말하는데 말이다. 그럼 어떻게 얘기해 볼까?…… 그래, 그게 좋겠다. 길안아. 아까 그 얘기 좀 해 볼래?"

"뭐요?"

"네 사랑 말이다."

"……."

"그 사랑 이야기를 듣고 나면 내가 성소에 대해 쉽게 얘기할 수도 있을 것 같다."

"…… 좋아요."

길안은 몸을 일으켜 앉았다. 매미가 시끄럽게 울었다. 조금 떨어진 도로에서 간간이 달리는 자동차 소리가 매미 울음을 간헐적으로 끊는다. 길안은 민아를 만났을 때부터 얼마나 가슴이 떨리고 얼마나 행복했는지 이야기했다. 그러나 떨림은 아픔으로 바뀌고 행복은 절망으로 변한 것도 이야기했다. 신명은 눈을 감고 이야기를 듣는다.

"민수 형이 바로 재열이 사촌 형이에요. 민수 형은 제가 문제가 많대요. 걔들이랑 같은 고등학교를 안 가려는 것도 눈가림이라는 거죠. 불편하니까 핑계 대고 피한다는 거예요. 재열이와 민아를 미워하면서도 아닌 척, 쿨한 척, 위선적인 행동이나 하고요."

신명이 몸을 일으켰다.

"자기비판하는 거니?"

신명의 기다란 몸이 길안을 내려다보며 빙그레 웃고 있다.

"자기비판이 아니라, 사실이에요. 민수 형 말에 대꾸도 제대로 못했어요."

"사람은 말이다. 길안아, 저마다 신비로운 힘을 갖고 있지. 어느 나라에서 이런 일이 있었단다. 술에 취해 비틀거리며 전철을 기다리던 한 남자가 중심을 잃고 철로에 떨어졌어. 마침 멀리 굽이를 돌아오는 기차 소리는 들리고. 전철을 기다리던 많은 사람들이 '아! 아!' 하는 안타까운 소리만 내지르는데 문득 한 남자가 철로에 뛰어들었어. 남자는 취객의 몸을 안고 재빨리 철로 가운데에 있는 틈으로 굴러들었지. 그 순간 기차가 두 사람 위를 지나가서 정차했고. 그때 반대편 승강장에서 환호성이 터져 나온 거야. 두 사람은 머리카락 한 올 차이로 큰 상처 없이 목숨을 구한 거야. 절체절명의 순간, 철로에 뛰어들어 취객을 구한 남자에게 주변에 있던 모든 사람들은 아낌없이 박수를 보냈어. 영웅도 그런 영웅이 없었던 거지."

"우와! 어떻게 그렇게 할 수 있죠?"

"재미있는 건, 인터뷰에서 그 남자가 한 말이야."

"뭐라고 했어요?"

"어떻게 그런 행동을 할 수 있느냐는 질문에 그 남자는 '그냥 그래야 할 것 같았어요. 그 사람이 몹시 위험했으니까요.' 하고 대답했단다."

"……."

"대답이 너무 평범해서 실망스럽니? 하지만 내가 보기엔 정말 정직한 대답이다. 뭔가 이것저것을 따질 겨를이 없었다는 것. 죽음을 눈앞에 둔 몹시 위험한 사람을 구해야 한다는 오직 그 하나의 마음이 솟아나 몸을 움직이게 했다는 것. 그것 말고 뭐가 있었겠니. 나는 바로 이 마음이야말로 의미심장하고 신비롭다고 여긴단다. 평범한 한 사람이 영웅이 될 뿐 아니라 새로운 세계를 창조하는 열쇠이기도 하고."

"그건 아무나 가질 수 있는 마음이 아니잖아요."

"아니. 나는 사람은 누구나 그런 마음을 갖고 있다고 본다. 다만 그게 언제 어느 곳에서 나올지 모르는 것이지. 지금 길안이 너는 어쩌면 그런 때와 장소를 찾고 있는 중인지도 모르겠구나. 네가 영웅이 될 수 있는 때와 장소."

"무슨 말씀이에요?"

"재열이와 민아. 그 두 친구가 사귀는 걸 네가 진심으로 축하해 주는 일. 그럴 수 있다면 말이다. 그럴 수 있다면 그것 또한 훌륭한 일 아니겠니? 나는 전철에서 취객을 구한 일이나 큰 차이는 없다고 본다."

"에이, 그게 그렇게 훌륭한 일은 아닐 것 같은데요……."

"아니야. 훌륭해. 새로운 차원으로 승화되는 일이니까. 새로운 세계 창조라고 해도 되겠다. 사람이 고집스런 마음을 한 걸음 옆으로 옮긴다는 것이 얼마나 힘든 일인지 아니? 만약 그럴 수 있다면 그건 새로운 세계를 창조하는 거나 큰 차이가 없거든."

"새로운 세계 창조……."

"그래야만 너는 민아와 재열이를 다시 만날 수 있을 거다. 진심으로 말이지. 마음속에 뭔가를 숨기지 않고 있는 그대로. 어때? 해 볼 만하지?"

"사실, 지금 와서 말씀드리는 건데요. 그저께 신발을 찢고 나서요, 그런 비슷한 생각을 했어요. 민아에 대한 제 마음을 이 신발처럼 찢어 버릴 수도 있지 않을까, 잠깐 그런 생각을 했었는데, 그때 마음이 되게 편했어요. 아주 잠깐 동안요."

"옳지. 길안이 네가 이미 열쇠를 만들기 시작했구나."

"진짜요?"

"그래. 새로운 세계를 창조하고 그 세계로 들어가는 열쇠."

"글쎄요, 신명 님 말씀은 뭔가 알 듯 말 듯 해요. 그런 것 같기도 하고 아닌 것 같기도 하고, 뭔가 보일 듯 말 듯 잡힐 듯 말 듯 하고요."

"그래, 그럼 곧 잡을 게다. 잡으면 내게도 말해 주렴. 네가 새롭게 창조한 세계가 어떤 세계일지 아주 궁금하니까."

"……."

신명이 말을 마치고 한 뼘만큼 옆으로 옮겨서 누웠다. 해가 가는 대로 따라 그늘도 바뀌었다. 신명이 움직였으므로 길안도 돗자리를 옮겼다. 불어오는 바람에 신명은 머리카락을 날리며 눈을 감고 말이 없다. 길안도 누워 눈을 감았다. 머릿속을 오가는 생각들이 많아 잠자기는 틀린 것 같았다.

새로운 세계 창조라니. 엄청난 일 같은데, 겨우 민아와 재열이를 진심으로 축하할 수 있으면 된다고? 과연 그런 것일까? 내가 죽을지도 모르는데 철로에 뛰어들어 남의 목숨을 구하는 일과 같을 수도 있다고? 전철에서 사람 목숨을 구하는 일은 누가 봐도 더없이 숭고하고 영웅적인 일이다. 그 누구라도 박수를 보내야 할 일이다. 하지만 친구를 질투하지 않는 일도, 거기에 맞먹는 일이 된단 말인가? 신명의 말뜻은 분명히 그랬다.

길안은 고개를 돌려 눈을 감고 누운 신명의 얼굴을 바라보았다. 사실 길안의 내면 깊숙한 곳에는 재열과 민아, 두 사람 사이를 결코 인정하고 싶지 않은 마음이 도사리고 있다. 그것 때문에 길안은 얼마나 많은 날들을 괴로워했던가. 아니, 지금도 하고 있다.

'그 마음을 버릴 수 있다면, 영웅이라.'

길안은 신명의 말을 되새겨 보았다. 신발을 찢었을 때의 해방감도 생각했다. 바로 그때다. 뭔가 정체를 알 수 없는, 숨조차 가쁘게 만드는 뿌듯함이 길안의 몸을 흔들고 지나갔다. 아주 짧은 순간이었다.

비내길 목수들

목표한 길이 많이 남아 다른 날보다 일찍, 오후 2시에 길을 떠났다. 기온이 가장 높은 시간대다. 달궈진 시멘트에서 올라오는 지열은 40도를 웃돈다. 정수리에 얼음덩이를 하나씩 이고 걸었다. 김인이 개발한 방법이다. 태평은 "이 방법이 없었으면 저는 쓰러졌을지도 몰라요." 하고 김인에게 찬사를 보내기도 했다.

비내길 들머리 공원에서 쉬기로 하고 걸었다. 멀리 자전거도로가 굽이 돌아간 산자락에 비내길이 있다. 눈에 빤히 보이는 곳이지만 걸어도 걸어도 거리가 줄지 않는다. 길안은 뼈와 살 사이에 있는 물기를 다 짜내는 느낌이 든다. 다른 일행도 다 마찬가지였다. 진땀이 난다거나 육수를 뽑는다거나 하면서 괴로움을 호소했다.

비내길공원에 도착했을 때 천국이 따로 없었다. 오랜 시간 그늘이었던 공원은 청량했다. 황금마차도 서 있고 격려차 온 손님들이 팥빙수까지 준비해 두고 있다. 한숨 돌리고 나서 탐사단은 팥빙수를 먹는데, 맛에 놀라 말도 못할 정도였다. 다만 "세상에서 가장 맛있는 팥빙수."라고 신명이 감탄했다.

그런데 길안은 한 가지 거슬리는 것이 있었다. 몸은 편하고 팥빙

수 맛도 즐거운데 귀가 불편했다. 공원 한쪽에서 나는 소음 때문이다. 목수 세 명이 나무배를 만들고 있었다. 망치질이야 들을 만하지만 쇳소리를 내는 전기톱과 공기압축기인 컴프레서 소리는 영 듣기가 싫다. 지친 몸을 좀 쉬고 싶은데 소음이 울리니 슬며시 짜증도 난다. 그러니 길안에게 목수들이 곱게 보일 리 없다. 길안은 일하는 목수들을 노려보기도 했다.

그런데 구 선생이 페트병에 얼음과 매실액을 타서 들고 일어났다. 구 선생이 걸어 간 곳은 목수들이 일하는 곳이었다. 구 선생은 목수들에게 공손하게 얼음 매실액을 권했다. 낯선 이의 친절에 의아해하던 목수들은 매실액을 받아 마시면서 환하게 웃는다. 한 목수는 세 잔을 거푸 마신다. 멀어서 들리지는 않지만 몇 마디 말도 주고받는다. 표정으로 봐서 굉장히 아름다운 말이 오가고 있음을 길안은 알 수 있었다.

빈 페트병을 들고 돌아오는 구 선생을 보면서 길안은 한없이 부끄러웠다. 길안은 짜증을 내면서 목수들을 미워하고 있었는데 구 선생은 얼음 매실액을 만들어 대접하고 돌아온다. 길안으로선 결코 생각해보지 못한 행동이다.

그렇다. 목수들은 그저 자신의 일을 하고 있었을 뿐이다. 그것도 이 더운 날에. 구 선생처럼 마땅히 격려를 해야 할 일이지 원망할 일이 아니다. 길안은 신명이 언젠가 한 말이 어렴풋이 이해될 듯도 하다.

'네 생각이 틀렸다는 걸 받아들이렴. 세상에 늘 옳기만 한 일도 없다는 것을 생각하고. 그런 경험이 많이 쌓여야 해.'

길안은 내 귀에 불편하다는 생각만 하고 있었다. 그래서 목수들을 미워하고 원망했다. 왜 좀 편하게 쉬도록 해 주지 않는가, 하고. 그러나 구 선생은 다르게 생각하고 있었다.

'이렇게 더운 날에 땀을 뻘뻘 흘리며 일을 하고 있으니 얼마나 힘들까. 식구들을 먹여 살리기 위해 더위도 견디며 일을 하니 얼마나 숭고한가. 얼음 매실액이라도 한잔 권하고 싶다.'

이것이 구 선생의 생각이었을 것이다. 길안은 부끄러움 속에서 구 선생의 생각을 자기의 생각으로 가져와 봤다. 그러자 그렇게 귀에 거슬리던 목수들의 도구 소리가 편하게 들린다.

'이거로구나. 내 생각이 틀렸다는 걸 진심으로 받아들이는 일이라는 것이.'

길안은 기뻤다. 지독하게 안 풀리던 문제가 해결되는 느낌이다. 그렇다면 민아와 재열이에 대한 내 생각도 바뀔 가능성이 있다는 얘기다. 지금 나는 그 두 사람에 대해 어떤 생각을 갖고 있는가. 야속하고 원망스럽다. 그래서 화가 난다. 이 생각을 바꿀 수 있다는 것인데, 과연 어떤 식으로 바꿀 수 있을까? 길안은 이미 알고 있었다. 좋아하는 감정은 자연스러운 것이다. 재열이와 민아가 서로에게 끌리는 건 두 사람도 어쩔 수 없는 일이다. 길안이 민아에게 끌렸지만 민아는 길안에게 끌리지 않은 것도 어쩔 수 없는 일이다. 그런데도 민아에게 '너는 왜 나를 받아 주지 않지?' 하고 따진다고 해서 될 일이 아니다. 그렇다면 민아와 재열의 관계는 너무나 자연스러운 것이다. 나는 이 두 사람의 자연스러움을 축하해야 마땅하다. 구 선생이 목수들에게 얼음 매실액을 권하듯이.

길안은 뭔가 큰 깨달음을 얻은 듯하다. 귀에 거슬리던 목수들의 공기압축기 소리는 이제 들리지도 않는다.

대신 구 선생이 일문을 부르는 소리가 들린다.

"일문 형님, 여기 좀 보세요. 노루장나무 꽃이에요."

구 선생이 노루장나무 꽃 아래에서 환하게 웃고 있다. 일문과 김인이 구 선생에게 다가갔다. 세 사람은 노루장나무 꽃을 배경으로 사진을 찍는다. 세 사람 웃음이 꽃송이처럼 활짝 피었다. 구 선생은 사진을 찍은 뒤 일행에게 말했다.

"남한강 천리강길 나침화입니다. 이 노루장나무 꽃이요."

"그렇겠네요. 이제 곧 여주로 들어가는데, 여주 안에서만 이 꽃이 보이면 되겠어요."

김인이 화답했다.

"그래요. 그러길 기도해 보죠."

구 선생이 두 손을 모으고 눈을 감았다, 떴다.

길안은 수첩을 꺼내 적었다. '비내길. 아! 감사하다.' 그리고 사방을 찬찬이 둘러보았다. 어두워지는 숲이며 강물에 떠가는 가마우지도 눈에 들어온다. 언젠가 이곳에서 영화를 찍게 될지도 모른다고 생각하며 길안은 풍경들을 마음에 꾹꾹 담아 두었다.

앙성 탄산 온천

열 명도 넘는 정말 많은 손님이 찾아왔다. 오늘밤만 자면 내일은 여주로 들어간다. 여주에서 나들이를 나올 수도 있는 거리다. 많은 손님들과 떠들썩한 저녁을 먹고 숙소로 돌아온 탐사단은 온천욕을 하기로 했다. 숙소가 있는 앙성은 탄산 온천으로 이름이 높다. 탄산수가 나는 온천은 세계적으로 드물고 국내에도 설악산 오색, 제주 산방산, 청주 초정리 등 몇 곳 되지 않는다. 그 중에서도 충주 앙성 온천이 첫 손가락을 꼽는다. 지하 700미터에서 올라오는 탄산수는 수온이 최저 25도에서 최고 38도까지이다. 탄산을 2.8밀리그램 함유하고 있어 인체에 매우 유익하다고 한다.

좋다는 온천욕도 신명과 민수는 싫다고 한다. 두 사람을 뺀 탐사단원이 온천탕에 들어갔다. 온천수를 받아 놓은 원탕은 누렇다. 탄산수를 그대로 받아 놓아 그렇다. 천 리를 걸어 온 몸을 물에 푹 담그고 있으니 세상 그렇게 편할 수가 없다. 길안은 피부의 구멍 하나하나에 작은 공기방울이 맺히면서 물이 드나드는 느낌이 들었다. 한 5분 물속에 잠겨 있었을까, 몸에서 서서히 열이 나기 시작한다. 길안은 옆에 앉은 태평에게 말했다.

"열이 나요. 몸이 뜨거워지는 느낌이에요. 그렇죠. 태평 삼촌?"

"그래? 나는 반댄데? 어슬어슬 춥다?"

"진짜요? 이상하네? 어? 삼촌 입술."

길안은 태평의 얼굴을 보고 놀랐다. 태평의 입술이 파랗게 변해 있다.

"아이고, 나는 나가야겠다. 어이, 추워."

태평이 몸을 웅크리며 물에서 나갔다. 다른 사람들은 다 열이 난다고 하는데 태평만 춥다고 한다. 태평은 결국 더 이상 버티지 못하고 샤워만 하고 밖으로 나갔다. 30여 분 정도 온천욕을 하고 나서 일행은 다 탕을 나왔다. 태평은 옷을 입고 안마기에 누워 있었다. 입술은 푸른 기가 약간 남아 있기는 했으나 거의 정상으로 돌아왔다. 나오는 일행을 보고 태평이 말했다.

"몸무게 한번 재 봐요. 전 늘었어요."

"늘었다고?"

김인이 호기심을 보이며 체중계에 올라갔다. 김인이 눈금을 보고 말했다.

"난 빠졌네. 1.2킬로그램."

"그래요?"

구 선생, 일문, 길안도 차례대로 몸무게를 쟀다. 구 선생은 1킬로그램, 일문과 길안 부자는 1.5킬로그램씩 늘었다.

"그 참 의외네. 좀 줄었을 줄 알았더니."

일문이 소감을 말하자 태평이 제꺽 받았다.

"실망이에요. 저는 한 5키로 빠지길 기대했거든요."

"노우! 내가 보기엔 훨씬 좋아요. 태평 씬 엉덩이도 예뻐지고 말입니다."

구 선생이 다른 의견을 냈다.

"몸무게는 늘었어도 몸에 나쁜 독기는 쫙 빠졌을 겁니다."

"그렇겠지?"

일문이 동의하곤 이렇게 덧붙인다.

"몸의 독기뿐 아니라 마음의 독기도 좀 빠졌겠지? 나는 좁아터진 마음이나 좀 넓어졌으면 싶네."

"하하. 형님 그렇게 생각하시는 걸 보니, 이미 그렇게 된 것 같습니다."

구 선생이 일문에게 듣기 좋은 말을 했다.

"맞아요. 요로결석도 빼는 천 리 길인데 그 정도도 못하겠어요."

김인도 말을 보탰다. 그러나 일문은 고개를 흔들었다.

"속에 옹골진 마음은 결석보다 더 단단할 걸세. 그걸 깨뜨리기가 얼마나 어려운지 오십 년 넘게 살아보니 알겠더라고."

구 선생이 고개를 끄덕였다.

"맞습니다, 형님. 자기 생각을 바꿔 한 걸음만 옮겨 디딜 수 있어도 성인이 된다고 하지 않습니까. 자기 고집을 내려놓기가 그만큼 어렵다는 얘기죠. 하지만 뭐, 영 안 되는 건 또 아니니까요, 희망을 가져도 되지 않겠어요?"

"그렇겠지?"

일문이 빙긋 웃었다. 구 선생도 미소를 지으며 길안을 돌아보며
물었다.

"길안! 넌 뭐 좀 빠진 독기가 있어?"

"예?"

뜬금없이 훅 들어 온 질문이라 길안은 멈칫했다. 어른들이 주고
받는 이야기를 그냥 귓등으로 듣고 있는 중이어서 더 그랬다.

"모, 모르겠는데요."

길안의 대답에 구 선생이 껄껄 웃었다.

"그래. 모르겠지. 진정한 변화는 의식하지 못하는 상태로 온다
니까. 분명히 뭔가 있기는 있을 거다, 유길안."

길안은 대답하지 않았다. 물론 구 선생 말은 길안의 대답을 요
구하는 것도 아니었다.

유일하게 몸무게가 준 김인은 완주한 다음날 보건소에서 체질
량 검사를 했는데 지방까지 태웠다는 진단이 나왔다. 사진을 찍는
다고 앞뒤로 뛰어다니며 몸을 혹사시킨 탓이었다. 다른 탐사단은
체중은 늘었어도 몸의 균형은 잘 잡혔다는 평가를 받았다. 특히
태평은 체질량이 표준으로 돌아왔다는 판정을 받았고 걷기가 끝
난 뒤에 한참 동안 피부가 발그레한 복숭아 빛을 띠었다.

열넷째 날, 그냥 감사하면 안 될까

가시박과 칡

가시박. 박과의 쌍자엽 덩굴식물로 1년생이며 종자로 번식한다. 북아메리카 원산인 귀화식물로 전국적으로 분포하며 발생이 확산되고 있다. 3~4개의 갈라진 덩굴손으로 다른 물체를 감으며 기어올라 생육을 저해하는 잡초이다. 북한에서 부르는 이름은 '안동오이'이다.

칡. 콩과의 덩굴식물로 아무 곳에서나 잘 자라고 생명력이 왕성하여 숲속에 웬만한 틈만 보이면 얼른 자리를 잡는다. 넓적한 잎을 수없이 펼쳐 잎 아래 나무에게 단 한 줄기 빛도 들어가지 못하게 하니 공생의 산림 질서를 망가뜨리는 주범이다.

앙성 탄산 온천 숙소를 나와 조금 걷는 중이다. 맨 앞에 가던 구 선생이 걸음을 멈추고 사진을 찍자고 한다. 구 선생이 가리킨 강가에는 가시박과 칡이 치열한 전쟁을 벌이고 있었다. 잘 자란 버드나무를 둘이 서로 경쟁하듯 감아 올라가고 있다. 버드나무뿐이 아니다. 소나무, 참나무, 오리나무까지 강가에 선 모든 나무가 가시박과 칡의 숙주가 되고 있다.

"어마어마합니다!"

탐사단은 서서 입을 떠억 벌린 채 다물 수가 없었다. 나무를 감고 올라간 가시박과 칡은 마치 군대에서 야전 훈련 때 만들어 놓은 위장막처럼 보인다. 멀리 산굽이까지 온통 푸른 위장막이다.

"기록하고 연구해 볼 만한 지역입니다. 칡과 가시박이 치열하게 전투를 벌이고 있군요."

구 선생이 사진을 찍으며 말했다.

"가시박이 월등히 많군. 완전 굴러온 돌이 박힌 돌 뽑는 격일세."

일문이 혀를 쩟쩟 찼다. 거의 가시박으로 뒤덮인 속에 칡의 보랏빛 꽃이 안쓰러울 정도로 겨우 얼굴을 내밀고 있다.

"맞아요. 저러다 가시박이 온통 점령해 버릴지도 모르겠어요."

김인도 안타까운 표정이다. 구 선생이 말했다.

"어떤 기록을 보니까 칡이 굉장히 세더군요. 북아메리카에 칡이 상륙했는데 그 땅의 어떤 식물에게도 지지 않고 번식한답니다. 오히려 북아메리카 토종 식물들을 위협하고 있다는군요. 가시박도 원산지가 북아메리카인데 칡이 당하고만 있을 것 같지는 않은데요?"

"아, 그런가?"

구 선생 주장에 일문의 얼굴이 밝아졌다.

"힘내라, 칡! 싸워라, 칡! 파이팅!"

듣고 있던 태평이 소리를 질렀다. 재미있어 보여 길안도 태평을 따라 외쳤다.

"싸워라, 칡! 이겨라, 칡!"

태평과 길안이 칡의 응원가를 불러 대자 구 선생이 미소를 지으며 길안에게 물었다.

"왜 칡이 이겨야 되니?"

"예?······ 그야, 칡이 우리 토종이니까······ 이겨야 되지 않아요?"

길안은 대답을 하면서도 갑자기 자신이 없어졌다. 정말, 왜, 칡이 이겨야 하지? 길안이 생각을 굴리는데 태평이 대신 말했다.

"칡이 훨씬 좋은 점이 많으니까요. 칡은 잎, 줄기, 뿌리, 꽃 어느 하나 버릴 게 없어요. 저는 식당에서 칡차를 손님들에게 대접하는데 좋아들 하시더라고요. 그런데 가시박은 거의 쓸모가 없잖아요. 다른 나무를 죽이기나 하니 생태 교란종으로까지 지정된 것으로 압니다."

"역시. 식당 주인이시라 잘 아는군."

구 선생이 고개를 끄덕였다.

"하지만 사람에게 유용한가를 가치 척도로 따진다면 생명들에 대한 예의는 아닌 것도 같아요. 모든 생명은 다 나름대로 가치를 지니고 있으니까요. 가시박은 가시박대로, 칡은 칡대로. 자기 본성에 충실하게 살아갈 뿐이지요. 그게 경멸받아야 할 까닭이 될 수는 없겠지요?"

"그, 그런가요?"

태평이 뜻밖의 공격을 당한 사람처럼 잠깐 멈칫했다. 길안이 태평과 한패가 된 동질감을 느끼며 말했다.

"그럼 바퀴벌레도요?"

"바퀴벌레가 왜?"

구 선생이 빙그레 웃으며 길안을 봤다.

"바퀴벌레는 흉측하잖아요. 지저분한 병균이나 옮기고. 누구나 다 싫어하잖아요. 이런 바퀴벌레의 본성도 존중해야 되나요?"

"그럼. 존중해야지. 바퀴벌레가 더럽거나 흉측하다는 건 우리 사람들 기준 아닐까?"

"모기도요? 파리도요? 모기가 내 피를 빨아도 그냥 둬야 하나요?"

"그럼. 피를 빨아먹어야 사는 게 모기 본성이니까. 모기로서도 어쩔 수 없는 일이지."

"나쁜 성격으로 태어난 사람은 나쁜 일을 해도 그냥 둬요? 못 생긴 얼굴로 태어나면 못나게 살아야 되는 거예요? 너무 불공평하잖아요."

"어이구. 이거 못 당하겠구나. 하하하."

구 선생이 소리 내서 웃더니 신명에게 구원을 요청했다.

"신명 님, 저 좀 도와주십시오. 길안이에게 속절없이 밀리고 있습니다. 도와주세요."

신명이 가드레일에 기대고 있던 몸을 일으키며 대답했다.

"나라고 무슨 수가 있겠소. 구 선생님이 안 되는데 내가 되겠소?"

구 선생이 과장되게 얼굴을 찡그리며 말했다.

"큰일 났네요. 할 수 없군. 길안아, 내가 졌다."

"......"

구 선생이 졌다고 하는 데야 길안도 더 할 말이 없었다. 입을 다물고 말았는데 뭔가 찜찜한 구석이 남았다. 구 선생이 졌다고 했지만 오히려 진 건 길안 자신인 것 같다.

샘개 샘물

강가 경사가 급해 자전거도로를 따로 만들지 못한 구간이 나타났다. 찻길에 자전거도로 표시를 해 놓은 것이다. 그러나 한 시간 가까이 걷는 동안 자전거는 열 대 넘게 만났지만 차는 딱 두 대를 만났다. 높은 오르막 굽이를 돌아서자 샘물이 있다는 표시가 나온다.

"황금마차가 샘개나루에서 기다린답니다."

구 선생이 희소식을 뒤로 전달해 왔다. 탐사단은 다리에 힘을 내 굽이를 돌아갔다. 샘개나루엔 잘 자란 큰 느티나무를 빙 둘러 평상이 놓여 있다. 사람이 많았다. 더위를 식히려는 주민들이 나와 앉아 수박도 먹고 맥주도 마시고 있다.

민수는 일행을 기다리면서 놀러 나온 주민에게 샘물에 대한 이야기를 들었다고 한다. 재미있다면서 한 주민을 탐사단에게 소개했다. 쉰 중반쯤 되는 남자인데 친구와 맥주 한잔 하러 나왔다고 한다.

"마을이 꽤 컸어요. 백 호는 넘었을 겁니다. 지금도 초등학교가 있지만 그때는 아이들이 엄청 많았죠. 한 집에 셋은 기본이고 아홉에서 열까지 아이를 낳은 집도 있었으니까. 우리 형제도 여섯입니다. 지금은 저만 이 동네에 살지만요. 그러니까 그때 마을 집이 백 호라면 한 천 명쯤 사는 동네란 말씀이죠. 그런데 그 많은 사람들이 이 샘 하나로 충분했어요. 아니 물이 남아돌았죠. 아무리 가물어도 샘물이 마른 적은 없어요. 수량도 줄지 않았고요. 지금도 그때 그대로 물이 쏟아집니다. 오죽하면 이 나루 이름이 '샘께'겠어요. 지금은 '샘개'라고 부르지만 원래는 샘께예요. 샘이 있는 곳이란 뜻이죠."

샘에 대한 자부심이 대단한 주민이었다. 어릴 때 살던 동네고 샘에 대한 추억이 많다보니 주민은 말이 많았다. 탐사단은 이야기를 부탁했으므로 듣고 있을 수밖에 없었다. 더러 재미있는 내용도 있었으나 상당 부분은 듣기에 좀 지루한 내용이다. 한 10분 가까이 지나자 민수가 결국 꺼들었다.

"네, 감사합니다. 이야기 잘 들었습니다. 저희도 일정이 있어서."

주민은 아쉬워한다.

"아이고, 알겠습니다. 아직 할 얘기가 많은데. 언제든 또 오십시오."

주민은 홀로 앉은 친구에게 돌아가 다시 맥주를 마시기 시작했다.

김인과 태평, 길안은 주민이 가르쳐 준 샘물을 보러갔다. 샘물은 느티나무에서 강가로 내려가는 언덕에 있다. 샘물을 본 세 사람은 어이가 없어 서로 얼굴을 쳐다보았다.

"애걔걔? 이게 뭐야?"

태평은 샘물이 나오는 피브이시 관을 만지며 말한다. 굵기를 보아하니 100밀리미터쯤 되는 것 같다. 샘물은 그 관을 꽉 채우며 쏟아졌다. 피브이시 관을 타고 나오는 샘물은 초라한 느낌이 든다.

"으읏! 차다!"

태평이 물을 손으로 받아보고 소리쳤다. 길안도 김인도 샘물을 손으로 받아 보았다. 생각보다 굉장히 온도가 낮다. 지하 어딘가 깊은 곳에서 나오는 샘물이 맞는 것 같다.

"아깝다. 이렇게 좋은 물을 이런 식으로 대접하다니."

김인이 피브이시 관을 톡톡 두드렸다.

"먹어도 될까요?"

길안이 김인에게 물었다. 김인이 손을 오므려 물을 받아 한 모금 마셨다.

"좋은데? 어, 시원하다."

김인은 배낭에서 페트병을 꺼내 물을 받는다. 김인이 물 받은 페트병을 길안에게 내밀었다. 길안은 물을 받아서 마셨다. 냉기가 식도를 타고 내려간다. 느낌이 좋다.

"그야말로 신선한 샘물이네. 저 강을 봐 봐."

태평과 길안은 김인이 가리키는 곳을 봤다.

"물이 떨어지는 강바닥을 봐. 얼마나 깨끗해."

샘물이 쉼 없이 쏟아지는 곳 주변은 바닥 색깔이 완전히 다르다. 모래는 누런색, 수초는 녹색을 제대로 갖고 있다. 돌도 말끔하게 세수를 하고 앉았다. 시커먼 때가 덕지덕지 앉은 둘레 강바닥과 다르다.

"남한강에 생명수 같은 샘물이네. 마을 사람들만 먹여 살리는 것이 아니고."

"정말 고마운 샘물이네요."

태평이 말하고 길안도 고개를 끄덕인다. 길안은 문득 발원지인 검룡소에 솟는 물과 이 샘물의 양이 궁금해졌다.

"검룡소에서 나오는 물만큼 될까요?"

"더 많을 것 같은데?"

김인이 곧바로 대답했다. 길안은 왜 그런지 궁금했지만, 굳이 계산을 해 보라고 하고 싶지는 않았다. 그리고 더 얘기를 하고 섰을 수도 없었다. 풀이 가득한 곳이라 모기들이 잔치를 벌이겠다고 앵앵거리며 달려들어서 견디기 어려웠다.

느티나무로 올라오면서 길안은 뒤를 돌아보았다. 피브이시 관을 떠난 샘물이 하얀 포말을 일으키며 강으로 세차게 쏟아진다. 샘물을 받은 강의 수초들이 환호하듯 몸을 흔들어 댄다. 길안은 말하고 싶어졌다.

'고마워, 샘물아.'

그러나 입 밖으로 소리 내어 말하진 못했다. 아마 구 선생 같았으면 "아, 감사하다!" 하고 큰 소리로 말했을 테지만.

경계

충청도와 강원도를 경계 짓는 남한강대교 들머리에 이르렀다. 다리를 건너면 강원도 원주시 부론면이다. 부론은 강원도 땅이지만 여강길 2코스에 들어 있다. 드디어 일행은 여강길에 들어선 것이다. 맨 앞에 선 구 선생은 거침없이 여강길로 들어섰다. 잠시 멈칫거림도 없다.

"저렇다! 저렇게 쉬워."

신명이 뒤에서 혼잣말 하는 것을 길안이 들었다. 무슨 말인지 이해를 못해 길안이 뒤를 돌아보며 물었다.

"뭐가 쉬워요? 신명 님?"

"이 경계를 넘는 것 말이다."

길안과 신명도 여강길로 들어서고 있다. 길안은 사방을 휘휘 둘러보았다.

"뭐 표시도 없고. 막는 것도 없으니까요."

"그래, 그래야지. 모든 경계가 이러면 좋지 않겠니? 있는 듯 없는 듯 막는 것도 없고 표시도 없으나 존재하는 경계."

"…… 그걸, 경계라고 할 수 있어요?"

"할 수 있지. 사람들은 말이다. 금을 그어 놓고 여기는 내 꺼야, 넘어오지마. 이렇게 말하지. 그리고 내 경계를 남이 넘어오면 '그건 도저히 있을 수 없는 일이야!' 하고 화를 낸단다. 그런데 내가 남의 경계를 넘어갈 때엔 '뭐 있을 수 있는 일이잖아?' 하곤 해. 내가 그어 놓은 건 경계지만 남이 그어 놓은 건 경계가 아니라는 말이지."

"복잡해요."

"어이쿠, 그러니? 그럼 쉽게 말해 보자. 나는 말이다. 늘 이런 생각을 한단다. 경계가 있을 수밖에 없다면, 그 경계를 넘는 일도 '있을 수 있는 일'이라고 하면 좋지 않을까 하고 말이다. 남이 내 경계를 넘어오는 일도 결코 있어선 안 되는 일이 아니라 있을 수 있는 일이라고."

"아, 무슨 말씀인지 알겠어요. 좀 너그럽게 하라, 그 말씀이죠? 그런데 경계가 분명하지 않으면 뭔가 뒤죽박죽이 되고 그러지 않을까요?"

"그럴까? 그런 문제가 생길까?"

잠깐 얘기를 나누는 동안 다리를 다 건넜다. 부론면 소재지로 들어가는 들머리에 작은 공원이 있다. 옛날 개치나루터였던 곳이다. 신명과 길안이 도착하기를 기다려 점심 먹을 논의에 들어갔다. 황금마차 옆에 둥글게 선 일행에게 민수가 말했다.

"면을 먹었으면 하는데요, 두 가지가 있습니다. 짬뽕도 있고 콩국수도 있습니다. 콩국수집에서는 칼국수도 가능합니다. 물론 짬뽕집에선 자장면도 가능하죠."

민수 말을 들으니 길안은 칼국수가 끌렸다. 길안은 칼국수집에 손을 들었다. 칼국수와 콩국수집에 네 명, 짬뽕과 자장면에 두 명이었다. 민수는 결정되는 대로 따른다고 하더니 칼국수를 먹겠다고 한다. 짬뽕집에 손을 든 구 선생과 일문을 바라보며 민수가 말했다.

"짬뽕 드시고 오세요."

그리고 칼국수 패를 바라보며 "그래도 되지 않을까요?" 하고 물었다.

김인과 태평이 한꺼번에 "되고 말고요." 했는데 구 선생과 일문이 각각 대답했다.

"그럴까요?"

일문은 제안을 받아들였고

"같이 먹죠. 시원한 콩국수도 좋지요."

구 선생은 제안을 거절했다. 결국 혼자 짬뽕을 먹으러 가기 어색한 일문도 칼국수를 먹는다고 하여 탐사단은 다 함께 칼국수집으로 갔다. 칼국수집에 들어가면서 길안은 혼자 히죽 웃었다. 다리를 건널 때 신명이 말했던 '경계' 이야기가 음식을 결정할 때 적용되는 걸 깨달았기 때문이다. 짬뽕이냐, 아니냐를 두고 사람들 사이에 그어지는 경계선을 본 것이다. 그 선은 이리 그어졌다, 저리 그어졌다 뒤죽박죽 뒤섞이는 것을 길안은 느꼈다. 신명이 복잡하게 말할 수밖에 없었다는 것도 알게 되었다. 경계란 그런 특성을 가진 게 아닌가 하고 길안은 생각했다.

선택

부론초등학교 야외 등나무 밑은 바람 길목이다. 민수가 찾아낸 환상의 쉼터다. 방학 중이라 학교가 조용하다. 한숨 자고 난 탐사단이 길 선택을 놓고 토론을 벌였다.

"자산길로 가야죠? 좀 일찍 도착해서 씻고 손님도 맞이하면 좋겠습니다."

김인이 주장했다. 천 리 길 마지막 밤인 만큼 만찬이 준비된 날이다. 민수의 전언에 따르면 꽤 많은 손님이 저녁을 함께 한다고 했다. 시청의 고위 공무원, 시의원들, 시민 단체 사람들이나 지방 대학의 학자 등 김인이 초대한 사람이 가장 많다. 게다가 구 선생, 일문, 태평, 민수의 가족들도 참석한다고 했다. 가족이 오지 않는 사람은 신명이 유일했다. 거기에 여강길 사무국장과 회원들도 참석한다.

오늘 밤은 저녁을 먹은 뒤 여덟 시부터 달빛강길도 예정되어 있었다. 더운 여름철에는 밤에 여강길을 걷는 행사를 하는데 그것이 달빛강길이다. 보름 어름에는 달빛, 그믐 어름에는 별빛강길이라는 이름이 붙었다. 오늘은 보름도 아니고 그믐도 아니지만 여강길 사무국에서 특별히 마련한 행사다. 참가자들은 천리강길 탐사단과 함께 강천섬도 한 바퀴 걸을 예정이다. 많으면 백 명, 적어도 오십 명 이상 모인다고 사무국장이 이미 알려왔다.

김인의 선택에 이견을 내는 사람은 없었다. 별 무리 없이 자산길이 결정되는가 했는데 구 선생이 말했다.

"여울길을 걸어 보죠. 우리가 이번에 처음 찾아낸 길이기도 하고. 천리강길 탐사단이 여주에 들어와서 어느 길로 걸었느냐 하는 것도 중요하다고 봅니다."

여울길은 구 선생이 찾아낸 길이다. 여강길 2코스 일부인 창남나루에서 남한강대교까지 오는 길이다. 바위 벼랑이 많아 처음 여강길을 낼 때 길을 찾다가 실패한 곳이다. 그러던 것을 지난해 겨울부터 올해 봄까지 서너 번 답사 끝에 길을 찾아냈다. 삼합리를 지나는 고개 길에 문제가 생겨 다른 길을 찾을 수밖에 없는 상황이기도 했다.

찾은 길은 정말 훌륭했다. 일문과 신명, 김인도 가 보고 하나같이 감탄했다. 충청도와 강원도가 한눈에 들어올 뿐 아니라 산 정상에서도 여울소리가 들렸다. 그래서 이름도 '여울길'이라 명명했다.

남한강 발원지인 검룡소에서 천리강길을 걸어 온 마당에 새로 찾은 여울길로 연결하고픈 구 선생의 마음은 이해되고도 남았다. 그러나 김인도 쉬이 물러나지 않았다.

"우리가 평지만 걸어왔잖아요. 여울길로 가자면 산을 두 개는 넘어야 됩니다. 그리고 오후 6시까지도 못 들어갈 수 있어요. 길이 꽤 멀거든요."

"강천보까지 안 가고 중간 흔암리에서 구 도로로 건너면 시간 안에 충분합니다."

구 선생이 말하는 '구 도로'는 옛날 영동고속도로이다. 새로 고속도로를 내면서 예전 왕복 1차선 도로는 차량 통행이 뜸하다. 오늘 목표 지점인 강천리는 여강 북쪽에 있다. 여울길은 여강 남쪽이니 강천리로 가려면 다시 강을 건너야 하는데, 흔암리의 구 도로가 있다는 것이 구 선생의 주장이다.

"아이고, 그럼 아홉사리까지 지나가야 하는데요. 산을 세 개나 넘어야 하잖아요."

"청미천도 건너야 하니. 만만치 않겠군."

일문도 김인을 거들었다. 태평과 길안은 길을 모르니 끼어들 수도 없었다. 길안은 어디로 가나 관계없었다. 다만 이제 걷는 일이 끝난다는 것이 조금 아쉬웠다. 처음 며칠은 괜히 왔다고 후회도 했다. 그런대로 사람들과 길에 적응이 되자 발이 심각하게 아파서 오히려 중도 탈락 걱정으로 괴로웠다. 그러나 지금은 허벅지가 밀어주는 든든한 힘을 느낀다. 신발을 찢은 덕에 발도 더 악화되지 않아 걷기에 무난하다. 언젠가 신명이 말한 것처럼 '걷기에 최적화된 몸'이 된 것 같다.

이제 강천리에서 하룻밤을 자고 나면 사실 걷기도 끝이다. 강천리에서 여주시청까지는 느릿느릿 걸어도 두 시간이면 된다. 그 길은 길안도 잘 아는 강변길이다. 실제로 걷기는 오늘로 마감하는 셈이다. 길안은 이왕이면 좀 멀더라도 의미 있는 길로 갔으면 하고 바랐다. 따라서 투표를 한다면 길안은 김인보다는 구 선생에게 표를 던질 것이었다.

일문까지 거들고 나서자 구 선생이 "꿍" 하고 소리를 냈다. 불편한 심기를 드러내는 구 선생의 표현법이다.

하지만 사실 지금 가장 힘든 사람은 태평이다. 태평은 어제 온천에서 입술이 파랗게 될 정도로 한기를 느낀다고 했다. 몸 어딘가에 균형이 깨졌다는 신호다. 그럴 만도 했다. 태평은 그저께 결석이 빠지느라 피오줌까지 누면서 고행을 했다. 몸을 충분히 쉬어 줄 때였지만 그러지 못했다. 태평은 탐사단의 행보에 지장을 주지 않으려 이를 악물고 버티는 중이었다. 말은 못하지만 내심으론 김인의 주장대로 짧고 평탄한 길로 갔으면 싶다. 하지만 태평의 바람은 이뤄지지 않았다. 신명이 말했다.

"단장님은 먼 길을 잘 이끌어왔소. 마지막 경로도 단장으로서 고심 끝에 내린 결론 아니겠소. 나는 단장님 의견에 따르겠소."

신명의 말로 토론은 끝이 났다. 김인이 아무 말 없이 물러났으니 그것으로 종지부를 찍고 만 것이다.

도리도리

길은 험난했다. 다리를 건너 여울길에 들어설 때까지만 해도 다들 감격했다.

"여주다!"

강원도 원주 부론, 충청도 앙성 단암, 경기도 여주 점동 세 곳으로 갈라지는 '삼합'을 표시한 작은 공원을 지나며 김인이 외쳤다.

"수고들 하셨습니다!"

태평이 손뼉을 치면서 "다들 고생하셨어요!" 하고 큰 소리로 화답했다. 때맞춰 바람까지 불어 주니 강둑을 걷는 일이 행복했다.

한참 더운 오후 2시였지만 곧 산으로 들어갈 테니 시원하리라 여겼다. 여울길이라 명명한 고향산 입구는 가시박이 군대 위장막처럼 그득하다. 깎지 않은 풀은 허벅지까지 올라온다. 구 선생이 앞에서 길을 잘 찾아 나갔다.

문제는 오르막을 오를 때 나타나기 시작했다. 일행은 내남없이 온몸에서 구슬땀이 흘렀다. 길안도 평지에서 잘 밀어주던 허벅지 힘이 빠져나가는 느낌마저 든다. 탐사단은 숨을 헉헉댔다. 정상 전망대에 도착해 앉았을 때 탐사단은 수분을 보충하느라 바빴다.

"몸이 평지에 적응된 탓에 놀란 것 같소."

"아, 그래서 그런 건가요? 전에 여기 왔을 때보다 훨씬 힘들기에 왜 그런가 했습니다."

신명이 하는 말을 일문이 받았다.

"십여 일 평평한 길만 걸었으니. 몸이 갑자기 낯설지 않겠소. 발도 높이 올려야 하고, 쓰는 근육도 달라지니까."

산을 다 내려왔을 때 출발한지 이미 40분이 지나고 있었다. 구 선생 계산으론 여울길은 30분으로 넉넉해야 했다. 그러나 초반부터 계산이 빗나갔다. 여울길이 끝나고 창남나루가 있는 대오마을에서 청미천까지는 강둑길이 2.5킬로미터 이어진다.

지루하게 걸은 뒤 청미천을 만났다. 용인에서 발원하여 안성을 거쳐 여강으로 들어오는 청미천은 꽤 큰 개울이다. 장마가 지나간

지 얼마 되지 않아 물이 많이 불어나 있다. 만만한 곳을 찾아 건너
는데 한 시간 이상 걸렸다.

오후 네 시가 지나고 있다. 출발한지 두 시간이 넘었다. 여섯 시
에 강천리에 도착하려면 이미 도리마을을 지나 아홉사리길을 걷
고 있어야 했다. 마음이 급한 구 선생은 벌써 산 입구에 들어가 있
다. 뒤처진 태평과 길안은 이제 막 물에서 나와 양말을 신는 중이
다. 청미천에서는 일명 '신선바위길'인 산을 하나 넘어야 도리마을
이 나온다. 도리마을 강둑길을 걸어 '아홉사리' 산길을 또 하나 넘
어야 흔암리다. 흔암리에서 옛 영동고속도로 길로 강을 건너 강둑
을 한참 걸어야 오늘 목표 지점인 강천리다.

구 선생과 김인, 일문은 신선바위길 입구에서 오래 기다려야 했
다. 태평의 걸음걸이가 심상치 않다. 허리에 올라붙은 예쁜 엉덩이
가 제 구실을 못한다. 이리 기웃 저리 기웃 걸음걸이가 우스꽝스
러웠다. 길안이 보다 못해 물었다.

"태평 삼촌, 왜 그래요?"

"응. 사타구니가 쓸려. 으흣, 따가워."

태평이 신음소리를 내면서도 씩 웃는다. 태평은 덥다고 속옷을
입지 않고 냉장고바지만 입었다. 나일론 재질인 냉장고바지는 살
갗에 자극을 줄 만큼 거친 편이다.

"어디 좀 봐요."

길안이 달려들어 태평의 바지 허리춤을 벌렸다.

"야, 야아!"

태평이 길안 손을 움켜잡았으나 바지는 속절없이 늘어나서 안이 다 보였다. 양쪽 사타구니가 벌겋게 되어 있다. 길안도 며칠 전에 그런 경험이 있었다. 얼마나 쓰라릴지 진저리가 쳐졌다. 신명도 가까이 다가와 태평의 사타구니를 봤다. 태평이 얼른 바지를 추켰지만 그 사이에 본 것이다.

"사람도 참. 어째 그러고 견뎠소. 속옷 입고 갑시다. 배낭에 속옷 있소?"

"없습니다."

태평이 뒷머리를 긁적였다. 그러자 신명이 등에 맨 배낭을 끌러 열더니 속옷을 하나 꺼냈다.

"헐렁한 것이니 입을 만할 거요. 입고 갑시다. 세상에 그러고 어떻게 걸었소."

"아유, 감사합니다."

태평이 두 손으로 신명의 속옷을 받았다. 그리고 돌아서서 재빨리 바지를 벗고 입는다. 태평이 몇 발자국 걸어 보더니 말했다.

"안 아파요. 살았습니다."

태평이 신명에게 꾸벅 절을 했다. 그러느라 뒤에 처진 세 명은 또 한참 시간을 보냈다. 신선바위길 입구에서 서성대는 구 선생 발걸음에 초조함이 묻어난다. 그러나 뜻밖에도 김인은 느긋하다. 김인은 여기저기 다니며 사진을 찍고 있었다.

산을 하나 넘고 개울을 하나 건너면서 탐사단은 체력이 많이 떨어졌다. 그런데다 다시 신선바위길을 넘어야 했으니 탐사단의 발걸음이 점점 무거워진다. 정상을 지나는 길에 신선바위가 있었으나 그냥 지나쳤다. 구 선생이 쉬자는 말도 없이 그대로 앞으로 나아갔다. 속옷을 입었다고는 하나 태평의 걸음걸이는 시원하지 않다. 길안도 지치기는 마찬가지다. 입에서 단내가 난다. 물을 자꾸 마셨지만 해갈이 되지도 않는다. 배만 묵직해지는 느낌이다.

신선바위길을 내려오자 둑길에 황금마차가 서 있고 민수가 서성대고 있었다. 나중에 민수가 한 얘기지만 거기서 민수는 무려 한 시간 넘게 기다렸다고 했다.

"아이고. 고생하셨습니다."

민수가 쾌활하게 외쳤다. 구 선생이 두 팔을 높이 들었고 일문도 김인도 가쁜 숨을 내 쉬며 민수 옆으로 갔다. 뒤이어 도착한 태평은 돗자리고 뭐고 없이 그대로 땅바닥에 털퍼덕 주저앉았다. 커다란 곰 한 마리가 웅크리고 앉아 숨을 헐떡이는 것 같다.

"태평 씨 괜찮아요?"

구 선생이 걱정스런 얼굴로 물었다.

태평은 대답 없이 고개만 끄덕였다. 그 몸짓 자체가 괜찮아 보이지 않았다. 민수가 태평에게 다가갔다.

"얼굴이 창백해요. 어디 아픈 거 아니에요?"

민수가 태평 얼굴을 들여다보며 말했다.

"물도 좀 드시고요. 달달한 냉커피도 있는데."

그러나 태평은 물도 커피도 마시지 못한다. 털퍼덕 주저앉은 몸을 움직이지도 못하고 머리만 흔들고 있다. 태평을 가만히 바라보던 구 선생이 말했다.

"제가 판단 착오가 있었습니다. 이렇게 시간이 많이 걸릴 줄은……."

"그러게 말일세. 나도 여기 도리마을까지 두 시간이면 넉넉할 줄 알았는데. 벌서 세 시간 반이 지났네."

일문도 고개를 흔들며 말하다가 신명을 보며 물었다.

"신명 님도 예상을 못하셨죠?"

"그렇소. 나도 착각을 했어요. 청미천 건너는 건 생각을 했지만 도리마을까지 오는 산을 높은 언덕쯤으로 여겼소. 그, 참. 왜 그랬는지."

신명도 의아한 표정을 지었다. 그러자 김인이 말했다.

"원래 아는 길에서 헤맨답니다. 여강길은 우리가 너무 잘 아는 길이라 얕봤던 것이지요."

김인은 여전히 생기발랄하다. 사진을 찍느라 다른 일행보다 훨씬 많은 길을 걸었는데도 피곤한 기색이 없다. 도대체 바짝 마른 몸 그 어디서 힘이 샘솟는지 궁금할 정도다. 구 선생이 사과성 발언을 했다.

"죄송합니다. 다 길잡이인 제 불찰입니다."

"아이고, 형님. 그렇지 않아요. 다 우리 공동 책임이죠."

김인이 재빨리 구 선생의 자책을 막으려 했다. 그러나 구 선생은 김인 말을 듣지 않았다.

"제가 단장으로서 오늘 마지막 코스를 잘못 결정한 책임이 큽니다. 일행에게 정식으로 사과를 드립니다."

구 선생이 고개를 깊숙이 숙여 절을 한다. 일행은 다들 멋쩍은 얼굴로 구 선생의 사과를 받았다. 그 사과를 받아들이는 것이 구 선생을 편하게 하는 일이란 걸 일행은 감각적으로 알고 있었다. 구 선생이 고개를 들고 말했다.

"여기서 오늘 길을 수정하겠습니다. 시간도 많이 지났고 아홉사리로 가는 건 무리일 것 같습니다."

"좋소."

신명이 누구보다 먼저 입을 열었다.

"저길 보시오."

신명이 강 건너 강천리를 가리켰다.

"여기서 강 위에 선을 그으면 곧 강천리 아니겠소. 오늘 길은 여기서 마무리하고 황금마차로 강천리까지 이동합시다. 내일 강천리에서 걷기 시작하면 강의 좌우안으로 길이 이어지는 거나 마찬가지라오."

"맞습니다. 맞고요."

김인이 호들갑스럽게 신명의 의견에 동의했다. 구 선생도 빙긋 웃으며 신명에게 고개를 숙여 보이고 나서 태평에게 물었다.

"태평 씨는 어때요? 여기서 마무리하는 것에 동의해요?"

"그럼요, 그럼요. 아이고, 저는 도리도리예요."

태평이 아기가 도리도리하듯 목을 좌우로 흔들었다. 구 선생이
물었다.

"도리도리라니오?"

"여기가 도리마을이잖아요. 도리마을까지 오는 길 너무 힘들어
서 도리도리예요."

"하하핫! 그래요."

구 선생이 호탕하게 웃어 제꼈다. 다른 탐사단원도 다 따라 웃
었다.

"농담하는 걸 보니 태평 씨 아직 죽지 않았네. 다행이에요."

일문이 태평의 어깨를 주무르며 말했다.

탐사단은 황금마차를 타고 강천리로 이동했다.

달빛강길

잔치 마당처럼 흥성거렸다. 최대 백 명이 올 거라고 예상했다는
데 대충 세어 봐도 백 오십은 넘어 보인다. 일문의 글과 김인의 사
진이 날마다 여강길 밴드로 알려진 덕분이었다. 마치 연재를 하듯
여주 시민에게 천리강길 탐사단 소식이 전해졌던 것이다.

길안은 오랜만에 엄마 얼굴을 보니 좋았다. 중학생이 된 뒤로

엄마와 안아 본 것도 처음이다. 이상하게도 엄마와 안는 것이 하나도 어색하지 않았다. 집에 돌아왔다는 편안한 느낌. 엄마 냄새가 참 좋다. 다른 탐사단도 가족을 만난 기쁨을 나누느라 떠들썩하다. 오직 신명만 혼자다. 찾아온 가족 없이 신명은 한쪽에 앉아 있다. 그러나 신명 얼굴에선 단 한 점 쓸쓸함도 찾아볼 수 없다. 그저 은은한 미소로 기쁨을 나누는 일행을 바라보고 있을 뿐이다.

그런데 길안을 깜짝 놀라게 할 일이 달빛강길에는 따로 준비되어 있었다. 씩 웃으며 다가온 녀석, 바로 재열이다. 재열이 길안에게 손을 쑥 내밀었다. 어색하게 내미는 길안의 손을 덥석 잡으며 재열이 말했다.

"돌아온 영웅! 환영한다."

"뭐? 영웅?"

"그래, 시련을 이겨 낸 영웅. 네 발은 엄청 유명해."

김인이 찍은 길안의 발 사진이 사람들에게 매우 인상적이었다고 한다. 발가락이 뭉툭 떨어져 나간 듯한 발로 천 리를 걸었다는 것에 대해서 사람들은 감동했다고 한다. 길안은 재열의 말을 들으면서 얼떨떨했다.

"축하해. 유길안."

낭랑한 목소리. 재열이와 길안이 손잡고 떠드는 것을 가만히 지켜보고 있던 민아가 틈이 나자 말했다.

"으응. 축하는 뭘."

길안이 쑥스럽게 웃었다.

"우리 학교 자랑이다, 너."

민아 왼쪽 볼우물이 쏙 들어간다. 길안의 마음을 사정없이 들뜨게 만들었던 그 볼우물이다. 여전히 예쁘다. 길안의 가슴이 또 요동친다. 두근대는 가슴을 억누르며 길안이 말했다.

"고, 고맙다. 이렇게 와 줘서."

"임마. 당연히 와야지. 위문 가서 하루쯤 같이 걸었어야 했는데 그러지 못해 아쉽다."

재열이 길안의 어깨를 감싸 안았다. 길안도 슬쩍 팔을 들어 재열의 어깨를 감았다. 이상한 일이다. 재열이 고맙기만 하다. 하나도 밉지 않다. 그렇게도 미워했던 재열이었는데. 내 마음이 왜 이렇게 되었지? 길안은 속으로 놀란다. 그러면서 길안은 재열과 민아를 정말, 진심으로 축하해 줄 수도 있을 것 같다는 생각마저 든다. 길안은 재열이 어깨를 감은 팔에 힘을 줬다.

그러나 세상일이란 참 알 수 없는 수수께끼 같은 거였다. 강천섬 달빛강길을 걷고 나와 헤어질 때 재열이 길안에게 말했다.

"우리 그냥 친구로 남기로 했어."

"이성 친구 말고, 그냥 친구 말이야."

민아가 해석을 덧붙였다. 몇 마디 이유를 재열과 민아가 들려줬는데 길안은 하나도 귀에 들어오지 않았다. 멍한 상태로 길안은 재열과 민아를 보냈다.

밤이 깊었다. 사람들은 다 돌아가고 탐사단만 남았다. 그때 신명의 폭탄선언이 나왔다.

"나는 내처 걸을 생각이오."

"네엣?"

다들 깜짝 놀랐다. 탐사단 계획은 내일 오전 열한 시, 여주시청 광장에 도착해 해단식을 하고 귀가하는 것이다. 그러나 신명은 해단식을 하고 난 뒤 곧바로 다시 걸어가겠다는 거다.

"이대로 걸어 서해 바다를 보고 오겠소."

혼자 가겠다고, 묵언하며 걷고 싶다고 신명은 덧붙였다. 양평, 남양주, 광주, 하남, 서울, 김포를 거쳐 서해 바다까지 가려면 최소한 일주일은 더 걸어야 한다. 일행은 너무 놀라서 잠깐 아무 말도 못했다.

길안은 신명의 말이 태산 같은 무게로 느껴졌다. 다른 사람도 그런 모양이다. 누구도 반대하거나 만류하는 말을 하지 못했다.

그냥 감사하면 안 될까

길안은 샤워를 하고 밖으로 나갔다. 더운 여름이지만 밤이 되자 살갗에 닿는 바람이 시원하다. 바람을 더 쐬고 싶어 넓은 베란다 탁자로 나가니 누군가 앉아 있다. 눈에 익은 길쭉한 모습, 바로 신명이다. 신명의 머리 위로 담배 연기가 피어오르고 있다. 길안은 신명 옆에 앉았다. 신명이 길안을 돌아보고 미소 지었다.

"쓸쓸하셨죠? 가족이 아무도 안 와서요."

"아니, 왔었다."

"오셨어요? 누가요?"

"마누라. 잠깐 왔다 갔어. 내가 더 걸을 걸 알고 왔다더라. 얼굴
이나 보려고 왔대. 한 보름 못 봤으니까."

"우와."

길안은 정말 놀랐다. 신명의 부인은 신명이 서해 바다까지 갈
것을 이미 짐작하고 있었다는 것. 그리고 집에 들르지 않고 바로
떠날 거니까 얼굴이나 보겠다고 왔다는 것. 길안으로선 신명이
어떤 부부 생활을 하고 있는지 전혀 알 수가 없다. 그러나 물어볼
일은 아니었다. 아니 그럴 필요도 없는 일이다. 다만 신명의 말만
으로도 길안은 신명의 부부 생활이 참 편안하구나, 하는 느낌을
받았다. 그런데 이렇게 편안함을 주는 정체는 뭘까? 길안으로선
그 정체를 파악하기 어려웠지만 문득 며칠 전 신명이 한 말이 떠
올랐다.

'그래. 의미심장하다는 그 어떤 것, 그것이 아닐까. 마음을 바꾸
거나 통제할 필요도 없는 것. 자연스러운 그 무엇.'

두 분 관계는 아마 그런 것일 거라고 길안은 속으로 생각한다.
그러나 이런 생각은 말이 되어 나오지는 못한다. 입 밖으로 꺼내
면 틀림없이 다른 낱말들이 되어 버릴 것이다. 그런 경우가 얼마나

많았던가. 이럴 때는 말은 안 하는 것이 상책이다.

길안이 말없이 가만히 앉아 있자 신명이 말했다. 천천히 피우던 담배를 끈 뒤였다.

"이제 마지막 밤이로구나. 고생 많았다."

신명이 길안의 손등 위에 자기 손을 올려놓는다. 따뜻하고 부드럽다.

"신명 님도요."

"그래, 그래. 잘 살았구나. 보름 동안. 자, 이제 자야겠다. 들어갈까?"

"저⋯⋯."

신명이 의자에서 엉덩이를 들었다가 다시 내려놓는다.

"응? 그래, 뭐 할 말이 있구나. 뭐든 해 보렴."

"⋯⋯ 예."

"⋯⋯."

신명은 묵묵히 길안의 말을 기다린다. 길안이 가늘게 한숨을 내쉬고 말했다.

"이게 무슨 경우예요? 제가 간절하게 원했지만 이젠 원하지 않는 일이 왜 일어나는 거지요?"

"⋯⋯."

"민아랑 재열이가 헤어졌대요."

"저런. 그랬구나."

"왜요? 왜 이런 일이 일어나요? 전 이제 둘을 축하해 줄 마음이 겨우 생겼는데, 왜 이제 와서……."

신명이 길안의 어깨에 손을 얹었다.

"우리네 삶이 그렇구나. 내가 아무리 내 생각을 다져 먹어도 소용없지. 내 생각에서 벗어난 일들이 계속 일어나게 마련이란다."

"그럼 어떡해요?"

"글쎄다. 그냥 받아들이면 안 되겠니? 어쨌든 네가 힘들게 고비를 넘은 일이니, 그런 일을 겪게 한 것에 대해 감사도 드리고. 만약 정말 이젠 눈곱만큼도 원하지 않는 일이라면 아, 어쩔 수 없구나, 하고 생각하렴."

"…… 그게, 다예요?"

길안은 실망스러웠다. 신명에게선 뭔가 속 시원한 얘기를 들을 수 있을 줄 알았는데 아니었다. 길안이 시무룩한 표정으로 앉아 있자 신명이 길안의 등을 어루만졌다.

"이젠 잠이나 좀 자 보자. 잠을 자다 보면 이따금 신들이 찾아온단다. 그 신들에게 물어보렴."

"신이라고요? 무슨?"

길안은 참 뜬금없다는 생각이 든다. 갑자기 신이라니.

"무슨 신이긴. 네가 불러내는 신들이지. 세상엔 신들로 가득하단다. 다만 네가 불러 주지 않기 때문에 찾아올 수가 없지."

신명이 짓궂은 장난을 치는 아이처럼 웃었다. 그 웃음이 하도

해맑아서 길안도 따라 웃었다.

"그렇다 치고요, 근데…… 뭘 물어봐요?"

"지금 네 마음에 가득한 질문들 있잖니? 왜 이런 일이 일어나는지. 또 네 불안이나, 네 방향이나, 네 목표나 뭐 그런 것들. 혹시 어떤 신이 와서 들려주거든 내게도 알려 주렴. 잘 자거라."

신명이 일어섰다. 길안도 따라 일어서서 "안녕히 주무세요." 하고 인사했다. 고개를 끄덕이고 방으로 걸어가던 신명이 방문 앞에서 돌아섰다.

"길안아."

"네?"

"내일 나랑 같이 걸어 볼래?"

"네? 혼자서…… 가신다고. 아무도 따라오지 말라고 하셨잖아요?"

"허허. 그랬지. 그랬지만, 뭐 꼭, 반드시 혼자 가야 되는 건 아니니까. 생각해 보렴."

신명은 손을 흔들고 방으로 들어갔다.

길안은 혼자 남아 밤하늘을 올려다보았다. 달무리가 엄청난 크기로 원을 그리고 있다.

'내일 오후에도 나는 다시 걷고 있을까? 아닐까?'

신명 말처럼 진짜로 어떤 신이 찾아온다면 그것부터 물어봐야겠다고 길안은 생각했다. 하지만 몸은 피곤한데 잠이 잘 올 것 같

지 않다. 수첩을 가져다가 뭘 좀 쓸까? 하는 생각을 했지만 귀찮
다. 길안은 그냥 그대로 한참을 그 자리에 앉아 있었다.

길안의 길 찾기

요즘 길이 잘 안 보인다는 사람이 많다. 길을 아주 잃어버렸다는 사람도 있다. 어찌 지금만 그러랴. 인류가 이 세상에 살기 시작하면서부터 늘 그랬으리라. 오죽하면 사람의 삶이란 슬픔으로 가득하다고 했겠는가. 그러나 아무리 슬픔이 지독해도 기쁨으로 참여할 길이 있다고 한다.

그 참여의 길을 부처는 자비라 하고 예수는 사랑이라 한다. 자비와 사랑은 빛나는 길이다. 물론 기쁨으로 참여하는 또 다른 길은 얼마든지 있다. 이순신은 장수의 길이, 김연아는 피겨 스케이트가 빛나는 길이듯 나에겐 나를 빛내는 길 또한 마련되어 있을 것이다. 길안은 지금 그 길을 찾는 길 위에 서 있다.